Daniel Defoe

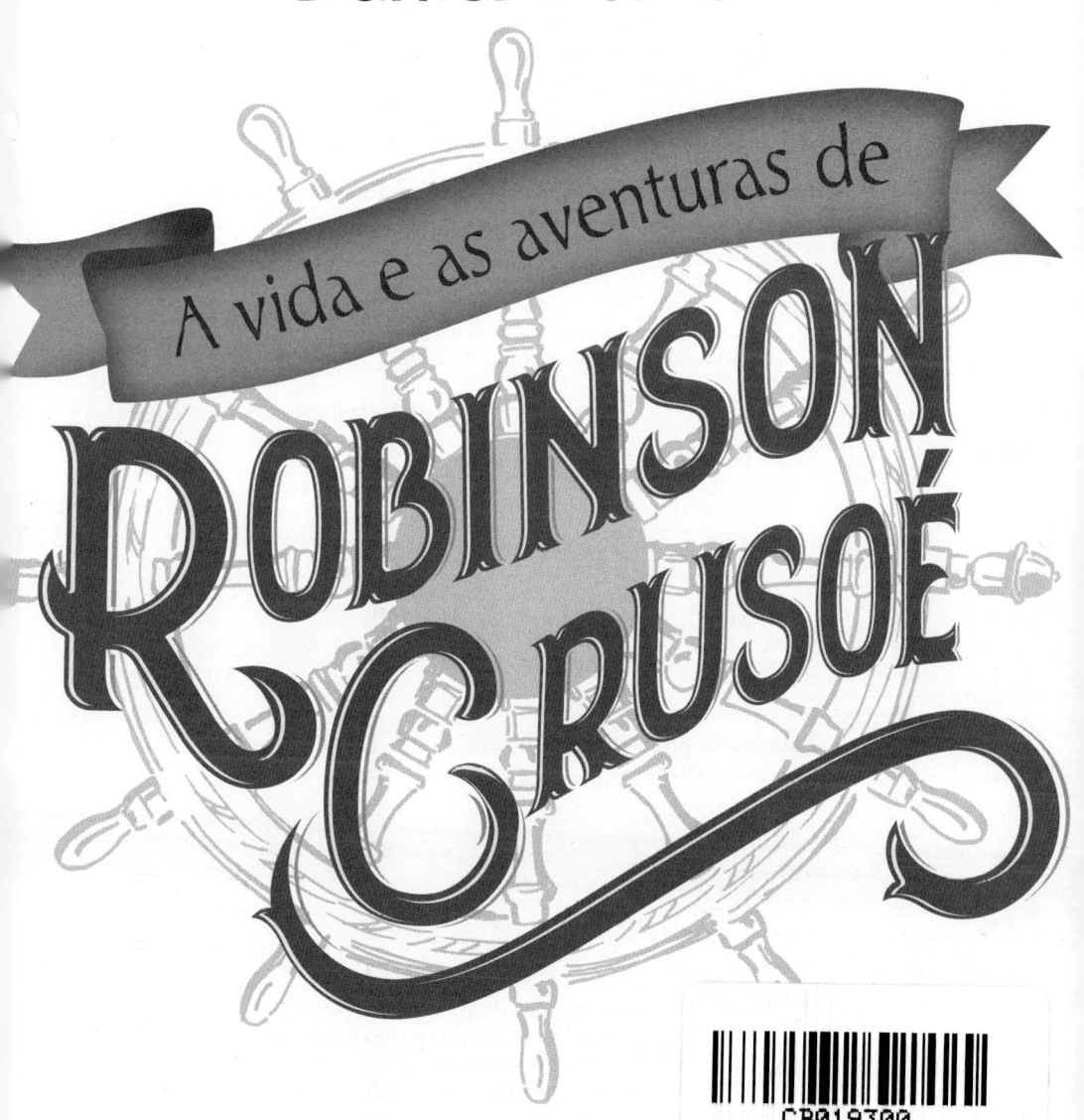

A vida e as aventuras de ROBINSON CRUSOÉ

Tradução de Silvio Antunha

Principis

Esta é uma publicação Principis, selo exclusivo da Ciranda Cultural
Editora e Distribuidora Ltda.

© 2019 Ciranda Cultural Editora e Distribuidora Ltda.

Produção: Ciranda Cultural
Tradução: Silvio Antunha
Projeto gráfico e revisão: Casa de Ideias

Dados Internacionais de Catalogação na Publicação (CIP) de acordo com ISBD

D314v   Defoe, Daniel, 1660-1731

A vida e as aventuras de Robinson Crusoé / Daniel Defoe; traduzido por Silvio Antunha. - Jandira, SP : Ciranda Cultural, 2019.
320 p.: il.; 16cm x 23cm. – (Clássicos da literatura mundial)

Tradução de: Robinson Crusoé
Inclui índice.
ISBN: 978-85-943-1847-3

1. Literatura infantojuvenil. 2. Literatura inglesa. I. Antunha, Silvio.
II. Título. III. Série.

2018-1803

CDD 028.5
CDU 82-93

Elaborado por Vagner Rodolfo da SIlva - CRB-8/9410
Índice para catálogo sistemático:

1. Literatura juvenil 028.5
2. Literatura juvenil 82-93

SUMÁRIO

A vida e as estranhas e surpreendentes aventuras de Robinson Crusoé, marinheiro, de York, que viveu vinte e oito anos totalmente sozinho em uma ilha desabitada na costa da América, perto da foz do grande rio Orinoco, tendo sido lançado em terra por naufrágio, em que todos os homens morreram, menos ele.

Com um relato de como ele no final foi salvo por piratas.

ESCRITO POR ELE MESMO.

I INÍCIO DE VIDA

Nasci no ano de 1632, na cidade de York, de uma boa família, que não era dessa região. O meu pai era estrangeiro, de Bremen, e a princípio se estabeleceu em Hull. Depois de conseguir um bom patrimônio pelo comércio, ele largou os negócios e foi morar em York, onde se casou com minha mãe, cujos parentes se chamavam Robinson, uma família muito boa desse lugar. Então, fui batizado como Robinson Kreutznaer. Mas, pela corruptela habitual das palavras na Inglaterra, agora nós somos chamados – ou melhor, nós mesmos nos chamamos e assinamos o nosso nome – de Crusoé. E é assim que os meus companheiros sempre me chamaram.

Eu tive dois irmãos mais velhos, um dos quais foi tenente-coronel num regimento de infantaria inglês em Flandres, outrora comandado pelo famoso coronel Lockhart. Ele foi morto na batalha perto de Dunquerque contra os espanhóis. Quanto ao que aconteceu com o meu segundo irmão, não sei qual foi o seu destino, assim como meu pai e minha mãe não sabem o que aconteceu comigo.

Sendo o terceiro filho da família e sem ter aprendido nenhuma profissão, muito cedo a minha cabeça começou a ser preenchida com pensamentos inconsequentes. O meu pai, que era bem idoso, me deu uma competente dose de educação, tanto ao me ensinar em casa, como por me enviar a uma das escolas públicas da região. Ele queria que eu fosse advogado e me destinou ao estudo das leis. Mas o meu único desejo era ir para o mar, e eu não haveria de ficar satisfeito com outra coisa. E essa minha inclinação me colocou tão fortemente contra a vontade, ou melhor, contra as ordens de meu pai e contra todas as súplicas e argumentos de minha mãe e de outros parentes, que parecia haver uma espécie de fatalidade nessa tendência natural, que se inclinava diretamente para a futura vida miserável que estava para acontecer comigo.

O meu pai, que era um homem sábio e prudente, me deu sérios e excelentes conselhos contra o que ele previu que seria a minha sina. Certa manhã, ele me chamou em seu quarto, onde estava confinado pela gota, e me advertiu calorosamente a respeito de tal assunto. Ele me perguntou quais razões – além da mera inclinação aventureira – eu teria para deixar a casa de meu pai e a minha terra natal, onde eu poderia ser bem encaminhado e teria perspectivas de fazer fortuna pela minha dedicação e capacidade, podendo levar uma vida tranquila e agradável. Ele me disse que, de um lado, existiam homens desafortunados – simples e modestos –, e de outro, homens mais ambiciosos, prósperos e arrojados, que saíam para o exterior em busca de aventuras, cresciam pelo arrojo e se tornavam famosos por atos de natureza fora do comum. E que essas coisas estavam muito acima ou muito abaixo de mim, porque eu era de condição mediana, ou daquilo que poderia ser chamado primeira posição acima da vida baixa, condição essa que ele considerava, por longa experiência, a melhor do mundo, a mais adequada para a felicidade humana, não exposta às misérias e dificuldades, ao cansaço e aos sofrimentos da parte laboriosa da espécie humana e que não se envergonhava com o orgulho, o luxo, a ambição e a inveja da parte superior da humanidade. Ele me disse que eu poderia julgar a felicidade dessa condição apenas por uma coisa: pelo fato de ela ser a condição de vida que todas as outras pessoas invejavam. Disse ainda que frequentemente os reis se lamentavam das cruéis consequências de terem nascido para as grandes coisas e que preferiam que tivessem sido colocados no meio dos dois extremos, entre os pequenos e os grandes. E que também os sábios davam testemunho disso como ponto de equilíbrio da verdadeira felicidade quando suplicavam aos céus para não terem nem pobreza e nem riquezas.

Ele me mandou observar bem isso, pois eu sempre haveria de perceber que as calamidades da vida eram compartilhadas tanto pelas pessoas da parte superior como da parte inferior da humanidade. E que a posição intermediária experimenta menor número de desastres, não estando exposta a tantas vicissitudes como a parte alta ou a baixa da sociedade. Não, as pessoas dessa posição não estão sujeitas a tantas enfermidades e inquietações, sejam elas do corpo ou da mente, como aquelas que, pelo modo de vida esbanjador, luxuoso e extravagante de um lado, ou pelo trabalho forçado, a falta de itens necessários e a dieta insuficiente do outro lado, causam danos a si mesmas, como consequências naturais de seu modo de vida. A posição de vida intermediária se acomoda a todo tipo de virtudes e todos os tipos de prazeres. A paz e a abundância são companheiras da fortuna mediana. A temperança, a moderação, a quietude, a saúde, as amizades, todas as diversões agradáveis e todos os prazeres desejáveis, são bênçãos presentes na posição intermediária da vida. E que, dessa forma, os homens passam suave e calmamente pelo mundo e seguem confortavelmente para fora dele, sem se sobrecarregarem com as tarefas das mãos ou da cabeça, sem se venderem a uma vida de escravidão pelo pão cotidiano e sem se cansarem por circunstâncias perplexas, que roubam a paz da alma e o repouso do corpo, sem serem devorados pelas angústias da inveja ou pelo desejo secreto ardente da ambição de grandes coisas. Assim, no meio dessas circunstâncias agradáveis, eles deslizam suavemente pelo mundo, saboreiam sensatamente a doçura da vida sem amarguras, adquirem o sentimento da felicidade e aprendem, pela experiência de cada dia, a conhecê-la mais profundamente.

Depois disso, ele me exortou com sinceridade e, da maneira mais afetuosa, a não agir como criança, a não me precipitar em misérias que a natureza e a posição de vida em que nasci pareciam ter me preservado. Ele me afirmou que eu não teria necessidade de lutar pelo meu pão de cada dia, pois cuidaria bem de mim e se esforçaria para me encaminhar de forma justa à posição de vida que acabara de recomendar. Assim, se eu não ficasse bem à vontade e feliz no mundo, só poderia ser por erro meu que eu deveria evitar, ou por mero impedimento de algum capricho do destino. Desse modo, ele não seria mais responsável por mim, tendo cumprido sua obrigação de me alertar contra atitudes que ele sabia que me afogariam em mágoas. Em suma, ele cumpriria de bom grado suas promessas se eu ficasse em casa e resolvesse agir segundo seu desejo, e não haveria de precipitar os meus infortúnios encorajando a minha partida. E, para concluir, ele me disse que eu tinha o exemplo do meu irmão mais velho, ao qual havia dirigido os mesmos sinceros apelos para dissuadi-lo de incorrer no erro de ir para as guerras dos Países Baixos, apelos esses que não puderam prevalecer sobre os desejos do jovem, que o levaram a se alistar no exército, onde ele acabou encontrando a morte. Embora dissesse que não deixaria de orar por mim, ele, porém, se atrevia a prever, que se eu desse esse passo tolo, Deus não me abençoaria e que no futuro, quando não houvesse mais ninguém para ajudar na minha recuperação, eu teria todo o tempo do mundo para refletir sobre o fato de ter desprezado seus conselhos.

Observei, nessa última parte do discurso, que foi verdadeiramente profética, embora na minha opinião o meu pai não desejasse que isso acontecesse de modo algum, observei, repito, lágrimas escorrendo abundantemente em seu rosto, especialmente quando ele falou da perda do meu irmão. Depois, quando disse que no futuro, sem ninguém para me ajudar, eu teria todo o tempo do mundo para me arrepender, ele ficou tão emocionado que encerrou a discussão e me confessou que seu coração estava tão amargurado que ele não tinha forças para me dizer mais nada.

Eu, sinceramente, fiquei muito impressionado com essa conversa. E, de fato, poderia ter sido diferente? Resolvi que não pensaria mais em ir para o exterior e que ficaria em casa, de acordo com o desejo do meu pai. Mas, infelizmente, em poucos dias tudo se reverteu. E, enfim, para impedir que meu pai voltasse a me importunar, poucas semanas depois decidi fugir de casa. No entanto, não agi com tanta pressa quanto o primeiro calor da minha decisão exigia. Num dia em que ela parecia estar um pouco mais alegre do que o normal, chamei a minha mãe à parte. Disse-lhe que os meus pensamentos estavam tão irresistivelmente empenhados em correr o mundo, que eu jamais conseguiria abraçar nada com firmeza antes de fazer isso e que seria melhor meu pai me dar seu consentimento do que me forçar a partir sem sua permissão. Eu já estava com dezoito anos de idade e era tarde demais para ser aprendiz no comércio ou ajudante no escritório de algum advogado. E que, se o fizesse, tinha certeza de que jamais cumpriria o meu horário e fugiria antes de honrar o compromisso com o meu patrão, para embarcar. Se ela convencesse meu pai a me deixar partir numa viagem pelos mares, eu voltaria para casa se não gostasse e nunca mais iria embora. E prometi que me esforçaria com redobrado empenho, para recuperar o tempo perdido.

Isso deixou minha mãe furiosa. Ela me respondeu que sabia que de nada adiantaria falar com meu pai sobre qualquer assunto desse tipo, pois ele conhecia muito bem o que era realmente importante para mim, para me dar seu consentimento no caso de algo que seria tão funesto para a minha vida. E que ela estranhava que eu ainda pudesse pensar coisas assim depois da conversa que tive com meu pai, apesar de toda a gentileza dele e das ternas expressões que ela tinha certeza com que meu pai havia me tratado. Em suma, se eu quisesse me arruinar, não haveria ajuda para mim e, se dependesse dela, eu jamais obteria consentimento para isso. Ela, por sua vez, não moveria uma palha para causar a minha destruição e, desse modo, ninguém jamais poderia dizer que minha mãe havia se prestado a defender algo que meu pai reprovava.

Apesar da recusa de minha mãe, de transmitir isso a meu pai, mesmo assim, como eu soube posteriormente, ela relatou toda a conversa a ele. Meu pai, depois de demonstrar grande preocupação, respondeu a ela, com um profundo suspiro: "Esse garoto poderia ser feliz se ficasse em casa. Mas, se ele vai correr o mundo, será a criatura mais desgraçada que já existiu. Jamais darei o meu consentimento para isso".

Então, foi só quase um ano depois que eu escapei. Enquanto isso, continuei obstinadamente surdo a todas as propostas de me dedicar aos negócios e frequentemente reclamava com meu pai e minha mãe por estarem sendo tão firmemente determinados em contrariar aquilo que eles sabiam muito bem para onde as minhas inclinações me levariam. Um dia eu estava em Hull, para onde viajava ocasionalmente, sem nenhum propósito premeditado de empreender uma fuga naquele momento. Então, como eu dizia, eu estava lá quando um dos meus companheiros, prestes a navegar para Londres no navio de seu pai, insistiu para que eu o acompasse, jogando aquela isca banal, irresistível para os homens do mar: eu não precisaria pagar pela minha passagem. Sendo assim, não consultei mais meus pais. Não me dei sequer ao trabalho de lhes enviar uma mensagem. Deixei que soubessem por acaso. Assim, sem pedir a benção de Deus ou do meu pai, sem qualquer consideração pelas circunstâncias ou consequências e infelizmente numa hora ruim, como só Deus sabia, no dia 1º de setembro de 1651, embarquei para Londres num navio carregado. Jamais os infortúnios de um jovem aventureiro, creio eu, começaram tão cedo ou terminaram mais tarde do que os meus. O barco nem tinha acabado de sair do estuário do rio Humber quando o vento começou a soprar e o mar a crescer assustadoramente. Como eu nunca tinha estado no mar antes, inevitavelmente fiquei com o estômago enjoado e a mente aterrorizada. Comecei então a refletir seriamente sobre o que tinha feito e como fui justamente alcançado pela justiça divina por causa da minha saída indigna da casa de meu pai e por ter abandonado as minhas obrigações. Todos os bons conselhos dos meus pais, as lágrimas do meu pai e as súplicas de minha mãe, vieram então à tona, à minha mente. E a minha consciência, que ainda não havia chegado ao grau de dureza que alcançou depois disso, me reprovou por desprezar conselhos saudáveis e por violar os meus deveres para com Deus e meu pai.

Enquanto isso, a tempestade piorou e o mar foi ficando cada vez maior e mais agitado, embora não fosse nada parecido com o que eu veria muitas vezes a partir de então e principalmente com o que vi alguns dias depois. Mas, nesse momento, foi o suficiente para abalar um marinheiro novato como eu, que não entendia nada do assunto. Eu achava que seríamos engolidos a cada onda, ou que o navio afundaria no abismo do mar toda vez que mergulhava entre dois vagalhões.

Nessa agonia mental, quando achava que jamais voltaríamos a subir, fiz muitas promessas e decidi que, se agradasse a Deus poupar a minha vida nessa viagem e se alguma vez conseguisse novamente pisar em terra seca, eu voltaria imediatamente para a casa de meu pai e jamais subiria em outro navio novamente enquanto vivesse. Seguiria os conselhos dele e nunca mais me meteria em encrencas como essa. Então eu percebi plenamente a bondade de suas observações sobre a posição mediana e também a tranquilidade e o conforto que ele desfrutava todos os dias de sua vida, sem nunca se expor a tempestades no mar ou a aborrecimentos em terra. Assim, eu decidi que gostaria, como um verdadeiro filho pródigo arrependido, de voltar para a casa de meu pai.

Esses pensamentos sóbrios e sensatos permaneceram enquanto a tempestade durou e até mesmo por algum tempo depois. Mas no dia seguinte, quando o vento diminuiu e o mar acalmou, aos poucos comecei a me acostumar com a situação. Eu, porém, fiquei prostrado durante todo esse dia, pois continuava um pouco enjoado. Mas, ao entardecer o tempo clareou, o vento cessou e uma encantadora bela noite surgiu. O sol se pôs radiante e nasceu do mesmo jeito na manhã seguinte. Com pouco ou quase nenhum vento e o mar calmo, o sol brilhou sobre ele. O espetáculo que então contemplei foi o mais extraordinário que os meus olhos jamais tinham visto.

Eu havia dormido bem à noite, já não me sentia mais enjoado e estava muito bem-disposto. Olhava admirado para o oceano, tão violento e terrível no dia anterior e tão calmo e agradável tão pouco tempo depois. Foi quando, com medo de que as minhas boas resoluções predominassem, o meu companheiro, que havia me desencaminhado, veio me procurar.

– Muito bem, Bob! – ele disse, dando-me um tapinha no ombro. – Como está depois disso? Garanto que você sentiu medo ontem à noite, quando ventou, não é mesmo? Mas tudo não passou de um pé de vento.

– Você chama aquilo de pé de vento? – retruquei. – Foi uma tempestade horrorosa!

– Tempestade? Seu tonto... – ele respondeu. – É isso que você chama de tempestade? Ora, não foi nada. Basta uma boa embarcação e uma bela deriva no mar para uma rajada de vento como essa não ser nada.

Você não passa de um marinheiro de água doce! Venha, Bob. Vamos preparar uma tigela de ponche e esquecer tudo isso. Reparou como o tempo está bom agora?

Para resumir essa triste parte da minha história, seguimos o velho caminho de todos os marujos. O ponche – uma bebida muito apreciada pelos ingleses, composta de água, suco de limão, açúcar e aguardente – foi preparado e eu acabei embriagado. E, na bebedeira dessa noite, afoguei todo o meu arrependimento, todas as minhas reflexões sobre a minha conduta passada e todas as minhas resoluções para o futuro. Em suma, assim como a superfície do mar retomou sua mansidão e a calmaria se estabeleceu com o arrefecimento da tempestade, também o ímpeto dos meus pensamentos passou e os meus medos e as minhas apreensões de ser engolido pelo mar foram esquecidos. O turbilhão dos meus antigos desejos voltou e eu esqueci completamente os votos e as promessas feitas na hora da aflição. Na verdade, procurei fazer algumas pausas para reflexão e, algumas vezes, esforcei-me para que os pensamentos sérios voltassem. Mas eu os jogava fora e despertava deles como se fosse de um pesadelo. Ao me dedicar à bebida e aos companheiros, logo controlei o surgimento dessas recaídas, como eu as chamava. Em cinco ou seis dias, alcancei uma vitória completa sobre a minha consciência, como desejaria qualquer jovem libertino que decidiu não ser incomodado por seus remorsos. Mas eu ainda teria que passar por outra provação, já que, como geralmente acontece nesses casos, a Providência resolveu me abandonar inteiramente sem se desculpar. Para que eu não entendesse o que aconteceu como uma libertação, a próxima desventura seria tamanha que o pior, o mais insensível e calejado dos pobres-diabos dentre nós confessaria tanto o perigo como clamaria por misericórdia.

No sexto dia de nossa presença no mar, entramos na enseada de Yarmouth Roads. Com o vento contrário e o tempo calmo, tínhamos avançado pouco desde a tempestade. Nesse local, fomos obrigados a lançar âncora e ali permanecemos, enquanto o vento continuou a soprar contrário – a saber, de sudoeste – por uns sete ou oito dias. Durante esse período, muitos navios vindos de Newcastle ancoraram nesse mesmo lugar, uma espécie de refúgio comum, onde os barcos podiam esperar ventos favoráveis para ganharem o rio Tâmisa.

Teríamos, porém, permanecido ali por menos tempo e deveríamos ter subido o rio a favor da maré, se o vento não soprasse tão forte e se não tivesse se tornado ainda mais violento depois de quatro ou cinco dias. No entanto, a enseada era considerada tão boa quanto um porto. Como o ancoradouro era bom e o nosso equipamento muito forte, os nossos homens estavam despreocupados, sem a menor apreensão de perigo. Eles passavam o tempo descansando e se divertindo, como é costume no mar. Mas, no oitavo dia, pela manhã, o vento aumentou. Todos nós pusemos mãos à obra, arriamos o nosso mastaréu e deixamos tudo muito bem-arrumado e em boa ordem para que o navio pudesse zarpar da maneira mais ágil possível. Por volta do meio-dia, o mar cresceu muito, nosso castelo de proa mergulhava a todo momento e várias ondas inundaram a embarcação. Por uma ou duas vezes achamos que nossa âncora não aguentaria. Assim, o nosso capitão ordenou o lançamento da âncora de salvação, de modo que ficamos com duas âncoras à frente e os cabos virados para a melhor direção.

A essa altura, uma terrível tempestade rugia de fato. Então, comecei a ver o espanto e o terror até mesmo no rosto dos próprios marinheiros. Embora vigilante, sem descanso na tarefa de preservar o navio, conforme entrava e saía de sua cabine ao lado da minha, eu pude escutar o capitão murmurar várias vezes, repetindo para si mesmo: "Senhor, tenha piedade de nós, ou estaremos todos perdidos, seremos todos aniquilados!" e coisas desse tipo. Durante essas primeiras agruras, fiquei estupefato, ainda deitado em minha cabine, no alojamento de marinheiros. Não consigo descrever o meu estado emocional. Eu mal havia me recuperado da primeira penitência, que aparentemente superei e me fortaleceu. Achei que o sabor amargo da morte tinha passado e também que essa tormenta não seria de modo algum como a primeira. Mas, quando ao meu lado, como acabei de dizer, o próprio capitão se lamentava dizendo que estávamos todos perdidos, eu fiquei terrivelmente assustado. Eu me levantei, saí da minha cabine e olhei para fora. Foi a visão mais desoladora que jamais tive até então. O mar se levantava em montanhas enormes e desabava sobre nós a cada três ou quatro minutos. Quando consegui olhar ao redor, não vi nada além da desgraça nos cercando. Duas embarcações, ancoradas perto de nós, totalmente carregadas, haviam cortado seus mastros no convés. Nossos homens gritaram que um navio fundeado cerca de uma milha à nossa frente havia naufragado. Dois outros navios, arrancados de suas âncoras, estavam sendo arrastados para fora da enseada, vagando para o alto-mar, ao sabor do acaso, sem mastros nem velas, à deriva. Os barcos pequenos se saíram melhor, não sendo tão maltratados pelo mar. Mas dois ou três deles se desgarraram e passaram bem perto de nós, trazidos apenas pela vela de gurupés ao vento.

Ao anoitecer, o imediato e o contramestre imploraram ao capitão do nosso navio para deixá-los cortarem o mastro de traquete, o que ele não estava nem um pouco disposto a fazer. Mas, como o contramestre argumentou que se não fizessem isso o navio afundaria, ele consentiu. Quando o mastro da proa foi cortado, o mastro principal foi abalado e sacudia tanto o navio que eles foram obrigados a cortá-lo também, deixando o convés raso de ponta a ponta.

Qualquer um pode avaliar o meu estado no meio dessa situação. Eu era apenas um jovem marinheiro, que nunca havia sentido tanto medo antes. Mas hoje, à distância, pelo que posso me lembrar dos pensamentos que me atormentavam então, na minha mente eu sentia dez vezes mais horror, por conta das minhas antigas atitudes e por ter recuado às decisões iniciais, que tinha tomado com tanta falsidade, do que da morte. Tudo isso, junto com o pavor da tempestade, me deixou num tal estado que eu não teria palavras para descrever. Mas o pior ainda não havia chegado. A tempestade continuou com tanta fúria, que os próprios marinheiros reconheceram que nunca tinham visto nenhuma pior. Nós tínhamos um bom navio, mas ele estava tão carregado e encharcado que de vez em quando os marinheiros gritavam que iríamos a pique. De certo modo, foi bom para mim não saber o que eles queriam dizer com "ir a pique" antes que eu perguntasse. A tempestade estava tão violenta que eu vi, o que é difícil de acontecer, o capitão, o contramestre e alguns marinheiros mais ajuizados do que os outros fazendo suas orações e esperando a cada instante que o navio fosse a pique. No meio da noite, para aumentar a nossa angústia, um dos homens que tinham descido até a porta de visita para inspeção gritou que tínhamos um vazamento; outro disse que o porão estava inundado com quatro pés de água. Então, todas as mãos foram chamadas para a bomba. Ao ouvir essa palavra, eu desmaiei e caí de costas sobre a beira do meu leito, onde estava sentado dentro da cabine. Os homens, porém, me acordaram e me disseram que apesar de até então eu não ter sido capaz de fazer nada, ainda assim eu seria tão capaz de bombear quanto qualquer um. Eu me levantei, subi até a bomba de água e trabalhei com afinco. Enquanto isso, o capitão, viu algumas embarcações de carvoeiros que, não sendo capazes de enfrentar a tempestade, tinham sido forçadas a soltar as amarras e corriam para alto-mar e se aproximavam de nós. Então, ele mandou disparar um tiro de canhão em sinal de alerta. Eu, que não sabia o que isso significava, achei que o navio havia partido ao meio, ou que alguma outra coisa medonha tinha acontecido. Em suma, fiquei tão surpreso que desfaleci. Como esse fato ocorreu num momento em que cada um pensava na própria vida, ninguém se importou comigo nem com o que teria sido de mim. Então, outro homem se aproximou da bomba e me empurrou com o pé para o lado, deixando-me estendido, achando que eu estava morto. Só recuperei a consciência muito tempo depois.

Trabalhávamos sem parar, mas o volume de água só aumentava no porão. Ficou evidente que o navio afundaria. Embora a tempestade começasse a diminuir um pouco, não seria possível a embarcação flutuar até entrarmos em algum porto. Assim, o capitão continuou disparando o canhão de alerta. Um pequeno barco, que tinha acabado de passar à nossa frente, arriscou enviar um bote para nos ajudar. Foi com o maior risco que esse bote se aproximou de nós, mas era inviável subirmos a bordo, ou o barco se aproximar do costado do navio. Por fim, os remadores fizeram um último esforço, arriscando a própria vida para salvar a nossa. Da popa, os nossos marinheiros jogaram uma corda com uma boia e a soltaram por uma grande distância. Depois de muito trabalho e muito perigo, eles a pegaram. Nós os puxamos até embaixo da nossa popa e subimos no bote. Era inútil tentarmos chegar ao navio deles, então todos concordaram que o melhor a fazer seria deixar o bote seguir à deriva e remar em direção à costa o máximo que pudéssemos. O nosso capitão prometeu a eles que, se o bote se chocasse contra as rochas, ele prestaria contas ao dono. Desse modo, em parte remando e em parte à deriva, o bote seguiu rumo ao norte, desviando para a costa quase até Winterton Ness.

Não demorou mais do que um quarto de hora para o nosso navio afundar, depois que o abandonamos. Então, pela primeira vez entendi o que significava um navio ir a pique. Devo reconhecer que fiquei com o olhar embaçado e quase não enxergava nada quando os marinheiros me contaram que a embarcação estava afundando. Assim, a partir do momento em que fui para o bote, ou melhor dizendo, em que me colocaram nele, o meu coração, de certo modo, morreu dentro de mim, em parte pelo medo, em parte pelo horror de imaginar e pensar no que ainda estava por vir diante de mim.

Ainda nessa situação, com os homens trabalhando nos remos para levarem o bote até perto da costa, pudemos avistar a margem – quando o bote montava nas ondas – e, ao longo das rochas, um grande número de pessoas correndo para nos ajudar tão logo nos aproximássemos.

Avançávamos muito lentamente e só conseguimos chegar à costa depois do farol de Winterton, onde o litoral cai para oeste, em direção a Cromer, com o terreno quebrando um pouco a violência do vento. Lá aportamos, embora não sem muita dificuldade e todos pisamos em terra, sãos e salvos. Depois, caminhamos a pé para Yarmouth, onde, como homens desafortunados, fomos tratados com grande humanidade, tanto pelos magistrados da cidade, que nos deram boa guarida, como por comerciantes particulares e armadores de navios, que nos deram dinheiro suficiente para irmos para Londres ou retornarmos para Hull, conforme a nossa conveniência.

Se tivesse o bom senso de voltar para Hull, então eu iria para casa e teria sido feliz e meu pai, como na parábola de nosso abençoado Salvador, até mataria um bezerro cevado para mim, pois ao saber que o navio onde eu estava havia naufragado em Yarmouth Roads, demoraria muito para ter garantias de que eu não teria morrido afogado.

Mas o meu destino cruel me atraía com uma obstinação irresistível. Embora a sensatez da minha razão e do meu juízo várias vezes tivessem clamado para que eu voltasse para casa, mesmo assim não tive forças para fazê-lo. Não sei nem como chamar isso, nem pretendo que seja como uma sentença imperativa decretada em segredo, que nos leva a sermos os instrumentos de nossa própria destruição, de modo que, mesmo quando temos consciência disso diante de nós, nos precipitamos nela de olhos abertos. Certamente nada que não fosse algo como uma inevitável miséria decretada, da qual me era impossível escapar, poderia me arrastar contra os raciocínios calmos e persuasivos dos meus pensamentos mais íntimos e contra os dois avisos tão claros como os que encontrei na minha primeira tentativa.

O meu companheiro, que antes havia me ajudado a me afirmar e que era filho do capitão, agora estava menos valente do que eu. Já na primeira vez que ele falou comigo depois que chegamos em Yarmouth, o que não foi antes de dois ou três dias, pois estávamos espalhados por vários bairros na cidade, já na primeira vez, repito, que me viu, seu tom de voz parecia alterado, demonstrando muita melancolia. Balançando a cabeça, ele me perguntou como eu estava. Em seguida, me apresentou a seu pai e disse que eu tinha vindo nessa viagem apenas para ganhar experiência, a fim de ir mais longe, ao exterior. O pai dele virou-se para mim e falou com um tom de voz grave e preocupado.

– Jovem! – ele disse. – Você nunca mais deve voltar ao mar. Considere isso como um sinal claro e visível de que você não foi chamado para ser marinheiro.

– Por que não? O senhor não vai mais voltar ao mar? – respondi.

– É diferente! – ele retrucou. – Eu fui chamado. É a minha profissão e, portanto, o meu dever. Mas, como você fez essa viagem para experimentar, se quiser persistir, agora já provou a degustação que os céus lhe ofereceram. Talvez tudo isso tenha acontecido conosco por sua causa, como Jonas no navio de Társis. Diga quem é você e por que razão foi para o mar? – ele continuou.

Então, contei a ele um pouco da minha história. No final, ele reagiu de maneira estranha.

– Mas o que foi que eu fiz, para que um desgraçado infeliz como você entrasse em meu navio? – ele lamentou. – Eu não colocaria novamente o meu pé no mesmo navio que você nem por mil libras esterlinas!

Então, como eu disse, nessa verdadeira confusão de ideias, ainda agitadas pelo sentido da perda, ele foi mais longe do que teria autoridade para ir. Mas, logo em seguida, falou comigo com muita seriedade, exortando-me a voltar para meu pai e a não desafiar a Providência, para não provocar a minha ruína, dizendo que eu poderia ver a mão pesada dos céus contra mim.

– Enfim, meu jovem, tenha em mente que, se não voltar para casa, onde quer que vá, você não encontrará nada além de desastres e decepções, até que as palavras de seu pai sejam cumpridas sobre você – ele disse.

Eu lhe dei uma resposta evasiva. Pouco depois nos separamos e nunca mais o vi. Para onde ele foi, eu jamais soube. Quanto a mim, eu tinha algum dinheiro no bolso e viajei para Londres por terra. Lá, assim como no caminho, tive muitas lutas comigo mesmo sobre qual rumo de vida deveria seguir, não sabendo se voltaria para a família ou para o mar.

Quanto a voltar para casa, a vergonha se opunha às melhores opções que se ofereciam aos meus pensamentos. Imediatamente me ocorreu que eu seria ridicularizado pelos vizinhos e que sentiria vergonha de encarar não apenas meu pai e minha mãe, mas qualquer outra pessoa. Desde então eu tenho observado quão incongruente e irracional é o temperamento comum da humanidade, especialmente dos jovens, pela razão que deveria guiá-los nesses casos, isto é, que eles não se envergonham do pecado, mas se envergonham do arrependimento, não se envergonham da ação pela qual deveriam ser justamente considerados tolos, mas se envergonham do contrário, acreditando que isso só poderia fazer com que fossem considerados homens sábios.

Nessa situação de vida, porém, permaneci algum tempo, sem saber quais atitudes tomar e qual rumo na vida seguir. Eu experimentava sempre uma insuperável relutância em voltar para casa. Com o passar do tempo, a lembrança dos momentos de aflição desapareceu e conforme ela foi se apagando, a pequena chance que eu tinha de voltar atrás nos meus desejos também se dissipou, até que, por fim, deixei de lado esses pensamentos e fui procurar uma viagem.

II ESCRAVIDÃO E FUGA

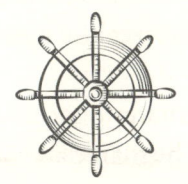

Essa influência maligna, que a princípio me levou para longe da casa do meu pai – que me despertou para a selvagem e indigesta noção de fazer fortuna e que impregnou esses conceitos tão fortemente em mim a ponto de me deixar surdo para todos os bons conselhos, as súplicas e até as ordens de meu pai – essa mesma influência, como eu dizia, qualquer que fosse, apresentou-me a mais infeliz de todas as empreitadas: embarcar num navio de partida para a costa da África, ou como nossos marinheiros diziam vulgarmente, para uma viagem à Guiné.

Para mim, foi uma grande desgraça que em todas essas aventuras eu não estivesse a bordo como marujo. Na verdade, embora eu pudesse ter trabalhado um pouco mais duro do que o normal, ao mesmo tempo teria aprendido os deveres e a profissão de marinheiro e com o tempo poderia me qualificar como piloto, imediato ou quem sabe até como capitão. Mas, como o meu destino era sempre escolher o pior, então foi o que fiz: por ter dinheiro no bolso e boas roupas no costado, sempre ia a bordo vestido como um cavalheiro. E, por isso, não realizava nenhuma atividade, nem aprendia a fazer nada no navio.

Tive a sorte, assim que cheguei em Londres, de cair em boa companhia, o que nem sempre acontece com jovens rapazes soltos e desorientados como eu. Geralmente, o diabo não demora muito para lhes preparar alguma armadilha, mas comigo não foi assim. Primeiro conheci o capitão de um navio que estivera na costa da Guiné e que, como teve muito sucesso lá, estava decidido a voltar. Como esse capitão tomou gosto pela minha amizade, que não era de todo desagradável na época, quando me ouviu dizer que eu tinha em mente conhecer o mundo, disse-me que, se eu seguisse viagem com ele, eu não teria nenhuma despesa, pois seria seu convidado e companheiro. E que, se eu quisesse levar algumas coisas comigo, desfrutaria de todas as vantagens que o comércio oferecia e talvez até pudesse tirar algum proveito disso.

Aceitei a oferta e me tornei amigo íntimo do capitão, que era um homem simples e honesto. Segui nessa viagem com ele, arriscando a levar comigo uma pequena quantia, que pela desinteressada honestidade do meu amigo capitão, aumentei consideravelmente. Pois eu levei cerca de 40 libras esterlinas em miçangas e bugigangas, que o capitão me aconselhou a comprar. Reuni essas 40 libras com a ajuda de alguns parentes com os quais eu me correspondia e que, acredito, tinham convencido o meu pai ou, pelo menos, a minha mãe, a contribuir tanto quanto eles para a minha primeira aventura.

De todas as minhas proezas, essa foi a única viagem que posso afirmar como bem-sucedida. E devo isso à integridade e à honestidade do meu amigo capitão, com o qual além do mais eu também adquiri conhecimentos competentes de matemática e das regras de navegação. Aprendi como manter o curso de um navio, a fazer observações e, em suma, a entender algumas coisas úteis e necessárias à compreensão de um homem do mar. Da mesma forma como ele se deleitava ao me instruir, eu me deliciava em aprender. Em suma, essa viagem me tornou ao mesmo tempo marinheiro e comerciante, porque, em troca das minhas quinquilharias, eu consegui ouro em pó, pesando no total cinco libras e nove onças, que me renderam em Londres, no retorno, quase trezentas libras esterlinas. Isso me encheu de pensamentos ambiciosos, que mais tarde consumariam a minha ruína.

No entanto, mesmo nessa viagem, também tive minhas desventuras, em particular porque fiquei o tempo todo doente, sofrendo de uma violenta insolação, por causa do calor excessivo, já que a nossa principal zona de negociação era no litoral, da latitude de 15 graus norte até a própria linha do equador.

Assim, eu estava preparado para ser comerciante na Guiné. Mas, apesar de meu amigo, para minha grande infelicidade, ter morrido logo após a chegada, resolvi fazer a mesma viagem novamente. Embarquei no mesmo navio, com o imediato da viagem anterior, que então assumiu o comando da embarcação. Essa foi a viagem mais ingrata que um homem já fez, porque, embora eu só carregasse 100 libras da minha riqueza recém-conquistada, pois deixei 200 libras aos cuidados da viúva do meu amigo, que era muito justa comigo, eu caí em terríveis desgraças. A primeira delas foi assim: o nosso navio singrava o curso para as ilhas Canárias, ou melhor, seguia entre essas ilhas e a costa africana quando foi surpreendido ao amanhecer por um corsário turco de Sallee, que nos perseguiu com todas as velas enfunadas. Para enfrentá-los, nós também usamos todas as velas que caberiam nas vergas, ou que os nossos mastros poderiam suportar. Mas, ao ver que os piratas avançavam e que certamente nos alcançariam em poucas horas, nos preparamos para lutar. Nosso barco tinha doze canhões e o corsário, dezoito. Por volta das três da tarde ele se aproximou e veio, por erro, justamente pelo lado oposto ao nosso flanco, em vez de enfiar pela popa, como pretendia. Apontamos os nossos oito canhões para proteger esse lado e descarregamos um ataque violento em cima dele, o que o fez recuar, depois de responder ao fogo e, também, de descarregar a mosquetaria dos quase duzentos homens que tinha a bordo. Não tivemos, porém, nenhum homem atingido. Todos os nossos homens se mantinham protegidos. Ele se preparou para nos atacar novamente e nós para nos defendermos. Mas, dessa vez, ele veio pelo outro flanco e sessenta homens entraram em nosso convés e imediatamente saíram cortando e retalhando as nossas velas e o nosso cordame. Nós os rechaçamos do convés duas vezes com lanças curtas, tiros de mosquete, granadas de pólvora e coisas assim. No entanto, para encurtar essa parte melancólica de nossa história, com o nosso navio neutralizado, três homens mortos e oito feridos, tivemos que nos render. Fomos feitos prisioneiros e levados para Sallee, um porto pertencente aos mouros.

Lá, o tratamento que recebi não foi tão terrível quanto eu temia a princípio. Também não fui levado pelo país até a corte do imperador, como aconteceu com o resto da tripulação, pois fui mantido pelo capitão do corsário como seu próprio prêmio e feito seu escravo, porque eu era jovem, ágil e conveniente para seus negócios. Com essa repentina e surpreendente mudança de condição, que de comerciante me transformava em escravo miserável, eu me senti arrasado. Então, relembrei o discurso profético de meu pai, de que eu me tornaria miserável e não teria ninguém para me socorrer. Achei que assim tudo se cumpriria de fato e que nada poderia ser pior. Naquela hora, a mão dos céus tinha me alcançado e eu estava perdido, sem redenção. Mas, infelizmente, isso era apenas uma mera degustação da miséria pela qual eu passaria, como será visto na sequência dessa história.

Como meu novo amo, ou senhor, me levou para a casa dele, então, passei a ter esperanças de que ele também me levaria junto quando fosse outras vezes para o mar, onde seu destino certo era, mais cedo ou mais tarde, ser capturado por alguma caravela espanhola ou portuguesa. Dessa forma, eu recuperaria a minha liberdade. Mas essas minhas esperanças logo minguaram, pois, sempre que ia para o mar, ele me deixava em terra, cuidando de seu pequeno jardim e fazendo as árduas tarefas comuns dos escravos da casa. Depois, quando voltava de seus passeios, ele me dava ordens para ficar na cabine, tomando conta do navio.

Lá, eu só pensava no meu plano de fuga e no método que poderia empregar para efetuá-lo, mas não encontrava nenhum caminho que tivesse a menor possibilidade de ser seguido, nada que pudesse tornar real esse plano, até porque eu não tinha ninguém para comunicá-lo, para que embarcasse nele comigo – ali, a não ser eu, nenhum companheiro de escravidão era inglês, irlandês ou escocês – de modo que, durante dois anos, embora muitas vezes me agradasse imaginá-lo, jamais tive a menor perspectiva de colocar tal plano em prática.

Após cerca de dois anos, uma circunstância estranha se apresentou a mim, que voltou a colocar na minha cabeça o velho plano de fazer alguma tentativa pela minha liberdade. O meu amo, que então estava ficando em casa mais tempo do que o normal, sem equipar seu navio, pelo que eu soube, por falta de dinheiro, costumava pegar, uma ou duas vezes por semana, às vezes mais frequentemente se o tempo estivesse bom, a chalupa do navio e saía para pescar na enseada. Para remar o bote, ele sempre me levava, junto com um jovem mourisco. Ele se divertia muito conosco e eu me mostrei muito habilidoso em pegar peixes, tanto que, às vezes ele me mandava buscar alguns peixes para ele, com um mouro, ou um de seus parentes e o jovem mourisco, o Maresco, como eles o chamavam.

Certa vez, saímos em pescaria numa manhã bem calma. Mas aconteceu de subir uma névoa tão espessa que, embora não estivéssemos a mais de meia légua da costa, nós a perdemos de vista e passamos a remar sem saber para onde íamos, sem rumo, nem prumo. Trabalhamos o dia inteiro e toda a noite seguinte. Quando a manhã chegou, descobrimos que tínhamos ido para o alto-mar, em vez de nos aproximarmos da praia e que estávamos pelo menos duas léguas afastados da costa. Mas conseguimos voltar, embora com muito trabalho e não sem algum perigo, pois o vento começou a soprar bem forte pela manhã e todos estávamos com muita fome.

Então, o nosso amo, alertado por esse desastre, resolveu se precaver e cuidar mais de si mesmo no futuro. Apropriou-se do escaler do nosso navio inglês que ele havia capturado e resolveu que não mais sairia para pescar sem bússola e alguns mantimentos. Assim, mandou o carpinteiro de sua embarcação, que também era um escravo inglês, construir uma pequena sala de estar, ou cabine, como a de um barco de recreio, na metade do comprimento da barcaça, com um lugar no fundo para manejar o leme e bordejar as escotas da vela principal e espaço na frente para que uma ou pessoas pudessem ficar e manejar as velas. O escaler navegava com uma vela triangular que chamamos de ombro de carneiro, amurada por cima da cabine, que era bem firme e baixa e tinha espaço interno para o amo ficar, com um escravo ou dois e uma mesa para comer, com alguns armários pequenos para guardar biscoitos, arroz e café, além de algumas garrafas da bebida que ele achasse apropriado beber.

Saíamos frequentemente com esse barco de pesca e, como eu era o mais hábil para pegar peixes, ele nunca ia sem mim. Acontece que um dia ele combinou de sair nesse barco, por prazer ou para pescar, com dois ou três mouros de alguma distinção naquele lugar e para tanto fez grandes preparativos. Então, na véspera, enviou a bordo do barco durante a noite uma quantidade de provisões maior do que a normal e me mandou preparar três arcabuzes com pólvora e chumbo, que ficariam guardados a bordo da embarcação, porque, além de pescar, eles também planejavam caçar aves.

Deixei tudo pronto como ele havia pedido e esperei a manhã seguinte com o barco lavado, flâmula e pendentes ao vento e tudo preparado para receber os convidados. Foi quando, de repente, o meu amo subiu a bordo sozinho e me disse que seus convidados tinham adiado a partida por alguns negócios que surgiram de última hora. Em seguida, ele me mandou sair de barco com o mouro e o menino, como de costume, para buscar alguns peixes, pois seus amigos comeriam em sua casa. Ele ordenou que, tão logo conseguisse alguns peixes, eu os levasse para sua casa. E eu estava preparado para fazer tudo isso.

Nesse momento, as minhas antigas ideias de libertação dispararam em meus pensamentos, pois percebi que provavelmente teria um pequeno barco sob o meu comando. Quando o meu amo se foi, comecei os preparativos para me abastecer, não para as atividades da pescaria, mas para uma viagem. Embora eu não soubesse e nem houvesse considerado qual rumo deveria tomar, qualquer caminho seria bom para sair daquele lugar.

O meu primeiro cuidado foi encontrar um pretexto parar fazer o mouro colocar a bordo alguma coisa para a nossa subsistência. Então, eu disse a ele que não deveríamos contar com a possibilidade de comer o pão do nosso amo. Ele concordou com isso e assim levou uma grande cesta de roscas ou biscoitos e três potes com água fresca, para o barco. Eu sabia onde ficava o caixote com as garrafas de bebidas do meu amo, que, evidentemente, pela marca, haviam sido saqueadas de algum navio inglês e arrumei-as dentro do barco, enquanto o mouro estava em terra, como se tivessem sido colocadas lá antes, para o nosso mestre. Também transportei para o barco uma grande barra de cera de abelha, pesando cerca de cinquenta libras, junto com um pedaço de cordel ou linha, um machado, uma serra e um martelo. Tudo isso depois foi de grande utilidade para nós, especialmente a cera, para fazer velas. Em seguida, tentei outro truque com o mouro, no qual ele também caiu inocentemente. O nome dele era Ismael e todos o conheciam como Muley, ou Moely. Então eu o chamei e disse:

– Moely, as armas do nosso amo estão a bordo do barco. Você não poderia pegar um pouco de pólvora e chumbo? Talvez possamos matar algumas alcíones – uma ave parecida com os maçaricos – para nós mesmos, pois sei que ele deixa os suprimentos de artilharia no navio.

– Sim, vou trazer um pouco – ele disse.

E, dessa forma, ele trouxe uma grande bolsa de couro, contendo uma libra e meia de pólvora, ou melhor, talvez até mais, além de outra com chumbo e algumas balas, pesando cinco ou seis libras, e colocou tudo no barco. Enquanto isso, eu tinha encontrado alguma pólvora na cabine grande do meu amo, com a qual enchi um garrafão quase vazio que estava no caixote, derramando o resto em outro. E assim, abastecidos com tudo o que era necessário, navegamos para pescar fora do porto. A fortaleza, que fica na entrada do porto, sabia quem éramos e não nos deu atenção. E a menos de uma milha fora do porto, travamos a nossa vela e nos pusemos a pescar. O vento soprava de norte e nordeste, contrário ao meu desejo, porque se soprasse de sul, eu tinha certeza de alcançar a costa da Espanha, ou, pelo menos, de chegar à baía de Cádis. Mas, a minha decisão era, qualquer que fosse o vento, ir embora daquele lugar horrível onde estava e deixar o resto por conta do destino.

Depois de termos pescado durante um bom tempo, sem pegar nada – porque quando eu tinha peixe no anzol não o puxava para fora d'água, para que o mouro não pudesse vê-lo – eu disse a ele:

– Não estamos conseguindo nada aqui. Assim, o nosso amo não será servido. Precisamos ir mais longe.

Ele concordou sem perceber mal algum e, estando na proa do barco, soltou as velas. Como eu estava no leme, levei o barco quase uma légua adiante e então avisei que ia pescar. Enquanto o menino ficava no leme, fui para a proa, em direção ao mouro. Então, fingindo que me abaixava para pegar alguma coisa atrás dele, eu o peguei de surpresa trançando o braço entre suas pernas e o joguei bruscamente no mar. Ele se recuperou imediatamente, flutuando como uma rolha. Ele me chamou e implorou para voltar a bordo, jurando que iria até o fim do mundo comigo. Como nadava com muito vigor atrás do barco e quase não ventava, logo me alcançaria. Sendo assim, entrei na cabine, peguei um arcabuz de caça e apontei para ele, dizendo-lhe que não queria feri-lo e que, se ele ficasse quieto, eu não faria nada a ele.

– Você nada muito bem e vai chegar à praia rapidamente – acrescentei. – O mar está calmo, ande logo. Eu não lhe farei mal algum. Mas, se você se aproximar do barco, vou atirar na sua cabeça, pois estou decidido a recuperar a minha liberdade.

Então ele se virou e nadou para a praia. Não tenho dúvidas de que ele chegou lá com facilidade, pois era um excelente nadador.

Eu poderia ter me contentado levando esse mouro comigo e afogando o menino, mas não podia me aventurar confiando nele. Quando ele foi embora, virei para o menino, que era chamado de Xury, e disse a ele:

– Xury, se você for fiel a mim, farei de você um grande homem. Mas, se você não mostrar na cara que é sincero comigo – quer dizer, se não jurar por Maomé e pela barba de seu pai –, também vou jogá-lo no mar.

O menino abriu um sorriso no rosto e falou com tanta inocência que eu não podia desconfiar dele. Jurou ser fiel a mim e ir comigo até o fim do mundo.

Enquanto olhava o mouro nadando, segui diretamente com o barco para alto-mar, alongando um pouco para barlavento, para que pudessem achar que eu ia para o Estreito de Gibraltar, na verdade, como qualquer pessoa que tivesse alguma inteligência deveria supostamente fazer, pois ninguém imaginaria que fôssemos navegar para o sul, para uma costa verdadeiramente bárbara, onde nações inteiras de negros certamente nos cercariam com suas canoas e nos destruiriam, onde não poderíamos nos aproximar da costa, pois seríamos devorados por animais ferozes, ou pelos selvagens mais impiedosos da espécie humana.

Mas à noite, assim que escureceu, mudei o rumo e segui diretamente para o sul e pelo leste, dobrando o meu curso um pouco para leste, para não me afastar da costa. E, com uma boa e forte ventania a favor, além do mar calmo e tranquilo, velejei tanto que acredito que no dia seguinte, às três horas da tarde, quando avistei terra pela primeira vez, eu não estaria a menos de 150 milhas ao sul de Sallee, muito além dos domínios do imperador do Marrocos, ou mesmo de qualquer outro rei daquelas paragens, pois não vimos ninguém por lá.

Mas tal era o medo que eu tinha dos mouros e tão terríveis as apreensões de cair em suas mãos que eu não queria parar, nem ir para terra, nem largar âncora. O vento continuou bom e dessa maneira eu naveguei por cinco dias. Depois, quando o vento mudou para o sul, concluí também que, se algum dos nossos navios estivesse nos procurando, ele também desistiria. Então, arrisquei me aproximar da costa e deitei âncora na embocadura de um pequeno rio, que eu não sabia qual era, nem onde ficava, nem a latitude, nem o país ou a nação. Não vi e não desejei ver ninguém. A principal coisa que eu precisava era água fresca. Entramos nesse riacho à noite, decidindo nadar até a margem assim que escurecesse, para conhecer a região. Mas, assim que escureceu, ouvimos tantos e tão terríveis ruídos de latidos, rugidos e uivos de criaturas selvagens, de quais espécies não sabíamos, que o pobre menino estava pronto para morrer de medo e implorou que eu não fosse para a margem antes do dia nascer.

– Bem, Xury! Então não vou. Mas talvez durante o dia possamos ver homens tão maus para nós quanto esses leões – eu disse.

– Então dar tiro de arma neles, para eles correr longe de nós – disse Xury, rindo.

Assim era o inglês que Xury falava, tendo aprendido pela convivência com escravos como eu. Fiquei muito contente de ver o menino tão alegre e, para animá-lo, eu lhe dei uma dose de uma bebida tirada do caixote do nosso amo. Afinal, o conselho de Xury era bom e eu o aceitei. Largamos a nossa âncora pequena e assim ficamos a noite toda. Eu digo que assim ficamos, pois não conseguimos dormir nenhum segundo, pois passamos várias horas observando criaturas enormes, de muitas espécies diferentes – e cujo nome não conhecíamos –, descendo para a margem e correndo para a água, chafurdando e lavando-se pelo prazer de se refrescarem, soltando uivos tão medonhos e gritos tão estridentes como eu realmente nunca tinha ouvido falar.

Xury estava terrivelmente assustado e, na verdade, eu também estava. Mas nós dois ficamos ainda mais apavorados quando percebemos que uma dessas criaturas poderosas vinha nadando em direção ao nosso barco. Não podíamos vê-la, mas, ao ouvir sua respiração, podíamos saber que se tratava de uma fera monstruosa, enorme e furiosa. Xury achava que era um leão e talvez fosse, pelo que imagino. Mas o pobre Xury gritou para mim, para que levantasse a âncora e remasse para longe.

– Não! – exclamei. – Xury, é melhor largarmos a amarra com a boia e sairmos para o mar. A fera não pode nos seguir tão longe.

Eu mal tinha acabado de dizer isso quando percebi a criatura ao alcance do comprimento de dois remos, algo que me surpreendeu. Então, imediatamente empurrei a porta da cabine e, pegando a minha arma, atirei nela, que imediatamente se virou e nadou de novo em direção à costa.

É impossível descrever o terrível alarido, os uivos e os ruídos medonhos que se levantaram, tanto na beira do rio como ainda mais na mata adentro, com o barulho do disparo da arma, algo que eu tenho alguma razão para acreditar que essas criaturas jamais tinham ouvido antes. Isso me convenceu de que nós não devíamos mesmo descer em terra nessa costa durante a noite e também que teríamos outro problema ao nos aventurarmos em terra durante o dia, pois cair nas mãos de algum selvagem seria tão ruim como cair nas garras dos leões e dos tigres. Pelo menos, ficamos igualmente apreensivos quanto a esses perigos.

Seja como for, seríamos obrigados a descer para a terra em algum lugar ou noutro, em busca de água, pois não havia sobrado nenhum quartilho no barco. A questão era quando e onde conseguiríamos fazer isso. Xury disse que, se eu o deixasse ir em terra com um jarro, ele descobriria onde havia água e traria um pouco para mim. Eu perguntei por que ele iria, por que eu não deveria ir para que ele ficasse no barco. O menino respondeu com tanto carinho que passei a amá-lo para sempre depois disso.

– Se homens selvagens vir, eles me comer, você ir embora – ele disse.

– Bem, Xury, nesse caso, nós dois iremos. Se os homens selvagens vierem, nós os mataremos. Eles não comerão nenhum de nós – respondi.

Então, dei um pedaço de rosca para Xury comer e um gole de uma bebida do caixote de garrafas que mencionei antes. Depois, levamos o barco o mais perto possível que conseguimos da margem e descemos em terra, não carregando nada além de nossas armas e dois jarros para trazer a água.

Não tirei o olho do barco, temendo a chegada de canoas com selvagens pelo rio. O menino, vendo um local baixo a cerca de uma milha de distância em terra, foi para lá e logo voltou correndo em minha direção. Achei que ele estava sendo perseguido por selvagens ou assustado com algum animal feroz. Corri em direção a ele, para ajudá-lo; mas, quando cheguei mais perto dele, vi algo pendurado em seus ombros. Era um bicho em que ele havia atirado, parecido com uma lebre, mas de cor diferente e pernas mais longas. No entanto, ficamos muito contentes com isso, pois seria muito bom comer carne. Mas a grande alegria do pobre Xury era para me dizer que ele tinha encontrado água limpa, sem ter visto nenhum homem selvagem.

Mas depois descobrimos que não precisávamos sofrer tanto por causa de água, pois encontramos água fresca um pouco acima do riacho onde estávamos, quando a maré baixou, e que fluía apenas um pouco mais adiante. Então, enchemos os nossos jarros e nos deliciamos com a lebre que ele havia matado. Depois nos preparamos para retomar a nossa rota, sem termos visto nenhuma pegada de criatura humana naquela parte do país.

Como já tinha feito uma viagem por essa costa antes, eu sabia muito bem que as ilhas Canárias e as ilhas do Cabo Verde não ficam muito distantes da costa. Mas, como eu não possuía instrumentos para fazer observações e saber em que latitude estávamos e sem saber exatamente, ou, pelo menos, sem lembrar em que latitude elas ficavam, não sabia onde procurá-las ou quando deveria me afastar para o alto-mar em direção a elas; caso contrário, eu então poderia facilmente encontrar algumas dessas ilhas. Mas a minha esperança era continuar ao longo dessa costa até chegar àquela parte onde os ingleses costumam negociar, e assim encontraria algum navio deles, em operação habitual de comércio, que nos socorreria e nos recolheria a bordo.

Pelos meus melhores cálculos, o lugar onde eu estava devia ser aquela região situada entre os domínios do imperador de Marrocos e o país dos negros, que é desolada e desabitada, exceto pelos animais selvagens, pois os negros a abandonaram e foram mais para o sul, com medo dos mouros, e os mouros não achavam que valesse a pena habitá-la por causa de sua esterilidade. Na verdade, ambos a abandonaram por causa do número prodigioso de tigres, leões, leopardos e outras criaturas furiosas que ali se abrigam. De modo que os mouros a usam apenas para caçar como um exército, onde vão dois ou três mil homens de cada vez. E, de fato, seguindo essa costa por cerca de cem milhas, não vimos nada além de uma região deserta e desabitada durante o dia e não ouvimos nada além de uivos e rugidos de animais selvagens à noite.

Uma ou duas vezes, durante o dia, pensei ter avistado o pico de Tenerife, que é o cume mais alto da montanha de Tenerife nas Canárias. Tive grande vontade de me aventurar ao largo, na esperança de chegar lá, mas, depois de tentar duas vezes, precisei recuar, forçado por ventos contrários. O mar também estava ficando muito forte para a minha pequena embarcação. Então, resolvi prosseguir no meu primeiro plano, mantendo-me ao longo da costa.

Várias vezes fui obrigado a desembarcar para procurar água fresca, depois que saímos desse lugar. E, uma vez em particular, sendo de manhã cedo, chegamos a ancorar numa pequena ponta de terra, que era bem alta, onde ficamos esperando a maré começar a subir para irmos mais longe. Xury, cujos olhos eram muito mais observadores do que pareciam ser os meus, me chamou baixinho e me disse que era melhor nos afastarmos da costa.

– Olha! Ali ter monstro terrível, ao lado daquela colina, dormindo – ele disse.

Olhei para onde ele apontou e vi mesmo um monstro pavoroso. Na verdade, era um leão enorme e terrível, deitado na inclinação da costa, sob a sombra de um pedaço da colina, que parecia pairar como se estivesse um pouco sobre ele.

– Xury, você deve descer em terra para matá-lo – eu disse.

Xury pareceu assustado.

– Eu matar? Ele me comer com uma boca!

Ele quis dizer de uma só vez. Entretanto, eu não disse mais nada para o menino, mas pedi que ele ainda ficasse deitado. Peguei nossa maior arma, que era quase um mosquetão, carreguei-a com uma boa carga de pólvora e dois projéteis e coloquei-a no chão. Em seguida, carreguei outra arma com duas balas e a terceira – pois tínhamos três peças – com cinco balas menores. Mirei da melhor maneira que pude com a primeira peça para atirar na cabeça dele, mas estava com a pata levantada um pouco acima do focinho, de modo que os projéteis atingiram a perna dele no joelho, quebrando-lhe o osso. A princípio, ele começou a rosnar, mas, sentindo a pata quebrada, deitou de novo. Em seguida, levantou--se sobre as três patas e soltou o rugido mais horrível que já ouvi. Fiquei um pouco surpreso por não ter acertado na cabeça dele. Porém, imediatamente peguei a segunda arma e, embora ele começasse a se afastar, atirei de novo e acertei na cabeça dele. Senti o prazer de vê-lo cair sem fazer barulho e se esticar lutando pela vida. Então, Xury se animou e pediu que eu o deixasse descer em terra.

– Muito bem, vá! – eu disse.

Assim, o menino pulou na água, levando um mosquete com uma das mãos e nadou até a margem com a outra mão. Ao chegar perto da criatura, enfiou o cano da arma no ouvido do leão e atirou na cabeça dele novamente, eliminando a fera definitivamente.

Para nós, tinha sido uma verdadeira caçada, mas a carne da caça não prestava para ser comida. Assim, lamentei muito perder três cargas de pólvora e balas, atirando numa criatura sem nenhuma serventia para nós. Xury, porém, disse que queria levar alguma coisa do leão. Então, veio a bordo e me pediu o machado.

– O que vai fazer com isso, Xury? – perguntei.

– Eu arrancar cabeça dele – ele respondeu.

Xury, porém, não conseguiu arrancar a cabeça do animal. Então, cortou uma pata, que trouxe para mim. Ela era monstruosamente grande.

Todavia, eu pensei comigo que talvez a pele da fera pudesse, de uma forma ou de outra, ser de algum valor para nós. Resolvi esfolar o bicho, achando que poderia para retirar sua pele. Assim, Xury e eu nos pusemos a trabalhar nisso, mas Xury era muito melhor do que eu, que mal sabia o que fazer. De fato, nós dois demoramos o dia inteiro, mas finalmente tiramos do couro dele e o estendemos no topo da nossa cabine. O sol secou-o completamente em dois dias. Depois, usei-o para me deitar por cima.

III NAUFRÁGIO NUMA ILHA DESERTA

Depois dessa parada, seguimos continuamente para o sul por dez ou doze dias, usando com muita parcimônia as nossas provisões, que começaram a diminuir muito. Não íamos mais para a costa com tanta frequência, a não ser quando éramos obrigados a buscar água fresca. O meu plano então era chegar ao rio Gâmbia ou ao rio Senegal, isto é, a qualquer lugar perto do Cabo Verde, onde esperava encontrar algum navio europeu. Caso contrário, não saberia mais qual rumo tomar, a não ser procurar as ilhas ou perecer ali entre os negros. Eu sabia que todos os navios da Europa, que navegavam tanto para essa costa da Guiné, para o Brasil, ou as Índias Orientais, passavam por esse cabo ou por essas ilhas. Então, em suma, apostei toda a minha sorte nesse único ponto, fosse para encontrar algum navio ou para perecer.

Depois de perseguir essa resolução por uns dez dias, como eu disse, comecei a ver que a terra era habitada. Em dois ou três lugares, enquanto navegávamos, vimos pessoas em pé nos olhando da beira-mar.

Também pudemos perceber que eles eram totalmente negros e estavam completamente nus. Uma vez tive vontade de ir à terra para vê-los, mas Xury foi meu bom conselheiro e me disse: "Não ir, não ir". Eu, no entanto, puxava para mais perto da costa a fim de poder falar com eles e descobri que eles me seguiram ao longo da costa por um bom trecho. Observei que não tinham armas na mão, exceto um, que levava uma vara longa e fina, que Xury disse ser uma lança, que poderia ser arremessada muio bem e com ótima pontaria. Então, mantive distância, mas conversei com eles por meio de sinais, da melhor maneira que pude, particularmente, fazendo gestos de quem pedia algo para comer. Eles acenaram para mim, para que parasse o meu barco, pois iriam me trazer um pouco de carne. Com isso, abaixei o topo da minha vela. Parei perto e dois deles correram para a mata e em menos de meia hora voltaram trazendo dois pedaços de carne seca e um pouco de milho, produtos característicos da região. Nem eu, nem Xury, sabíamos o que era uma coisa ou a outra, mas estávamos muito dispostos a aceitá-las. Como fazer isso seria o nosso próximo desafio, pois eu não me aventuraria na terra deles, e eles sentiam o mesmo medo de nós. Logo, porém, eles encontraram um jeito seguro para todos: trouxeram e deixaram a comida na praia, afastaram-se e ficaram aguardando em pé bem longe, até que a levássemos para bordo. Depois, eles se aproximaram novamente.

Fizemos sinais de agradecimento, pois não tínhamos nada para lhes dar em troca. Mas, de repente, uma oportunidade se ofereceu para retribuirmos a eles maravilhosamente. Enquanto estávamos parados perto da costa, eis que duas criaturas enormes, uma perseguindo a outra com grande furor, pelo que percebemos, vieram das montanhas em direção ao mar. Se era o macho perseguindo a fêmea, ou se estavam brincando ou com raiva, não saberíamos dizer. Também não podíamos dizer se era normal ou estranho, mas acreditei nessa última possibilidade. Em primeiro lugar, porque esses animais ferozes raramente apareciam, a não ser à noite e, em segundo lugar, porque vimos as pessoas terrivelmente assustadas, especialmente as mulheres. O homem que portava a lança ou dardo não fugiu como os outros. No entanto, as duas criaturas correram diretamente para o mar, sem demonstrarem nenhuma intenção de irem contra nenhum daqueles negros. Apenas mergulharam e nadaram nas ondas, como se estivessem ali para se divertir. Finalmente um dos animais começou a se aproximar mais do nosso barco, o que eu a princípio esperava, mas estava pronto para ele, porque tinha carregado o meu mosquete com a maior rapidez possível. Além disso, mandei Xury carregar as outras armas. Assim que a fera chegou ao meu alcance, disparei, acertando diretamente na cabeça. Imediatamente o animal afundou na água, mas voltou no mesmo instante. Continuou mergulhando para cima e para baixo, como se estivesse lutando pela vida, o que de fato estava acontecendo, pois ele foi para a costa imediatamente, morrendo pouco antes de chegar à praia, tanto por causa do ferimento fatal, como por afogamento.

É impossível descrever o espanto daquelas pobres pessoas com o barulho e o fogo que saíram da minha arma. Alguns deles estavam prontos para morrer de medo e caíram no chão como se estivessem mortos de tanto pavor. Mas, quando viram que o animal estava morto e afundado no mar e que eu fazia sinais para que fossem para a praia, eles se animaram, foram para lá e começaram a procurar o bicho. Eu o encontrei pela mancha de sangue na água e com a ajuda de uma corda que passei em volta dele e dei para os negros puxarem, eles o arrastaram para terra e descobriram que era um leopardo magnífico, dos mais curiosos, salpicado de pintas. Os negros ergueram as mãos em admiração, imaginando o que poderia ser aquilo com o qual eu tinha matado a fera.

O outro animal, assustado com o brilho do fogo e o barulho da arma, nadou para a terra e correu diretamente para as montanhas de onde eles vieram, e nem eu, a essa distância, sabia que criatura era. Percebi rapidamente que os negros queriam comer a carne do leopardo e eu também quis que eles o aceitassem como um favor da minha parte. E, quando fiz sinais de que poderiam levá-lo, eles ficaram muito agradecidos. Imediatamente colocaram mãos à obra e, embora não tivessem nenhuma faca, ainda assim, com um pedaço afiado de madeira, eles esfolaram e retiraram a pele tão prontamente e até muito mais prontamente do que poderíamos ter feito com uma faca. Eles me ofereceram um pouco de carne, que eu recusei, indicando que a devolveria a eles; mas fiz sinais pedindo a pele, que eles me deram de bom grado.

Também me trouxeram muito mais de seus alimentos, que eu, embora não os conhecesse, ainda assim aceitei. Então, fiz sinais pedindo um pouco de água e apresentei um dos meus jarros para eles, virando-o de cima para baixo, para mostrar que estava vazio e que eu queria enchê-lo. Eles chamaram imediatamente alguns de seus amigos. Vieram duas mulheres trazendo um grande vaso feito de barro, cozido ao sol, como eu supus. Assim, eles o deixaram para mim, como antes, e eu enviei Xury em terra com os meus jarros e ele encheu todos os três. As mulheres estavam tão completamente nuas quanto os homens.

Dessa maneira, abastecido de raízes e milho, além de água, deixei os meus amáveis negros e segui o meu rumo em frente por mais onze dias, sem me aproximar da costa, até que avistei uma grande extensão de terra avançando no mar, a cerca de quatro ou cinco léguas diante de mim. Como o mar estava muito calmo, tive um grande desejo de alcançar essa ponta. Finalmente, dobrando o local, a cerca de duas léguas da terra, vi claramente muitas terras do outro oposto, em direção ao mar. Então concluí, como na verdade não poderia ser diferente, que aquele era o Cabo Verde e que por isso aquelas ilhas eram chamadas de ilhas do arquipélago de Cabo Verde. Todavia, elas estavam a grande distância e eu não sabia ao certo o que era melhor fazer, pois, se fosse atingido por um vento forte, talvez não alcançasse nem um nem outro desses lugares.

Nesse dilema, como eu estava muito pensativo, entrei na cabine e me sentei, deixando Xury no leme. Foi quando, de repente, ele gritou:

– Mestre, mestre! Um navio com uma vela...

O menino ingênuo ficou muito assustado e entrou em pânico, achando que poderia ser algum navio de seu amo, enviado para nos perseguir. Mas eu sabia que estávamos longe demais e fora do alcance deles. Pulei para fora da cabine e imediatamente vi que era não só um navio, mas um navio português. A princípio, pensei que ele estivesse ligado ao tráfico de negros na costa da Guiné, mas, quando observei o curso que seguia, logo me convenci de que estaria vinculado a outro destino e não planejava se aproximar da costa. Então, forcei o rumo para alto-mar tanto quanto consegui, decidido a me comunicar com ele, se possível.

Mesmo com todas as velas enfunadas, percebi que não conseguiria alcançá-lo e que ele iria embora antes que eu pudesse fazer algum sinal. Mas, depois de ter me esforçado ao máximo e de começar a perder a esperança, fui avistado, ao que parece com a ajuda de lunetas, como um bote europeu, que supostamente devia pertencer a algum navio perdido. Então eles diminuíram as velas para que eu chegasse mais perto. Eu me senti encorajado com isso e, como tinha a bordo a bandeira do meu amo, eu a icei a meio mastro e, além disso, disparei uma arma, ambos sinais de alerta que foram vistos. Depois, as pessoas me disseram que viram a fumaça, embora não tivessem escutado o disparo da arma. Com esses sinais, eles muito gentilmente manobraram a meu favor e aguardaram por mim. Então, em cerca de três horas eu os alcancei.

Eles me perguntaram quem eu era, em português, espanhol e francês, mas eu não entendia nenhum desses idiomas. Por fim, um marinheiro escocês que estava a bordo me chamou. Eu respondi dizendo-lhe que era inglês e que tinha fugido da escravidão dos mouros, em Sallee. Eles então me convidaram a bordo, onde fui muito bem recebido com todas as minhas coisas.

Para mim era uma alegria indescritível, como qualquer um pode acreditar, ter sido resgatado assim da condição miserável e quase sem esperança em que me encontrava. Eu imediatamente ofereci tudo o que tinha ao capitão do navio, como recompensa pela minha libertação. Mas ele generosamente me respondeu que não aceitaria nada de mim e que tudo o que eu tinha seria devolvido intacto para mim quando eu chegasse ao Brasil.

– Porque eu salvei a sua vida da mesma forma como eu gostaria que salvassem a minha – ele disse. – Talvez uma vez ou outra seja meu destino ser socorrido na mesma condição. Além disso , ao levá-lo para o Brasil, a uma distância tão grande do seu próprio país, se eu aceitasse de você tudo o que tem, você morreria de fome por lá e então eu retomaria essa vida que acabei de lhe dar – ele acrescentou. – Não, não, senhor inglês – ou *mister Englishman* –, vou levá-lo por pura caridade e essas coisas vão ajudá-lo a comprar tanto a sua subsistência lá como a sua passagem de volta para casa – ele completou.

Tão caridoso quanto em sua proposta ele foi escrupuloso no cumprimento de sua promessa, pois ordenou aos marinheiros que ninguém tocasse em nada do que eu tinha. As minhas coisas ficaram sob sua guarda e em troca ele me deu um inventário exato delas, para que pudesse recuperar tudo, até mesmo os meus três jarros de água.

Quanto ao meu escaler, era muito bom. Assim que o examinou, ele me disse que o compraria de mim para usá-lo em seu navio e perguntou quanto eu queria. Respondi que ele havia sido tão generoso comigo em tudo que eu não poderia fixar nenhum preço pelo barco e que deixava isso inteiramente a seu critério, ao que ele me disse que me daria uma nota de próprio punho no valor de oitenta moedas de oito *reales* – moedas de prata espanholas –, a pagar no Brasil. E que, quando chegássemos lá, se alguém me oferecesse mais, ele cobriria a diferença. Além disso, ele me ofereceu sessenta moedas de oito *reales* pelo meu menino Xury, que hesitei aceitar, não porque não estivesse disposto a deixá-lo com o capitão, mas porque estava muito relutante de vender a liberdade do pobre rapaz, que me ajudara tão fielmente a recuperar a minha própria liberdade. Porém, quando manifestei ao capitão as minhas razões, ele considerou isso justo e me propôs o compromisso de assumir com o menino a obrigação de torná-lo livre em dez anos, se ele se tornasse cristão. Depois disso, e com Xury dizendo que estava disposto a ir com ele, eu deixei o capitão levá-lo.

Fizemos uma viagem muito boa para o Brasil e chegamos à Bahia, ou Baía de Todos os Santos, cerca de vinte e dois dias depois. Pela segunda vez eu tinha sido livrado da mais miserável de todas as condições de vida e precisava considerar comigo mesmo o que haveria de fazer em seguida.

Jamais deixarei de lembrar do tratamento generoso do capitão para comigo. Ele não quis receber nada pela minha passagem, deu vinte ducados pela pele do leopardo e quarenta pela pele do leão, que eu tinha no meu barco e fez com que tudo que eu tinha no bote fosse pontualmente entregue a mim. E comprou tudo o que eu estava disposto a vender, como o caixote das garrafas, dois mosquetes e o pedaço da barra de cera de abelha que sobrou, porque eu tinha feito velas com o resto. Em suma, consegui ganhar cerca de duzentas e vinte moedas de oito *reales* por toda a minha carga. E, com esse capital, eu desci em terra no Brasil.

Lá, pouco tempo depois o capitão me recomendou à casa de um homem tão bom e honesto como ele, que era um "senhor de engenho", como eles chamam, isto é, ele era dono de uma plantação e de uma moenda de cana-de-açúcar. Vivi algum tempo na casa dele e desse jeito me familiarizei com a maneira de plantar e fazer açúcar. Assim, vendo como os plantadores viviam bem e como ficavam ricos de repente, resolvi que, se conseguisse obter uma licença para me instalar entre eles, viraria plantador. Também resolvi, enquanto isso, descobrir algum modo de recuperar o meu dinheiro que havia deixado em Londres. Para esse propósito, tendo recebido uma espécie de carta de naturalização, comprei tanta terra não cultivada quanto o meu dinheiro permitiu e formei um plano para a minha plantação e o meu estabelecimento, proporcional ao valor que esperava receber da Inglaterra.

Eu tinha um vizinho, um português de Lisboa, mas filho de ingleses, cujo nome era Wells e que se encontrava um pouco nas mesmas circunstâncias que eu. Era meu vizinho porque a plantação dele ficava ao lado da minha e éramos muito sociáveis juntos. O meu capital era tão baixo quanto o dele e, durante dois anos, plantamos mais para comer do que qualquer outra coisa. Porém, começamos a progredir e as nossas terras começaram a entrar em ordem, tanto assim que no terceiro ano plantamos um pouco de tabaco e cada um de nós conseguiu um grande pedaço de terra pronto para o plantio de cana no ano seguinte. Mas ambos precisávamos de ajuda e então percebi que errei, mais do que nunca, ao me separar do menino Xury.

Mas infelizmente, para mim, que nunca fazia nada certo, errar não era grande novidade e não havia outro remédio senão continuar. Eu tinha conseguido uma ocupação muito distante do meu temperamento e exatamente contrária à vida que gostava e pela qual havia deixado a casa de meu pai e desprezado todos os seus bons conselhos. Além disso, estava entrando na mesma condição mediana ou no grau mais alto da vida baixa que meu pai me recomendara antes. Então, se resolvesse continuar, eu poderia muito bem ter ficado em casa, sem nunca ter me cansado ao correr o mundo como fizera. Eu costumava dizer a mim mesmo que poderia ter feito isso muito bem na Inglaterra, entre os meus amigos, sem precisar percorrer cinco mil milhas para fazer isso entre estranhos e selvagens, num deserto tão distante que nunca recebia nenhuma notícia de qualquer parte do mundo e ninguém tinha o menor conhecimento de mim.

Assim, eu costumava ver a minha condição com o máximo arrependimento. Eu não tinha ninguém para conversar, a não ser o meu vizinho, de vez em quando. Não tinha trabalho a fazer, a não ser o labor das minhas mãos. E costumava dizer a mim mesmo que vivia como um náufrago esquecido numa ilha deserta, sem ninguém e entregue à própria sorte. Então, foi muito justo – e todo homem deve refletir, quando compara a sua condição atual com outras piores, que os céus podem obrigá-lo a fazer a troca e convencê-lo, por sua própria experiência, de sua antiga felicidade –, foi muito justo, repito, essa vida realmente solitária numa ilha totalmente deserta, da qual eu me queixava, ter se tornado o meu destino eu, que tantas vezes a havia injustamente comparado com a vida que levava, a qual, se eu perseverasse, com toda probabilidade teria me conduzido a grandes prosperidade e riqueza.

Em certo grau, eu estava decidido sobre as medidas necessárias para continuar a plantação quando o meu amável amigo, o capitão do navio que me salvou no mar, voltou. O navio dele permaneceria atracado quase três meses, embarcando e se preparando para viajar. Então, contei a ele a respeito do pequeno capital que tinha deixado para trás em Londres e ele me aconselhou sincera e amigavelmente.

– Senhor inglês – ele disse, pois era assim que sempre me tratava. – Se me der uma procuração formal, com ordens para a pessoa que está com o seu dinheiro em Londres enviá-lo a Lisboa, para pessoas que indicarei e em mercadorias que sejam apropriadas a este país, eu lhe trarei tudo isso, se Deus quiser, no meu retorno. Mas, como as coisas humanas estão sujeitas a mudanças e desastres, então não me dê ordens senão para cem libras esterlinas, o que, pelo que você disse, é a metade do seu capital, e arrisque apenas isso, primeiro. Assim, se for seguro, você poderá pedir o resto da mesma maneira, pois, se falhar, você ainda terá a outra metade à qual recorrer em caso de necessidade.

Foi um conselho tão saudável e parecia tão amigável que eu não podia deixar de me convencer de que seria o melhor caminho que poderia tomar. Então, preparei as procurações para a senhora com quem eu tinha deixado o meu dinheiro e para o capitão português, como ele desejava.

Escrevi para a viúva do capitão inglês um relato completo de todas as minhas aventuras, a minha escravidão, a fuga, o encontro com o capitão português no mar e seu comportamento humanitário e ainda a minha condição atual, com todas as outras instruções necessárias à recuperação dos meus fundos. Quando esse honesto capitão chegou a Lisboa, ele encontrou meios, através de alguns comerciantes ingleses de lá, de enviar não apenas a ordem, mas também o relato completo da minha história a um comerciante em Londres e os apresentou tão prontamente que ela não só entregou o dinheiro, como enviou ao capitão português, do próprio bolso, um belo presente por sua humanidade e caridade para comigo.

O comerciante de Londres converteu as cem libras esterlinas em mercadorias inglesas, como o capitão havia pedido e as enviou diretamente para ele em Lisboa. Ele transportou em segurança todas essas coisas para mim no Brasil. Entre elas e sem a minha recomendação – pois eu era neófito demais nos negócios para pensar nisso – ele tomou o cuidado de incluir todos os tipos de ferramentas, ferragens e utensílios necessários à minha plantação e que foram de grande utilidade para mim.

Quando essa carga chegou, fiquei muito feliz e agradavelmente surpreso, pois o meu fornecedor, o capitão, tinha gastado as cinco libras, que a minha amiga tinha lhe enviado como presente, para comprar e trazer mais um servo para mim, sob fiança por seis anos de serviço, sem aceitar nenhuma retribuição, exceto um pouco de tabaco, que insisti para que ele aceitasse, sendo de minha própria produção.

Mas isso não foi tudo. Como as mercadorias eram todas de fabricantes ingleses, como lençóis, panos, flanelas e coisas particularmente valiosas e desejáveis no país, encontrei meios de vendê-las com uma vantagem muito grande; de modo que eu poderia dizer que obtive mais de quatro vezes o valor da minha primeira carga e estava infinitamente adiante do que o meu pobre vizinho, quer dizer, no avanço da minha plantação, pois a primeira coisa que fiz foi comprar um escravo negro e ainda um servo europeu, isto é, outro além daquele que o capitão trouxe para mim de Lisboa.

Mas, como o abuso da prosperidade é muitas vezes a verdadeira causa da nossa maior adversidade, assim aconteceu comigo. Tive, no ano seguinte, grande sucesso na minha plantação. Colhi cinquenta grandes rolos de tabaco em meu próprio terreno, fora o que troquei, para as necessidades, com os meus vizinhos. E, esses cinquenta rolos, pesando cada um acima de cem libras, foram muito bem curados e guardados em reserva para o retorno da frota de Lisboa. Então, com os meus negócios e as minhas riquezas aumentando, a minha cabeça começou a se encher de projetos e empreendimentos fora do meu alcance, semelhantes àqueles que frequentemente causam a ruína das melhores cabeças em negócios.

Se tivesse me mantido na condição em que estava nessa época, eu ainda poderia esperar que acontecessem comigo todas as coisas felizes da vida tranquila e recatada que meu pai tão fervorosamente havia recomendado e das quais ele tão sensatamente havia dito que a condição mediana de vida estaria cheia. Mas outras coisas me atraíam e eu ainda seria o agente obstinado de todas as minhas próprias misérias e, em particular, para aumentar minha culpa e duplicar as reflexões sobre mim mesmo, daquilo que na minha futura tristeza eu teria tempo livre para fazer. Todos esses infortúnios foram adquiridos pela minha manifesta teimosia de aderir à minha tola tendência de correr o mundo e de perseguir essa inclinação, contrariamente às visões mais evidentes de fazer o bem a mim mesmo pela perseguição clara e simples daquelas perspectivas e medidas da vida, que a natureza e a Providência concordaram em me oferecer para a realização dos meus deveres.

Como havia feito antes, por ocasião da minha ruptura com meus pais, então eu não conseguia ficar contente. Era preciso que eu partisse e abandonasse a visão feliz de ser um homem rico e próspero na minha nova plantação, só para perseguir o desejo temerário e descomedido de crescer mais depressa do que a natureza das coisas admitia. E assim, novamente eu me lancei no mais profundo abismo da miséria humana em que um homem jamais poderia cair, ou talvez no único que a vida e o estado de saúde lhe deixassem no mundo.

Então, para chegar pelos justos degraus aos detalhes dessa parte da minha história, você pode supor que, tendo vivido quase quatro anos no Brasil e começando a prosperar e enriquecer na minha plantação, eu tinha não apenas aprendido a língua, mas travado conhecimento e feito amizade com meus colegas plantadores e também com os mercadores de Salvador, que era o nosso porto. Nas minhas conversas com eles, eu frequentemente relatava as minhas duas viagens à costa da Guiné, a maneira de negociar com os negros por lá e como era fácil trocar quinquilharias – como miçangas, brinquedos, facas, tesouras, machados, pedaços de vidro e coisas assim – não só por ouro em pó, grãos da Guiné, dentes de elefantes etc., mas por negros, para o trabalho no Brasil, em grande número.

Eles escutavam sempre com muita atenção os meus relatos sobre tais assuntos, mas especialmente a parte relacionada com o tráfico de negros, que, nessa época nem tão distante, não era uma atividade muito comum, até porque tinha que ser realizada com autorização do *asiento*, ou permissão dos reis de Espanha e Portugal, detentores do monopólio público. De modo que poucos negros eram comprados e custavam muito caro.

Certa vez aconteceu que, quando eu estava em companhia de alguns comerciantes e plantadores meus conhecidos e falando dessas coisas com muita sinceridade, três deles vieram até mim na manhã seguinte e me disseram que estiveram meditando muito sobre o que eu tinha contado para eles na noite anterior e que eles vinham me fazer uma proposta secreta. Depois de me pedirem sigilo, eles me disseram que tinham um plano de equiparem um navio para ir à Guiné, pois todos tinham plantações, como eu e que não precisavam tanto de alguma coisa quanto de escravos. Como esse era um comércio que não poderia ser realizado, porque não era permitido vender os negros em público quando desembarcavam, então eles desejavam fazer apenas uma única viagem, para trazer os negros em particular para terra e dividi-los entre suas próprias plantações. Em suma, a questão era que, se eu quisesse embarcar no navio como o superintendente deles, para gerenciar a parte comercial na costa da Guiné, então eles me ofereceriam que eu tivesse a minha parte igual de negros, sem entrar com nenhuma parte de capital.

Seria uma proposta justa, devo confessar, caso tivesse sido feita a qualquer pessoa que não tivesse que cuidar de uma plantação e de um estabelecimento próprio, que estavam no caminho certo para se tornar muito considerável, com um bom capital aplicado. Mas, para mim, que estava assim comprometido e estabelecido, que não precisava fazer mais nada a não ser continuar o que havia começado por mais três ou quatro anos e que, se mandasse buscar na Inglaterra as outras cem libras restantes, nesse momento e com esse pequeno acréscimo, então poderia ter no mínimo umas três ou quatro mil libras esterlinas, com isso aumentando a cada dia, para mim, repito, pensar em tal viagem seria a coisa mais absurda de que um homem colocado em tais circunstâncias poderia se tornar culpado.

Mas, para mim, que nasci para ser o meu próprio destruidor, seria tão impossível resistir a essa oferta quanto havia sido conter os meus primeiros pensamento inconsequentes quando os bons conselhos de meu pai se perderam em mim. Em suma, eu disse a eles que iria de todo o meu coração se eles se comprometessem a cuidar da minha plantação na minha ausência e de dispor dela do modo que eu orientasse, caso naufragasse. Com isso todos concordaram e se comprometeram a fazer, por escrito ou como compromisso. E eu fiz um testamento formal, dispondo da minha plantação e dos meus bens em caso de morte e instituindo o capitão do navio, que salvou minha vida como já narrei anteriormente, como o meu herdeiro universal, mas obrigando-o a dispor dos meus bens como eu havia indicado em meu testamento, ou seja, ele reservaria metade do produto para si mesmo, e a outra seria embarcada para a Inglaterra.

Em resumo, tomei todas as cautelas possíveis para preservar os meus bens e manter a minha plantação. Se tivesse usado metade de tanta prudência para cuidar do meu próprio interesse e formar um julgamento do que deveria fazer ou não fazer, certamente eu jamais teria me afastado de tão próspero empreendimento, deixando de lado todas as perspectivas prováveis de um enriquecimento circunstancial, por uma viagem no mar, acompanhada de todos os seus riscos, para não falar das razões que eu tinha de esperar particulares desgraças para mim mesmo.

Mas eu tinha pressa e obedeci cegamente aos ditames da minha fantasia, mais do que a minha razão. Consequentemente, com o navio equipado, a carga embarcada e todas as coisas feitas conforme o acordo, pelos meus parceiros dessa viagem, subi a bordo em má hora, no dia 1º de setembro de 1659, oito anos depois que nesse mesmo dia eu me afastei de meu pai e minha mãe em Hull, para agir como rebelde à autoridade deles e tolo aos meus próprios interesses.

O nosso navio, com cerca de cento e vinte toneladas de peso bruto, carregava seis canhões e catorze homens, além do mestre, seu criado e eu. Não tínhamos a bordo uma grande carga de mercadorias, exceto as quinquilharias adequadas ao nosso comércio com os negros, como miçangas, pedaços de vidro, conchas e outras bugigangas, principalmente pequenos espelhos, facas, tesouras, machados e coisas semelhantes.

No mesmo dia em que subi a bordo, partimos para o norte da nossa própria costa, com o plano de singrarmos para a costa africana quando chegássemos a dez ou doze graus de latitude setentrional. Tal era, ao que parece, o modo de se fazer esse trajeto naqueles dias. O tempo esteve muito bom, apenas excessivamente quente, em toda a costa, até chegarmos à altura do Cabo de Santo Agostinho, onde, ganhando alto-mar, perdemos a terra de vista e seguimos como se o nosso destino fosse a ilha de Fernando de Noronha. Mas, mantendo nosso curso em nordeste do quadrante norte, deixamos as ilhas desse arquipélago a leste. Nesse curso, ultrapassamos a linha do equador em cerca de doze dias e estávamos, pela nossa última observação, em sete graus vinte e dois minutos de latitude norte quando um violento tornado, ou furacão, nos deixou totalmente desorientados. Ele começou a chegar de sudeste, virou para noroeste e depois se fixou em nordeste, de onde explodiu de maneira tão terrível que por doze dias seguidos não pudemos fazer nada a não ser seguir à deriva, correndo na frente dele, deixando-nos levar aonde o destino e a fúria dos ventos nos empurrasse. Durante esses doze dias, não preciso dizer que esperava ser engolido a cada instante e que no navio também, na verdade, ninguém achava que salvaria a própria vida.

Nessa angústia, além do terror da tempestade, um dos nossos homens morreu de insolação e tivemos um marinheiro e o criado levados por uma onda do mar. No décimo segundo dia, o vento amainou um pouco e o capitão aproveitou para fazer uma observação, da melhor maneira que foi possível. Calculou que a embarcação estava a cerca de onze graus de latitude norte, mas com vinte e dois graus de longitude de diferença a oeste do Cabo de Santo Agostinho. Desse modo, descobriu que estaríamos na costa da Guiana, ou na parte norte do Brasil, além do rio Amazonas, em direção ao rio Orinoco, comumente chamado de Grande Rio. Então, ele começou a me consultar sobre qual curso deveria tomar, pois o navio estava muito avariado e com vários vazamentos. Na opinião dele, deveríamos voltar diretamente para a costa do Brasil.

A minha opinião era exatamente contrária a isso. Depois de olhar com ele os mapas da costa marítima da América, concluímos que não havia região habitada a que pudéssemos recorrer antes de entrarmos no círculo das ilhas do Caribe. Então, decidimos seguir rumo a Barbados, continuando em alto-mar, para evitar a entrada na baía ou golfo do México, aonde poderíamos facilmente chegar, como esperávamos, em cerca de quinze dias de vela, considerando que seria impossível fazer a nossa viagem para a costa de África sem alguma ajuda, tanto para o nosso navio quanto para nós mesmos.

Com esse plano, mudamos o nosso curso e nos afastamos para noroeste e oeste, para chegarmos a algumas das nossas ilhas inglesas, onde eu esperava receber alguma assistência. Mas a nossa viagem estava predestinada de outra maneira, pois, na latitude de doze graus e dezoito minutos, uma segunda tempestade desabou sobre nós e nos levou embora com o mesmo ímpeto para oeste, expulsando-nos de qualquer rota frequentada pelo comércio humano, de modo que, se as nossas vidas fossem salvas quanto ao mar, nós corríamos mais perigo de sermos devorados por selvagens do que teríamos chance de voltarmos ao nosso país.

Nessa agonia, e com o vento ainda soprando muito forte de manhã cedo, um dos homens gritou: "Terra!". Nós mal havíamos saído da cabine, para olhar ao redor na esperança de reconhecermos o paradeiro do mundo em que estávamos quando o navio bateu num banco de areia, parando de movimentar-se tão repentinamente que o mar quebrou sobre a embarcação de tal maneira que achamos que todos morreríamos imediatamente. Então fomos nos refugiar no castelo de proa, ao abrigo da espuma e dos borrifos do mar.

Não é fácil para quem nunca esteve em condições semelhantes descrever ou conceber a consternação dos homens em tais circunstâncias. Não sabíamos onde estávamos, nem para qual porção de terra tínhamos sido levados, se era ilha ou continente, se era habitada ou não. Como a fúria do vento ainda era grande, embora menor do que no início, não podíamos esperar que o navio levasse muito tempo para se partir em pedaços, a menos que os ventos, por uma espécie de milagre, mudassem subitamente. Em suma, olhávamos uns para os outros, esperando a morte a cada momento. E, assim, todos os homens se preparavam para o outro mundo, porque havia pouco ou nada mais a fazer nesse caso. Todo o nosso consolo nesse momento, todo o conforto que tivemos então, era que, ao contrário do que esperávamos, o navio não havia se partido ainda e que o capitão dizia que o vento começava a diminuir.

Embora percebêssemos que o vento de fato havia arrefecido um pouco, ainda assim o navio estava encalhado na areia, encravado demais para que esperássemos que voltasse a flutuar. Estávamos realmente em uma condição terrível e não havia nada a fazer, a não ser pensar em salvar nossas vidas da melhor maneira possível. Nós tínhamos um bote na popa um pouco antes da tempestade, mas primeiro ele se soltou de tanto bater contra o leme do navio e depois de romper as amarras, se afastou e afundou ou foi levado pelo mar. Então, não podíamos contar com ele. Tínhamos outro escaler a bordo, mas colocá-lo no mar era muito difícil. Porém, não havia tempo a perder, pois imaginávamos que o navio se partiria em pedaços a cada minuto, sendo que alguns diziam que na verdade ele já estava parcialmente partido.

Então, o nosso imediato se apoderou do escaler e com a ajuda dos marinheiros lançou-o ao lado do navio. Todos embarcamos, mas o bote se soltou. Éramos onze em número, abandonados à misericórdia de Deus e ao mar selvagem, já que, embora a tempestade tivesse diminuído consideravelmente, o mar se erguia e se chocava terrivelmente alto contra a costeira e merecia muito bem ser chamado de *Den wild zee*, o mar selvagem, como os holandeses se referem ao mar tempestuoso.

Nesse momento, a nossa situação era muito desesperadora. Todos nós víamos claramente que o mar estava alto demais, que o bote não aguentaria e que era inevitável todos nós nos afogarmos. Não havia como navegar, pois não tínhamos velas e, mesmo se tivéssemos, não poderíamos fazer nada com elas. Então, trabalhamos no remo em direção à terra, embora com o coração pesado, como condenados a caminho da execução. Todos sabíamos que quando o bote chegasse perto da costa seria destruído em mil pedaços pela quebra do mar. Mesmo assim, depois de encomendarmos nossas almas a Deus da maneira mais séria e com o vento nos levando para a praia, apressamos nossa destruição com nossas próprias mãos, remando com todas as forças que tínhamos em direção à terra.

Se a costa era rocha ou areia, se era íngreme ou plana, não sabíamos. A única esperança que racionalmente nos restava era a fraca expectativa de encontrarmos alguma baía ou golfo, ou a foz de algum rio, onde por sorte muito grande poderíamos entrar com o nosso bote ou ficarmos abrigados a sotavento da terra, quem sabe até chegar a calmaria. Mas nada disso aconteceu e, à medida que nos aproximávamos da costa, a terra parecia ainda mais assustadora do que o mar.

Depois de termos remado, ou melhor, derivado por uma légua e meia, pelas nossas contas, uma onda furiosa, que se ergueu como uma montanha, veio rolando por trás de nós, claramente anunciando o "golpe de misericórdia". Em suma, a onda nos levou com tanta fúria que o bote emborcou de uma só vez e nos arremessou ao longe, separados tanto do barco quanto uns dos outros, sem tempo para dizer: "Meu Deus do céu!", pois fomos todos engolidos num só momento.

Nada pode descrever a confusão de pensamentos que senti quando afundei na água, pois, apesar de nadar muito bem, ainda não conseguia me livrar da correnteza para respirar, até que essa onda me levou, ou melhor, me arrastou, por uma vasta distância em direção à costa e tendo se espraiado e recuado, me deixou em terra quase seca, mas meio morto com a água que engoli. Ao perceber que estava mais perto da terra firme do que imaginava, reuni forças e presença de espírito suficientes para me colocar em pé e me esforçar por alcançar a terra o mais depressa possível, antes que outra onda voltasse e me levasse de novo.

Mas logo descobri que era impossível evitar isso, pois vi o mar vir atrás de mim tão alto quanto uma montanha e tão furioso quanto um inimigo que eu não tinha meios ou forças para enfrentar. O meu único recurso foi prender a respiração e voltar à tona assim que pudesse, para então nadar, preservando o meu fôlego, em direção à costa, se possível. A minha maior preocupação nesse momento era que a correnteza do mar, depois de ter me levado para a costa quando veio, não me arrastasse de volta quando recuasse.

A onda que veio sobre mim novamente me afundou de uma só vez vinte ou trinta pés dentro de sua própria massa. Eu me senti carregado por uma força poderosíssima e com uma rapidez incrível em direção à costa, o que para mim era um ótimo caminho. Mas prendi o fôlego e nadei com todas as minhas forças. Estava a ponto de sufocar por falta de respiração quando notei que subia. Então, para meu alívio imediato, consegui colocar a cabeça e as mãos para fora, acima da superfície da água. E, embora não tivesse me mantido assim mais do que dois segundos, isso me aliviou muito, pois recuperei o fôlego e ganhei nova coragem. Em seguida, novamente fiquei submerso na água por um bom tempo, mas não tanto quanto antes. Sentindo que a água perdia força e começava a refluir, avancei contra o retorno das ondas e senti novamente o chão com os pés. Fiquei parado, tranquilo, por alguns instantes, para recuperar o fôlego, até que as águas se afastassem. Depois me aprumei e corri para a praia com todas as forças que ainda me restavam. Mas nem isso me pouparia da fúria do mar, que foi despejada sobre mim novamente. Por mais duas vezes, as ondas me levantaram e me puxaram para longe como antes, pois a praia era muito extensa.

A última dessas duas vezes foi quase fatal para mim, pois o mar me arrastou como antes e me jogou em terra, ou melhor, me arremessou contra um pedaço de rocha, mas com tanta força que me deixou desmaiado e, de fato, impossibilitado de me recuperar. O golpe me atingiu de lado e no peito e me deixou completamente sem fôlego. Se eu não tivesse voltado à consciência de novo imediatamente, teria me afogado na água. Mas eu me recuperei um pouco antes do retorno das ondas e vendo que seria novamente coberto pela água, resolvi segurar rapidamente num pedaço da rocha, para assim prender a respiração, se possível, até as ondas recuarem. Então, como as ondas já não eram tão altas quanto no começo e a terra estava mais perto, segurei com força até que elas diminuíssem. Assim, voltei a correr, o que me levou tão perto da costa que a onda seguinte, embora tenha passado por cima de mim, ainda assim não me engoliu a ponto de me levar embora. E, por fim, num último esforço, cheguei à terra firme, onde, para minha grande satisfação, escalei os penhascos da costa e me sentei na grama, livre do perigo, completamente fora do alcance das águas do oceano.

Enfim, eu estava seguro e em terra firme. Comecei a olhar o céu, agradecendo a Deus pela minha vida ter sido salva, numa situação em que apenas poucos minutos antes não havia nenhum espaço para a esperança. Acredito que seja impossível expressar, para a vida, o que são os êxtases e os transportes de uma alma quando ela é assim salva, arrancada, posso até dizer, para fora do túmulo. Também não me admira mais o costume de um cirurgião ser levado para tirar o sangue de um malfeitor que recebe o indulto exatamente no momento em que está prestes a morrer, com a corda no pescoço, para que a surpresa não expulse os espíritos vitais de seu coração e não o mate, "porque o primeiro efeito, tanto das alegrias como das tristezas repentinas, é a perplexidade".

Andei pela praia com as mãos erguidas para os céus. Todo o meu ser estava, por assim dizer, envolto em contemplação pelo meu salvamento. Eu fazia mil gestos e movimentos, que não consigo descrever, pensando em todos os meus camaradas que haviam se afogado e percebendo que não deveria restar nenhuma alma salva, além da minha. Quanto aos outros, jamais os vi novamente, nem eles e nem qualquer sinal deles, exceto três chapéus, um boné e dois sapatos que não formavam par.

Olhei para o navio encalhado, mas a arrebentação e a espuma do mar eram tão grandes que eu mal conseguia enxergá-lo. Então, eu pensava que só por Deus havia sido possível que eu tivesse chegado em terra.

Depois de consolar a minha mente com a parte confortável da minha condição, comecei a olhar à minha volta, para ver em que tipo de lugar estava e o que precisaria fazer em seguida. Mas logo senti meu alento – ou conforto – se abater, pois, em suma, a minha libertação tinha sido terrível. Eu estava molhado, não tinha roupas para me trocar e nem nada para comer ou beber para me confortar. Não via nenhuma perspectiva diante de mim a não ser morrer de fome ou ser devorado por feras selvagens. Mas o que era particularmente aflitivo para mim era que eu não tinha nenhuma arma, nem para caçar e matar algum animal para meu sustento, nem para me defender de outra criatura que pudesse querer me matar. Em suma, eu não tinha nada para mim, a não ser uma faca, um cachimbo de tabaco e um pouco de tabaco em uma caixa. Essas eram todas as minhas provisões. Isso me deixou com tantas e tão terríveis agonias na mente que, por um tempo, eu corri para lá e para cá como um louco. Ao cair da noite, estava com o coração pesado demais para considerar o que seria do meu destino se a região estivesse infestada de feras vorazes, pois, à noite, elas sempre saem para rondar atrás de suas presas.

O único remédio que se ofereceu aos meus pensamentos naquele momento foi subir numa árvore grossa e copada, semelhante a um abeto, mas espinhosa, que apareceu perto de mim, onde resolvi ficar a noite toda, deixando para considerar no dia seguinte de qual morte eu deveria morrer, pois ainda não via meios de sobreviver. Eu me afastei cerca de meio quarto de milha da costa, para ver se conseguia encontrar água fresca para beber, que encontrei, para minha grande alegria. Depois disso e de colocar um pouco de tabaco na boca para evitar a fome, fui até a árvore, subi e me ajeitei de modo a não cair, caso dormisse. E tendo cortado um bastão curto, como um porrete, para minha defesa, tomei posse do meu alojamento. Como estava extremamente cansado, caí rapidamente num sono profundo. Dormi tão confortavelmente quanto, creio eu, poucas pessoas conseguiriam na minha condição, mais reconfortado do que poderia imaginar numa situação como aquela.

IV PRIMEIRAS SEMANAS NA ILHA

Quando acordei, era dia claro e o tempo estava aberto. A tempestade tinha diminuído, de modo que o mar não parecia tão bravo e nem tão agitado como antes. Mas o que mais me surpreendeu foi o fato de o navio ter sido levantado durante a noite, com a subida da maré, do banco de areia onde havia encalhado, e de ter derivado até quase a rocha que mencionei acima, na qual eu me feri tanto quando a onda me arremessou contra ela, a cerca de uma milha da costa onde eu me encontrava. Como ainda assim o navio parecia estar de pé, eu quis ir a bordo para, pelo menos, poder salvar algumas coisas necessárias ao meu uso.

Quando desci do meu cômodo na árvore, olhei de novo ao redor. A primeira coisa que descobri foi o bote, virado, no local em que o vento e o mar o atiraram em terra, a cerca de duas milhas à minha direita. Andei o mais que pude ao longo da praia para chegar até lá, mas encontrei um braço de mar, com cerca de meia milha de largura, entre mim e o escaler. Então, recuei no caminho, pois estava mais interessado em chegar ao navio, onde esperava encontrar alguma coisa para a minha subsistência.

Pouco depois do meio-dia, o mar estava muito calmo e a maré baixou tanto que eu pude avançar quase um quarto de milha até o navio. Lá, experimentei uma renovação da minha dor, pois vi, claramente, que se tivéssemos ficado a bordo, estaríamos todos salvos, quer dizer, todos nós teríamos chegado seguros em terra e eu não estaria tão infeliz como estava, a ponto de ficar completamente destituído de todo conforto e de companhia. Tal situação arrancou lágrimas dos meus olhos novamente. Mas, como havia pouco alívio nisso, resolvi que, se fosse possível, chegaria ao navio. Então, tirei as minhas roupas, pois o tempo estava quente ao extremo, e entrei na água. Quando cheguei ao navio, a minha dificuldade foi ainda maior para saber como embarcar, pois, como a nau descansava encalhada e se erguia a grande altura fora da água, não havia nada ao meu alcance para eu me segurar. Nadei em volta da embarcação duas vezes e na segunda vez avistei um pequeno pedaço de corda, que estranhei não ter notado a princípio, pendurada nas correntes dianteiras mais baixas, e que com grande dificuldade consegui pegar. Com a ajuda dessa corda, subi no castelo de proa do navio. Ali, vi que o navio estava inundado e tinha muita água no porão, mas estava bem ao lado de um banco de areia dura, ou melhor, de terra, com a popa muito para cima e a proa para baixo, quase dentro da água, de modo que a popa estava a salvo e tudo o que havia naquela parte estava seco. Então, com certeza o meu primeiro trabalho foi de pesquisa, para ver o que havia estragado e o que tinha sido preservado. Inicialmente, descobri que todas as provisões do navio estavam secas e bem conservadas. E, estando muito bem-disposto a comer, fui até o compartimento dos biscoitos e enchi os bolsos de bolachas, que comi enquanto fazia outras coisas, pois não tinha tempo a perder. Também encontrei um pouco de rum na cabine grande, do qual tomei um grande trago, que eu, de fato, precisava para me animar por causa do que estava diante de mim. Então, eu não precisava de nada mais além de um barco inteiro para me abastecer com muitas coisas que, pelo que eu previa, seriam muito necessárias para mim.

Seria em vão ficar à vontade, desejando o que eu não podia ter. Assim, essa necessidade extrema despertou a minha inteligência.

Tínhamos a bordo várias vergas e dois ou três mastros grandes de madeira e um mastaréu ou dois sobressalentes no navio. Resolvi começar o trabalho por aí e joguei ao mar o maior número dessas madeiras, cujo peso conseguia aguentar, amarrando cada peça com uma corda, para que não elas fossem embora à deriva. Quando tudo isso foi feito, desci o costado do navio e juntei quatro peças, puxando-as para mim e amarrando-as fortemente em ambas as pontas, da melhor maneira possível, na forma de uma jangada. Em seguida, coloquei duas ou três tábuas curtas atravessadas e descobri que podia andar muito bem sobre ela, mas que a jangada não seria capaz de suportar nenhuma grande carga, pois as peças eram muito leves. Então, voltei ao trabalho e com uma serra de carpinteiro cortei um mastro sobressalente em três comprimentos e os acrescentei à minha jangada, com grande esforço e muitas dores. Mas a esperança de me abastecer de coisas necessárias me incentivou a ir além do que eu seria capaz de fazer em qualquer outra situação.

A minha jangada ficou suficientemente forte para suportar um peso razoável. O meu cuidado seguinte seria ver o que carregaria e como preservaria esse carregamento da ressaca das ondas do mar. Mas não demorei muito pensando nisso. Para começar, coloquei todas as tábuas ou pranchas que consegui pegar. Depois de pensar bem a respeito do que eu mais precisava, peguei três baús dos marinheiros, que antes arrombei e esvaziei, e baixei-os na minha jangada. O primeiro deles enchi de provisões, a saber: biscoitos, arroz, três queijos holandeses, cinco pedaços de carne seca de cabra, que constituíam a principal fonte de alimentação dos tripulantes, e um resto de milho europeu, que tinha sido reservado para algumas galinhas que levamos conosco para o mar, mas que haviam morrido. Também havia a bordo uma mistura de cevada e trigo; mas, para minha grande decepção, depois descobri que os ratos tinham comido ou estragado toda ela. Quanto às bebidas, encontrei várias caixas de garrafas pertencentes ao nosso capitão, entre as quais algumas aguardentes, além de, ao todo, cerca de cinco ou seis galões de áraque, que arrimei separados, pois não havia necessidade de colocá-los nos baús, onde, aliás, não havia mais espaço para eles. Enquanto fazia isso, observei que a maré começava a subir, embora muito calma.

Tive o aborrecimento de ver meu casaco, minha camisa e meu colete, que eu tinha deixado na areia da praia, boiarem ao longe. Quanto às minhas ceroulas, que eram largas e compridas até os joelhos e de puro linho, nadei só com elas e com as minhas meias até a margem. De qualquer modo, porém, isso me obrigou a procurar roupas, que encontrei em quantidade suficiente, mas não levei mais do que precisaria para uso naquele momento, pois existiam outras coisas nas quais eu estava mais de olho em cima, como, principalmente, ferramentas para trabalhar em terra. E foi assim, só depois de muito procurar, que eu descobri o baú do carpinteiro, que foi, de fato, um prêmio muito útil para mim, muito mais valioso do que um carregamento de ouro teria sido naquele momento. Eu o coloquei na jangada, do jeito que estava, sem perder tempo para olhar dentro dele, pois sabia, em geral, o que continha.

O meu cuidado seguinte foi para algumas armas e munições. Na cabine grande havia duas pistolas e dois arcabuzes de caça muito bons, que peguei primeiro, além de alguns chifres de pólvora, um pequeno saco de chumbo e duas espadas velhas enferrujadas. Eu sabia que havia três barris de pólvora no navio, mas não conhecia o local onde o nosso artilheiro os guardava. Eu, porém, os encontrei depois de muita investigação. Dois deles estavam secos e bons, e o terceiro, molhado. Coloquei os dois primeiros na minha jangada junto com as armas. Então, eu me considerava muito bem municiado e comecei a pensar na maneira como chegaria em terra com tudo aquilo, sem nenhuma vela, sem remos nem leme e sabendo que a menor lufada de vento poderia virar a minha embarcação.

Três coisas me encorajaram. Em primeiro lugar, o mar calmo e tranquilo. Em segundo lugar, a maré subindo e morrendo na praia. E, em terceiro lugar, o pouco vento, que, apesar de fraco, me empurrava para terra. Então, tendo encontrado dois ou três remos danificados pertencentes ao bote, além das ferramentas que estavam no baú, ainda achei duas serras, um machado e um martelo. Com essa carga, eu me larguei no mar. Por uma milha ou mais, a minha jangada seguiu muito bem, só que eu percebi que estava derivando para um lugar um pouco distante de onde havia atracado antes. Isso me fez perceber que havia alguma correnteza de água e, consequentemente, que talvez fosse encontrar algum riacho ou rio, que poderia ser usado como porto de desembarque da minha carga em terra.

Como eu imaginava, era isso mesmo. Apareceu diante de mim uma pequena abertura de terra e eu vi a correnteza forte da maré seguindo por ali. Então, guiei a minha jangada o melhor que pude, para continuar no meio do riacho. Mas quase sofri um segundo naufrágio, que, se ocorresse, na verdade, certamente partiria o meu coração. Essa costa era inteiramente desconhecida para mim e uma ponta da minha jangada foi encalhar num banco de areia. Como a outra ponta não encalhou, por pouco toda a minha carga não escorregou para fora, caindo assim na água. Tentei fazer tudo o que era possível para manter os baús no lugar, segurando-os com as costas. Mas não conseguia empurrar a jangada com força suficiente e nem me atrevia a me mexer, tendo que ficar na postura em que estava, segurando os baús com todas as minhas forças. Fiquei assim por cerca de meia hora, tempo que a água levou para subir e me colocar em um nível um pouco mais alto. Logo depois, com a água ainda subindo, a minha barcaça voltou a flutuar e eu a empurrei no canal com o remo que tinha. Depois, fui impulsionado um pouco mais acima. E, finalmente, me encontrei na embocadura de um pequeno rio, com terra de ambos os lados e uma forte correnteza de maré subindo. Olhei para os lados, em busca de um local adequado para atracar na costa. Como, com o passar tempo, eu tinha esperança de avistar algum navio no mar, não estava disposto a ser levado muito adiante, no rio. Por isso, resolvi me estabelecer o mais próximo possível da costa.

Enfim, avistei uma pequena enseada na margem direita do riacho, para a qual com muito esforço e dificuldade guiei a minha jangada, até chegar tão perto que, alcançando o chão com o remo, eu conseguiria empurrá-la diretamente para dentro. Mas, se fizesse isso, eu arriscaria mergulhar toda a minha carga no mar novamente, porque a margem era muito íngreme – quer dizer, inclinada –, e não havia lugar para atracar e onde, se uma extremidade da minha balsa encostasse em terra, encalharia tão no alto e afundaria a outra ponta tão embaixo, como antes, que colocaria em risco a minha carga novamente. Tudo o que eu pude fazer foi esperar a maré subir um pouco mais, usando o remo como âncora para segurar a jangada de lado contra a margem, perto de um trecho de terra que eu esperava ver inundado. E foi isso o que aconteceu, efetivamente. Tão logo encontrei água suficiente – pois a minha jangada precisava de cerca de um pé de profundidade de água –, empurrei-a sobre esse pedaço de chão raso, onde a prendi, ou melhor, onde a amarrei, fincando os meus dois remos quebrados na terra, um em um lado perto de uma ponta e o outro no lado oposto, perto da outra ponta. E assim permaneci até a vazante deixar a minha jangada e toda a minha carga em segurança na margem.

Em seguida, a minha próxima tarefa foi reconhecer o terreno, em busca de um lugar apropriado para minha habitação e para arrumar as minhas coisas, protegendo-as do que pudesse acontecer. Eu não sabia ainda onde estava, se no continente ou numa ilha, nem se o local era habitado ou não, se havia perigo de animais ferozes ou não. À distância de uma milha no máximo, erguia-se uma montanha muito alta e escarpada, que parecia pairar sobre várias outras que se estendiam como uma crista para o norte. Peguei um arcabuz de caça, uma pistola e um chifre de pólvora e, assim armado, saí para fazer descobertas no topo daquela colina, aonde cheguei depois de grande esforço e dificuldade. E, para minha grande aflição, vi o meu destino, a saber: vi que estava numa ilha cercada de todas as maneiras pelo mar, sem nenhuma terra para ser vista, exceto algumas rochas ou recifes muito afastados e duas pequenas ilhas menores do que aquela em que eu estava, situadas a cerca de três léguas para o oeste.

Também notei que a ilha era deserta e desabitada, como eu tinha boas razões para acreditar, a não ser por animais selvagens, dos quais, no entanto, não vi nenhum. Em contrapartida, porém, vi aves em abundância, mas não reconhecia suas espécies, e nem quando as matava eu sabia dizer quais eram adequadas ou não para comer. Quando voltei, atirei em um grande pássaro que vi pousado numa árvore ao lado de uma grande floresta. Acredito que foi a primeira arma disparada naquele lugar desde a criação do mundo, pois nem bem eu havia ainda atirado quando, de todas as partes do bosque, surgiu uma quantidade incontável de aves, de muitos tipos, fazendo uma tremenda algazarra, gritando e berrando cada uma de acordo com seu canto habitual, mas nenhuma delas de nenhum tipo que eu conhecesse. Quanto à criatura que matei, considerei-a como uma espécie de falcão, pois sua cor e bico eram semelhantes, mas sem garras, nem esporas. Sua carne era carniça e não prestava para absolutamente nada.

Contente com essa descoberta, voltei para a minha jangada e comecei a trabalhar colocando a carga em terra, o que me ocupou pelo resto do dia. O que faria comigo à noite eu não sabia, nem sequer onde descansaria, pois estava com medo de me deitar no chão, sem saber se alguma fera poderia me devorar. No entanto, como logo descobri, realmente não havia necessidade para esses temores.

Mas, assim que pude, eu me entrincheirei atrás do baú e das tábuas que trouxe em terra e fiz uma espécie de cabana para me abrigar nessa noite. Quanto à comida, ainda não sabia como me abasteceria, exceto que eu tinha visto duas ou três criaturas parecidas com lebres saírem do bosque onde havia atirado no pássaro.

Comecei então a considerar que ainda poderia retirar muitas coisas do navio que seriam imensamente úteis para mim, em particular o cordame e as velas e tantas outras coisas mais que poderiam ser levadas para terra. Assim, decidi fazer outra viagem ao navio, quando possível. Como eu sabia que a próxima tempestade que desabasse deveria necessariamente destruí-lo em mil pedaços, resolvi adiar todas as outras coisas até que tivesse conseguido retirar do navio tudo o que conseguisse pegar. Então, deliberei – quer dizer, em meus pensamentos – para saber se deveria voltar na jangada, mas isso parecia impraticável. Assim, decidi partir como antes, quando a maré estivesse baixa. E foi o que fiz, só que me despi antes de sair da cabana, não mantendo nada além da minha camisa quadriculada, as minhas ceroulas de linho e um par de mocassins.

Então, subi a bordo do navio como antes e preparei uma segunda jangada. Tendo já a experiência da primeira, eu não a fiz tão pesada, nem carreguei tanto. Mas, ainda assim, eu trouxe várias coisas muito úteis para mim. Para começar, no compartimento de peças sobressalentes do mestre carpinteiro encontrei duas ou três sacolas cheias de pregos e varetas, um grande macaco, uma ou duas dúzias de machadinhas e, acima de tudo, essa coisa muito útil chamada rebolo. Separei tudo isso e juntei com várias coisas pertencentes ao artilheiro, particularmente dois ou três pés de cabra de ferro, dois barris de balas de mosquete, sete mosquetes, outro arcabuz de caça, com uma pequena quantidade de pólvora, uma sacola grande de chumbo pequeno e um grande rolo de folhas de chumbo. Mas este último era tão pesado que não consegui içá-lo para fora de bordo do navio.

Além dessas coisas, peguei uma vela de reposição da gávea, uma rede e uma cama completa e todas as roupas que pude encontrar. E, com isso, carreguei a minha segunda jangada e levei tudo em segurança para a margem, para minha enorme satisfação.

Durante a minha ausência, fiquei apreensivo, temendo um pouco pelas minhas provisões, que poderiam ser devoradas em terra firme. Mas, quando voltei, não encontrei sinal de nenhum visitante. Só havia uma criatura parecida com um gato selvagem em cima de um baú que, quando cheguei, fugiu a uma curta distância e depois ficou parada. Ela sentou-se muito calma e despreocupada, olhando em cheio na minha cara, como se tivesse em mente familiarizar-se comigo. Eu mostrei a minha arma para ela, mas, como não entendeu o que era, ficou perfeitamente indiferente a isso, sem dar nenhum sinal de que se afastaria. Então, joguei um pedaço de biscoito, embora, é claro, contrariado, pois o meu estoque não era grande. No entanto, eu lhe ofereci um pedaço. Ela foi até ele, cheirou, comeu e olhou, como se tivesse gostado, pedindo mais. Eu agradeci, mas não podia lhe dar mais. Então ela foi embora.

Com a minha segunda carga em terra – embora eu tivesse vontade de abrir os barris de pólvora, para levá-los aos poucos, pois eram barris muito grandes e pesados –, fui trabalhar na montagem de uma pequena tenda com a vela e algumas estacas que cortei para esse propósito. Dentro dessa tenda, coloquei tudo que eu sabia que poderia estragar com sol ou chuva. Empilhei todos os baús e os barris vazios num círculo em volta da tenda, para defendê-la de qualquer tentativa repentina de ataque, de homens ou animais.

Depois disso, bloqueei a porta da tenda por dentro com algumas tábuas e um caixote vazio colocado em pé. Arrumei a cama no chão, coloquei as duas pistolas na cabeceira e o arcabuz ao lado e fui me deitar pela primeira vez. Dormi muito tranquilamente a noite toda, pois estava acabado de tanto cansaço, por ter dormido bem pouco na noite anterior e porque havia trabalhado muito duro durante o dia todo, buscando todas aquelas coisas no navio e levando-as para terra.

Eu tinha então o maior depósito de objetos de todos os tipos já arrumado, acredito, para um só homem, mas ainda não estava satisfeito, pois, enquanto o navio estivesse encalhado, era meu dever retirar tudo o que pudesse dele. Então, todos os dias eu subia a bordo na maré baixa e levava uma coisa ou outra na volta. Mas, particularmente na terceira vez, eu levei o máximo de cordame possível, além de todas as pequenas cordas e amarras que encontrei, junto com um pedaço de lona de reserva, que servia para consertar as velas conforme a necessidade e o barril de pólvora molhado. Em suma, levei todas as velas, da primeira à última, só que tive que cortá-las em pedaços, para levar o máximo possível de cada vez, já que elas não serviriam mais como velas, apenas como lonas.

Mas o que me deu mais conforto ainda, enfim, foi que depois de ter feito cinco ou seis viagens como essas e de achar que não teria mais nada a esperar do navio que valesse a pena mexer, foi que depois de tudo isso, repito, encontrei uma grande barrica de biscoitos, três grandes barris de rum, ou bebidas fortes, uma caixa de açúcar e um barril de farinha. Isso foi muito surpreendente para mim, porque eu tinha desistido de encontrar mais provisões, a não ser estragadas pela água. Logo esvaziei a barrica de biscoitos, embrulhado-os aos poucos nos pedaços das velas cortadas. E, em suma, mais uma vez ainda consegui levar tudo em segurança para terra.

No dia seguinte, fiz outra viagem. Como já havia despojado o navio de tudo o que era adequado e fácil de transportar, fui atrás dos cabos. Cortei o cabo grande de reboque em pedaços proporcionais às minhas forças, juntei mais dois outros cabos e uma amarra e todas as ferragens que consegui retirar. Em seguida, cortei a verga da gávea, a verga de mezena e tudo o que poderia servir para fazer uma jangada grande, para carregar todos esses objetos pesados, e parti. Mas a minha boa sorte começou então a me abandonar, pois essa jangada era tão difícil de manejar e estava tão sobrecarregada que, depois de eu ter entrado na pequena enseada onde havia desembarcado o resto das minhas provisões, não fui capaz de guiá-la com tanta facilidade como a outra.

Então, ela emborcou e jogou toda a minha carga na água. Quanto a mim, não foi um mal tão grande, pois eu estava perto da margem. Mas, quanto à carga, grande parte dela se perdeu, especialmente as ferragens, que eu esperava que fossem de grande utilidade para mim. No entanto, quando a maré vazou, levei para terra a maioria dos pedaços de cabos e um pouco das ferragens, mas fazendo um esforço infinto, pois eu era obrigado a mergulhar na água, num trabalho extremamente cansativo. Depois disso, fui todos os dias a bordo e levava tudo o que podia.

Então, eu já estava em terra havia treze dias e tinha ido onze vezes a bordo do navio. Nesse meio tempo, retirei tudo o que um par de braços poderia ser capaz de carregar. Acredito, na verdade, que, se o tempo bom tivesse continuado, eu teria levado o navio inteiro, peça por peça. Mas, quando me preparava para embarcar pela décima segunda vez, senti que o vento começou a soprar. Ainda assim, fui a bordo na maré baixa e, embora eu pensasse que já havia revirado a cabine do capitão tão eficazmente que nada mais poderia ser encontrado, descobri um armário com gavetas, numa das quais encontrei duas ou três navalhas e um par de tesouras grandes, com cerca de uma dezena ou uma dúzia de boas facas e garfos. Em outra gaveta, achei dinheiro no valor de cerca de trinta e seis libras esterlinas, em moedas de ouro e prata, sendo algumas moedas europeias, algumas do Brasil e algumas moedas de oito *reales*.

Ao ver esse dinheiro, eu sorri para mim mesmo e exclamei: "Mas que droga! Para que serve isso? Não vale nada para mim! Não vale ser catado do chão. Qualquer uma dessas facas vale mais do que todo esse monte de moedas. Não preciso disso para nada. Fique onde está e vá para o fundo como uma criatura cuja vida não vale a pena ser salva". No entanto, revi meus pensamentos e levei o dinheiro embora, embrulhado num pedaço de lona. Comecei a pensar em fazer outra jangada, mas, enquanto me preparava para isso, percebi o céu nublado e o vento começando a soprar mais fresco. Em um quarto de hora explodiu um vendaval forte vindo da costa. Imediatamente me ocorreu que seria inútil tentar construir uma jangada com vento no mar e que o meu maior interesse era ir embora antes do início da correnteza, caso contrário, talvez jamais conseguisse retornar à costa. Assim, caí na água e nadei pelo canal, que ficava entre o navio e as areias, mas com bastante dificuldade, em parte pelo peso das coisas que estavam sobre mim e em parte pela inclemência da água, pois a força do vento se intensificou tão brutalmente que a tempestade desabou antes mesmo da maré alta.

Felizmente eu tinha chegado em casa, na minha pequena tenda, onde me sentei em segurança no meio de toda a minha riqueza. O tempo ficou ruim a noite toda e, de manhã, quando olhei para fora, o navio havia desaparecido! Fiquei um pouco surpreso, mas me recuperei com a reflexão consoladora de que eu não havia perdido tempo, nem poupado nenhum esforço para retirar da embarcação tudo o que poderia ser útil para mim. E que, de fato, restaram poucas coisas que eu teria sido capaz de transportar, ainda que tivesse mais tempo.

A partir de então, desviei os meus pensamentos do navio ou de qualquer coisa que pudesse vir dele, exceto os destroços que poderiam derivar para a costeira, como, de fato, aconteceu. Mas essas coisas foram de pouca utilidade para mim.

Todos os meus pensamentos então passaram a se dedicar ao encontro de meios para a minha proteção, fosse contra os selvagens, se por acaso algum deles aparecesse, ou os animais ferozes, se por acaso houvesse algum deles na ilha. Tive muitos sentimentos quanto ao método de como fazer isso e quanto ao tipo de habitação que haveria de construir, se eu deveria escavar uma caverna na rocha ou montar uma tenda sobre a terra. Mas, em resumo, resolvi fazer ambas. E de modo algum será fora de propósito dar conta do tipo e da descrição delas.

Para começar, logo percebi que o local onde eu estava não era adequado para o meu assentamento, porque ficava num terreno baixo e pantanoso, perto do mar, que eu não achava muito saudável e, mais particularmente, porque não havia água fresca por perto. Então resolvi encontrar um canto de terra mais conveniente.

Consultei várias coisas na minha situação, que achei que seriam importantes para mim. Em primeiro lugar, saúde e água fresca, como acabei de mencionar. Depois, em segundo lugar, abrigo do calor do sol. Em terceiro lugar, proteção contra criaturas ferozes, fossem homens ou animais. Em quarto lugar, vista para o mar, porque, se Deus enviasse algum navio à vista naquelas paragens, eu não poderia perder nenhuma chance de obter a minha libertação, da qual ainda eu não estava disposto a banir nenhuma expectativa do meu coração.

Na busca de um lugar adequado que reunisse tudo isso, encontrei uma pequena planície situada no sopé de uma colina ascendente, cujo flanco para essa pequena planície era íngreme como a fachada lateral de uma casa, de modo que nada poderia cair sobre mim vindo de cima para baixo. Na frente da rocha, havia um lugar oco, um pouco desgastado, parecido com a entrada ou porta de uma caverna, mas não havia realmente nenhuma caverna ou caminho nessa rocha.

Foi na planície gramada, pouco antes desse lugar oco, que eu resolvi armar a minha tenda. Esse terreno não tinha mais de cem jardas de largura e o dobro de comprimento e se estendia como um campo verde diante da minha porta, que no final descia irregularmente até a beira-mar. Essa área ficava nos lados norte e noroeste da colina, abrigada do calor o dia inteiro, até o sol começar a descer mais ou menos a oeste do quadrante sul, quando então, nessas regiões, está perto de se pôr.

Antes de montar a minha tenda, desenhei um semicírculo na frente do lugar oco, a cerca de dez jardas da rocha e com umas vinte jardas de diâmetro, de uma ponta a outra.

No semicírculo, finquei duas fileiras de estacas fortes, enterradas no chão até ficarem firmes como mourões, com a ponta maior cinco pés e meio acima do solo e afiadas no topo. Entre as duas filas não havia mais do que seis polegadas de distância uma da outra.

Então, peguei os pedaços de cabo que havia cortado no navio e empilhei-os uns sobre os outros, dentro do círculo, no meio dessas duas fileiras de estacas, até o topo. Coloquei outras estacas no lado interno, inclinando-as contra elas, com cerca de dois pés e meio de altura, como escoras. A cerca ficou tão forte que nenhum homem ou animal poderia entrar ou pular sobre dela. Isso me custou muito tempo e trabalho, especialmente para cortar as toras na floresta, levá-las para o local e fincá-las na terra.

Não fiz a entrada desse lugar por uma porta, mas por uma curta escada, com a qual passava por cima da paliçada. Quando estava dentro, eu levantava essa escada depois de mim. Assim, eu acreditava estar completamente cercado e fortalecido contra todo mundo e, consequentemente, dormia seguro à noite, o que, de outra maneira, não ocorreria, embora, como percebi depois, não houvesse necessidade de toda essa precaução contra os inimigos que eu imaginava perigosos.

Para dentro desse cercado ou fortaleza, carreguei, com imenso trabalho, todas as minhas riquezas, todas as minhas provisões, munições e suprimentos, cujos detalhes mencionei acima. E, para me proteger das chuvas que durante parte do ano são muito intensas por lá, montei uma enorme tenda – que eu fiz dupla, sendo uma tenda pequena menor interna e outra maior por cima dela – coberta com uma grande lona encerada, que eu tinha guardado entre as velas.

Então, por um tempo, eu não dormi mais na cama que trouxe para a costa, mas numa rede, que era realmente muito boa e havia pertencido ao capitão do navio.

Levei para essa tenda todas as minhas provisões e tudo o que podia estragar pela umidade. E tendo assim guardado todos os meus bens, fechei a entrada, que até então estava aberta, para entrar e sair, como eu disse, por uma pequena escada.

Depois de fazer isso, comecei a escavar no rochedo, levando toda a terra e as pedras que retirava para a minha tenda, colocando-as dentro da minha paliçada, de modo que o chão dentro da cerca formou um terraço e subiu um pé e meio. E assim eu fiz uma caverna, bem atrás da tenda, que servia como porão da minha casa.

Mas essas obras me custaram muito trabalho e tempo, antes que chegassem à perfeição. Portanto, devo retomar algumas outras coisas que ocuparam os meus pensamentos nessa ocasião. Um dia, enquanto a tenda e a caverna ainda eram apenas projetos, aconteceu de uma nuvem espessa e escura desabar como tempestade. De repente, um relâmpago brilhou, seguido pelo grande estrondo de uma trovoada, que é o efeito disso. Não fiquei tão surpreso com o raio quanto com o pensamento que disparou em minha mente tão rápido quanto o próprio raio: "Oh! A minha pólvora!". O meu coração disparou quando pensei que toda a minha pólvora poderia se explodir de uma só vez. Eu só pensava que era dessa pólvora que dependia inteiramente não só a minha defesa, mas também o fornecimento da minha alimentação e, não estava nem um pouco preocupado com o perigo que eu mesmo corria, porque, se a pólvora pegasse fogo, eu jamais saberia o que teria acontecido comigo.

Esse pensamento causou tamanha impressão em mim que tão logo a tempestade passou deixei de lado todas as minhas tarefas, a obra e a fortificação e me dediquei a fazer sacos e caixas para dividir a pólvora e guardá-la em pacotes com pequenas quantidades, na esperança de que, o que quer que acontecesse, nem todos pegariam fogo de uma só vez. Eu os dispersaria e manteria tão distantes que não seria possível um pacote disparar outro. Terminei esse trabalho em cerca de quinze dias. Acho que a minha pólvora, que no total somava duzentos e quarenta libras de peso, foi dividida em, pelo menos, cem partes. Quanto ao barril que estava molhado, não percebi nenhum perigo nele, então, eu coloquei na minha nova caverna, que, por fantasia, eu chamava de cozinha. Quanto ao resto, escondi em buracos entre as rochas, ao abrigo da umidade, marcando os locais com todo cuidado.

No intervalo de tempo enquanto isso estava acontecendo, eu saía pelo menos uma vez por dia com o meu arcabuz, tanto para me distrair como para ver se conseguia matar algum animal para comer e ainda, enfim, para me familiarizar o mais perto possível com o que a ilha produzia. Desde a primeira vez que saí, descobri que havia cabras na ilha, o que foi uma grande satisfação para mim. Mas logo essa alegria passou a ser uma decepção, a saber, porque essas cabras eram tão desconfiadas, tão arredias e tão rápidas que a coisa mais difícil do mundo era eu me aproximar delas. Mas não desanimei com isso, pois não duvidava que pudesse de vez em quando atirar numa delas, como isso logo aconteceu, porque, depois de conhecer um pouco seus hábitos, armei-lhes uma emboscada. Observei que, quando elas me viam nos vales, por estarem no alto das rochas, logo se assustavam e fugiam. Mas, quando estavam se alimentando nos vales e eu no alto das rochas, elas não tomavam conhecimento de mim. De onde concluí que, pela posição de seus olhos, a visão delas era tão dirigida para baixo que elas não enxergavam prontamente objetos que estivessem acima. Portanto, depois que adotei esse método, eu sempre escalava as pedras primeiro, para ficar no alto, de onde frequentemente acertava o alvo.

No primeiro tiro que dei entre essas criaturas, matei uma cabra, que tinha por perto um cabrito, que mamava, o que me entristeceu sinceramente, pois quando a mãe caiu, o cabritinho ficou imóvel ao lado dela, até que eu cheguei e a levei. Mas não foi só isso, já que quando carreguei a mãe comigo, nos ombros, o filhote me seguiu até o meu cercado. Ao chegar lá, deitei a cabra no chão, peguei o cabrito nos braços e passei-o sobre a paliçada, na esperança de amansá-lo. Mas ele não se alimentava, então eu fui obrigado a matá-lo e comê-lo sozinho. Esses dois animais me forneceram carne por um bom tempo, pois eu vivia com parcimônia e economizava as provisões – os biscoitos especialmente –, na medida do possível.

Tendo então definido o local da minha habitação, achei absolutamente necessário reservar uma área para fazer uma fogueira e lenha para queimar. A respeito do que fiz com essa intenção e também a maneira como ampliei a minha caverna, as conveniências que acrescentei, darei contas amplamente dos detalhes no momento certo. Por enquanto, devo prestar algumas pequenas contas de mim mesmo e dos meus pensamentos sobre a vida, que, como se pode supor, não eram poucos.

Eu tinha uma perspectiva sombria da minha condição, porque só fui lançado nessa ilha depois de ter sido arrastado, como se diz, por uma violenta tempestade, totalmente fora do caminho da nossa pretendida viagem, isto é, algumas centenas de léguas fora do curso normal do comércio da humanidade. Eu tinha grandes razões para considerar esse fato como uma determinação dos céus e que nesse lugar desolado e dessa maneira desolada eu deveria terminar a minha vida. Quando fazia essas reflexões, as lágrimas corriam abundantemente no meu rosto. Às vezes eu reclamava comigo mesmo que a Providência podia, portanto, arruinar completamente as suas criaturas e torná-las tão absolutamente miseráveis e desamparadas, tão completamente deprimidas, que dificilmente seria racional se mostrarem agradecidas por uma vida assim.

Mas alguma coisa sempre voltava rapidamente para mim, para me dizer que eu verificasse esses pensamentos e me repreendesse. E assim, particularmente um dia, andando com a minha arma na mão à beira-mar, eu estava muito pensativo sobre o assunto da minha presente condição quando a razão, de certo modo, reclamou comigo do outro lado: "Bem, você está numa condição desoladora, é verdade. Mas, lembre-se, onde estão os outros? Vocês não vieram em onze no barco?

Onde estão os outros dez? Por que eles não foram salvos, e você, perdido? Por que você foi escolhido? É melhor estar aqui ou lá?" – nesse momento apontei para o mar – e, assim, cheguei à seguinte conclusão: "Todos os males devem ser considerados com o bem que neles existe e com o pior que os assiste".

Então me ocorreu novamente o quão bem equipado eu estava para a minha subsistência e qual teria sido o meu destino se por acaso não tivesse acontecido – numa chance de uma vez em cem mil – de o navio flutuar do lugar onde a princípio se chocou, para ser levado tão perto da costa que eu tive tempo de tirar tantas coisas dele. E qual teria sido o meu destino se eu tivesse sido forçado a viver na condição em que primeiro cheguei em terra firme, sem as coisas necessárias à vida ou sem o necessário para supri-las e adquiri-las? "Particularmente", pensei em voz alta para mim mesmo, "o que eu teria feito sem uma arma, sem munições, sem ferramentas para fazer coisas ou para trabalhar, sem roupas, sem cama, tenda ou qualquer tipo de abrigo?" Porque então eu tinha tudo isso em quantidade suficiente e estava no caminho para poder me sustentar de maneira a viver sem a minha arma quando a munição terminasse. De modo que eu tinha uma visão tolerável de que subsistiria, sem carência, enquanto vivesse. Pois, desde o começo, eu havia me preocupado a respeito de com o enfrentaria os acidentes que poderiam acontecer e o tempo que estava por vir, não só depois que a minha munição tivesse acabado, mas também depois que a minha saúde e as minhas forças decaíssem.

Confesso que eu não tinha a menor noção da possibilidade da minha munição ser destruída numa explosão – quer dizer, da minha pólvora ser explodida por um raio –, e foi isso que fez os meus pensamentos serem tão surpreendentes para mim, quando relampejou e trovejou, como foi observado acima.

E então, quando começo a entrar numa relação melancólica com uma cena de vida silenciosa, como, talvez, nunca se ouviu falar no mundo antes, preciso retomar o meu relato desde o início e continuar pela sua ordem. Pelos meus cálculos, foi no dia 30 de setembro que eu pus pela primeira vez os pés nessa ilha horrenda, com quando o sol, para nós em seu equinócio de outono, estava quase a pino sobre a minha cabeça. Assim, por observação, reconheci que estava na latitude de nove graus, vinte e dois minutos ao norte da linha do equador.

Depois de estar ali por cerca de dez ou doze dias, ocorreu em meus pensamentos que eu poderia perder o conhecimento do tempo por falta de livros, de pena e de tinta e que até esqueceria os dias de descanso. Mas, para evitar isso, gravei com a minha faca uma inscrição em letras maiúsculas numa tábua enorme e depois preguei-a como uma grande cruz num pilar de madeira erguido na margem onde desembarquei a primeira vez: "Cheguei aqui nessa costa no dia 30 de setembro de 1659".

Nas laterais desse pilar quadrado, fui gravando, todos os dias, um entalhe com a minha faca. Cada sétimo entalhe tinha o dobro do comprimento dos outros. Todo dia primeiro do mês eu marcava ainda mais longo. E assim, organizei o meu calendário, registrando a minha contagem de tempo semanal, mensal e anual.

Em seguida, devo observar que, entre as muitas coisas que retirei e trouxe do navio, nas várias viagens que, como foi acima mencionado, fiz para isso, eu inclui várias coisas de menor valor, mas não por isso menos úteis para mim, que deixei de mencionar antes, como, em particular, penas, tinta e papel e vários outros objetos das cabines do capitão, do imediato, do artilheiro e do carpinteiro, como três ou quatro bússolas, alguns instrumentos matemáticos, quadrantes, lunetas, mapas e livros de navegação, coisas que amontoei sem saber se precisaria ou não. Também encontrei três Bíblias muito boas, que recebi na minha carga da Inglaterra e que havia empacotado entre as minhas coisas, além de alguns livros portugueses, entre eles dois ou três livros de orações papistas e vários outros volumes, que guardei cuidadosamente. Também não posso esquecer que tínhamos no navio um cachorro e dois gatos, de cuja história notável terei a oportunidade de contar algo neste relato. Pois bem, carreguei os dois gatos comigo e, quanto ao cachorro, ele pulou do navio sozinho e nadou até a praia no dia seguinte ao meu primeiro carregamento. E, por muitos anos, foi um servo fiel, embora eu não quisesse nada que ele pudesse buscar para mim, nem a companhia que ele pudesse me fazer. Eu só queria que ele falasse comigo, mas isso não aconteceria. Como foi observado, encontrei penas, tinta e papel, que preservei ao máximo. E devo dizer que, enquanto a tinta durou, eu mantive as coisas muito exatas, mas, depois que ela acabou, isso não foi mais possível, porque não consegui fazer nenhuma tinta de nenhuma maneira que pudesse imaginar.

Isso me fez ter em mente que eu precisava de muitas coisas, apesar de tudo o que tinha juntado. A tinta era uma delas, assim como pá, picareta e enxada para cavar ou remover a terra, além de agulhas, alfinetes e linhas. Quanto à roupa branca, logo aprendi a dispensá-la sem muita dificuldade.

Essa falta de ferramentas tornava pesado todo trabalho que eu fazia. Demorei quase um ano para terminar inteiramente a minha pequena paliçada, ou habitação cercada. Os mourões, ou estacas, que eram tão pesados quanto eu poderia levantá-los, demandavam um longo tempo para serem cortados e preparados na floresta e mais ainda para serem levados para casa. De modo que eu às vezes demorava dois dias para cortar e levar um desses troncos para casa e um terceiro dia para fincá-lo no chão. Para tal propósito, no começo eu usava um pedaço pesado de madeira. Mas depois eu me lembrei de empregar um pé de cabra, que era uma barra de ferro. Isso ajudava, porém não impedia que a tarefa de fincar esses troncos ou toras fosse muita trabalhosa e entediante.

Mas que necessidade eu teria de me preocupar com o tédio de qualquer coisa que precisasse fazer, considerando que tinha tempo suficiente para fazer isso e que não teria outra coisa para fazer, quando acabasse, senão, pelo menos que eu pudesse prever, perambular pela ilha em busca de comida, o que eu fazia mais ou menos quase todo dia?

Comecei, então, a considerar seriamente a minha situação e as circunstâncias a que estava reduzido e a elaborar a condição das minhas aventuras por escrito, nem tanto para deixá-las para alguém que viesse depois de mim, pois era provável que eu tivesse apenas poucos herdeiros, quanto para livrar os meus pensamentos de ter que me debruçar sobre elas diariamente, afligindo a minha mente. Conforme a minha razão começou a dominar o meu desânimo, comecei a me confortar o melhor que pude e a definir o bem contra o mal, para que eu pudesse ter algo que distinguisse o meu caso de piores. E estabeleci isso com muita imparcialidade, como débito e crédito, colocando os confortos de que eu desfrutava, contra as misérias que sofria, assim:

MAL	BEM
Sou lançado sobre uma horrível ilha desolada, desprovida de toda a esperança de recuperação.	Mas estou vivo e não me afoguei, como todos os meus companheiros do navio.
Sou destacado e separado, por assim dizer, de todo o mundo, para ser miserável.	Mas também sou destacado, de toda a tripulação do navio, para ser poupado da morte. E aquele que milagrosamente me salvou da morte pode me livrar dessa condição.
Sou separado da humanidade, sou um solitário, alguém banido da sociedade humana.	
Não tenho roupas para me cobrir.	Mas não estou morrendo de fome e perecendo num lugar estéril, sem ter nenhum sustento.
Eu estou sem qualquer defesa ou meios para resistir a qualquer violência de homens ou feras.	Mas estou num clima quente, onde, se tivesse roupas, dificilmente poderia vesti-las.
Não tenho viva alma com quem falar ou me consolar.	Mas sou lançado numa ilha, onde não vejo animais selvagens que possam me machucar, como vi na costa da África. E se eu tivesse naufragado lá?
	Mas Deus maravilhosamente colocou o navio tão perto da costa que eu retirei todas as coisas necessárias tanto para suprir os meus desejos quanto para me tornar capaz de suprir a mim mesmo enquanto eu viver.

Enfim, esse era um testemunho inquestionável de que no mundo não existia condição miserável a ponto de não termos algo de negativo ou algo de positivo para agradecermos por causa dela. E servia como direção, a partir da experiência da mais miserável de todas as condições nesse mundo, de que nela podemos sempre encontrar algo para nos confortar e para colocar, do lado do crédito da conta, na descrição do bem e do mal.

Tendo, então, conseguido levar minha mente a apreciar um pouco a minha condição e deixando de dar uma olhada no mar para ver se avistava um navio, repito, deixando essas coisas de lado, comecei a me aplicar a pôr o meu modo de vida em boa ordem e a tornar as coisas mais fáceis para mim, tanto quanto possível.

Eu já descrevi a minha habitação, que era uma tenda à sombra de uma rocha, cercada por uma forte paliçada de estacas e cabos, que então merecia ser melhor chamada de muralha, porque levantei contra ela uma espécie de muro gramado, com cerca de dois pés de espessura do lado de fora e depois de algum tempo – acho que foi um ano e meio – levantei, a partir desse contramuro, vigas inclinadas para a rocha, onde fiz um telhado de sapé ou uma cobertura com galhos de árvores e todas as coisas que consegui pegar para evitar a chuva, que eu considerava muito violentas em algumas épocas do ano.

Eu já mencionei como levei todos os meus bens para essa paliçada e a caverna que havia feito atrás da minha tenda. Mas, devo mencionar também que, a princípio, era uma montanha confusa de mercadorias em tamanha desordem que ocupava todo o lugar. Como eu não tinha espaço para me mexer, então me preparei para ampliar a minha caverna, avançando mais fundo no solo, que era de uma rocha arenosa solta, que rendia facilmente ao trabalho aplicado. E assim, quando descobri que estava bem seguro quanto a animais de rapina, trabalhei lateralmente à direita, na rocha, e depois voltei para o lado direito novamente, continuei para fora e fiz uma porta de saída para fora da minha paliçada ou fortificação.

Isso me deu não só uma entrada e uma saída, como se fosse um caminho de volta para a minha tenda e o meu depósito, mas me deu mais espaço para arrumar as minhas mercadorias.

E então, comecei a me aplicar a fazer aquelas coisas necessárias que eu achava que mais queria, particularmente uma cadeira e uma mesa, pois sem elas eu era incapaz de desfrutar dos poucos confortos que tinha no mundo, porque eu não sabia escrever, nem comer, ou fazer várias coisas com algum prazer, sem uma mesa.

Assim, comecei a trabalhar. E aqui eu preciso observar que, como a razão é a substância e a origem das matemáticas, é por isso que afirmando e enquadrando tudo pela razão e fazendo o julgamento mais racional das coisas, todo homem pode ser, com o tempo, mestre de toda arte mecânica. Eu nunca tinha lidado com uma ferramenta na minha vida. E, no entanto, com o tempo, o trabalho, a aplicação e a inteligência, descobri, afinal, que não havia nada que eu quisesse que eu não pudesse fazer, especialmente se tivesse ferramentas. Porém, eu fiz muitas coisas, mesmo sem ferramentas e algumas delas, sem outras ferramentas além de uma plaina e um machado, que talvez nunca tivesse sido feitas dessa forma antes, e isso com um trabalho infinito. Por exemplo, se eu quisesse uma placa, não havia outro jeito senão cortar uma árvore, deitá-la numa beirada diante de mim e desbastá-la de ambos os lados com o meu machado, até que ficasse fina como uma tábua, para em seguida alisá-la com a minha plaina. É verdade que, por esse método, eu não conseguia tirar mais do que uma tábua de uma árvore inteira. Mas para isso, além da prodigiosa quantidade de tempo e trabalho que eu gastava para fazer uma prancha ou tábua, não havia outro remédio senão a paciência. Mas o meu tempo ou o meu trabalho eram de pouco valor e, assim, eram bem empregados de um jeito ou de outro.

Portanto, fiz uma mesa e uma cadeira para mim, como observei acima, em primeiro lugar. Isso eu fiz com os pequenos pedaços de tábuas trazidos do navio na minha jangada. Mas, quando eu preparei algumas pranchas como mencionei acima, fiz grandes prateleiras, da largura de um pé e meio, uma sobre a outra ao longo de um lado da minha caverna, para colocar todas as minhas ferramentas, meus pregos e ferragens e, em suma, para separar cada coisa em geral em seu lugar, de modo que eu pudesse alcançá-las facilmente. Martelei alguns pinos na parede da rocha para pendurar minhas armas e todas as coisas que pudessem ficar suspensas.

De modo que, se a minha caverna tivesse sido vista, pareceria um armazém geral de todas as coisas necessárias. Eu tinha tudo pronto e à mão, que para mim era um prazer imenso ver todos os meus bens em tal ordem e, especialmente, perceber que eu tinha um estoque tão grande de todas as coisas necessárias.

Foi somente então que eu comecei a escrever um diário das minhas atividades cotidianas. Porque, na verdade, no começo eu estava com muita pressa e não apenas apressado quanto ao trabalho, mas com muita perturbação na mente. E, assim, o meu diário ficaria cheio de muitas coisas sem graça. Por exemplo, eu haveria de falar assim: "Dia 30 de setembro: depois que cheguei à costa, escapando do afogamento, em vez de agradecer a Deus pela minha libertação, eu vomitei imediatamente, por causa da grande quantidade de água salgada que entrou em meu estômago; mas, assim que me recuperei um pouco, saí correndo pela praia retorcendo as mãos, batendo na cabeça e no rosto, reclamando da minha miséria e gritando: 'Eu estou perdido, estou perdido!', até que, exausto e enfraquecido, fui forçado a me deitar no chão para repousar, mas não ousei dormir com medo de ser devorado".

Alguns dias mais tarde, depois de estar a bordo do navio e de conseguir levar tudo o que eu poderia retirar de lá, eu não pude deixar de subir ao topo de uma pequena montanha e olhar para o mar, na esperança de ver um navio. Então, imaginei ter visto uma vela surgir a grande distância e me alegrei com essa esperança. Mas, depois de olhar com firmeza, até ficar quase cego, essa visão desapareceu. Então, sentei e chorei como uma criança, aumentando assim a minha miséria com a minha loucura.

Mas, depois de superar essas coisas em certa medida e de ter instalado a minha moradia e resolvido as questões de subsistência, de ter feito uma mesa e uma cadeira para mim e de arrumar tudo do meu jeito e da maneira mais bonita possível, comecei a escrever o meu diário, cuja cópia vou lhes dar aqui – embora nela sejam repetidos todos esses detalhes novamente – e que durou enquanto eu tive tinta, pois quando ela acabou, fui forçado a parar.

V DIÁRIO DA CONSTRUÇÃO DE UMA CASA

DIA 30 DE SETEMBRO DE 1659.

Eu, o pobre miserável Robinson Crusoé, tendo naufragado ao largo durante uma tempestade terrível, fui parar em terra firme nessa triste, infeliz ilha, que chamei de "ilha do Desespero". Todos os meus outros companheiros do navio se afogaram e eu quase morri.

Passei o resto do dia aflito pelas tristes circunstâncias a que estava reduzido – a saber: eu não tinha comida, nem casa, roupas, arma, nem lugar para me refugiar e, sem ter esperanças de receber qualquer ajuda, não via nada a não ser a morte diante de mim – e porque eu deveria ser devorado por animais ferozes, assassinado por selvagens, ou morreria de fome por falta de comida. Com a chegada da noite, fui dormir numa árvore, com medo de criaturas selvagens. Mas dormi profundamente, embora tenha chovido a noite toda.

DIA 1º DE OUTUBRO.

De manhã vi, para minha grande surpresa, que o navio tinha flutuado com a maré alta e que havia sido impulsionado novamente em direção à terra e estava muito mais perto da ilha. Por um lado, isso representava um pouco de conforto para mim – porque, ao vê-lo posicionado na vertical, sem ter sido despedaçado, eu tive a esperança, se o vento diminuísse, de poder subir a bordo, para conseguir alguns alimentos e itens necessários para o meu alívio –, mas, por outro lado, renovava a minha dor pela perda dos meus camaradas, pois imaginei que, se todos tivéssemos permanecido a bordo, poderíamos salvar o navio ou, pelo menos, nem todos teriam se afogado como aconteceu. Além disso, se os homens tivessem sido salvos, talvez pudéssemos construir um barco com os destroços do navio, para nos levar a algum outro lugar do mundo. Passei grande parte desse dia perplexo diante desse estado de coisas; mas, enfim, vendo o navio quase seco, eu me aproximei pela areia o máximo possível e depois nadei até subir a bordo. Esse dia também continuou chovendo, embora sem vento.

DO DIA 1º AO DIA 24 DE OUTUBRO.

Todos esses dias foram inteiramente gastos em várias viagens para pegar tudo o que eu poderia retirar do navio e levar em jangadas para terra a cada subida da maré. Muita chuva também nesses dias, embora com alguns intervalos de tempo bom. Mas parece que essa era a estação chuvosa.

DIA 20 DE OUTUBRO.

Entornei a minha jangada junto com todos os bens que havia embarcado. Mas, como estava em águas rasas e a carga era principalmente de objetos pesados, recuperei muitos deles quando a maré baixou.

DIA 25 DE OUTUBRO.

Choveu a noite toda e o dia inteiro, com algumas rajadas de vento. Durante esse tempo, o navio se partiu em pedaços. Como o vento soprou um pouco mais forte ainda do que antes, o navio não foi mais visto, exceto seus destroços, e isso apenas em águas baixas. Passei esse dia cobrindo e protegendo os bens que foram salvos, para que a chuva não os estragasse.

DIA 26 DE OUTUBRO.

Andei pela costa quase o dia todo, para descobrir um local para fixar a minha habitação, muito preocupado em me proteger de qualquer ataque à noite, de feras ou de homens. Ao anoitecer, encontrei um lugar apropriado sob uma rocha e marquei um semicírculo para o meu acampamento, que resolvi fortalecer com uma obra, um muro ou fortificação, feito de estacas duplas, ligadas com cabos e coberto com grama.

DO DIA 26 AO DIA 30 DE OUTUBRO.

Trabalhei muito duro para levar todos os meus bens para a minha nova habitação, embora em parte do tempo tenha chovido excessivamente forte.

DIA 31 DE OUTUBRO.

Pela manhã, saí pela ilha com a minha arma, atrás de alguma comida e para conhecer a região. Foi quando matei uma cabra e seu filhote me seguiu até em casa. Depois eu também o matei, porque ele não se alimentava.

DIA 1º DE NOVEMBRO.

Montei a minha tenda sob uma pedra e passei lá minha primeira noite. Tornei-a tão grande quanto possível, com estacas colocadas para balançar a minha rede em cima.

DIA 2 DE NOVEMBRO.

Juntei todos os meus baús, as minhas tábuas e os pedaços de madeira da minha jangada e com isso formei uma trincheira ao meu redor, mais ou menos dentro da linha que eu havia demarcado para a minha fortificação.

DIA 3 DE NOVEMBRO.

Saí com a minha arma e matei duas aves parecidas com patos, que foram uma excelente refeição. À tarde, trabalhei fazendo uma mesa para mim.

DIA 4 DE NOVEMBRO.

Nessa manhã comecei a organizar os meus horários de trabalho e de sair com a minha arma, o tempo de sono e o tempo de diversão – isto é, todas as manhãs eu saía com a minha arma por duas ou três horas, se não chovesse, depois eu me aplicava em trabalhar até as onze horas. Então, comia o que tivesse para sobreviver e das doze às duas eu me deitava para dormir, pois o tempo estava excessivamente quente. E à tarde voltava a trabalhar novamente. Toda a parte de trabalho desse dia e do dia seguinte foi totalmente empregada para fazer a minha mesa, pois eu ainda era um trabalhador muito incompetente, muito embora o tempo e a necessidade me tornassem um artesão completo logo depois, como acredito que aconteceria com qualquer um.

DIA 5 DE NOVEMBRO.

Nesse dia fui para fora com a minha arma e o meu cachorro e matei um gato selvagem, cuja pele é bem macia, mas a carne não é boa para nada. De toda criatura que eu matava, tirava e conservava as peles. Voltando pela beira-mar, avistei aves marinhas de muitos tipos que eu não conhecia. Mas fiquei surpreso e quase assustado com duas ou três focas que, enquanto eu as observava, sem saber bem o que eram, entraram no mar e escaparam de mim dessa vez.

DIA 6 DE NOVEMBRO.

Depois do meu passeio matinal, voltei a trabalhar na fabricação da minha mesa e a terminei, embora não tivesse ficado do meu agrado. Mas não demorei muito para aprender como ajeitá-la.

DIA 7 DE NOVEMBRO.

Então, o tempo começou a ficar bom. Nos dias 7, 8, 9, 10 e parte do dia 12 – pois o dia 11 foi domingo – dediquei-me totalmente a fazer uma cadeira para mim, que com muito barulho alcançou uma forma tolerável, mas que nunca me agradou, mesmo colocando-a várias vezes em pedaços.

Nota: logo negligenciei o registro dos meus domingos, pois ao omitir a minha marca para eles no meu pilar, esqueci quando ocorriam.

DIA 13 DE NOVEMBRO.

Choveu nesse dia, o que me refrescou extremamente e resfriou a terra. Mas a chuva foi acompanhada de um relâmpago e uma trovoada horrível, o que me assustou tremendamente, com medo da minha pólvora. Assim que passou, resolvi separar meu estoque de pólvora em tantas pequenas parcelas quanto possível, para que não corressem perigo.

DIAS 14, 15 E 16 DE NOVEMBRO.

Passei esses três dias fazendo caixas ou pequenos estojos quadrados, que podiam conter cerca de uma ou duas libras de pólvora, no máximo. E assim, colocando a pólvora, guardei em lugares seguros, distantes uns dos outros tanto quanto possível. Num desses três dias, matei um pássaro grande, bom para comer, mas sem saber como chamá-lo.

DIA 17 DE NOVEMBRO.

Nesse dia, comecei a escavar a rocha atrás da minha tenda, para ampliar o espaço do meu depósito de conveniências.

Nota: para realizar esse trabalho, eu precisava muito de três coisas: uma picareta, uma pá e uma cesta ou um carrinho de mão. Então, desisti do trabalho e comecei a pensar em fazer umas ferramentas para mim, para suprir essa necessidade. No caso da picareta, fiz uso das barras de ferro, que, embora pesadas, eram bastante apropriadas. Em seguida, eu precisava de uma pá ou uma enxada, um instrumento tão absolutamente necessário, que, de fato, eu não poderia fazer nada sem uma delas. Mas eu não sabia definir qual tipo de objeto deveria fazer.

DIA 18 DE NOVEMBRO.

No dia seguinte, ao procurar na floresta, encontrei uma árvore parecida com aquela madeira que no Brasil é chamada de pau-ferro, por sua dureza excessiva. Dela, com grande trabalho e quase estragando o meu machado, eu cortei um pedaço, que levei para casa, também, com bastante dificuldade, porque era extremamente pesado.

A dureza excessiva da madeira e a falta de outros recursos tomaram-me tempo demais na fabricação desse instrumento, pois, de fato, tive que trabalhar aos poucos na forma da pá ou enxada. A alça ficou exatamente como a nossa na Inglaterra, só que a parte da lâmina não tinha calço de ferro embaixo, então ela não duraria muito. No entanto, a coisa serviu suficientemente bem nas ocasiões que tive de colocá-la em uso. Todavia, acredito que nunca mais uma pá foi feita desse modo nem demorou tanto tempo para ficar pronta.

Mas isso ainda era insuficiente, pois eu precisava de uma cesta ou um carrinho de mão. A cesta eu não poderia fazer, por falta de meios. Eu não tinha – ou, pelo menos, não havia ainda descoberto – nada parecido com galhos que se curvassem e que pudessem ser trançados. Quanto ao carrinho de mão, imaginei que poderia fazer tudo menos a roda. Eu não tinha noção e nem sabia como fazê-la. Além disso, não havia nenhuma maneira possível de fazer engrenagens de ferro para o fuso ou eixo, por onde a roda correria. Então, desisti. E assim, para retirar a terra que escavava da caverna, eu fiz algo parecido com o balde que os trabalhadores carregam com argamassa quando servem os pedreiros.

Para mim, isso não foi tão difícil de fazer quanto a pá. Mas, ainda assim, esse objeto, a pá e a tentativa que fiz, em vão, de construir um carrinho de mão, tomaram-me não menos do que quatro dias – quero dizer, sempre com exceção da minha caminhada matinal com a arma, que eu raramente deixava de fazer, pois também muito raramente deixava de levar para casa alguma coisa própria para comer.

DIA 23 DE NOVEMBRO.

Como a minha outra obra estava parada, por causa da fabricação dessas ferramentas, quando terminei de fazê-las, voltei a trabalhar nela todos os dias, conforme minhas forças e o tempo permitiam. Passei dezoito dias inteiros ampliando e aprofundando a minha caverna, para que ela pudesse abrigar os meus bens comodamente.

Nota: durante todo esse tempo, trabalhei para tornar o espaço da caverna suficientemente amplo para que pudesse servir como armazém ou depósito, cozinha, sala de jantar e adega. Quanto às minhas acomodações, eu ficava na tenda, exceto quando, às vezes, na estação úmida do ano, chovia tanto que eu não conseguia me manter seco. Isso me fez, depois, cobrir todo o local interno da paliçada com longas varas, sob a forma de vigas, inclinadas contra a rocha, e carregá-las com grandes folhas de árvores e palmeiras, como um telhado de sapé.

DIA 10 DE DEZEMBRO.

Comecei então a considerar a minha caverna ou abóbada como terminada quando, de repente – talvez porque eu a tivesse feito muito grande –, uma imensa quantidade de terra desabou de um lado do topo, de modo que, em suma, isso me assustou muito. E não sem razão também, porque se eu estivesse embaixo, jamais precisaria de um coveiro. Depois desse desastre, eu tive que trabalhar muito novamente, porque precisei levar a terra solta para fora. E, o que era ainda mais importante, tive que escorar o teto, para ter certeza de que nunca mais desabaria.

DIA 11 DE DEZEMBRO.

Nesse dia, continuei a trabalhar nisso e consegui colocar duas escoras ou estacas verticalmente sob o topo, com dois pedaços de tábuas em cruz sobre cada suporte. Terminei no dia seguinte. E, colocando mais toras com tábuas, em cerca de mais uma semana, eu tinha o telhado consolidado, e as toras, em pé em fileiras, serviram como repartições para dividir a minha moradia.

DIA 17 DE DEZEMBRO.

A partir desse dia, até o dia 20, eu instalei prateleiras e bati pregos nas toras, para pendurar tudo que pudesse ficar suspenso. E, então, comecei a ter alguma ordem dentro de casa.

DIA 20 DE DEZEMBRO.

Levei tudo para dentro da caverna, comecei a mobiliar a minha casa. Arranjei alguns pedaços de tábuas como uma cômoda, para colocar alimentos em cima, mas as tábuas começaram a ficar muito escassas. Também fiz outra mesa para mim.

DIA 24 DE DEZEMBRO.

Muita chuva a noite toda e o dia todo. Não saí.

DIA 25 DE DEZEMBRO.

Chuva o dia todo.

DIA 26 DE DEZEMBRO.

Sem chuva e a terra então muito mais fresca do que antes e bem mais agradável.

DIA 27 DE DEZEMBRO.

Matei um bode jovem e feri outro, que consegui pegar e levar para casa numa corda. Quando cheguei em casa, amarrei com talas a perna dele que estava quebrada.

Nota: tomei tanto cuidado ao fazer isso que o animal sobreviveu. A perna voltou a ficar bem e tão forte como sempre. Mas, como forneci alimentação durante esse longo período, ele se tornou manso, começou a pastar no pequeno gramado diante da minha porta e não foi embora. Essa foi a primeira vez que me atribuí o pensamento de ter uma criação de alguns animais domesticados, para que eu tivesse comida quando a minha pólvora e o chumbo tivessem acabado.

DIAS 28, 29 E 30 DE DEZEMBRO.

Muito calor e nenhuma brisa, de modo que não houve agitação do lado de fora, exceto à tarde, por comida. Passei esse tempo colocando todas as minhas coisas em ordem portas adentro.

DIA 1º DE JANEIRO.

Muito quente ainda. Mas saí cedo e à tarde com a minha arma e descansei no meio do dia. Nessa tarde, indo mais longe nos vales que ficavam em direção ao centro da ilha, descobri muitas cabras, embora extremamente tímidas e difíceis de encontrar. No entanto, resolvi tentar se não poderia levar o meu cão comigo para caçá-las.

DIA 2 DE JANEIRO.

Assim, no dia seguinte eu saí com o meu cachorro e aticei-o contra os bodes. Mas estava enganado, pois todos o enfrentaram. Ele percebeu muito bem o perigo, pois não chegou perto deles.

DIA 3 DE JANEIRO.

Comecei a erguer a minha cerca ou muro. Como ainda me sentia ameaçado de ser atacado por alguém, resolvi fazê-lo muito espesso e forte.

Nota: esse muro já foi descrito antes, por isso, no diário, eu propositalmente omiti o que foi dito. Basta observar que não levei menos tempo do que de 2 de janeiro a 14 de abril trabalhando, terminando e aperfeiçoando tal muro, embora ele não tivesse mais do que cerca de vinte e quatro jardas de comprimento, em um semicírculo com cerca de oito jardas, de um lugar a outro na rocha e a porta da caverna, estando no centro, atrás dele.

Todo esse tempo eu trabalhei muito duro, com as chuvas me atrapalhando muitos dias, senão, às vezes semanas inteiras. Mas, eu pensava que nunca estaria perfeitamente seguro até que esse muro estivesse terminado. E é difícil de acreditar no trabalho indescritível com que cada coisa foi feita, especialmente ao buscar toras da floresta e fincá-las no chão, porque eu as fiz muito maiores do que precisariam ser.

Quando esse muro foi terminado e o exterior vedado, com uma parede gramada erguida perto dela, percebi que, se alguém chegasse, não perceberia nada daquilo como uma habitação. E foi muito bom eu ter feito isso, como pode ser observado a seguir, numa ocasião notável.

Durante esse tempo, eu fazia minhas rondas na floresta atrás de caça todos os dias quando a chuva permitia. E fazia descobertas frequentes nestes passeios de alguma coisa ou outra a meu favor. Em particular, encontrei uma espécie de pombos selvagens, que constroem ninhos, não em uma árvore, como os pombos da floresta, mas sim nos buracos das rochas, como os pombos domésticos. Então, levando alguns filhotes, eu me esforcei para criá-los domesticados e assim aconteceu. Mas, quando cresceram, eles voaram para longe, o que talvez tenha sido a princípio por falta de alimentação, porque eu não tinha nada para dar a eles. No entanto, eu frequentemente encontrava seus ninhos e pegava seus filhotes, cuja carne era muito boa.

Então, ao administrar os assuntos da minha casa, percebi que desejava muitas coisas, que a princípio achei que seriam impossíveis para eu fazer, como, de fato, algumas delas eram. Por exemplo, eu jamais conseguiria fazer um barril arredondado. Eu tinha uma ou duas barricas, como observei, mas jamais chegaria a ter a capacidade de fazer uma delas, embora tivesse gasto muitas semanas tentando isso. Eu não conseguia colocar a tampa e nem encaixar as ripas entre si a ponto de fazê-las reter a água. Portanto, desisti disso também.

Em seguida, eu estava com uma grande falta de velas. De modo que, assim que escurecia, geralmente por volta das sete horas, eu era obrigado a ir para a cama. Eu me lembrei da barra de cera de abelha com a qual fiz velas em minha aventura africana. Mas, eu não tinha isso agora. O único remédio que eu encontrei foi quando matei uma cabra. Retirei o sebo e com um pequeno prato feito de barro, assei-o ao sol e adicionei um pavio de cânhamo. Assim eu fiz uma lamparina para mim e isso me deu luz, embora não fosse uma luz tão clara e constante, como a de uma vela. No meio de todos esses meus trabalhos, aconteceu que, vasculhando as minhas coisas, encontrei uma pequena sacola que, como sugeri antes, havia sido enchida com grãos para a alimentação de aves domesticadas – não para essa viagem, mas antes, como suponho, quando o navio veio de Lisboa – mas o pouco dos grãos que restou na sacola foi todo devorado pelos ratos, e não vi nada ali além de cascas e poeira. E, estando disposto a ter essa bolsa para qualquer outro uso – acho que para guardar pólvora, quando a dividi com medo do relâmpago, ou para algum uso semelhante –, sacudi as cascas dos grãos, provavelmente de vários cereais, de um lado da minha fortificação, sob a rocha.

Foi um pouco antes das grandes chuvas que acabei de mencionar que eu joguei essa coisa longe, sem tomar conhecimento de nada, nem mesmo para lembrar que eu tinha jogado alguma coisa lá, quando, cerca de um mês depois, ou por aí, eu vi algumas hastes de alguma coisa verde saindo do chão e que imaginei poderiam ser de uma planta que eu não tivesse visto. Mas fiquei surpreso e perfeitamente espantado quando, depois de um pouco mais de tempo, vi cerca de dez ou doze espigas brotarem, que eram de uma cevada verde perfeita, do mesmo tipo da nossa na Europa, talvez até mesmo como a nossa cevada inglesa.

Seria impossível expressar o espanto e a confusão dos meus pensamentos nessa ocasião. Eu até então não agia apoiado sobre nenhum princípio religioso. Na verdade, eu tinha bem poucas noções de religião na minha cabeça e jamais atribuí qualquer sensação de qualquer coisa que me tivesse acontecido a não ser ao acaso, ou, como dizemos levianamente, ao que agrada a Deus, sem me questionar muito sobre a finalidade da Providência com essas coisas, ou sua ordem governando eventos no mundo. Mas, depois que vi a cevada crescer ali, num clima que eu sabia que não era apropriado para esse grão e outros cereais e especialmente que eu não sabia como tinha chegado lá, fiquei estranhamente assustado e comecei a sugerir que Deus milagrosamente fizera com que aquele cereal crescesse sem qualquer ajuda de alguma semente semeada e que isso havia sido então puramente dirigido para o meu sustento naquele lugar selvagem e miserável.

Isso tocou um pouco o meu coração e trouxe lágrimas aos meus olhos. Eu comecei a me benzer, pelo fato de tal prodígio da natureza ter acontecido em meu favor. Mas, ainda mais estranho do que isso para mim, foi avistar perto dali, ao longo do lado da rocha, algumas outras hastes desgarradas, que pareciam ser talos de arroz, que eu conhecia, por tê-los visto crescer na África quando estive em terra lá.

Eu não só achei isso como puras intervenções da Providência para o meu sustento, mas não duvidando que houvesse mais no lugar, fui procurá-las em toda aquela parte da ilha, onde estivera antes, olhando em todos os cantos e sob cada rocha, para conseguir mais; mas não consegui encontrar nada. Por fim, ocorreu aos meus pensamentos que eu havia sacudido uma sacola de comida de galinhas naquele lugar. Então, a maravilha começou a se dissipar. Devo confessar que a minha gratidão religiosa à providência de Deus também começou a diminuir quando descobri que tudo isso não era nada além do comum, embora eu devesse ter sido tão grato por uma providência assim estranha e imprevista quanto se tivesse ocorrido um milagre. Porque, realmente, só uma obra da Providência para mim haveria de ordenar ou indicar que dez ou doze grãos de cereais devessem permanecer intocados, como se tivessem caído dos céus, quando os ratos tinham destruído tudo, e também que eu deveria jogar no lugar em particular, onde, estando à sombra de um rochedo alto, brotassem imediatamente, enquanto que, se eu tivesse jogado em outro local nessa época, eles haveriam de ser queimados e destruídos.

Podem ter certeza de que eu salvei cuidadosamente as espigas desses cereais, na época de sua colheita, que foi no final de junho. E, aproveitando cada grão, resolvi semear tudo de novo, esperando o tempo de ter alguma quantidade suficiente para me abastecer desse alimento. Mas não foi antes do quarto ano que eu pude me permitir comer a menor quantidade de grãos desses cereais, e mesmo assim com moderação, como direi depois, em devida sua ordem. Porque perdi tudo o que semeei na primeira estação, não observando o tempo adequado; porque semeei um pouco antes da estação seca, de modo que nunca brotou, ou, pelo menos, não como deveria, como será visto no momento certo.

Além desse cereal – ou cevada – havia, como mencionado acima, vinte ou trinta talos de arroz, que eu preservei com o mesmo cuidado e para o mesmo uso, ou o mesmo propósito: para o meu sustento, ou melhor, para fazer comida, pois encontrei maneiras de cozinhá-lo sem assar. No entanto, também fiz isso depois de algum tempo. Mas, devo voltar ao meu diário.

Trabalhei excessivamente nesses três ou quatro meses para fazer o meu muro. E, no dia 14 de abril eu o fechei, imaginando a entrada, não por uma porta, mas por cima do muro, por meio de uma escada, para que não houvesse nenhum sinal externo da minha habitação.

DIA 16 DE ABRIL.

Terminei a escada. Então, subi por ela até o topo, depois puxei-a para cima, atrás de onde eu estava, e em seguida baixei-a para dentro, do outro lado. Fiquei com um recinto completamente fechado para mim. Por dentro, eu tinha espaço suficiente, mas nada poderia vir de fora para dentro, a menos que antes pudesse transpor o muro. Já no dia seguinte após o término desse muro, tive quase todos os meus trabalhos revirados de uma só vez, e eu mesmo por pouco não morri. O caso foi assim: quando eu estava ocupado na parte interna, atrás da minha tenda, bem na entrada da caverna, fiquei terrivelmente assustado com uma coisa de fato muito horrível e surpreendente, pois, de modo totalmente inesperado e repentino, percebi a terra desmoronar sobre a minha cabeça, vindo do telhado da caverna e da borda da colina. Duas estacas que eu havia colocado na caverna racharam de maneira assustadora. Senti muito medo, mas realmente não pensei qual poderia ser a causa. Eu só pensava que o topo da minha caverna estava caindo, como já havia acontecido antes, de cair um pouco. Com medo de ser enterrado, corri em frente, para a minha escada. Mas, não me achando seguro ali também, passei por sobre o muro, com medo dos pedaços da colina, que eu achava que poderiam rolar para baixo, em cima de mim. Tão logo pisei em terreno firme, senti claramente algo como um terremoto terrível, pois o chão em que eu estava balançou três vezes, no intervalo de cerca de oito minutos, com três choques que teriam derrubado o edifício mais forte que se poderia supor existir na terra. Então, uma grande parte do topo de uma rocha que ficava a cerca de meia milha de mim ao lado do mar, caiu com um barulho tão terrível como eu nunca ouvi em toda a minha vida. Percebi, também, que o próprio mar foi colocado em movimento violento, por causa disso. Acredito que os choques foram mais fortes embaixo da água do que da ilha.

Eu estava tão impressionado com a coisa em si, porque nunca tinha sentido nada igual, nem conversado com alguém que já tivesse passado por isso, que fiquei estupefato como um morto. E o movimento da terra fez o meu estômago doer, como alguém enjoado no mar. Mas o barulho da queda da rocha me despertou desse estado e, ao me despertar da condição estupefata em que eu estava, me encheu de horror. Eu não pensava em nada além da colina caindo sobre a minha tenda, sobre todos os bens da minha casa, enterrando tudo de uma vez. E isso, pela segunda vez, enterrou a minha alma dentro de mim.

Depois que o terceiro choque passou e que não senti outros mais por algum tempo, comecei a tomar coragem, mas, ainda assim, sem ânimo suficiente para subir o muro novamente, com medo de ser enterrado vivo. Então, sentei-me no chão, muito abatido e desconsolado, sem saber o que fazer. Tudo isso enquanto eu não tinha o menor pensamento religioso sério. Nada além do lamento comum, "Senhor tem misericórdia de mim!", que, quando tudo acabou, também se foi.

Enquanto estava sentado assim, achei que estava escurecendo e que o tempo estava ficando nublado, como se fosse chover. Logo em seguida, pouco a pouco o vento começou a soprar mais forte, de modo que em menos de meia hora estourou um furacão terrível. De repente, o mar inteiro estava coberto de marolas e espuma e a costa inundada pela lâmina d'água. As árvores foram arrancadas pelas raízes e uma terrível tempestade desabou. Isso durou cerca de três horas. Depois começou a diminuir. E, duas horas mais tarde, tudo se acalmou e começou a chover muito forte.

Tudo isso acontecia enquanto eu estava sentado no chão, muito aterrorizado e desanimado. Foi então que, de repente, surgiu em meus pensamentos a ideia de que esses ventos e a chuva seriam consequências do terremoto e que o terremoto em si tinha passado, acabado. Assim, eu poderia me aventurar na minha caverna novamente. Com isso, percebi que os meus espíritos começaram a reviver. A chuva também ajudou a me persuadir. Entrei e sentei na minha tenda. Mas a chuva foi tão violenta que a tenda estava prestes a ser abatida. Fui forçado a entrar na caverna, embora com muito medo e desconforto, com medo de ela cair sobre a minha cabeça.

Essa chuva intensa me forçou a realizar um novo trabalho, a saber, escavar um buraco através da minha nova fortificação, como um ralo, para deixar a água sair, caso contrário, a caverna inundaria. Depois de ficar na caverna por algum tempo, sem perceber mais choques seguidos do terremoto, comecei a me sentir mais recomposto. Em seguida, para sustentar os meus espíritos, o que de fato era muito necessário, fui até o meu pequeno depósito e tomei um pequeno gole de rum. Mas fiz isso, então, e a partir daí, sempre com muita moderação, sabendo que eu não poderia ter mais do mesmo quando acabasse.

Continuou chovendo tanto durante toda aquela noite e em grande parte do dia seguinte que eu não pude me aventurar fora de casa. Mas, como a minha mente estava mais recomposta, comecei a pensar no que seria melhor fazer. Conclui que, se a ilha estava sujeita a esses terremotos, não haveria vida possível para mim numa caverna. Assim, eu deveria considerar a construção de uma pequena cabana num lugar que eu pudesse cercar com um muro, como eu tinha feito ali, para me proteger de feras ou de homens selvagens. Pois, concluí ainda, se ficasse onde estava, certamente acabaria enterrado vivo, mais cedo ou mais tarde.

Com esses pensamentos, resolvi mudar minha tenda do lugar onde estava erguida, que ficava bem embaixo do precipício suspenso na colina, o qual, se fosse abalado novamente, certamente cairia sobre a minha tenda. Passei os dois dias seguintes, 19 e 20 de abril, elaborando como e para onde mudaria a minha habitação.

O medo de ser engolido vivo nunca me deixava dormir tranquilo, mas também a apreensão de me deitar no lado de fora sem qualquer cerca era quase igual a isso. Ainda assim, quando olhava em volta e via como tudo estava colocado em ordem, como agradavelmente escondido e quão seguro do perigo eu estava, isso me tornava muito relutante quanto a mudar.

Entrementes, ocorreu-me que seria necessário um vasto tempo para fazer isso e que eu deveria me contentar com poder me arriscar onde estava, até que tivesse formado um acampamento seguro para me mudar. Então, com essa resolução, eu me tranquilizei por um tempo e resolvi trabalhar com toda a velocidade para construir um muro com estacas e cabos etc., em um círculo, como antes, para instalar a minha tenda na parte interna quando terminasse. Mas eu me arriscaria a ficar onde estava até que tudo estivesse terminado e pronto para a mudança. Isso foi no dia 21.

DIA 22 DE ABRIL.

Na manhã seguinte, comecei a considerar os meios para pôr essa resolução em prática. Mas eu estava com uma grande carência de ferramentas. Eu tinha três machados grandes e muitas machadinhas – pois carregávamos as machadinhas para o comércio com os índios –, mas, com tanto uso de cortar madeira dura nodosa, estavam todas cheias de entalhes e sem fio. E, embora eu tivesse um rebolo, eu não conseguia acioná-lo e afiar ou amolar as ferramentas ao mesmo tempo. Isso me custou tantos pensamentos quanto um estadista teria gasto com um grande problema político, ou um juiz a respeito da vida e da morte de um homem. Finalmente, planejei uma roda com uma corda, para girar com o pé, podendo ficar com ambas as mãos em liberdade.

Nota: eu nunca tinha visto tal coisa na Inglaterra, ou, pelo menos, não havia tomado conhecimento de como era feito, embora depois eu tenha observado que era muito comum por lá. Além disso, meu rebolo era muito grande e pesado. Esta máquina me custou uma semana inteira de trabalho para chegar à perfeição.

DIAS 28 E 29 DE ABRIL.

Nesses dois dias inteiros, comecei a amolar as minhas ferramentas, com o meu mecanismo de acionar o rebolo funcionando muito bem.

DIA 30 DE ABRIL.

Ao perceber que me restavam poucos biscoitos, fiz uma pesquisa e reduzi para uma bolacha por dia, o que deixou o meu coração muito pesado.

DIA 1º DE MAIO.

De manhã, olhando para o lado do mar, com a maré estando baixa, avistei na costa alguma coisa maior do que o normal e que parecia um barril. Quando cheguei perto, encontrei uma barrica e dois ou três pedaços do naufrágio do navio, que foram levados para a costa pelo recente furacão. Ao olhar para os restos do próprio naufrágio, achei que pareciam estar mais altos para fora da água do que costumava acontecer. Examinei o barril que foi levado para a praia e logo descobri que era um barril de pólvora de canhão. Mas tinha entrado água nele e a pólvora estava endurecida como pedra. No entanto, provisoriamente, eu o rolei mais longe, em terra firme. Depois, avancei pelas areias o mais perto que pude do naufrágio do navio, para observar melhor os destroços.

VI DOENÇA E CONSCIÊNCIA ARREPENDIDA

Quando cheguei ao navio, achei-o estranhamente mudado. O castelo de proa, que antes estava enterrado na areia, havia sido levantado pelo menos seis pés e a popa, que foi despedaçada e se separou do resto pela força do mar, logo depois de eu ter saído a vasculhá-la, parecia ter sido atirada para cima e lançada de lado. A areia estava tão acumulada perto da popa, no lugar onde antes havia uma grande extensão de água, de modo que eu não podia me aproximar mais de um quarto de milha do naufrágio sem nadar, que agora me permitia andar até ela quando a maré estivesse alta. Fiquei surpreso no começo, mas logo conclui que isso devia ter sido feito pelo terremoto. E assim, como essa violência deixou o navio mais aberto do que antigamente, muitas coisas diariamente iam parar na praia, desprendidas pelo mar, levadas pelos ventos e pelas águas, que rolavam em degraus até a areia.

Isso desviou totalmente os meus pensamentos do projeto de mudar a minha habitação. Eu me ocupei muito, especialmente nesse dia, procurando ver se de alguma maneira poderia entrar no navio. Mas percebi que não poderia esperar nada desse tipo, porque todo o interior do navio estava entupido com areia. No entanto, como eu tinha aprendido a não me desesperar de nada, resolvi retirar aos pedaços cada coisa que pudesse do navio, após concluir que tudo que eu conseguisse obter da embarcação seria de um ou outro uso para mim.

DIA 3 DE MAIO.

Comecei com a minha serra e cortei um pedaço de uma viga, que achei que sustentava um pedaço da parte superior ou tombadilho. Após terminar, limpei a areia tão bem quanto possível do lado que ficava mais alto, mas com a maré chegando, fui obrigado a desistir naquele momento.

DIA 4 DE MAIO.

Fui pescar, mas não peguei nenhum peixe que pudesse comer. Já estava cansado da minha pesca quando, um pouco antes de ir embora, peguei um golfinho jovem. Eu tinha feito uma longa linha de fio de corda, mas eu não tinha anzol. Mas, ainda assim, frequentemente pegava bastante peixe, tanto quanto quisesse comer. Eu secava os peixes ao sol e os comia secos.

DIA 5 DE MAIO.

Trabalhei no naufrágio. Cortei outra viga em pedaços e retirei três grandes tábuas de abeto do convés, que amarrei junto e fiz flutuar até a terra quando a maré subiu.

DIA 6 DE MAIO.

Trabalhei no naufrágio. Tirei vários parafusos e outras peças de ferro de lá. Trabalhei muito duro e cheguei em casa muito cansado. Tive pensamentos de desistir.

DIA 7 DE MAIO.

Fui para o naufrágio novamente, mas sem a intenção de trabalhar. Descobri que o naufrágio se desfez com o próprio peso. Com as vigas cortadas, vários pedaços do navio pareciam estar soltos, e o interior do casco estava tão aberto que pude espiar lá dentro, mas estava quase cheio de água e areia.

DIA 8 DE MAIO.

Fui para o naufrágio. Carreguei um pé de cabra para arrancar o convés, que então estava quase sem água ou areia. Arranquei duas tábuas e também as levei para a terra, com a maré. Deixei o pé de cabra nos destroços para o dia seguinte.

DIA 9 DE MAIO.

Fui para o naufrágio. Peguei o pé de cabra e entrei no corpo do naufrágio. Achei vários barris, soltei-os com o pé de cabra, mas não consegui separá-los. Encontrei também um rolo de chumbo inglês e mexi nele, mas era pesado demais para ser removido.

DIAS 10, 11, 12, 13 E 14 DE MAIO.

Fui todos os dias aos destroços. Retirei muitas pranchas, tábuas e peças de madeira, além de 200 ou 300 libras de ferragens.

DIA 15 DE MAIO.

Carreguei dois machados, para tentar ver se não conseguia cortar um pedaço do rolo de chumbo, colocando a lâmina de um machado por baixo para afundá-lo com o outro. Mas, como havia cerca de um pé e meio na água, não pude desferir nenhum golpe de machado.

DIA 16 DE MAIO.

O vento tinha soprado forte à noite e os destroços pareciam ainda mais quebrados pela força da água. Mas, demorei tanto tempo na floresta, para pegar pombos para comer, que a maré me impediu de ir ao naufrágio nesse dia.

DIA 17 DE MAIO.

Vi alguns destroços do naufrágio espalhados na praia, a grande distância, quase duas milhas de mim, mas resolvi ver o que era. Achei que era um pedaço da proa, porém pesado demais para eu levar embora.

DIA 24 DE MAIO.

Todos os dias, até hoje, trabalhei no naufrágio. Com muito trabalho duro, afrouxei tanto algumas coisas com o pé de cabra, que na primeira maré montante, além de dois baús dos marinheiros, vários barris flutuaram. Mas, como o vento soprava da costa, nada chegou à terra naquele dia, apenas pedaços de madeira e um tonel, contendo um pouco de carne de porco do Brasil. Mas a água salgada e a areia estragaram tudo.

Continuei nesse trabalho todos os dias, até o dia 15 de junho, exceto o tempo necessário para obter comida, que eu sempre marcava, durante essa parte da minha atividade, para coincidir com a maré alta, para que eu pudesse estar pronto quando começasse a vazar. Nesse momento, eu já tinha madeira, tábuas e ferragens suficientes para construir um bom barco, se soubesse como construí-lo. Também consegui levar, em várias vezes e em vários pedaços, quase cem por cento da folha de chumbo.

DIA 16 DE JUNHO.

Descendo o litoral, encontrei um grande quelônio, ou tartaruga marinha. Foi a primeira que eu vi, ao que parece apenas por puro azar meu, e não por nenhum defeito ou escassez do lugar. Se por acaso eu estivesse do outro lado da ilha, poderia ver centenas delas todos os dias, como descobri depois. Mas talvez tivesse pago muito caro por elas.

DIA 17 DE JUNHO.

Passei o dia cozinhando a tartaruga. Encontrei dentro dela sessenta ovos. Naquele momento, a carne da tartaruga me pareceu a mais saborosa e agradável que eu já havia experimentado na vida, pois não comia carne, a não ser de cabras e aves, desde que desembarquei nesse lugar horrível.

DIA 18 DE JUNHO.

Choveu o dia todo e fiquei em casa. Achei que a chuva estava fria e que estava com frio. Mas eu sabia que isso não era normal naquela latitude.

DIA 19 DE JUNHO.

Fiquei muito doente, tremendo como se o tempo estivesse gelado.

DIA 20 DE JUNHO.

Não descansei a noite toda. Senti febre e violentas dores de cabeça.

DIA 21 DE JUNHO.

Continuei muito doente. Fiquei assustado quase até a morte com as apreensões de minha triste condição de estar doente e não ter ajuda. Orei a Deus pela primeira vez desde a tempestade ao largo de Hull. Mas quase não sabia o que dizia, nem por que dizia. Todos os meus pensamentos estavam confusos.

DIA 22 DE JUNHO.

Passei o dia um pouco melhor, mas sob apreensões terríveis de adoecer.

DIA 23 DE JUNHO.

Fiquei muito ruim novamente. Senti calafrios. Depois, tive uma violenta dor de cabeça.

DIA 24 DE JUNHO.

Melhorei muito.

DIA 25 DE JUNHO.

Tive uma febre malárica muito violenta. O ataque durou sete horas, alternando calor e frio, com suores fracos depois.

DIA 26 DE JUNHO.

Melhorei, mas não tinha nenhum alimento para comer. Peguei a minha arma, mas senti que estava muito fraco. No entanto, matei uma cabra. Com muita dificuldade arrastei-a para casa, grelhei partes dela e comi. Gostaria de ter fervido para fazer um pouco de caldo, mas não tinha nenhuma panela.

DIA 27 DE JUNHO.

A malária atacou novamente, tão violenta que fiquei de cama o dia todo, sem comer nem beber. Eu estava quase morrendo de sede, de tão fraco. Não tinha forças para me levantar, nem para pegar água para beber. Orei a Deus de novo, mas estava tonto. Mas, quando não estava, eu era tão ignorante que não sabia o que dizer e só ficava deitado gritando: "Senhor, olhe para mim! Senhor, tem pena de mim! Senhor, tem piedade de mim!" Acho que não fiz mais nada durante duas ou três horas, até que, com o ataque passando, caí dormindo. Só acordei tarde da noite. Ao despertar, senti que estava recuperado, apesar de muito fraco e com uma sede excessiva. No entanto, como não tinha água na minha habitação, fui forçado a me deitar até a manhã e dormi novamente. Nesse segundo sono, tive um sonho horrível.

No sonho, parecia que eu estava sentado no chão, do lado de fora do muro, no local onde me sentei quando a tempestade soprou após o terremoto e que eu via um homem descendo de uma grande nuvem negra, numa brilhante chama de fogo e luz até o chão. Ele era por inteiro tão brilhante quanto uma chama, então eu quase não suportava olhar para ele. Seu semblante era verdadeiramente pavoroso, impossível de ser descrito por palavras. Quando colocou os pés no chão, achei que a terra tremeu, exatamente como tinha acontecido no terremoto e todo o ar parecia, para minha apreensão, como se estivesse cheio de clarões de fogo.

Ele mal havia descido sobre a terra quando avançou na minha direção, com uma longa lança ou dardo na mão, para me matar. Quando chegou a uma elevação no terreno, a alguma distância, ele falou comigo. Eu ouvi uma voz tão terrível, que é impossível expressar o pavor que senti. Tudo o que eu posso dizer que entendi foi o seguinte:

"Como todas essas coisas não lhe trouxeram arrependimento, agora você morrerá". Com essas palavras, achei que ele levantava a lança que tinha na mão, para me matar.

Ninguém que algum dia venha a ler esse relato deve esperar que eu seja capaz de descrever os horrores da minha alma com essa visão terrível. Quero dizer que, mesmo em sonho, eu sonhava com esses horrores. Também seria impossível descrever a impressão que permaneceu sobre a minha mente quando acordei e percebi que era apenas um sonho.

Eu não tinha, infelizmente, nenhum conhecimento divino. O que havia recebido pela boa instrução de meu pai estava então desgastado por uma série ininterrupta, por oito anos, de desventuras marítimas e pela conversa constante com mais ninguém exceto comigo mesmo, sendo eu perverso e profano até o último grau. Não me lembro de ter tido, durante todo esse tempo, nenhum pensamento que me levasse a olhar para cima, em direção a Deus, ou para dentro, para uma reflexão sobre os meus próprios caminhos. Apenas uma certa estupidez de alma, sem desejo do bem, ou consciência do mal, havia me dominado completamente. E e eu era tudo que a criatura mais endurecida, desavisada e má entre os nossos marinheiros comuns poderia supostamente ser, não tendo a menor noção do temor a Deus no perigo, ou da gratidão a Deus na libertação.

Com relação ao que já se passou na minha história, tudo será mais facilmente compreendido quando eu acrescentar que, no decorrer de toda a variedade de misérias que até então me aconteceram, eu jamais tive um único pensamento disso sendo a mão de Deus, como justa punição para o meu pecado inicial – o meu comportamento rebelde contra meu pai – ou para os meus pecados atuais, que eram muitos, ou ainda como punição para o curso geral da minha vida perversa. Quando eu estava na expedição desesperada pelas costas desertas da África, jamais tive um pensamento do que seria de mim, um desejo para que Deus me guiasse para onde eu deveria seguir, ou para me livrar do perigo que aparentemente me rondava, tanto dos animais vorazes como dos selvagens cruéis, porque eu simplesmente não pensava em um Deus ou em uma providência divina. Eu agia como um mero bruto, a partir dos princípios da natureza e apenas pelos ditames do senso comum e, na verdade, talvez nem mesmo assim.

Quando fui entregue e recolhido no mar pelo capitão português, que me tratou tão bem, com tanta bondade e de maneira tão digna e caridosa, eu não tive a menor gratidão em meus pensamentos. Quando, mais uma vez, naufraguei arruinado e em perigo de me afogar nessa ilha, longe de remorsos, ou enxergar isso como um juízo, eu só dizia para mim mesmo, frequentemente, que era um cão infeliz, nascido para ser sempre miserável.

É verdade que, quando pisei em terra firme aqui pela primeira vez e descobri que toda a tripulação do meu navio havia se afogado e só eu poupado, fiquei surpreso. Tive uma espécie de êxtase e arrebatamento da alma, que, se assistidos pela graça de Deus, poderiam ter desembocado em verdadeira gratidão. Mas tudo terminou onde começou, num mero voo comum de alegria ou, como eu poderia dizer, de estar feliz por estar vivo, sem que eu tivesse feito a menor reflexão sobre a bondade irrestrita da mão que tinha me preservado, que havia me separado para ser preservado quando o resto foi destruído, sem ter me questionado por que a Providência tinha sido assim tão misericordiosa para comigo. Era apenas uma alegria comum, do mesmo tipo que os marinheiros geralmente sentem quando estão salvos em terra firme depois de um naufrágio, quando se afogam totalmente na primeira tigela de ponche e se esquecem quase imediatamente do que passou. E assim havia sido toda minha vida.

Mesmo quando, depois, por causa da devida reflexão, eu me tornei sensível da minha condição, de que havia sido lançado nesse lugar terrível, fora do alcance da humanidade, fora de toda a esperança de alívio, ou de perspectiva de resgate, logo que vislumbrei uma possibilidade de sobreviver, que eu não pereceria e nem morreria de fome, todo o sentido da minha aflição desapareceu. Comecei a achar tudo muito fácil, apliquei-me a fazer as obras adequadas para a minha preservação e abastecimento. Estava longe demais de me afligir pela minha condição como um julgamento dos céus ou de pensar na mão de Deus contra mim. Pensamentos assim raramente entravam na minha cabeça.

A plantação de cereais, como foi sugerido no meu diário, que no começo teve pouca influência sobre mim, começou a me afetar seriamente, quando achei que havia algo de milagroso nela. Mas, como sempre, assim que essa parte do pensamento era removida, toda a impressão levantada a partir daí também se desgastava, como já observei.

Até mesmo o terremoto, embora nada pela própria natureza possa ser mais terrível, nem haja nada que possa mais imediatamente direcionar ao poder invisível que dirige sozinho todas essas coisas, tão logo o primeiro susto passou, assim a impressão que causou também se foi. Eu não tinha mais senso de Deus ou de seus juízos – e, muito menos, de que a presente aflição das minhas circunstâncias seria obra de suas mãos – do que se tivesse desfrutado da condição de vida mais próspera.

Mas, então, quando comecei a ficar doente e que uma visão lenta das misérias da morte veio se colocar diante de mim, quando os meus espíritos começaram a se afundar sob o peso de uma forte enfermidade e a natureza se exauriu com a violência da febre, a consciência de que eu estava adormecido havia muito tempo começou a despertar e eu comecei a me reprovar pela minha vida passada, em que eu tinha tão evidentemente, com uma maldade incomum, provocado a justiça de Deus para me colocar sob castigos tão incomuns e para me tratar de uma maneira tão implacável.

Essas reflexões me oprimiram no segundo ou terceiro dia da minha enfermidade e, pela violência, tanto da febre como das terríveis reprovações da minha consciência, arrancaram algumas palavras de mim, semelhantes a uma oração a Deus, embora eu não saiba dizer se elas foram assistidas por desejos ou por esperanças. Foi, antes, uma simples manifestação de medo e angústia. Os meus pensamentos eram confusos e as culpas grandes em minha mente. E o horror de morrer numa condição tão miserável embaçou a minha mente com essas meras apreensões. E, nessas urgências da minha alma, eu não sabia o que a minha língua poderia expressar, além de proferir exclamações como: "Senhor, que criatura miserável eu sou! Se ficar doente, certamente morrerei por falta de ajuda. O que será de mim?". Então, as lágrimas transbordaram dos meus olhos e eu não pude dizer mais nada por um bom tempo.

Nesse intervalo, o bom conselho do meu pai veio à minha mente, junto com sua previsão, mencionada no início dessa história, a saber: de que, se eu desse esse passo tolo, Deus não me abençoaria e que eu teria tempo, dali por diante, para refletir sobre ter negligenciado seu conselho quando poderia não haver ninguém para ajudar na minha recuperação. "Agora" – eu disse em voz alta – "as palavras do meu querido pai estão se cumprindo. A justiça de Deus me alcançou e não tenho ninguém para me ajudar ou me ouvir. Rejeitei a voz da Providência, que tinha misericordiosamente me colocado numa postura ou condição de vida em que eu poderia viver tranquilo e feliz. Mas eu não compreendi e nem mesmo aprendi a conhecer a bênção dos meus pais. Deixei-os para lamentar a minha loucura, e agora só me resta lamentar as consequências disso. Abusei da ajuda e da assistência deles, que teriam me levantado no mundo, e tudo teria sido fácil para mim. Agora tenho dificuldades para lutar contra algo forte demais para a própria natureza suportar, sem ajuda, sem assistência, sem conforto, sem conselhos". Então eu gritei: "Senhor, seja o meu socorro, pois estou em grande aflição".

Essa foi a primeira oração, se posso assim chamá-la, que fiz em muitos anos. Mas vou retornar ao meu diário.

DIA 28 DE JUNHO.

Sentindo-me um pouco melhor, tanto pelo sono que tive como pelo ataque ter passado totalmente, levantei-me. E, apesar de o susto e o terror do meu sonho terem sido muito grandes e embora eu considerasse que o ataque de malária certamente voltaria no dia seguinte, aquele era o momento de buscar algo para me refrescar e me sustentar quando eu estivesse doente. A primeira coisa que eu fiz foi encher uma grande garrafa quadrada com água para colocá-la na mesa, ao alcance da minha cama. E, para tirar o frio ou aguentar a disposição febril da água, coloquei cerca de um quartilho de rum nela e misturei-os juntos. Então, peguei um pedaço de carne de cabra e grelhei nas brasas, mas comi muito pouco. Andei um pouco, mas estava muito fraco e muito triste, de coração pesado pela consciência da minha condição miserável, temendo o retorno da minha doença no dia seguinte. À noite, fiz o jantar com três dos ovos da tartaruga, que cozinhei nas brasas, comendo-os, como se diz, na casca. Que eu me lembre, em toda a minha vida essa foi a primeira refeição em que pedi a bênção de Deus.

Depois de comer, tentei andar, mas estava tão fraco que mal conseguia carregar a arma, porque eu nunca saía sem ela. Então, fiz apenas uma pequena caminhada e me sentei no chão, olhando para o mar, que estava bem diante de mim, muito calmo e suave. Enquanto fiquei sentado ali e alguns dos pensamentos a seguir me ocorreram.

O que é essa terra e esse mar, que tanto tenho visto? Do que tudo isso foi produzido? E o que sou eu e todas as outras criaturas selvagens e domadas? Humanas e brutais? De onde viemos?

Com certeza todos nós somos feitos por algum poder secreto, que formou a terra e o mar, o ar e o céu. E quem é esse poder?

Então, segue-se muito naturalmente que foi Deus quem fez tudo. Bem, mas então veio estranhamente que, se Deus fez todas essas coisas, Ele guia e governa todas elas e todas as outras coisas que lhes dizem respeito, pois o poder que pode fazer todas as coisas certamente tem poder para orientá-las e direcioná-las. Sendo assim, nada pode acontecer no grande circuito de suas obras ou sem o seu conhecimento ou autorização.

E se nada acontece sem o seu conhecimento, Ele sabe que eu estou aqui e que estou nesta terrível condição e, se nada acontece sem sua autorização, Ele permitiu que tudo acontecesse comigo.

No entanto, não me ocorreu nenhum pensamento que contrariasse alguma dessas conclusões e, portanto, elas descansaram em mim com a toda força. Com certeza, seria necessário que Deus tivesse autorizado que tudo isso acontecesse comigo, que eu fosse levado a essa circunstância miserável por Sua direção, detendo Ele o poder único, não só de mim, mas de tudo o que acontecia no mundo. Imediatamente, veio a seguinte reflexão: "Por que Deus fez isso comigo? O que eu fiz para ser tratado assim?"

Com esse questionamento, a minha consciência então me enfrentou como se eu tivesse blasfemado. Parecia que ela falava comigo assim, como uma voz: "Miserável! Você ainda pergunta o que fez? Olhe para trás e veja uma vida terrivelmente desperdiçada. Pergunte a si mesmo o que você não fez! Pergunte por que não foi destruído há muito tempo! Por que não se afogou em Yarmouth? Por que não foi morto na luta quando o navio foi levado pelo guerreiro de Sallee? Por que não foi devorado pelas feras selvagens na costa da África? Por que não se afogou quando toda a tripulação pereceu, exceto você? Depois disso, volte a se perguntar: O que foi que eu fiz?".

Fiquei perplexo e atônito com essas reflexões e sem palavras para dizer, sem uma palavra para responder a mim mesmo. Então, levantei--me triste e pensativo e caminhei de volta ao meu retiro. Passei por cima da minha muralha, como se estivesse voltando para dormir. Mas, os meus pensamentos estavam tristemente perturbados e eu não tinha nenhuma disposição para me deitar. Assim, eu me sentei na minha cadeira e acendi a lamparina, pois começou a escurecer. Porém, como a apreensão do retorno da minha doença me aterrorizava muito, ocorreu ao meu pensamento que os brasileiros não recorrem aos médicos, mas ao tabaco, para quase todos os males. E, eu tinha, num dos baús, um pedaço de um rolo de tabaco bastante curado, além de outro ainda verde e não muito curado.

Eu estava sendo guiado pelos céus, sem dúvida, pois nesse baú encontrei cura tanto para o corpo como para a alma. Ao abri-lo, encontrei o que procurava, o tabaco. E, como os poucos livros que eu tinha guardado também estavam lá, peguei uma das Bíblias que mencionei antes e que até então eu não tinha encontrado tempo livre ou inclinação para olhar. Assim, peguei o livro e também o tabaco e levei-os comigo para a mesa.

Eu não sabia como usar o tabaco no caso da minha doença, nem se era bom ou não para ela. Mas tentei várias experiências com ele, como se eu tivesse decidido que seria bom de um jeito ou de outro. Para começar, peguei um pedaço de uma folha e mastiguei na boca, o que, de fato, quase entorpeceu o meu cérebro, pois o tabaco era verde e forte e eu não estava acostumado. Então, peguei um pouco e mergulhei uma hora ou duas em um pouco de rum e resolvi tomar uma dose quando me deitasse. E, por fim, queimei um pouco num braseiro, coloquei o nariz perto da fumaça e procurei aguentar o máximo possível, tanto o calor como a fumaça. Fiquei assim até quase sufocar.

No intervalo dessa operação, peguei a Bíblia e comecei a ler. Mas a minha cabeça estava perturbada demais com o tabaco para a leitura, pelo menos naquele momento. Só que, abrindo o livro ao acaso, as primeiras palavras com que me deparei foram essas: "Invoca-me no dia da angústia, eu te livrarei e tu me glorificarás".

Essas palavras eram muito adequadas ao meu caso e causaram alguma impressão em meus pensamentos no momento da leitura, embora não tanto quanto depois, pois, quanto a ser "livrado", a palavra não fazia sentido, por assim dizer, para mim. Era uma coisa tão remota, tão impossível na minha compreensão das coisas, que eu comecei a falar como os filhos de Israel fizeram quando lhes foi prometida carne para comer: "Pode, acaso, Deus preparar-nos mesa no deserto?". Então comecei a dizer: "Pode o próprio Deus me livrar desse lugar?" E, como não foi antes de muitos anos que alguma esperança apareceu, isso prevaleceu muitas vezes em meus pensamentos. No entanto, as palavras causaram grande impressão em mim e eu refleti sobre elas muitas vezes. Então, era tarde e o tabaco, como eu disse, entorpeceu tanto minha cabeça que eu me inclinei a dormir. Assim, deixei a lamparina acesa na caverna, caso precisasse de alguma coisa durante a noite, e fui para a cama. Mas, antes de me deitar, fiz o que nunca havia feito em toda a minha vida: ajoelhei-me e orei a Deus pedindo para que se cumprisse a promessa em mim, de que se eu o chamasse no dia da angústia, ele me livraria. Depois que a minha oração repentina e imperfeita acabou, bebi o rum em que havia mergulhado o tabaco, que estava tão forte e fedido que eu mal podia conseguir tomá-lo. Imediatamente depois disso, fui para a cama e senti que a bebida voou para dentro da minha cabeça violentamente. Então, caí num sono tão profundo que não acordei mais até que, pelo sol, devia necessariamente ser perto das três horas da tarde do dia seguinte. Não tenho hoje, em parte, a opinião de que dormi todo o dia e a noite seguinte, até quase as três horas do outro dia, pois, de outro modo, não sei como poderia deixar de marcar um dia no meu cálculo dos dias da semana, como pareceu ter acontecido alguns anos depois. Porque, se tivesse errado cruzando e recruzando a linha do equador, eu deveria ter perdido mais de um dia. Mas certamente perdi um dia na minha conta e nunca soube de que maneira.

Seja como for, no entanto, de um jeito ou do outro, quando acordei, eu me senti extremamente revigorado, com os meus espíritos animados e alegres. Quando me levantei, estava mais forte do que no dia anterior e o meu estômago melhor, porque estava com fome. E, em suma, não tive nenhum ataque no dia seguinte, mas continuei a melhorar cada vez mais. Esse foi o dia 29.

DIA 30 DE JUNHO.

O dia 30 foi meu dia de intermitência e eu passei bem, claro. Saí com a minha arma, mas não me importei em ir muito longe. Matei uma ou duas aves marinhas, parecidas com patos selvagens, e levei para casa. Mas não me animei muito para comê-las. Então, comi mais alguns ovos de tartaruga, que eram muito bons. Nessa noite, renovei o remédio, que eu supunha ter me feito bem dia antes, isto é, o tabaco mergulhado em rum. Só que não tomei tanto quanto antes, nem mastiguei nenhuma folha, nem mantive a cabeça sobre a fumaça. No entanto, no dia seguinte, que era o dia primeiro de julho, eu não estava tão bem como esperava, porque senti alguns tremores de frio, mas que não foram muitos.

DIA 2 DE JULHO.

Renovei o remédio das três maneiras e fiquei entorpecido como da primeira vez. Dobrei a quantidade que tomei.

DIA 3 DE JULHO.

Não senti mais febre, nem nada, embora só tenha recuperado totalmente as minhas forças algumas semanas depois. Enquanto estava me recuperando, tive pensamentos excessivamente recorrentes sobre essa palavra da Escritura, "eu te livrarei". Mas a impossibilidade da minha libertação assentava-se muito na minha mente, impedindo que eu tivesse esperanças disso para sempre. Como eu estava me desencorajando com tais pensamentos, ocorreu na minha mente que eu me debruçava tanto sobre a minha libertação da aflição principal que desconsiderava a libertação que tinha acabado de receber. E passei a me fazer perguntas assim: "Não fui livrado tão maravilhosamente da doença? Da condição mais angustiada que poderia existir e que foi tão assustadora para mim? Mas quanta atenção dei a isso? Eu fiz a minha parte? Deus me livrou, mas eu não o glorifiquei, isto é, não reconheci e nem agradeci por isso como uma libertação. Então, como poderia esperar libertação maior?" Isso tocou o meu coração. E imediatamente eu me ajoelhei e dei graças a Deus em voz alta pela minha recuperação dessa doença.

DIA 4 DE JULHO.

De manhã peguei a Bíblia e, começando pelo Novo Testamento, iniciei uma leitura séria. Eu me obriguei a ler um pouco todas as manhãs e todas as noites, não ligando para o número de capítulos, mas enquanto os meus pensamentos estivessem envolvidos. Não demorou muito, depois que eu levei a sério essa tarefa, para que eu percebesse o meu coração mais profunda e sinceramente afetado com a maldade da minha vida passada. A impressão do meu sonho foi revivida. E as palavras "Nem todas essas coisas te levaram ao arrependimento" percorreram seriamente os meus pensamentos. Eu estava sinceramente pedindo a Deus para me dar arrependimento quando aconteceu providencialmente, nesse mesmo dia, ao ler a Escritura, de chegar a essas palavras: "Ele o exaltou a Príncipe e Salvador, a fim de conceder o arrependimento e a remissão". Eu larguei o livro e, com o meu coração e as minhas mãos erguidas para os céus, em uma espécie de êxtase de alegria, gritei em voz alta: "Jesus, filho de Davi! Jesus, tu que és exaltado Príncipe e Salvador! Dá-me arrependimento!".

Essa foi a primeira vez que eu poderia dizer, no verdadeiro sentido das palavras, que orei em toda a minha vida. Porque, então, orei consciente da minha condição e com uma verdadeira visão bíblica da esperança, fundada no encorajamento da Palavra de Deus. E, a partir desse momento, posso dizer, comecei a ter esperanças de que Deus me ouviria.

Assim, eu comecei a interpretar as palavras mencionadas acima, "Invoca-me e eu te livrarei", com um sentido diferente do que havia feito antes. Porque eu não tinha outra noção que pudesse ser chamada de "livramento", que não fosse ser libertado do cativeiro em que eu estava, pois, embora na verdade estivesse num lugar grande, a ilha certamente era uma prisão para mim, e isso no pior sentido do mundo. Mas, então, eu aprendi a entender isso em outro sentido e passei a olhar de volta para a minha vida passada com tal horror e os meus pecados pareceram tão terríveis que a minha alma não rogava nada de Deus, a não ser a libertação da carga de culpa que sufocava todo o meu conforto. Quanto à minha vida solitária, não era nada. Eu não fazia outra coisa senão orar para ser livrado disso ou para não pensar nisso. Nenhuma outra consideração poderia se comparar a isso. E eu acrescento essa parte aqui, para sugerir a quem quer que a leia, que sempre que chegarem ao verdadeiro sentido das coisas, acharão a libertação do pecado uma bênção muito maior do que o livramento da aflição.

Mas deixo essa parte e volto ao meu diário.

Assim, a minha condição começou a ficar, embora não menos infeliz do que a minha maneira de viver, muito mais fácil para a minha mente. E, pela leitura constante das Escrituras e por orar a Deus, os meus pensamentos passaram a ser guiados a coisas de uma natureza maior. Eu sentia um grande conforto interno, que até então ignorava. Além disso, a minha saúde e força retornaram e eu me dediquei a me abastecer de tudo o que queria e a tornar o meu jeito de viver tão regular quanto possível.

DO DIA 4 AO DIA 14 DE JULHO.

Nesses dias, eu me ocupei principalmente em caminhar, com a minha arma na mão, pouco a pouco de cada vez, como um homem que reunia forças depois do ataque de uma doença. Porque é difícil imaginar o quão acabado eu estava e a que fraqueza estava reduzido. A aplicação do remédio de que eu fiz uso era perfeitamente nova e talvez nunca tivesse curado uma febre antes. Assim, por esse experimento, não posso recomendar essa prática a ninguém, pois, apesar de ter cessado a febre, ainda assim muito contribuiu para me enfraquecer, porque eu tive convulsões frequentes nos nervos e nos membros por algum tempo.

Aprendi com isso também, em particular, que sair na estação chuvosa era a coisa mais nociva que poderia existir para a minha saúde, especialmente nas chuvas que vinham acompanhadas de tempestades e furacões de vento. Já que a chuva que caía na estação seca era quase sempre acompanhada de tais tempestades, então eu descobri que essa chuva era muito mais perigosa do que a chuva que caía em setembro e outubro.

VII EXPERIÊNCIA AGRÍCOLA

Eu estava nessa ilha infeliz havia mais de dez meses. Todas as possibilidades de libertação dessa condição pareciam ter sido inteiramente retiradas de mim. E eu acredito firmemente que nenhuma forma humana já havia posto os pés nesse lugar. Tendo eu, então, garantido a minha habitação, como acreditava de fato em minha mente, tive o grande desejo de fazer uma descoberta mais perfeita da ilha, para ver quais outras coisas poderia encontrar, das quais eu ainda não sabia nada.

Foi no dia 15 de julho que comecei a fazer uma pesquisa mais específica da própria ilha. Primeiro, subi o riacho, para onde, como sugeri, levei as minhas jangadas na costa. Percebi depois que cheguei cerca de duas milhas para cima, pois a maré não subia mais e não passava de um pequeno riacho de água corrente, muito fresca e boa, mas sendo essa a temporada seca, quase não havia água em algumas partes dele, pelo menos não o suficiente para correr algum fluxo de modo que pudesse ser percebido.

Na margem desse riacho, encontrei muitas savanas ou prados agradáveis, lisos, suaves e cobertos com grama. Nas partes elevadas deles, perto dos terrenos mais altos, onde a água, como se poderia supor, nunca transbordava, encontrei uma grande quantidade de tabaco verde, brotando em talos grandes e muito fortes. Havia diversas outras plantas, das quais eu não tinha noção nem conhecimento, mas que talvez possuíssem virtudes próprias que não consegui descobrir.

Procurei pela raiz de mandioca, da qual os índios, de todo esse clima, fazem sua comida. Mas não encontrei nenhuma. Vi grandes plantas de aloés, mas não as conhecia. Vi várias canas-de-açúcar, mas selvagens e, por falta de cultivo, imperfeitas. Contentei-me com essas descobertas nesse momento e voltei, meditando comigo mesmo sobre qual rumo eu poderia seguir para conhecer a virtude e o benefício de qualquer uma das frutas ou plantas que haveria de descobrir. Mas não cheguei a nenhuma conclusão, pois, em suma, eu tinha feito tão poucas observações enquanto estava no Brasil que quase não conhecia as plantas no campo, nem mesmo o pouco que pudesse servir para qualquer propósito agora na minha aflição.

No dia seguinte, dia 16, saí do mesmo modo novamente. Depois de ir mais longe do que tinha ido no dia anterior, descobri que o riacho e as savanas cessam e a região se torna mais arborizada do que antes. Nesta parte eu encontrei frutas diferentes. Particularmente, encontrei melões no chão, em grande abundância, e uvas nas árvores. As videiras tinham se espalhado, de fato, sobre as árvores, e os cachos de uvas estavam então no auge, bem maduros e fartos. Essa descoberta foi uma surpresa e fiquei extremamente feliz com ela. Mas fui alertado pela minha experiência para comer com moderação, lembrando que, quando eu estava na terra dos berberes, o consumo de uvas matou vários dos nossos ingleses, que eram escravos lá, causando-lhes disenteria e febres. Mas encontrei um excelente uso para essas uvas, que foi curá-las ou secá-las ao sol, conservando-as como as uvas secas ou passas são mantidas e que eu pensei que estariam, como de fato estiveram, saudáveis e agradáveis de comer quando não se pode ter uvas.

Passei a tarde toda lá e não voltei para a minha moradia. A propósito, essa foi a primeira noite, por assim dizer, que passei fora de casa.

À noite, usei o meu primeiro recurso e subi numa árvore onde dormi bem. Na manhã seguinte prossegui com o meu descobrimento, viajando quase quatro milhas, a julgar pelo comprimento do vale e fui ainda mais para a norte, tendo uma cordilheira de colinas no sentido norte e sul do meu lado.

Ao final dessa marcha, encontrei uma área aberta onde essa região parecia descer para oeste. Uma pequena fonte de água fresca, que saía do flanco da colina ao meu lado, corria para o outro lado, isto é, para leste. Toda essa região parecia tão fresca, tão verde, tão florescente, tudo era de um verdor constante ou florido da primavera que parecia um jardim plantado.

Desci um pouco o lado desse delicioso vale, observando-o com uma espécie de prazer secreto, de modo que – embora misturado com meus outros pensamentos aflitivos – parecia que aquilo era tudo meu, que eu era o rei e senhor de toda essa região indescritível e tinha o direito de posse. Se eu pudesse transmiti-la, seria uma herança tão completa quanto a de qualquer lorde inglês. Lá, eu vi cacaueiros, laranjeiras, limoeiros e árvores de cidra em abundância, mas todas selvagens e bem poucas tendo qualquer fruto, pelo menos, não nessa época. Contudo, as limas verdes que juntei não eram somente agradáveis para comer, mas saudáveis também. Depois, misturei o suco com água, o que ficou muito saudável, muito saboroso e refrescante.

Percebi, então, que teria muito trabalho pela frente, reunindo e levando esses frutos para casa. Decidi armazenar tanto uvas como limões e limas, preparando-me para a estação chuvosa, que eu sabia que estava se aproximando.

Para isso, juntei um monte grande de uvas num local, um monte menor em outro lugar e uma grande quantidade de limas e limões em outra área. Voltei para casa levando um pouco de cada uma delas comigo, decidido a retornar com uma sacola ou um saco, ou algo parecido que eu pudesse fazer, para levar o resto para casa.

Assim, depois de passar três dias nessa jornada, fui para casa – como, a partir de agora, devo chamar a minha tenda e a minha caverna –, mas, antes que chegasse lá, as uvas estragaram. Com a quantidade das frutas, o peso do suco quebrou-as e machucou-as e elas quase não serviram para nada. Quanto às cidras, eram boas, mas só consegui levar apenas algumas.

No dia seguinte, dia 19, voltei com dois pequenos sacos que fiz para levar a minha colheita para casa. Mas fiquei surpreso ao chegar ao meu monte de uvas, que estavam tão boas e saborosas como quando eu as juntei. Encontrei-as espalhadas, pisoteadas e arrastadas, algumas aqui, outras ali, e a maior parte consumida e devorada. Com isso, concluí que existiam criaturas selvagens por lá, que haviam feito isso. Mas quais seriam essas criaturas eu não sabia dizer.

No entanto, percebendo que não podia deixá-las em montes e nem levá-las num saco, porque de uma maneira elas seriam devoradas e da outra maneira seriam esmagadas pelo próprio peso, tomei outro rumo. Juntei uma grande quantidade de uvas e pendurei-as nos galhos das árvores, para que pudessem curar e secar ao sol. Quanto aos limões e às limas, carreguei tantos quantos as minhas costas poderiam suportar.

Quando voltava para casa dessa jornada, contemplei com grande prazer a fecundidade daquele vale e desfrutei da situação, a segurança das tempestades naquele lado ao abrigo do mar e os bosques. E concluí que eu havia escolhido um local para fixar a minha moradia que era então a pior parte da região. De um modo geral, comecei a pensar na mudança da minha habitação e passei a procurar por um lugar tão seguro quanto onde eu então estava localizado, se possível, naquela parte agradável e frutífera da ilha.

Esse pensamento foi longe na minha cabeça e eu fiquei muito entusiasmado com isso por muito tempo, com a simpatia do lugar me tentando. Mas, quando cheguei a ter uma visão mais acurada, considerei que estava à beira-mar, onde, pelo menos, era possível que algo pudesse acontecer a meu favor e que a mesma fatalidade que me levou até lá poderia trazer outros infelizes ao mesmo lugar e que, embora fosse escassamente provável que qualquer coisa assim devesse acontecer, ainda assim, esconder-me entre as colinas e os bosques no centro da ilha seria antecipar a minha escravidão e tornar tal caso não só improvável, mas também impossível. E que, portanto, eu não devia me mudar de modo algum.

Porém, eu estava tão enamorado por esse lugar que passei muito do meu tempo lá durante toda a parte restante do mês de julho. E, embora em segundas intenções, com mencionei acima, eu tivesse decidido não me mudar, ainda assim construí para mim uma espécie de pequeno caramanchão, cercado a alguma distância por uma sebe ou cerca viva forte, com dupla cobertura, tão alta quanto eu poderia alcançar, bem reforçada e preenchida com capoeira. Lá, eu me deitava bem seguro, às vezes duas ou três noites seguidas, sempre entrando por cima, com uma escada. De modo que eu imaginava agora que tinha a minha casa de campo e a minha casa de praia, na costa marítima. Esse trabalho me ocupou até o início de agosto.

Eu mal havia acabado de terminar a minha cerca e estava começando a desfrutar do meu trabalho quando as chuvas chegaram. Fui obrigado a ficar perto da minha primeira habitação, pois, embora eu tivesse feito para mim uma tenda como a outra, com um pedaço de vela, muito bem esticada, eu não tinha o abrigo de uma colina para me proteger das tempestades, nem uma caverna atrás de mim para me retirar quando as chuvas fossem excessivas.

No começo de agosto, como eu disse, eu havia terminado o meu caramanchão e começava a desfrutar do local. No dia 3 de agosto, encontrei perfeitamente secas as uvas que havia pendurado. Eram, de fato, excelentes passas, boas por terem secado ao sol. Então, comecei a tirá-las das árvores e fui muito feliz ao fazer isso, porque as chuvas que viriam em seguida as estragariam e eu perderia a melhor parte da minha alimentação de inverno, pois eu tinha mais de duzentos cachos grandes. Tão logo os retirei, carreguei a maioria deles para a caverna da minha casa. Então, começou a chover. Daí em diante, a partir do dia 14 de agosto, choveu, mais ou menos, todos os dias até meados de outubro, às vezes tão violentamente que eu não conseguia sair da minha caverna por vários dias.

Nessa temporada, fiquei muito surpreso com o aumento da minha família. Eu estava aborrecido com a perda de um dos meus gatos, que fugiu de mim, ou, pelo que pensei, que estava morto. Não tive mais notícias dessa criatura até que, para meu espanto, ela chegou em casa no final de agosto com três gatinhos. Isso foi muito estranho para mim, porque eu matei, com a minha arma, um gato que considerei selvagem, pois ele era de um tipo bastante diferente dos nossos gatos europeus. Mas os filhotes eram do mesmo tipo de raça doméstica que a mãe e ambos os meus gatos eram fêmeas. Então, achei muito estranho. Mas, desses três gatos depois eu vim a ser importunado com uma tamanha proliferação de gatos, que fui forçado a matá-los como vermes ou animais selvagens e, na medida do possível, expulsá-los da minha casa.

DO DIA 14 AO DIA 26 DE AGOSTO.

Chuva incessante, de modo que eu não podia sair e tomava todo o cuidado para não ficar muito molhado. Nesse confinamento, comecei a ter dificuldades para me alimentar, mas me aventurei duas vezes. Um dia, matei uma cabra. E, na última vez, que foi no dia 26, achei uma tartaruga muito grande, o que foi uma festa para mim. Então, as minhas refeições regulares eram assim: eu comia um punhado de passas no café da manhã; no almoço, um pedaço de carne de cabra ou de tartaruga assada, pois, para minha grande desgraça, eu não tinha recipiente para ferver ou ensopar nada, e dois ou três ovos de tartaruga no jantar.

Durante esse confinamento em meu abrigo, por causa da chuva, trabalhei diariamente duas ou três horas para ampliar a minha caverna. E, por etapas, trabalhei em direção a um lado, até chegar do lado de fora da colina e fazer uma porta ou saída, que dava para além da minha cerca ou muro. E, assim, eu podia entrar e sair por esse caminho. Mas, não achei muito bom estar tão devassado. Da maneira como eu mesmo havia feito antes, eu ficava fechado dentro de um recinto perfeito. Enquanto que, agora, eu me sentia exposto e aberto para qualquer coisa que viesse sobre mim, embora eu não tivesse percebido nenhuma coisa viva a temer, pois a maior criatura que já tinha visto na ilha havia sido uma cabra.

DIA 30 DE SETEMBRO.

Enfim, chegou o dia do infeliz aniversário do meu desembarque. Contei os entalhes no meu pilar e descobri que estava em terra há trezentos e sessenta e cinco dias. Guardei esse dia com um jejum solene, separando-o para o exercício religioso, prostrando-me no chão com a mais séria humilhação, confessando os meus pecados a Deus, reconhecendo seus retos juízos sobre mim e orando a Ele para que tivesse misericórdia de mim através de Jesus Cristo. E, sem provar nenhum alimento por doze horas, até a descida do sol, eu então comi uma bolacha e um cacho de uvas e fui para a cama, terminando o dia como comecei.

Durante todo esse tempo, não observei nenhum dia de descanso. Como a princípio eu não tinha nenhuma noção de religião em minha mente, depois de algum tempo deixei de distinguir as semanas, por ter omitido o entalhe mais longo do que normal no dia de descanso. Por isso, eu não sabia realmente qual era nenhum dos dias. Mas agora, tendo marcado os dias, como disse acima, descobri que havia estado ali por um ano. Então, eu o dividi em semanas e separei cada sétimo dia como um dia de descanso, embora tenha descoberto no final das minhas contas que eu tinha uma diferença de um dia ou dois não marcados.

Pouco depois disso, minha tinta logo começaria a faltar. Então, eu me contentei de usá-la com mais parcimônia, escrevendo apenas os eventos mais notáveis da minha vida, sem continuar um memorial diário de outras coisas.

A estação chuvosa e a estação seca começaram, então, a parecer regulares para mim, e aprendi a dividi-las de modo a provê-las adequadamente. Mas paguei caro pela minha experiência e vou relatar isso como um dos experimentos mais desencorajadores que já fiz. Eu mencionei que tinha guardado umas poucas espigas de cevada e arroz, que acreditava terem surpreendentemente brotado de forma espontânea. Assim, achei que tinha cerca de trinta hastes de arroz e cerca de vinte de cevada. Então, pensei que a hora certa para semear seria depois das chuvas, com o sol estando em sua posição sul, a partir de mim.

Por isso, arei um pedaço de terra tão bem quanto pude com a minha pá de madeira e o dividi em duas partes, onde semeei os meus grãos. Mas, quando eu estava semeando, casualmente me ocorreu em pensamentos que eu não deveria semear tudo de uma vez, porque eu não sabia quando seria a hora certa para fazer isso. Então, semeei dois terços das sementes, reservando cerca de um punhado de cada.

Senti um grande conforto depois, por ter feito isso, pois nenhum grão que eu semeei dessa vez chegou a brotar qualquer coisa. Nos meses secos seguintes, como não choveu na terra depois que as sementes foram semeadas, não havia umidade para ajudar no crescimento e nada brotou até que a estação chuvosa voltasse. Então, elas brotaram como se tivessem sido recém-semeadas.

Observando que a minha primeira semeadura não brotou, eu facilmente imaginei que foi por causa da seca. Assim, procurei um pedaço de terra mais úmido para fazer outra tentativa. Então, arei um pedaço de chão perto do meu novo caramanchão e semeei o resto das minhas sementes em fevereiro, um pouco antes do equinócio vernal. Dessa forma, tendo os meses chuvosos de março e abril para regá-las, as sementes brotaram muito satisfatoriamente e produziram uma safra muito boa. Mas, como eu havia reservado apenas uma parte das sementes, não ousando semear tudo o que eu tinha, não colhi mais do que uma pequena quantidade. No final, toda a minha colheita não foi maior do que meio punhado de cada tipo.

Mas, com esse experimento, eu me tornei mestre do negócio, sabia exatamente quando era a estação adequada para semear e que eu poderia esperar duas semeaduras e duas colheitas por ano.

Enquanto esses cereais cresciam, eu fiz uma pequena descoberta, que seria útil para mim depois. Assim que as chuvas acabaram e o tempo começou a melhorar, perto do mês de novembro, fiz uma visita à região do meu caramanchão, onde, embora eu não fosse havia alguns meses, ainda assim encontrei todas as coisas exatamente como as deixei. O círculo ou sebe dupla que eu tinha feito não só estava firme e inteiro, como as estacas que eu tinha cortado de algumas árvores que cresciam por ali tinham brotado todas como mudas e floresciam com galhos, assim como um salgueiro costuma brotar no primeiro ano depois da poda. Eu não sabia dizer o nome das árvores de onde essas estacas foram cortadas. Fiquei surpreso e ainda muito satisfeito de ver as mudas brotarem. Eu as podei e as fiz crescerem tão iguais quanto possível. E seria difícil de acreditar na bela imagem delas ao final de três anos. De modo que, embora a minha sebe fizesse um círculo de cerca de vinte e cinco jardas de diâmetro, essas árvores, como agora posso chamá-las, logo a cobriram e formaram uma área sombreada completa, suficiente para servir de alojamento durante toda a estação seca.

Isso me fez decidir cortar mais algumas estacas, para fazer uma cerca igual, no semicírculo em volta do meu muro – quero dizer, da minha primeira morada –, o que eu fiz. E, colocando as árvores ou mudas em fileira dupla, a cerca de oito jardas da minha primeira cerca, elas realmente brotaram e formaram primeiramente uma boa cobertura para a minha habitação e depois também serviram para defesa, como observarei no momento certo.

Percebi, então, que as estações do ano geralmente podiam ser divididas, não em verão e inverno, como na Europa, mas nas estações chuvosas e nas estações secas, que geralmente eram assim:

Metade de fevereiro, todo o mês de março e metade de abril.	Tempo chuvoso, sol no equinócio ou perto do equinócio.
Metade de abril, a totalidade dos meses de maio, junho e julho e metade de agosto.	Tempo seco, com o sol estando então ao norte da linha do Equador.
Metade de agosto, todo o mês de setembro e metade de outubro.	Tempo chuvoso, com o sol então voltando.
Metade de outubro, a totalidade dos meses de novembro, dezembro e janeiro e metade de fevereiro.	Tempo seco, com o sol estando então ao sul da linha do Equador.

As estações chuvosas às vezes ficavam mais longas ou mais curtas à medida que acontecia de os ventos soprarem, mas essa foi a observação geral que fiz. Depois que eu descobri, por experiência própria, as consequências ruins de tomar chuva no lado de fora, passei a ter a preocupação de me abastecer com provisões de antemão, para que eu não fosse obrigado a sair. Então eu ficava sentado do lado de dentro, tanto quanto possível, durante os meses úmidos.

Dessa vez, não me faltavam coisas para fazer, também muito adequadas para o tempo, pois era uma oportunidade própria para muitas coisas que eu não tinha como obter senão através do trabalho duro e pela constante aplicação. Particularmente, tentei de muitas maneiras fazer uma cesta, mas todos os ramos que eu poderia conseguir para esse propósito eram tão frágeis que eles não serviam para nada. Provou-se uma excelente vantagem para mim, então, que quando eu era menino sentia grande prazer em estar numa cestaria, na cidade onde meu pai viveu, para ver as pessoas fazerem seus objetos de vime. E, sendo eu como os garotos em geral são, muito expeditos para ajudar e um grande observador da maneira como aquela gente trabalhava essas coisas, às vezes até dando uma ajuda, eu tinha por esse motivo pleno conhecimento dos métodos de produção. Assim, eu não precisava de mais nada além dos materiais. Foi quando veio à minha mente que os galhos daquela árvore de onde eu cortei as minhas estacas que brotaram como mudas poderiam ser tão flexíveis como os dos salgueiros, dos chorões e dos vimeiros da Inglaterra. Então, decidi tentar.

Assim, no dia seguinte fui para a minha casa de campo, como a chamava, e cortei alguns galhos menores, que achei tão adequados para o meu propósito quanto eu poderia desejar. Então, na vez seguinte fui preparado com um machado para cortar uma grande quantidade, pois logo descobri que havia muita abundância deles. E eu os coloquei para secar dentro do meu cercado ou sebe. Quando eles ficaram prontos para o uso, eu os levei para a minha caverna, onde, na estação seguinte, eu me ocupei em fazer, da melhor maneira possível, um grande número de cestos, tanto para transportar terra como para transportar ou acumular qualquer coisa que eu precisasse. E, embora o acabamento não fosse muito bom, ainda assim eu os fiz suficientemente úteis para os meus propósitos. Portanto, a partir daí eu tomava cuidado para nunca sair sem eles e, quando os meus cestos estragavam, eu fazia mais, especialmente cestos fortes e fundos para colocar os meus cereais, em vez de sacos, quando eu tinha que fazer uma boa colheita.

Tendo superado essa dificuldade e gastado um mundo de tempo com isso, tratei de ver como seria possível suprir duas necessidades. A primeira delas é que eu não tinha recipientes para conter qualquer coisa que fosse líquida, exceto duas barricas, que ainda estavam quase cheias de rum, algumas garrafas de vidro de tamanho médio e outras que eram frascos quadrados contendo água, licores etc. Eu não tinha nenhuma panela para ferver nada, exceto uma grande chaleira, que salvei do navio e que era muito grande para fazer sopa ou cozinhar um pedaço de carne só para mim. A segunda coisa que eu gostaria de ter era um cachimbo de tabaco, mas era impossível fazer um para mim. No entanto, também encontrei um artifício para isso, afinal.

Eu me dedicaria ao plantio da minha segunda fileira de estacas ou mourões e a esse trabalho de vime durante todo o verão, ou durante toda a estação seca, quando outro assunto a resolver me tomou mais tempo do que seria possível imaginar que fosse sobrar.

VIII CONHECENDO O LUGAR

Como mencionei, eu tinha o grande plano de conhecer toda a ilha. Primeiro fui até o riacho e depois até o local em que construí o meu caramanchão, de onde eu tinha uma abertura enorme para o mar, do outro lado da ilha. Então, decidi viajar bastante até a beira-mar desse lado. Assim, levando a arma, um machado, o cachorro e uma quantidade maior de pólvora e chumbo do que o habitual, com duas bolachas e um bom punhado de passas na sacola para a minha alimentação, comecei a jornada. Quando cheguei ao vale onde ficava o caramanchão, como falei acima, cheguei a avistar o mar a oeste. E, sendo um dia muito claro, eu praticamente desvendei a terra. Se era uma ilha ou um continente não sabia dizer; mas era muito alta e se estendia de oeste para oeste e sudoeste, por uma distância muito grande, que pelo meu palpite não poderia ser menos de quinze ou vinte léguas.

Eu não saberia dizer que parte do mundo poderia ser, mas apenas sabia que deveria fazer parte da América. E, como concluí pelas minhas observações, devia ser perto dos domínios espanhóis. Talvez fosse habitada por selvagens, onde, se eu tivesse chegado, estaria em pior condição do que agora. Portanto, concordei com as disposições da Providência, que eu começava a reconhecer e crer que tudo ordenava para o melhor. Então, quero dizer que acalmei a minha mente com isso e parei de me afligir com desejos infrutíferos de estar lá.

Além disso, depois de pensar um pouco sobre esse caso, considerei que, se essa terra era a costa espanhola, eu certamente deveria, uma vez ou outra, ver alguma embarcação passar ou repassar de um jeito ou de outro. Caso contrário, seria a costa selvagem entre a região espanhola e o Brasil, onde são encontrados os piores selvagens, pois eles são canibais ou comedores de gente e nunca deixam de matar e devorar todos os corpos humanos que caem em suas mãos.

Por causa dessas considerações, eu avançava muito lentamente. Achei esse lado da ilha onde agora estava muito mais agradável do que o meu, aberto, com campos suaves de savana, adornados com flores e gramados, cheios de bosques muito bonitos. Vi papagaios em abundância e senti vontade de pegar um, para amansá-lo e ensiná-lo a falar comigo, se possível. Consegui, depois de algum trabalho, pegar um papagaio jovem, que eu abati com um pedaço de pau. E, tendo cuidado dele, trouxe-o para casa. Mas, demorou alguns anos para que eu pudesse fazê-lo falar. No entanto, finalmente eu o ensinei a me chamar pelo nome com muita familiaridade. Mas o acidente que se seguiu, embora seja bobagem, será muito divertido de contar.

Eu estava me distraindo extremamente nesse passeio. Nos terrenos baixos, encontrei animais que eu achei que fossem lebres e raposas, apesar de serem muito diferentes de todos os outros tipos que já tinha encontrado antes. Embora eu tenha matado vários deles, não saciei a vontade de comê-los. Eu não tinha necessidade de me arriscar, já que não me faltavam alimentos, principalmente aqueles que eram muito bons, de três tipos, a saber: cabras, pombos e tartarugas marinhas, que, somados às minhas uvas, o mercado Leadenhall, em Londres, não poderia ter fornecido uma mesa melhor para mim, guardadas as devidas proporções. E, embora o meu caso fosse suficientemente deplorável, eu tinha grande motivo de gratidão por não ser inclinado a quaisquer excessos de comida. Mas tinha mais do que o suficiente, inclusive, guloseimas.

Nessa caminhada, eu nunca andava mais de duas milhas por dia, pois dava tantas voltas e reviravoltas para ver o que poderia descobrir que chegava bastante cansado ao local onde decidia passar a noite. Então, eu me instalava numa árvore, ou me cercava com uma fileira de estacas colocadas em posição vertical no chão, de uma árvore para outra, para que assim nenhuma criatura selvagem viesse até mim sem me despertar.

Assim que cheguei à beira-mar, fiquei surpreso ao ver que eu tinha definido o meu destino no pior lado da ilha, porque ali, de fato, a costa estava coberta de inúmeras tartarugas, enquanto que do outro lado eu tinha encontrado apenas três, em um ano e meio. Ali também havia um número infinito de aves de muitos tipos, algumas que eu conhecia, outras que eu nunca tinha visto antes, muitas delas de muito boa carne, mas entre essas, eu não conhecia o nome de nenhuma, exceto as que são chamadas de pinguins.

Eu poderia ter atirado em quantas quisesse, mas era muito contido com relação à minha pólvora e ao meu chumbo. Portanto, eu preferia matar uma cabra, quando possível, porque poderia me alimentar melhor. Embora existissem muitas cabras ali, mais do que do meu lado da ilha, era muito mais difícil chegar perto delas, já que a região era plana e uniforme e elas me viam muito antes do que quando eu estava nas colinas.

Confesso que esse lado do território era muito mais agradável do que o meu, então. Mas eu ainda não tinha a menor inclinação para me mudar, pois já havia me fixado na minha habitação, que se tornou um lugar natural para mim. De tal modo que o tempo todo parecia que eu estava ali como se estivesse numa jornada longe de casa. No entanto, viajei ao longo do litoral para o leste, suponho que cerca de doze milhas. Em seguida, enterrei uma grande tora na costa, para marcar um ponto de referência. Decidi voltar para casa e que a próxima saída que eu fizesse seria a leste da minha habitação, pelo outro lado da ilha, para contorná-la até chegar à minha tora novamente.

Peguei outro caminho para voltar, diferente do que fui na ida, achando que poderia manter toda a ilha tão facilmente sob a minha visão que eu não poderia deixar de encontrar a minha moradia principal visitando a região. Mas estava enganado, porque, depois de voltar cerca de duas ou três milhas, eu havia descido num vale muito grande, totalmente rodeado de colinas. E essas colinas eram tão cobertas de bosques que eu não conseguia ver qual era o meu caminho em qualquer direção, a não ser a do sol e, mesmo assim, se eu soubesse muito bem a posição do sol nessa hora do dia.

Aconteceu, para cúmulo da minha desgraça, que o tempo ficou nebuloso por três ou quatro dias enquanto eu estava no vale. Então, não sendo capaz de ver o sol, perambulei muito desconfortavelmente. Por fim, fui obrigado a encontrar o litoral, procurar a minha tora e voltar da mesma maneira que fui. Assim, aos poucos, em pequenos trechos, voltei para casa, pois, como o tempo estava excessivamente quente, a minha arma, a munição, o machado e outras coisas tornaram-se muito pesadas.

Nessa caminhada, o meu cachorro surpreendeu uma cabritinha e se apoderou dela. Corri para pegá-la e a salvei viva do cachorro. Tive grande vontade de levá-la para casa, porque andava pensando se não seria possível pegar um cabrito ou dois, para criar uma raça de cabras mansas, que poderiam me abastecer quando a minha pólvora e o meu chumbo tivessem acabado.

Fiz uma coleira para essa pequena criatura e, com um cordão feito de um fio de corda, que eu sempre carregava comigo, levei a cabrita, embora com alguma dificuldade, até o caramanchão, onde a coloquei e a soltei, pois eu estava muito impaciente para chegar em casa, de onde estivera ausente por mais de um mês.

Não posso expressar a satisfação que senti ao entrar na minha velha cabana e deitar-me na rede. Essa pequena jornada errante, sem lugar estabelecido para me abrigar, tinha sido tão desagradável para mim que a minha própria casa, como eu a chamava, era um assentamento perfeito para mim, em comparação com isso. E tornava cada coisa tão confortável para mim que decidi nunca mais me afastar para longe dali novamente, enquanto fosse meu destino ficar na ilha.

Tirei uma semana em casa, para descansar e me regalar depois da minha longa viagem, durante a qual a maior parte do tempo foi tomada pela árdua tarefa de fazer uma gaiola para o meu Poll, que haveria de se tornar um mero animal doméstico e se familiarizar comigo. Então, comecei a pensar no pobre filhote que deixei confinado dentro do meu pequeno cercado. Decidi ir buscá-lo para levá-lo para casa ou dar-lhe alguma comida. Então, fui e o encontrei como o havia deixado, de onde, na verdade, ele não poderia sair. Mas estava quase morrendo de fome, por falta de comida. Cortei os galhos de árvores e os ramos de arbustos que poderia encontrar e joguei tudo para o pequeno animal. Estando alimentado, eu amarrei como fizera antes, para levá--lo embora. Mas ele estava tão dócil, por causa da fome, que eu não precisaria tê-lo amarrado, pois me seguiu como um cachorro. E, como eu alimentava o filhote continuamente, essa criatura ficou tão amorosa, tão gentil e tão afeiçoada que a partir desse momento se tornou um dos meus animais domésticos também e nunca mais me abandonaria.

A estação chuvosa do equinócio de outono chegou e eu comemorei o dia 30 de setembro da mesma maneira solene de antes, como o aniversário do meu desembarque na ilha, fazendo agora dois anos, sem qualquer perspectiva a mais de ser liberto do que no primeiro dia em que cheguei lá. Passei esse dia inteiro humildemente agradecendo as muitas e maravilhosas misericórdias com as quais minha condição solitária era preenchida e sem as quais eu teria sido infinitamente mais miserável. Rendi humildes e calorosas graças por Deus ter se agradado de se revelar a mim, de modo a tornar possível que eu pudesse ser mais feliz nessa condição solitária do que haveria de ter sido em liberdade na sociedade e em todos os prazeres do mundo. E porque Ele podia compensar completamente as deficiências do meu estado solitário e a falta da sociedade humana, pela sua presença e pelas comunicações de sua graça para a minha alma, apoiando, confortando e me encorajando a depender de sua Providência nesse lugar e esperando por sua presença eterna dali em diante.

Foi então que eu comecei a sentir profundamente o quão mais feliz era essa vida que eu agora levava, apesar de todas as suas circunstâncias miseráveis, do que a vida dos ímpios, amaldiçoada e abominável que eu levara durante toda aquela época passada dos meus dias. Agora, estavam mudadas tanto as minhas tristezas como as minhas alegrias e completamente alterados os meus desejos. As minhas afeições mudaram de gostos e os meus prazeres eram totalmente diferentes dos que tinham sido na minha primeira vinda, ou, de fato, nesses dois anos passados.

Antes, enquanto eu caminhava, para caçar ou para ver a região, a angústia da minha alma, em razão do meu estado, irrompia sobre mim, subitamente. O meu coração morria dentro de mim ao pensar que eu estava nesses bosques, nessas montanhas, nessas solidões, como um prisioneiro, trancado, sem redenção, entre as eternas barreiras do oceano e de uma região selvagem, deserta e inabitada. No meio da maior calmaria da minha mente, esse pensamento irrompia em mim como uma tempestade. Eu retorcia as mãos e chorava como uma criança. Às vezes, era surpreendido no meio do meu trabalho. Então, eu imediatamente me sentava e suspirava. Olhava para o rebolo por uma ou duas horas seguidas. E esse mal ainda poderia piorar em mim, pois, se eu pudesse me derramar em lágrimas ou explodir em palavras, tudo se dissiparia. E a dor, depois de eu ter me exaurido, diminuiria.

Mas, então, comecei a me exercitar com novos pensamentos. Eu lia diariamente a palavra de Deus e aplicava todos os confortos ao meu estado atual. Certa manhã, estando muito triste, abri a Bíblia nessas palavras: "De maneira alguma te deixarei, nunca jamais te abandonarei". Imediatamente me ocorreu que essas palavras eram para mim. Caso contrário, por que elas seriam dirigidas a mim de tal maneira, exatamente no momento em que eu estava de luto pela minha condição, como alguém abandonado por Deus e pelos homens? "Bem, então", eu disse, "se Deus não desiste de mim, que mal pode existir nisso? Pouco importa que o mundo inteiro possa me abandonar, pois, olhando por outro lado, se eu tivesse tudo no mundo, mas perdesse o favor e a bênção de Deus, não haveria comparação na perda!".

A partir desse momento, comecei a concluir em minha mente que era possível ser mais feliz nessa condição abandonada e solitária do que provavelmente jamais seria em qualquer outra posição particular no mundo. E, com esse pensamento, eu renderia graças a Deus por ter me levado a esse lugar.

Eu não sei o que foi, mas esse pensamento se chocava com alguma coisa em minha mente e não ousava falar as palavras. "Mas como você pôde se tornar tão hipócrita", eu disse a mim mesmo murmurando, "a ponto de pretender ser grato por uma condição da qual você precisa se esforçar para se alegrar, quando no fundo preferiria sinceramente orar para ser liberto?". Então, parei por aí. Mas, embora eu não pudesse dizer, agradeci a Deus por estar lá. Eu sinceramente dei graças a Deus por abrir os meus olhos, mesmo que fosse pelas providências divinas mais aflitivas, para que eu pudesse ver a antiga condição da minha vida, lamentar os meus pecados e me arrepender. Eu nunca tinha aberto ou fechado a Bíblia, mas a minha alma, do fundo do meu ser, bendizia a Deus por ter guiado a minha amiga na Inglaterra, sem qualquer ordem minha, a empacotar esse livro entre as minhas coisas e por me ajudar depois a salvá-lo do naufrágio do navio.

Assim, e nessa disposição mental, comecei o meu terceiro ano. Embora eu não queira incomodar o leitor com a questão de lhe prestar contas em detalhes do meu trabalho nesse ano tanto como no primeiro, no entanto, em geral, é bom que seja observado que eu raramente ficava ocioso, pois dividia o meu tempo regularmente, de acordo com as várias ocupações diárias que se apresentavam diante de mim. Em primeiro lugar, o meu dever para com Deus e a leitura das Sagradas Escrituras, para os quais eu constantemente separava algum tempo, três vezes ao dia, todos os dias. Em segundo lugar, a saída com a minha arma para obter comida, que geralmente me tomava até três horas, todas as manhãs, quando não chovia. E, em terceiro lugar, a arrumação, o corte, a conservação e o cozimento daquilo que eu tinha matado ou pego para meu suprimento. Todas essas coisas ocupavam grande parte do meu dia. Além disso, deve-se considerar que, ao meio-dia, quando o sol estava no zênite, a intensidade do calor era grande demais para se agir. De modo que me restavam cerca de quatro horas à tarde, como tempo total que eu supostamente teria para trabalhar, exceto quando às vezes eu trocava o horário da minha caçada e do trabalho e então trabalhava de manhã e saía com a minha arma à tarde.

Nesse curto período de tempo permitido para o trabalho, eu preciso incluir as muitas horas perdidas, por falta de ferramentas, de ajuda e de habilidade, além da excessiva dificuldade do meu trabalho, de cada coisa que eu fazia. Por exemplo, levei quarenta e dois dias inteiros para fabricar as tábuas de uma prateleira longa, que eu queria instalar na minha caverna, enquanto que, dois serradores, com suas ferramentas e um cavalete, teriam cortado seis delas da mesma árvore em meio dia.

O meu caso foi o seguinte: eu precisava de uma árvore grande, que deveria ser cortada, porque as minhas tábuas teriam que ser largas. Demorei três dias cortando essa árvore e mais dois tirando os galhos, para reduzi-la a uma tora ou pedaço de madeira. Depois de muito cortar e podar, retirei lascas de ambos os lados até que a árvore começasse a ficar suficientemente leve para ser movida. Depois, virei-a e deixei um lado plano e liso como uma tábua, de ponta a ponta. Então, virando esse lado para baixo, cortei o outro lado até conseguir uma prancha de cerca de três polegadas de espessura, lisa de ambos lados. Qualquer pessoa pode julgar o estado das minhas mãos com esse trabalho. Mas o esforço e a paciência me levaram a isso e a muitas outras coisas. Eu só observo essas coisas em particular para mostrar a razão pela qual tanto do meu tempo resultava em tão pouco trabalho, ou melhor, que algo não seria nada se fosse feito com ajuda e ferramentas, era um vasto trabalho e exigia um tempo prodigioso ao ser feito sozinho e manualmente.

Mas, apesar disso, com paciência e dedicação, consegui fazer muitas coisas. E, de fato, fiz cada coisa que as circunstâncias exigiram que eu fizesse, como será visto pelo relato que vem a seguir.

Então, eu esperava, para os meses de novembro e dezembro, a minha safra de cevada e arroz. O terreno que eu tinha arado e adubado para a plantação não era muito bom, pois, como observei, as minhas sementes de cada um desses cereais não passavam da quantidade de meio punhado, pois eu havia perdido uma safra inteira semeando na estação seca. Mas agora a minha safra prometia ser muito boa. Porém, de repente, descobri que corria o risco de perder tudo novamente por causa de inimigos de vários tipos, difíceis de evitar, a começar pelas cabras e as criaturas selvagens que eu chamava de lebres, que, provando a doçura da relva, não saíam de lá noite e dia, pastando as folhas tão logo germinavam e tão rente que não dava tempo para que os brotos se desenvolvessem como espigas.

Para isso, não vi outro remédio senão cercar o terreno com uma sebe, o que eu fiz com muita labuta, ainda mais por causa da rapidez necessária. No entanto, como a minha terra arada era pequena, adequada à minha colheita, tudo foi totalmente vedado em cerca de três semanas. Além disso, eu atirava em algumas dessas criaturas durante o dia e colocava o meu cachorro para vigiar à noite, amarrando-o numa estaca do portão, onde ele passava a noite toda latindo. Assim, em pouco tempo, os inimigos abandonaram o lugar e o cereal cresceu muito forte e saudável e começou a amadurecer rapidamente.

Mas, da mesma forma como os animais me arruinaram antes, enquanto o cereal era relva, então os pássaros estavam tão propensos a me arruinar quando as espigas começaram a surgir. Um dia, fui ao lugar para ver como a plantação se desenvolvia e vi a minha pequena safra cercada de aves, de não sei quantos tipos e que pareciam dispostas a ficar espiando até que eu fosse embora. Como sempre levava a minha arma comigo, imediatamente atirei nelas. Assim que disparei, uma pequena nuvem de aves, que eu não tinha visto, levantou-se do meio da própria plantação.

Isso me tocou sensivelmente, pois eu previa que em poucos dias elas devorariam todas as minhas esperanças, que eu passaria fome e que jamais seria capaz de fazer alguma colheita. E eu não saberia o que fazer. No entanto, decidi não perder a minha safra, se possível, embora devesse vigiá-la noite e dia. Em primeiro lugar, fui ver quais danos já haviam sido feitos e descobri que as aves haviam estragado boa parte da plantação; mas o que sobrou ainda estava verde demais para elas. Então, a perda não seria tão grande, pois o restante provavelmente daria uma boa colheita, se pudesse ser salva.

Fiquei parado por um instante para carregar a minha arma e, em seguida, ao ir embora, eu podia ver facilmente os ladrões pousados em cima de todas as árvores ao meu redor, como se esperassem que eu fosse embora, o que de fato se confirmou, pois, enquanto eu andava para sair, como se estivesse indo embora, eu não estava tão fora de vista quanto eles, que caíram um por um nos cereais novamente. Eu fiquei tão furioso que eu não tive paciência para esperar o último descer, sabendo que cada grão que eles comiam agora seria, como se pode dizer, uma migalha de comida a menos para mim, em consequência. Assim, chegando à cerca, atirei novamente e matei três deles. Era isso que eu desejava. Então eu os peguei e cuidei deles como nós cuidamos de ladrões notórios na Inglaterra: enforquei-os em correntes, para terror dos outros. Era impossível imaginar que isso teria o efeito que teve, pois as aves não só não voltaram aos cereais, como, em suma, elas abandonaram toda aquela parte da ilha, e eu nunca mais vi um pássaro perto do local, enquanto meus espantalhos estiveram pendurados lá.

Isso me deixou muito feliz, podem ter certeza. E, assim, no final de dezembro, que era a época da nossa segunda safra do ano, eu fiz a colheita dos meus cereais.

Eu estava precariamente equipado para isso, pois não tinha nem foice e nem alfanje para cortar. Tudo o que eu poderia fazer era fabricar algum instrumento do tipo com as espadas largas ou os cutelos salvos entre as armas do navio. No entanto, como a minha primeira colheita foi pequena, não tive muita dificuldade em colhê-la. Em suma, fiz do meu jeito, pois não cortei nada, exceto as espigas, que levava num grande cesto que eu tinha feito, depois as esfregava com as mãos. No final de toda a minha colheita, descobri que, de cada meio punhado de sementes, eu tinha quase dois alqueires de arroz e cerca de dois alqueires e meio de cevada, quero dizer, pelo meu palpite, porque não tinha nada para usar como medida naquele momento.

No entanto, isso foi um grande incentivo para mim e eu previ que, no futuro, Deus se agradaria de me fornecer o sustento. E ainda dessa vez eu estava novamente perplexo, pois não sabia como moer ou fazer farinha dos meus cereais; nem, de fato, como limpá-los e separá-los; nem, se fizesse farinha, como transformá-la em pão e, se conseguisse fazer isso, ainda não saberia como assar. Todas essas coisas foram se juntando ao meu desejo de ter uma boa quantidade para armazenar e para garantir um suprimento constante. Então, decidi não provar nada dessa colheita, mas para preservar tudo para a semeadura na próxima temporada. Enquanto isso, empregaria todo o meu estudo e as minhas horas de trabalho na realização desse grande trabalho de me abastecer de cereais e pão.

Pode-se dizer verdadeiramente que então eu trabalhava pelo meu próprio pão. Acredito que poucas pessoas já pensaram muito sobre a estranha multidão de pequenas coisas necessárias ao fornecimento, produção, preparo, cuidado, para se fazer e finalizar esse alimento chamado "pão".

Eu, que estava reduzido ao mero estado natural, achava isso desanimador no meu dia a dia e ficava mais evidente a cada hora, mesmo depois de eu ter conseguido o primeiro punhado de sementes de cereais, que, como eu disse, surgiu de forma tão inesperada e surpreendente.

Primeiro, eu não tinha arado para virar a terra, nem pá ou enxada para escavá-la. Pois bem, isso eu conquistei fazendo uma pá de madeira, como observei; mas ela fazia o trabalho grosseiramente. E, apesar de me custar muitos dias para fabricá-la, ainda assim, por falta de ferro, ela não só se desgastava logo, como tornava o meu trabalho mais difícil e muito ruim.

Embora isso me aborrecesse, eu estava contente de trabalhar com paciência e suportava a dificuldade do desempenho. Quando o cereal foi semeado, eu não possuía nenhuma ancinho, mas fui forçado a me superar, arrastando comigo um grande e pesado galho de uma árvore, para arranhar a terra, por assim dizer, em vez de usar ancinho ou gadanho.

Quando a plantação começou a germinar e brotar, como já observei, quantas coisas eu tive que cercar, segurar, cortar ou colher, curar e levar para casa, triturar, separar o joio e guardar. Em seguida, precisei de um moinho para moer, de peneira para selecionar, de fermento e sal para fazer o pão e, finalmente, de um forno para assar. Pois todas essas coisas eu fiz sem nenhum desses instrumentos, como pôde ser observado. Mas, mesmo assim, o cereal foi um conforto inestimável e também uma vantagem para mim. Tudo isso, como eu disse, foi muito trabalhoso e entediante, mas não havia remédio para essas coisas. Nem o tempo que eu dispunha para mim era tão grande, porque, como eu o havia dividido, certa parte dele era reservada todos os dias para essas tarefas. Mas, como decidi não usar os cereais para fazer pão até conseguir uma quantidade maior para mim, nos seis meses seguintes, eu tive que me aplicar completamente, pelo trabalho e pela invenção, a providenciar para mim os utensílios adequados à realização de todas as operações necessárias para tornar os cereais, quando os tivesse, adequados ao meu uso.

IX UM BARCO

Mas primeiro eu deveria preparar mais terra, pois agora eu tinha sementes em quantidade suficiente para semear acima de um acre de terreno. Antes de fazer isso, precisei de, pelo menos, uma semana de trabalho para fazer uma pá, que, quando pronta, era apenas uma lástima, muito pesada e exigia redobrado esforço para se trabalhar com ela. No entanto, superei isso e fiz a semeadura em dois grandes pedaços de terra, tão perto de casa quanto a minha mente poderia desejar. E cerquei os terrenos com uma boa sebe, que eu sabia que haveria de crescer, cujas estacas, ou mudas, foram cortadas daquela árvore que eu tinha definido antes. De modo que eu sabia que dali a um ano teria uma sebe viva, que exigiria pouca manutenção. Esse trabalho não me tomou menos de três meses, porque uma grande parte dessa época era a estação das chuvas, quando eu não podia sair.

Dentro de casa, isto é, quando chovia e eu não podia sair, encontrei ocupação nas seguintes atividades, sempre observando, todavia, que enquanto trabalhava, eu me distraía conversando com o meu papagaio, ensinando-o a falar. Rapidamente, ensinei-o a reconhecer o seu próprio nome e finalmente a falar bem alto, "Poll" – que significa "louro" em inglês – e que foi a primeira palavra que eu ouvi falar na ilha por qualquer boca que não fosse a minha. Esse, entretanto, não era o meu trabalho, mas ajudava muito a suportá-lo. Nesse momento, como eu disse, eu tinha uma ótima tarefa para as minhas mãos, a saber: estudar, por quaisquer meios, como fabricar alguns vasos de barro de que, de fato, eu precisava muito, mas não sabia como obtê-los. Contudo, considerando o calor do clima, eu não duvidava que, se pudesse encontrar um pouco de argila, poderia fazer alguns potes que, após secarem ao sol, ficariam suficientemente duros e suficientemente fortes para suportarem o manuseio e para conterem qualquer coisa que estivesse seca e precisasse ser guardada assim. E, como isso era necessário para a preparação dos cereais, da farinha etc., que era o que eu estava fazendo, resolvi fabricar alguns tão grandes quanto possível e adequados como jarros, para conter o que deveria ser colocado neles.

Seria fazer o leitor sentir pena de mim, ou melhor, rir de mim, se eu contasse de quantas maneiras desajeitadas levei para preparar esta massa, de tantas coisas estranhas, disformes e feias eu fiz, de quantas caíram e quantas quebraram. O barro não ficava suficientemente firme para suportar seu próprio peso. Muitas coisas racharam com o calor excessivamente violento do sol, por terem sido expostas apressadamente, e muitas se despedaçaram apenas com a remoção, tanto bem antes, como bem depois de estarem secas. E, em suma, como, depois de ter trabalhado duro para encontrar a argila – de cavar, misturar, levar para casa e moldar –, eu só consegui fazer duas grandes coisas feias de barro – que eu não ousaria chamar de jarros – em cerca de dois meses de trabalho.

No entanto, como o sol deixou essas duas coisas bem cozinhadas, muito secas e duras, levantei-as cuidadosamente e coloquei-as de novo em duas grandes cestas de vime, que eu tinha feito de propósito para elas, para que não quebrassem. E, entre os potes e as cestas, havia um pequeno espaço de sobra, que enchi com palha de arroz e cevada. Como esses dois potes ficariam sempre secos, achei que conteriam os meus cereais secos e talvez a farinha, quando o cereal estivesse esfarelado.

Apesar de ter fracassado tanto no meu plano de fazer potes grandes, ainda assim fiz várias coisas menores com maior sucesso, como pequenos potes redondos, pratos rasos, taças e jarras, enfim, qualquer coisa que as minhas mãos moldassem e o calor do sol cozinhava com força espantosa.

Mas nada disso atendia ao meu fim, que era fabricar um pote de barro para conter líquidos e ir ao fogo, para o que nenhuma dessas coisas servia. Mas, depois de algum tempo, aconteceu que, quando fiz uma grande fogueira para assar carne e fui retirá-la depois que estava pronta, encontrei um pedaço quebrado de um dos meus vasos de barro no fogo, queimado tão duro como uma pedra e vermelho como uma telha. Fiquei agradavelmente surpreso ao ver isso e disse a mim mesmo, que, se queimavam quebrados, certamente poderiam ser queimados inteiros.

Isso me levou a estudar como fazer a montagem da minha fogueira, para que ela queimasse os potes. Eu não tinha a menor noção do que era um forno, como o que os oleiros usam, nem de como esmaltar com chumbo, embora eu tivesse chumbo para fazer isso. Mas coloquei três grandes jarras e dois ou três potes empilhados uns sobre os outros e cerquei de lenha em volta dessa pilha, com um monte de brasas embaixo. Acendi e mantive a fogueira acesa com lenha fresca, ao redor dos lados e em cima no topo, até ver os potes no interior completamente em brasa, observando que eles não rachavam de jeito nenhum. Quando os vi claramente vermelhos, deixei-os ficar nesse calor por cerca de cinco ou seis horas, até perceber que um deles, embora não estivesse rachado, começava a derreter e escorrer, pois a areia misturada com a argila derretia pela intensidade do calor e teria se transformado em vidro se eu tivesse continuado. Então, abaixei a fogueira gradualmente até que os potes começaram a diminuir a cor vermelha. Tendo observado a noite toda, para não deixar o fogo diminuir muito rapidamente, de manhã eu obtive três boas – não vou dizer belas – jarras e dois outros potes de barro, tão bem cozidos quanto eu poderia desejar, um deles perfeitamente esmaltado com o escorrimento da areia.

Depois dessa experiência, não preciso dizer que não faltou mais nenhum tipo de louça para o meu uso, mas devo dizer que as formas eram muito imperfeitas, como qualquer um pode supor, pois eu não tinha como fazê-las a não ser como as crianças fazem tortas de terra, ou como uma mulher faria tortas sem jamais ter aprendido a fazer a massa.

Jamais nenhuma alegria por uma coisa de natureza tão pequena foi igual à minha quando descobri que tinha feito um pote de barro que suportaria o fogo. E foi difícil ter paciência para esperar até que esfriasse, antes de eu colocá-lo no fogo novamente com um pouco de água para ferver um pouco de carne, o que deu admiravelmente certo. E assim, com um pedaço de cabrito, eu fiz um caldo muito bom, embora desejasse ter aveia e vários outros ingredientes necessários para torná-lo tão bom como eu gostaria que tivesse sido.

A minha próxima preocupação seria conseguir um pilão de pedra para socar ou triturar um pouco de cereal, pois, quanto a um moedor, não havia possibilidade de chegar à perfeição dessa arte com um par de mãos. Para suprir esse desejo, eu estava em uma grande enrascada, porque, de todas as profissões do mundo, se havia uma para a qual eu nasci totalmente desqualificado era a de cortador de pedras. Além do mais, eu não tinha as ferramentas necessárias para fazer isso. Levei muitos dias para encontrar uma pedra grande, suficientemente forte para se fazer um buraco e ser moldada como um pilão. Eu não conseguia encontrar nenhuma assim, exceto as que estavam na rocha sólida e que eu não tinha como escavar ou cortar. Aliás, na ilha não existiam rochas de dureza suficiente, pois eram todas de pedra arenosa, quebradiça, que não suportariam o peso de um socador pesado, nem moeriam os cereais sem enchê-los de areia. Então, depois de muito tempo perdido em busca de uma pedra, desisti e resolvi procurar um grande bloco de madeira dura, que foi muito mais fácil de achar. Consegui um tão grande que quase não tive forças para puxá-lo, arredondá-lo e moldá-lo pelo lado de fora com o machado e a machadinha. Em seguida, com ajuda de fogo e infinito trabalho, fiz uma cavidade nele, como os índios no Brasil fazem as suas canoas. Depois disso, fabriquei um grande e pesado pilão ou batedor, da madeira chamada pau-ferro. E, assim preparado, coloquei o pilão de lado, aguardando a minha próxima safra de cereais, quando eu havia proposto a mim mesmo moer, ou melhor, triturar o cereal como farinha, para fazer pão.

A minha próxima dificuldade seria fazer uma peneira ou crivo para passar a farinha, separando-a do farelo e da casca, sem o que não seria possível obter nenhum pão. Era uma coisa muito difícil até mesmo de pensar, pois eu tinha certeza de que eu não possuía nada do que era necessário para fazer uma peneira, quero dizer, nem uma lona fina e clara, nem qualquer outro material pelo qual a farinha pudesse passar. Então, fiquei parado por muitos meses, sem saber realmente o que fazer. Da roupa branca, não havia sobrado nada, a não ser alguns meros trapos. Eu tinha pelo de cabra, mas não sabia como fiar, nem tecer e mesmo que soubesse, estaria sem ferramentas para trabalhar com isso. Eu não encontrei remédio para isso, até que finalmente lembrei que tinha, entre as roupas dos marinheiros que foram salvas fora do navio, algumas bandanas de chita ou musselina. Então, com alguns pedaços delas eu fiz três peneiras pequenas, bastantes apropriadas para o trabalho. E, assim, eu as usei por alguns anos. O que eu fiz depois será mostrado no momento certo.

A parte da panificação seria a próxima coisa a ser considerada. Como eu haveria de fazer o pão quando dispusesse do cereal? Para começar, eu não tinha fermento. Quanto a isso, não haveria como suprir essa necessidade, então, eu não me preocupei muito. Mas, quanto ao forno, eu estava realmente em apuros. Por fim, descobri um jeito para isso também, a saber: fiz alguns vasos de barro muito largos, mas não profundos, isto é, com uns dois pés de diâmetro e não acima de nove polegadas de profundidade, que foram queimados no fogo, como eu tinha feito com os outros e os coloquei à parte. Quando precisava cozinhar, eu acendia um grande fogaréu na minha lareira, que eu tinha forrado com alguns tijolos quadrados de meu próprio cozimento e da minha própria queima também, embora eu não devesse chamá-los de quadrados.

Quando a lenha estava queimada em brasas ou carvão, eu as espalhava na frente dessa lareira, de modo a cobrir tudo e lá deixava até a lareira ficar muito quente. Em seguida, varria as brasas e colocava o meu pão ou os meus pães e enterrava o pote de barro em cima deles e espalhava as brasas ao redor de todo o lado de fora da panela, para manter e acrescentar o calor. E assim, como no melhor forno do mundo, eu assava os meus pães de cevada. E, em pouco tempo, eu me tornei um excelente padeiro e confeiteiro, pois fazia vários bolos, além de pudins de arroz. Mas eu não fazia tortas, porque não tinha nada para colocar dentro delas, a não ser que as fizesse com carne de aves ou de cabras.

Ninguém deve se admirar com o fato de que todas essas coisas me ocuparam a maior parte do terceiro ano da minha morada ali, porque é para ser observado que no intervalos dessas coisas eu tive minha nova colheita e o cultivo para administrar. Colhi os cereais na estação e levei-os para casa da melhor maneira possível. Guardei as espigas nos meus cestos grandes, até ter tempo de debulhá-las, porque eu não tinha nem terreiro, nem instrumentos para batê-las.

E então, de fato, com o meu estoque de cereais aumentando, eu realmente queria tornar o meu celeiro maior. Eu queria um lugar para guardá-los, pois o aumento dos cereais agora me rendeu tanto que eu tinha cerca de vinte alqueires da cevada e tanto ou mais de arroz. De modo que agora tinha resolvido começar a usá-lo à vontade, porque o meu estoque desses alimentos já tinha acabado havia um bom tempo. Também resolvi ver qual quantidade seria suficiente para mim por um ano todo, para semear apenas uma vez por ano.

No total, descobri que os quarenta alqueires de cevada e arroz eram muito mais do que eu poderia consumir em um ano. Então resolvi semear a cada ano apenas a mesma quantidade semeada no último ano, na esperança de que tal quantidade me abasteceria plenamente de pão e outros alimentos assim.

Enquanto essas coisas estavam acontecendo, tenham certeza de que os meus pensamentos discorreram muitas vezes sobre a perspectiva da terra que eu tinha visto do outro lado da ilha. E eu não estava sem desejos secretos de ir até a costa dessa terra, imaginando que, se avistasse o continente e alguma região habitada, eu poderia encontrar uma maneira ou outra de me transportar mais longe e talvez, enfim, encontrar alguns meios de fuga.

Mas, em todo esse pesamento, eu não fiz nenhuma consideração para o perigo de cair nas mãos de selvagens, que talvez poderiam ser, como eu tinha motivos para pensar, até muito piores do que os leões e os tigres da África, pois, uma vez que estivesse em poder deles, eu correria o risco de mais de mil vezes em uma de ser morto e, talvez, de ser devorado. Isso porque eu tinha ouvido dizer que os povos da costa caribenha eram canibais ou comedores de gente e sabia, pela latitude, que eu não poderia estar longe dessa costa. Então, mesmo supondo que eles não fossem canibais, ainda assim poderiam me matar, como aconteceu com muitos europeus que tinham caído em suas mãos, mesmo quando estavam em número de dez ou vinte juntos, muitos mais do que eu, que era apenas um e poderia opor pouca ou nenhuma defesa. Todas essas coisas, como eu dizia, que eu deveria ter considerado muito bem e que depois entraram em meus pensamentos, não me causaram nenhuma apreensão no início. Na minha cabeça, só corria poderosamente o pensamento de abordar essa costa.

Nessa hora, desejei estar com o meu menino Xury e o escaler longo com vela de ombro de carneiro, com o qual naveguei mais de mil milhas na costa da África, mas isso foi em vão. Assim, pensei em dar uma olhada no bote do nosso navio, que, como eu disse, havia sido lançado longe na costa, durante a tempestade, por ocasião do nosso naufrágio, e continuava quase na mesma situação inicial, a saber, emborcado pela força das ondas e pelos ventos, quase de cabeça para baixo, em cima de uma duna de areia grossa na praia, mas sem água sobre ele como antes.

Se eu tivesse ajuda para reformá-lo e relançá-lo na água, esse bote teria sido suficientemente bom e eu poderia ter voltado ao Brasil nele com bastante facilidade. Mas eu poderia ter previsto que poderia revirá-lo e colocá-lo na posição vertical só para poder me movimentar pela ilha. No entanto, fui ao bosque, cortei rolos e alavancas e levei-os até o barco, decidido a tentar o que pudesse fazer, sugerindo para mim mesmo que, se conseguisse revirá-lo, eu poderia reparar os danos recebidos e transformá-lo numa embarcação muito boa, com a qual eu poderia entrar no mar com muita facilidade.

Não poupei nenhum esforço, de fato, na execução desse trabalho infrutífero. Acho que gastei três ou quatro semanas fazendo isso. Por fim, reconhecendo ser impossível levantá-lo com a minha pouca força, comecei a escavar a areia embaixo dele, para solapá-lo e assim fazê-lo cair, colocando pedaços de madeira para empurrá-lo e guiá-lo para a direita na queda.

Mas, quando terminei essa escavação, não consegui mexê-lo para cima novamente, nem entrar por baixo dele e muito menos movê-lo para a frente em direção à água. Então, fui forçado a desistir. Mas, mesmo assim, embora eu tivesse desistido das esperanças do barco, o desejo de me aventurar rumo ao continente aumentava, em vez de diminuir, na medida em que os meios para isso pareciam impossíveis.

Isso me levou a pensar se não seria possível eu próprio construir, mesmo sem ferramentas adequadas e sozinho, ou, como eu poderia dizer, sem a ajuda de outras mãos, uma canoa ou piroga, como os nativos desses climas constroem, do tronco de uma árvore grande. Isso eu não só achei possível, mas fácil de fazer. Fiquei extremamente satisfeito com os pensamentos de construir uma canoa assim, principalmente porque eu tinha muito mais conveniências ou recursos para fazer isso do que qualquer negro ou índio. Mas de modo algum levei em consideração nenhuma das inconveniências particulares muito mais desfavoráveis do que as dos índios, que me colocavam abaixo deles, como, por exemplo, a falta de mãos para me ajudar a lançar a canoa, quando estivesse pronta, na água, para mim um obstáculo muito mais difícil de superar do que todas as consequências que a falta de ferramentas adequadas poderia ter para eles. De fato, de que me valeria escolher uma árvore enorme na floresta e derrubá-la com muita dificuldade se, ainda que eu fosse capaz de, com as minhas ferramentas, cortar e moldar o exterior do tronco na forma adequada de uma canoa e de queimar ou entalhar o interior para torná-lo oco, de modo a fazer uma canoa e se, mesmo depois disso tudo, repito, eu fosse obrigado a deixar a canoa exatamente lá onde a fabriquei, por não ser capaz de lançá-la na água?

Alguém poderia cogitar que, enquanto construía essa canoa, eu não tinha feito a menor reflexão na minha mente a respeito dessa circunstância peculiar, para não ter imaginado imediatamente como deveria colocá-la no mar. Mas os meus pensamentos estavam tão concentrados na minha viagem pelo mar que eu nenhuma vez considerei como deveria tirá-la de terra firme. E que, de fato, por sua própria natureza, seria mais fácil para mim guiá-la ao longo de quarenta e cinco milhas no mar do que transportá-la por cerca de quarenta e cinco braças em terra, onde ela estava, para colocá-la flutuando na água.

Passei a trabalhar nesse barco mais insanamente do que qualquer homem jamais teria feito com seus sentidos mais despertos. Fiquei satisfeito com o plano, sem determinar se teria capacidade para realizá-lo. Quanto à dificuldade de lançar o meu barco, não é que essa preocupação nunca me viesse à minha cabeça, mas fui eu que coloquei um ponto final nas minhas questões sobre isso com essa resposta tola que dei a mim mesmo: "Vamos primeiro fazer essa coisa e eu garanto que vou encontrar um jeito, de uma maneira ou de outra, de transportá-la quando ficar pronta".

Esse método era o mais absurdo. Mas a ânsia da minha fantasia prevaleceu e eu comecei a trabalhar. Derrubei uma árvore de cedro, questionando muito se Salomão chegou a ter um parecido na construção do Templo de Jerusalém. O cedro tinha cinco pés e dez polegadas de diâmetro na parte inferior perto do toco e quatro pés de onze polegadas de diâmetro ao final de vinte e dois pés; depois disso, diminuía um pouco e depois se dividia em ramos. Não foi sem um trabalho infinito que eu derrubei essa árvore. Passei vinte dias cortando e aparando a parte inferior. E levei mais catorze dias para cortar galhos e ramos, além da vasta e espessa copa, que cortei e aparei com machado e machadinha, num trabalho insano. Depois disso, me custou um mês para dar-lhe forma, moldá-lo na proporção e torná-lo algo parecido com o fundo de um barco, para que pudesse flutuar na vertical, como deveria ser. Demorei, ainda, quase três meses mais para limpar a parte interna, trabalhá-la e fazer dela uma canoa perfeita. Isso eu fiz, de fato, sem usar fogo, com um mero martelo e um cinzel e pela força do trabalho duro, até que a árvore se tornasse uma piroga muito bonita, suficientemente grande para levar vinte e seis homens e, consequentemente, suficientemente grande para me levar com toda a minha carga.

Quando terminei esse trabalho, fiquei extremamente satisfeito. O barco era realmente muito maior do que qualquer canoa ou piroga feita de uma árvore que eu já tinha visto na minha vida. Isso à custa de muitas pancadas e com muito sacrifício, podem ter certeza. E, então, só faltava uma coisa: colocá-la na água. E, assim que a colocasse na água, não tenho dúvidas de que começaria a viagem mais louca e mais improvável jamais imaginada, jamais realizada.

Mas todos os meus truques para colocá-la na água falharam, embora também me custassem um trabalho infinito. A canoa estava a cerca de cem jardas da água, não mais do que isso. Mas o primeiro inconveniente é que ela estava numa colina íngreme em direção ao riacho. Bem, para remover esse obstáculo, resolvi cavar a superfície da terra e assim fazer um declive. Comecei isso à custa de um sofrimento prodigioso. Então, quem reclamaria de ter que se sacrificar quando tem sua libertação em vista? Mas, apesar de todo esse trabalho e dessa dificuldade removida, ainda estava quase a mesma coisa, pois eu não consegui mover a canoa mais do que o outro bote.

Então, medi a distância do terreno e decidi escavar um dique ou canal para levar a água até a canoa, vendo que não conseguiria levar a canoa até a água. Bem, iniciei essa obra e, à medida que avançava no trabalho, calculei a profundidade que deveria ser escavada, a largura e a quantidade de coisas que deveriam ser jogadas fora. Assim, descobri que, com o número de mãos que eu tinha, sem mais ninguém além de mim, eu demoraria dez ou doze anos para dar conta disso, porque a encosta era tão alta que, na extremidade superior, o canal precisaria ter, pelo menos, vinte pés de profundidade. Enfim, embora com grande relutância, desisti dessa tentativa também.

Isso me entristeceu profundamente o coração. Então eu percebi, embora tarde demais, a loucura de começar um trabalho antes de contar o custo e antes de julgar corretamente a minha própria força para levá-lo a bom termo.

No meio dessa empreitada, terminei o meu quarto ano nesse lugar. Comemorei o meu aniversário com tanto conforto e com a mesma devoção de sempre, pois, pelo estudo constante e a séria aplicação da Palavra de Deus e pela assistência de Sua graça, ganhei um conhecimento diferente daquele que eu tinha antes. Passei a ter diferentes noções das coisas. Então, eu olhava o mundo como algo remoto, com o qual eu não tinha nada a ver, sem expectativas e, na verdade, sem desejos a respeito disso. Em suma, eu não tinha nada a ver com isso, nem era provável que algum dia voltasse a ter. Assim, parecia que eu olhava o mundo talvez como as pessoas olham para ele na outra vida, isto é, como um lugar onde eu vivi, mas de onde saí. E bem que eu poderia dizer, como o pai Abraão para o homem rico: "está posto um grande abismo entre nós e vós".

Em primeiro lugar, fui removido de toda a maldade desse mundo aqui. Eu não tinha nem a concupiscência da carne, a concupiscência dos olhos e a soberba da vida. Eu não tinha nada a cobiçar, porque eu tinha tudo do que era agora capaz de desfrutar. Eu era o senhor de toda a mansão; ou, se quisesse, eu poderia me chamar de rei ou imperador de toda a região de que eu tinha posse. Não havia rivais. Eu não tinha nenhum competidor para disputar a soberania ou o comando comigo. Eu poderia colher cereais para carregar navios. Mas eu não tinha esse uso, então só semeava o suficiente para a minha necessidade. Eu tinha tartarugas em quantidade, mas então, e depois, uma só delas era o máximo que eu poderia usar. Eu tinha madeira suficiente para construir uma frota de navios e tinha uma quantidade de uvas, para fazer vinho ou transformar em passas, suficiente para carregar essa frota quando ela tivesse sido construída.

Assim, só o que eu poderia fazer uso é que era valioso para mim. Eu tinha o suficiente para comer e suprir as minhas necessidades. Mas e o resto, o que era para mim? Se eu matasse mais carne do que poderia comer, o cachorro ou vermes haveriam de comê-la. Se eu semeasse mais cereais do que poderia comer, eles estragariam. As árvores que eu cortava ficavam jogadas no chão para apodrecer, e eu não teria outra serventia para elas a não ser usá-las como combustível, mas eu só necessitava usar o fogo para preparar a minha comida.

Em suma, a natureza e a experiência das coisas ditaram para mim, após grande reflexão, que todas as coisas boas deste mundo não são melhores para nós do que elas são para nosso uso e que tudo o que pudermos acumular para dar aos outros nós aproveitamos tanto quanto podemos usar, e não mais. O avarento mais cobiçoso e miserável no mundo teria se curado do vício da cobiça se estivesse no meu caso. Pois eu possuía infinitamente mais coisas do que saberia o que fazer com elas. Em mim não havia espaço para desejos, exceto de algumas coisas que eu não tinha, que eram apenas ninharias, mas que, na verdade, poderiam ser de grande uso para mim. Eu possuía, como mencionei, uma pequena soma em dinheiro, tanto em moedas de ouro como prata, no valor de trinta e seis libras esterlinas; mas, infelizmente, essas coisas tristes permaneciam ali, inúteis. Eu não tinha negócios para fazer com isso. Eu, frequentemente, pensava comigo mesmo que daria de bom grado um punhado delas por alguns cachimbos de tabaco ou por uma moenda manual para moer os meus cereais. Não! Talvez eu até entregasse tudo em troca de seis *penny* de sementes de nabos e cenouras da Inglaterra ou por um punhado de ervilhas e feijões e um frasco de tinta. Na situação em que estava, eu não poderia tirar a menor vantagem ou me beneficiar disso. Então ficava ali esquecido numa gaveta, mofando com a umidade da caverna na temporada chuvosa. E, se eu tivesse a gaveta cheia de diamantes, seria o mesmo caso: eles não teriam nenhum valor para mim, por não terem nenhum uso.

Eu tinha então levado o meu estado de vida a ser muito mais tranquilo em si do que era no início, muito mais tranquilo para a minha mente e também para o meu corpo. Frequentemente eu me sentava à mesa agradecido e admirava a mão da providência de Deus, que assim preparava a minha mesa no deserto. Aprendi a olhar mais para o lado claro da minha condição e menos para o lado escuro e a considerar o que eu gostava, e não o que eu queria. Isso às vezes me dava tantos confortos secretos que eu não consigo expressá-los. Disso eu dou conhecimento aqui para colocar as pessoas descontentes, que não conseguem desfrutar confortavelmente do que Deus lhes deu, a par disso; porque elas veem e cobiçam algo que Ele não lhes deu. Todos os nossos descontentamentos pelo que queremos me pareceram brotar da falta de gratidão pelo que temos.

Outra reflexão foi de grande uso para mim e, sem dúvida, também seria para qualquer um que caísse em tão grande angústia quanto a minha. Através dela, eu comparava a minha condição atual com aquela que inicialmente eu esperava que fosse e talvez mesmo com aquela que certamente teria sido, se a boa providência de Deus não ordenasse maravilhosamente que o navio fosse lançado mais perto da costa, onde não só eu poderia alcançá-la, mas para onde eu poderia levar o que retiraria do navio, para meu alívio e conforto e sem a qual me faltariam ferramentas para trabalhar, armas para me defender, pólvora e chumbo para buscar o meu alimento.

Passei horas inteiras, posso dizer dias inteiros, reproduzindo para mim mesmo, nas cores mais vivas, o que teria acontecido comigo se eu não tivesse retirado nada do navio. Pois eu não conseguiria pegar nenhum alimento, a não ser peixes e tartarugas. Mas, como isso aconteceu muito antes de encontrar alguns deles, pensei ainda que eu certamente haveria de ter perecido antes disso. E também que, se não tivesse perecido, eu teria sobrevivido como um mero selvagem, que, se matasse uma cabra ou uma ave, por qualquer astúcia, não teria como esfolar ou abrir a caça, nem como separar a carne da pele e das entranhas, nem como cortá-la; mas seria obrigado a rasgá-la com os meus dentes e puxá-la com as minhas garras, devorando-a como uma fera.

Estas reflexões me tornaram muito sensível à bondade da Providência para comigo e muito agradecido pela minha condição atual, com todas as suas dificuldades e infortúnios. E essa parte também eu não posso deixar de recomendar à reflexão daqueles que, em sua miséria, estão sujeitos a dizerem "Não existe aflição como a minha!", para que considerem o quão piores são os casos de tantas pessoas e como seu caso poderia ter sido pior, se a Providência tivesse julgado conveniente.

Eu fiz outra reflexão, que também me ajudou a confortar a minha mente com esperanças. Isso aconteceu comparando a minha situação atual com a que eu tinha merecido. Por esse motivo, eu tinha razão para esperar algo da mão da Providência. Eu tinha vivido uma vida terrível, perfeitamente destituída do conhecimento e do temor de Deus. Eu havia sido bem instruído por pai e mãe, pois eles não deixaram de inspirar em mim, desde seus primeiros esforços, o respeito religioso de Deus em minha mente, o senso dos meus deveres e daquilo que a natureza e a finalidade do meu ser requeriam de mim. Mas, infelizmente, caindo cedo na vida marítima, que de todas as vidas é a mais destituída do temor de Deus, embora seus terrores estejam sempre diante dela; caindo cedo na vida do mar, repito, e na companhia de marinheiros, todo o pouco senso de religião que eu tinha mantido foi sufocado pelos meus camaradas, pelo endurecimento e o desprezo dos perigos, pela visão da morte ter se tornado habitual para mim, pela minha longa ausência de todos os tipos de oportunidades de conversar com alguém que não fosse um dos meus companheiros ou de fazer qualquer coisa que fosse boa ou tendesse para o bem.

Tão vazio eu estava de tudo o que era bom, ou do mínimo sentido do que eu era ou deveria ser, que, nos maiores livramentos de que desfrutei – como a minha fuga de Sallee, o meu acolhimento pelo capitão do navio português, o sucesso da minha plantação no Brasil, o recebimento da minha carga da Inglaterra e coisas assim – eu jamais tive, nem uma só vez, as palavras "Graças a Deus!", nem na minha mente, nem na minha boca. Nem nas maiores aflições ainda assim eu tive um único pensamento de rogar a Ele, ou de lhe dizer: "Senhor, tem misericórdia de mim!", nunca. Eu sequer mencionava o nome de Deus, a menos que fosse para praguejar e blasfemar.

Por muitos meses, eu fiz terríveis reflexões em minha mente, como já observei, por causa do meu passado e por causa da minha vida perversa e endurecida. Assim, quando eu pensava em mim e considerava quais providências específicas tinham me acudido desde a minha chegada nesse lugar e como Deus havia lidado generosamente comigo – não só tinha me punido menos do que a minha iniquidade mereceria, como havia tão abundantemente provido a minha subsistência –, isso me deu uma grande esperança de que o meu arrependimento foi aceito e que Deus ainda tinha misericórdias guardadas para mim.

Com essas reflexões, eu trabalhei a minha mente não apenas para a resignação à vontade de Deus na presente disposição das minhas circunstâncias, mas até para uma sincera gratidão pela minha condição, da qual eu, que ainda era um homem vivo, não deveria reclamar, visto que não tive a devida punição de meus pecados, já que eu desfrutava de tantas misericórdias que eu não teria razões para esperar naquele lugar e nunca mais deveria murmurar contra a minha condição, mas me rejubilar e render graças diariamente por esse pão de cada dia, que só uma multidão de maravilhas poderia me trazer. Porque eu deveria considerar que tinha sido sustentado inclusive por milagre, aliás, tão grande quanto o de Elias sendo alimentando por corvos, ou melhor, por uma longa série de milagres e que eu dificilmente poderia nomear um lugar na parte inabitada do mundo onde eu pudesse ter sido lançado mais a meu favor, um lugar onde, embora eu não tivesse sociedade, que era a minha aflição por um lado, também eu não encontrei bestas vorazes, nem lobos ou tigres furiosos, para ameaçar minha vida, nem criaturas venenosas ou peçonhentas que eu comesse para me injuriar, nem selvagens para me assassinar e me devorar.

Em suma, do mesmo modo que a minha vida de um lado era uma vida de tristeza, do outro era também uma vida de misericórdia. E, para torná-la uma vida de conforto, não me faltava nada além de ser capaz de fazer com que o cuidado e o sentimento da bondade de Deus para comigo nessa condição fossem o meu consolo diário e, depois que eu tivesse feito uma justa melhoria nesses aspectos, eu seguiria em frente e não ficaria mais triste.

Eu já estava ali havia tanto tempo que muitas coisas que eu tinha levado para terra para meu socorro ou tinham desaparecido, ou estavam muito usadas e quase totalmente desgastadas.

A minha tinta, como observei, vinha acabando havia algum tempo, pouco a pouco. Então, de vez em quando eu a diluía com água, até que ficou tão pálida que quase não deixava nenhuma aparência de preto no papel. Mas, enquanto durou, fiz uso dela para detalhar os dias do mês em que qualquer coisa notável acontecia comigo. E, por esse registro de tempos passados, eu lembrei que havia uma estranha coincidência de datas entre vários eventos que aconteceram comigo e que eu, se possuísse alguma inclinação supersticiosa para observar os dias como fatais ou afortunados, poderia ter razões para vê-los com muita curiosidade.

Primeiro, eu havia observado que o mesmo dia em que rompi com meu pai e meus amigos e fugi para o Hull, para ir ao mar, foi o mesmo dia em que depois fui levado pelo guerreiro de Sallee e feito escravo.

Em seguida, no mesmo dia do ano em que escapei dos destroços daquele navio em Yarmouth Roads, nesse mesmo dia, um ano depois, eu empreendi a minha fuga de Sallee num barco.

Depois, no mesmo dia do ano em que nasci, ou seja, no dia 30 de setembro, nesse mesmo dia eu tive a minha vida então milagrosamente salva vinte e seis anos depois, quando fui lançado em terra nessa ilha, de modo que, tanto a minha vida perversa como a minha vida solitária começaram ambas no mesmo dia.

A próxima coisa a acabar depois da minha tinta foi o meu suprimento – quero dizer, foram os biscoitos, tirados do navio –, que eu administrei até o último grau, permitindo-me comer apenas uma bolacha por dia, durante um ano. E, depois, ainda fiquei sem esse tipo de alimento por quase um ano, antes de obter algum cereal da minha própria safra, que foi a grande razão para que eu me tornasse grato por ter tido alguma colheita e por ela ter ocorrido, como já foi observado, de forma quase milagrosa.

As minhas roupas também começaram a esfarrapar fortemente. Quanto à roupa branca, eu não tinha nenhuma havia um bom tempo, exceto algumas camisas em tecido xadrez, que encontrei nos baús dos outros marinheiros e que preservei cuidadosamente, porque muitas vezes eu não podia usar nenhuma outra roupa senão uma camisa. E, foi de grande ajuda para mim que eu tivesse encontrado, entre todas as roupas masculinas do navio, quase três dúzias de camisas e, ainda, vários casacos pesados dos marinheiros, mas que, de fato, foram deixados de lado, pois eles eram muito quentes para eu vestir. E, embora fosse verdade que o tempo era extremamente quente e que não havia necessidade de roupas, eu não conseguia ficar nu, apesar de ter ficado inclinado para isso, o que eu não fiz – e nem poderia suportar o pensamento de fazer isso –, embora estivesse sozinho.

A razão pela qual eu não podia ficar nu é que eu não aguentava o calor do sol tão bem estando completamente nu, quanto com algumas roupas. Não, o calor frequentemente empolava a minha pele, enquanto que, com uma camisa, o próprio ar fazia algum movimento e assobiava sob a camisa e era duas vezes mais refrescante do que sem ela. Além do mais, eu também não podia deixar de sair ao calor do sol sem boné ou chapéu, pois o sol incide com tanta violência nesse lugar que me daria dor de cabeça imediatamente se batesse direto na minha cabeça. Então, eu não aguentava ficar sem boné ou chapéu, mas, se colocasse o meu chapéu, a dor de cabeça logo passava.

Ao perceber isso, comecei a pensar em pôr alguma ordem nos poucos panos que eu tinha e que chamava de roupas. Eu já havia acabado com todos os meus coletes e me ocorreu então tentar fazer jaquetas com os grandes casacos pesados que estavam comigo e com outros materiais que eu possuía. Assim, comecei a trabalhar como alfaiate, ou melhor, na verdade, fiz um trabalho muito pior do que disso. No entanto, com a modificação consegui confeccionar dois ou três coletes novos, que esperava usar por um bom tempo. Quanto aos calções ou ceroulas, a mudança feita ficou realmente lamentável, mesmo depois de pronta.

Eu já mencionei que conservava a pele – ou melhor, o couro – de todas as criaturas que matava, quero dizer, de quatro patas. Eu as pendurava, esticadas com estacas ao sol, o que significa que algumas ficavam tão secas e duras que não serviam para nada; mas, outras eram muito úteis. A primeira coisa que eu fazia com isso era um grande boné para a minha cabeça, com o pelo para fora, para escorrer a chuva. Eu me saí tão bem nisso que depois fiz um conjunto de roupas completo dessas peles, isto é, um colete e uma calça de comprimento nos joelhos, ambos bem soltos, pois eram para me manter mais refrescado do que aquecido. Não vou me omitir de reconhecer que foram feitos de maneira desajeitada, porque se eu era um carpinteiro ruim, eu era um péssimo alfaiate. No entanto, eles foram de grande serventia para mim, pois, quando eu estava fora, se acontecesse de chover, com os pelos da jaqueta e do boné do lado de fora, eu ficava completamente seco.

Depois disso, gastei muito tempo e esforço para fazer um guarda-chuva. Eu estava, na verdade, precisando muito disso e tinha uma ótima ideia para fazer um. Eu tinha visto eles serem feitos no Brasil, onde são muito úteis por causa do muito calor que faz lá, e eu sentia um calor tão grande aqui, maior até, por estar mais perto do equinócio. Além disso, como eu era obrigado a sair muito no lado de fora, seria uma coisa muito útil para mim, tanto para as chuvas como para o calor. Para fazer isso, tive muito trabalho e só com muito sacrifício consegui fazer qualquer coisa parecida para segurar. Bem, depois que pensei ter encontrado o caminho, estraguei uns dois ou três antes de fazer aquele que tinha em mente. Mas finalmente, fiz um que atendeu razoavelmente bem. A principal dificuldade que encontrei era para fechar, pois eu conseguia abri-lo, mas se não fechasse e dobrasse, não seria portátil de modo algum e eu teria que levá-lo sempre acima da minha cabeça, o que não era desejável. No entanto, por fim, como eu disse, eu fiz um que me agradou e eu o cobri com peles e com o pelo para cima, para escorrer a chuva como um telheiro e para evitar o sol tão eficazmente de modo que eu pudesse sair no dia mais quente da estação, com maior vantagem do que poderia antes no dia mais frio e, quando eu não precisasse disso, eu podia fechá-lo e carregá-lo debaixo do meu braço.

Assim, eu vivia de modo bastante confortável, com a minha mente inteiramente disposta para resignar-me à vontade de Deus e me deixando totalmente à disposição de sua divina providência. Essa minha vida se tornou melhor do que a vida social, pois quando começava a lamentar a falta de conversa, eu me perguntava se conversar assim, mutuamente, com os meus próprios pensamentos e – como acho que posso dizer –, inclusive, com o próprio Deus, por meio de orações fervorosas, não era mesmo melhor do que o máximo desfrute da sociedade humana no mundo.

X CABRAS MANSAS

Não posso dizer que depois de tudo isso, por cinco anos, alguma coisa extraordinária tenha acontecido comigo, pois eu vivi no mesmo rumo, na mesma postura e no mesmo lugar, como antes. As principais atividades a que eu me dedicava, além do meu trabalho anual de plantar cereais e de curar as minhas uvas – de cujas provisões eu sempre mantinha estoque suficiente apenas para me abastecer por um ano –, repito, além desse trabalho anual e da minha tarefa diária de sair com a arma, eu tinha a empreitada de fazer uma canoa para mim, que finalmente terminei. De modo que, escavando um canal para ela, de seis pés de largura e quatro pés de profundidade, eu a levaria para o riacho, a quase meia milha. Quanto à primeira, que era exageradamente grande, já que eu a fiz sem ter considerado de antemão – como deveria ter feito – de que maneira seria capaz de lançá-la, então jamais consegui levá-la até a água ou levar a água até ela. Assim, fui obrigado a deixá-la onde estava, como uma lembrança para me ensinar a ser mais sábio da próxima vez. De fato, na vez seguinte, embora eu não pudesse arranjar uma árvore adequada, nem um lugar onde eu não conseguiria água para ela que ficasse a uma distância menor do que, como eu disse, quase meia milha, no entanto, ainda assim, como vi que seria praticável no final, jamais desisti. Então, embora eu tenha levado quase dois anos fazendo isso, nunca reclamei desse meu trabalho, na esperança de ter um barco para finalmente ir para o mar.

No entanto, apesar de a minha pequena piroga ter ficado pronta, o tamanho dela de modo algum correspondia ao plano que eu tinha em vista quando fiz a primeira, a saber, de me aventurar em terra firme, que ficava a mais de quarenta milhas ao largo. Consequentemente, o pequeno porte do meu barco ajudou a colocar um fim a esse plano e então não pensei mais nisso. Mas, como eu tinha um barco, o meu projeto seguinte seria dar uma volta em torno da ilha, pois, como eu tinha estado do outro lado, cruzando por terra, mas só em um lugar, como já descrevi, então as descobertas que fiz nessa pequena jornada me deixaram muito ansioso para ver as outras partes da costa. E então, agora que eu tinha um barco, eu não pensava em outra coisa que não fosse navegar ao redor da ilha.

Para esse propósito e para que eu pudesse fazer cada coisa com prudência e consideração, coloquei um pequeno mastro no meu barco. Também fiz uma vela com alguns pedaços de lona do navio que estavam no depósito e que eu tinha em grande estoque comigo.

Depois de montar o mastro e a vela e de testar o barco, achei que ia velejar muito bem. Então, fiz pequenos paióis, ou caixas, em cada extremidade do meu barco, para guardar provisões, coisas necessárias, munições etc. e mantê-las secas, tanto da chuva como dos borrifos do mar, e um pequeno esconderijo, comprido e oco, que cortei dentro do barco, onde eu poderia colocar a minha arma, fazendo uma aba para pendurá-la e mantê-la seca.

Também fixei o meu guarda-chuva na carlinga da popa, como um mastro, para ficar como um toldo sobre a minha cabeça e afastar o calor do sol de mim. E assim, de vez em quando eu fazia pequenas viagens ao mar, mas nunca distantes, nem longe do pequeno riacho. Por fim, ansioso para contornar o meu pequeno reino, resolvi fazer a viagem e consequentemente abasteci o bote com duas dúzias de pães de cevada – bolos, como seria melhor chamá-los – em formato de filão, um pote de barro cheio de arroz – um prato que eu comia muito –, uma pequena garrafa de rum, metade de uma cabra, pólvora e chumbo para caçar e dois grandes casacos pesados, daqueles que, como já mencionei, eu havia recolhido dos baús dos marinheiros, dos quais peguei um para me deitar e outro para me cobrir à noite.

Foi no dia 6 de novembro, no sexto ano do meu reinado – ou do meu cativeiro, como preferirem – que parti nessa viagem, que acabou sendo muito mais longa do que eu esperava, porque, embora a ilha em si não fosse muito grande, quando cheguei ao lado leste dela, encontrei uma grande costeira que avançava cerca de duas léguas no mar, com algumas pedras acima da água e algumas submersas e, adiante, um banco de areia, que se estendia seco por mais meia légua, de modo que fui obrigado a percorrer um grande trecho no mar para dobrar a ponta.

Quando descobri essa costeira, eu deveria desistir da minha empreitada e voltar, pois não sabia até que ponto poderia me aventurar a sair para o mar e, acima de tudo, duvidando de como haveria de retornar. Então, larguei âncora, porque tinha feito uma espécie de âncora, com o pedaço de um gancho quebrado, com garras, que peguei do navio.

Tendo amarrado o meu barco, peguei a arma e fui para terra, subindo uma colina, que parecia dominar aquela ponta, de onde eu via a extensão total da ilha e resolvi me aventurar.

Ao ver o mar da colina onde estava, percebi uma correnteza, de fato muito forte, que corria para o leste e até se aproximava da ponta. Prestei bastante atenção, porque vi que lá poderia haver algum perigo, e, se eu entrasse, poderia ser levado ao alto-mar pela força dela e não seria capaz de voltar à ilha novamente. E, de fato, se não tivesse antes subido nessa colina, creio que teria sido assim, pois havia a mesma correnteza do outro lado da ilha, só que ficava a uma distância maior. Vi que existia um forte redemoinho sob a costa. Então, eu não tinha outra coisa a fazer senão sair da primeira correnteza, ou estaria realmente num redemoinho.

No entanto, permaneci ali dois dias, porque o vento, que soprava muito forte em leste e sudeste, contra a correnteza, fazia o mar quebrar com violência na ponta, de modo que não era seguro para eu ficar muito perto da costa por causa da ressaca, nem ir muito longe, por causa da correnteza.

No terceiro dia, de manhã, como o vento diminuiu durante a noite, o mar estava calmo e eu me aventurei. Mas que eu sirva de alerta para todos os pilotos imprudentes e ignorantes, pois, tão logo cheguei à ponta, a uma distância menor que o comprimento do barco a partir da costa, eu me encontrei em grande profundidade de água e numa correnteza semelhante à calha de um moinho, que carregou o meu barco com tanta violência que, apesar de todos os meus esforços, eu não conseguia mantê-lo perto da margem e cada vez mais me afastava do redemoinho, que estava à minha esquerda. Não havia vento soprando para me ajudar, e tudo o que eu poderia fazer com meus remos não significava nada. Assim, comecei a achar que estava perdido, pois, como havia correnteza em ambos os lados da ilha, eu sabia que em poucas léguas de distância elas deveriam se unir novamente. Então, eu seria irremediavelmente arrastado. Não vi nenhuma possibilidade de evitar isso, de modo que eu estava sem outra perspectiva diante de mim que não fosse perecer, não pelo mar, que estava bem calmo, mas de fome. Eu tinha, de fato, encontrado uma tartaruga na costa, tão grande quanto eu poderia aguentar levantá-la, então eu a joguei no barco e tinha um grande jarro de água fresca, quer dizer, era um dos meus potes de barro. Mas o que era tudo isso para ser levado ao vasto oceano, onde, com certeza, não havia costa, terra firme ou ilha, por mil léguas pelo menos?

Então, eu vi como era fácil para a providência de Deus tornar até mesmo a condição mais miserável da humanidade ainda pior. Assim, dali eu olhava para a minha ilha solitária e desolada como o lugar mais agradável do mundo e toda a felicidade que o meu coração poderia desejar era estar lá novamente. Estendi os meus braços para ela, com desejos ardentes: "Oh, feliz deserto!", eu disse, "Que eu nunca mais verei. Oh, criatura infeliz!". Entretanto, eu me recriminava pelo meu temperamento ingrato e por ter murmurado contra a minha condição solitária. Nesse momento, o que eu não daria para estar de novo na costa! Assim, nunca enxergamos o verdadeiro estado da nossa condição até que nos seja ilustrado por seus contrários, nem sabemos como valorizar o que gostamos, a não ser pela falta disso. É quase impossível imaginar a consternação em que eu me encontrava, sendo expulso da minha amada ilha – tal como ela me parecia então –, levado a quase duas léguas ao largo no oceano e no máximo desespero de jamais reconquistá-la novamente. No entanto, trabalhei duro até, na verdade, ficar com minhas forças quase esgotadas. Mantive o meu barco tanto quanto possível para o norte, isto é, para o lado da correnteza onde o redemoinho estava. Por volta do meio-dia, quando o sol passava pelo meridiano, achei que senti uma brisa bem suave no rosto, soprando de sul e sudeste. Isso alegrou um pouco o meu coração, especialmente quando, cerca de meia hora depois, chegou uma brisa bem suave. Nessa altura, eu tinha chegado a uma distância assustadora da ilha e se a menor nuvem ou tempo nublado interferisse, eu estaria perdido desse jeito também, porque não tinha nenhuma bússola a bordo e nunca saberia como pilotar em direção à ilha, uma vez que a perdesse de vista. Mas o clima continuou claro, eu me esforcei para levantar o mastro novamente e soltei a vela, afastando-me para o norte tanto quanto possível, para sair da correnteza.

Assim que ajeitei o mastro e a vela e o barco começou a singrar, vi, até pela limpidez da água, que alguma alteração da correnteza estava perto, porque, onde a correnteza era muito forte, a água ficava turva. Ao perceber a água clara, senti que a correnteza enfraquecia e, imediatamente observei a leste, a cerca de meia milha, o mar quebrando em algumas rochas. Eram essas rochas que faziam com que a correnteza se dividisse novamente: o fluxo principal seguia mais para o sul, deixando as rochas para nordeste e o outro retornava pelo refluxo das rochas e fazia um forte redemoinho, que corria de volta para noroeste, com uma correnteza muito forte.

Aqueles que sabem o que é sentir alívio ao chegar no alto da escada, ou ser resgatado de ladrões na hora de ser assassinado por eles, ou melhor, quem já passou por esses momentos extremos, pode adivinhar qual foi a minha surpreendente alegria então. E, como de bom grado eu coloquei o meu barco na correnteza desse redemoinho e também diante do vento vigoroso, com que alegria estendi a minha vela nele, para correr alegremente ao vento, mesmo com a maré forte ou com um redemoinho sob os meus pés.

Esse redemoinho me empurrou quase uma légua no meu caminho de volta, diretamente para a ilha, mas me deixou cerca de duas léguas mais para o norte do que a correnteza que me levou inicialmente. De modo que, quando cheguei perto da ilha, encontrei-me de frente para a costa norte da mesma, que dizer, no outro extremo da ilha, oposto ao que eu saí.

Quando tinha feito pouco mais de uma légua de caminho com a ajuda dessa correnteza ou redemoinho, achei que ela havia passado e não me servia mais. No entanto, descobri que estava entre duas grandes correntezas – a saber, a do lado sul, que me apressou, e a do norte, que ficava a cerca de uma légua do outro lado –, repito, que estava entre essas duas correntezas, na esteira da ilha, quando descobri a água quase parada, não correndo de jeito nenhum. Mas, tendo ainda uma brisa a meu favor, continuei me dirigindo diretamente para a ilha, embora o vento não estivesse tão forte quanto antes.

Por volta de quatro horas da tarde, estando então a cerca de uma légua da ilha, encontrei a ponta de rochas que ocasionou esse desastre, estendendo-se, como descrevi, mais para o sul e expulsando a correnteza ainda mais nesse rumo, tinha, claro, feito outro redemoinho para o norte, que achei muito forte, mas não incidia diretamente sobre o meu curso, que seguia a oeste, mas quase ao norte. No entanto, tendo um vento forte a favor, eu singrei através desse redemoinho, inclinado para noroeste. E, quase uma hora depois, cheguei a cerca de uma milha da costa, onde, estando a água calma, logo consegui atracar.

Quando cheguei em terra, caí de joelhos e dei graças a Deus pelo meu livramento, resolvendo deixar de lado todo pensamento de atribuir a minha salvação ao barco. E, depois de me recuperar com as coisas que tinha a bordo, conduzi o meu barco perto da costa até uma pequena enseada que eu tinha visto sob algumas árvores, onde me deitei para dormir, totalmente esgotado com o trabalho e a fadiga da viagem.

Eu estava então com grande dificuldade para decidir o caminho pelo qual voltaria para casa com o barco. Eu tinha corrido muito perigo e conhecia bem a situação, para pensar na tentativa de voltar por onde tinha ido. Mas o que poderia existir do outro lado – refiro-me ao lado oeste – eu não sabia, nem tinha qualquer intenção de correr mais riscos. Assim, só na manhã seguinte resolvi seguir o meu caminho ao longo da costa, pelo oeste, para ver se não havia algum riacho onde pudesse colocar a minha fragata em segurança, para tê-la novamente quando quisesse. Depois de navegar umas três milhas junto à costa, cheguei a uma enseada ou baía muito boa, de aproximadamente uma milha, que se estreitava até chegar a um pequeno regato ou riacho, onde encontrei um porto muito conveniente para a minha embarcação e onde a deixei como se estivesse num pequeno cais feito especialmente para ela. Ali eu a coloquei, e tendo guardado a minha barca bem segura, desci em terra para olhar ao redor e ver onde estava.

Logo descobri que tinha passado um pouco do lugar onde estive antes, quando viajei a pé por aquela praia. Então, sem tirar nada do barco além da arma e do guarda-chuva, pois estava extremamente quente, comecei a minha marcha. O caminho era bastante confortável, depois de uma viagem como a que eu tinha feito. Cheguei ao meu velho caramanchão à noite, onde encontrei tudo de pé como deixei, porque sempre o mantive em boa ordem, sendo, como disse, a minha casa de campo.

Passei sobre a cerca e me deitei à sombra, para descansar o corpo, pois estava exausto e, adormeci. Mas, julgue se puder, quem lê a minha história, qual surpresa eu tive quando fui acordado do meu sono por uma voz me chamando pelo nome várias vezes: "Robin, Robin, Robin Crusoé, pobre Robin Crusoé! Onde você está, Robin Crusoé? Onde está você? Onde você esteve?".

Eu estava dormindo tão profundamente, cansado de remar ou da remada, como se diz, na primeira parte do dia e da caminhada na última parte, que não acordei completamente, mas estava cochilando, entre o sono e o despertar, e pensei ter sonhado que alguém falava comigo. Mas, como a voz continuou a repetir, "Robin Crusoé, Robin Crusoé", finalmente comecei a acordar melhor. No início, fiquei terrivelmente assustado, na mais extrema consternação. Mas, assim que meus olhos se abriram, eu vi o meu Poll sentado no topo da sebe. Imediatamente eu soube que tinha sido ele quem falou comigo, pois era nessa linguagem de lamentação que eu costumava conversar com ele e ensiná-lo a falar. E ele aprendeu tão perfeitamente que pousou no meu dedo e aproximou o bico do meu rosto, gritando "Pobre Robin Crusoé! Onde você está? Onde você esteve? Como chegou aqui?" e coisas assim que eu lhe ensinara.

No entanto, mesmo sabendo que era o papagaio e que, de fato, não poderia ser ninguém mais, levei um bom tempo antes que pudesse me recompor. Primeiro, fiquei espantado pela criatura ter chegado lá; depois, quando e como foi exatamente àquele local e a nenhum outro lugar. Mas, como fiquei muito satisfeito de que não poderia ser ninguém, exceto o leal Poll, superei isso. Ao estender a minha mão e chamá-lo pelo nome, "Poll", a criatura sociável veio a mim, sentou-se no meu polegar, como costumava fazer, e continuou falando comigo: "Pobre Robin Crusoé!" e "Como eu vim parar aqui? Aonde eu fui?", como se tivesse ficado feliz em me ver de novo. Então eu o levei para casa junto comigo.

Então, eu estava cansado demais para vagar no mar por algum tempo e cansado demais para, por muitos dias, ficar quieto e refletir sobre o perigo que passei. Eu ficaria muito feliz se tivesse o meu barco novamente do meu lado da ilha. Mas não sabia se era praticável fazer isso. Quanto ao lado leste da ilha, que tinha conhecido, eu sabia o suficiente para não me aventurar por lá. O meu coração encolhia e o meu sangue gelava, só de pensar nisso. E, quanto ao outro lado da ilha, eu não sabia como seria estar ali, mas supondo que a correnteza teria a mesma força contra a costa, como a leste, eu poderia correr o mesmo risco de ser levado pelo fluxo e arrastado da ilha, como já havia acontecido. Então, com esses pensamentos, eu me contentei de ficar sem a barca, embora ela fosse produto de tantos meses de trabalho para ser feita e de tantos mais para entrar no mar.

Permaneci quase um ano com esse controle do meu temperamento, levando uma vida muito tranquila e sossegada, como se pode supor, com os meus pensamentos muitíssimo bem compostos quanto à minha condição. E, totalmente confortado em me resignar às disposições da Providência, eu achava que vivia muito feliz em todas as coisas, exceto quanto a companhias.

Nesse meio tempo, melhorei em todos os exercícios da arte mecânica que as minhas necessidades me exigiam aplicação e, acredito que, possivelmente, devo ter me tornado um bom carpinteiro, especialmente considerando as poucas ferramentas que eu tinha.

Além disso, alcancei uma perfeição inesperada em meus potes de barro quando imaginei corretamente fabricá-los com uma roda, o que ficou infinitamente mais fácil e melhor, pois eu fazia coisas redondas e moldadas, que antes eram coisas realmente desagradáveis de se ver. Mas acho que nunca fiquei mais vaidoso do meu próprio desempenho, ou mais alegre com a descoberta de qualquer coisa, do que quando consegui fazer um cachimbo de tabaco. E, embora fosse uma coisa muito feia e desajeitada quando acabada e apenas vermelha e queimada como outros objetos de barro, ainda assim era firme e forte e soltava fumaça. Fiquei extremamente confortado com isso, pois sempre costumava fumar e havia cachimbos no navio, mas eu os esqueci no começo, não imaginando que houvesse tabaco na ilha; mas, depois, quando procurei no navio de novo, não consegui achar nenhum.

Também melhorei muito nos meus artigos de vime e fiz cestas úteis e necessárias em abundância, do jeito que a minha imaginação me mostrava. Embora não fossem muito bonitas, ainda eram muito convenientes e cômodas para guardar coisas, ou para carregá-las para casa. Por exemplo, se eu matasse uma cabra longe de casa, eu poderia pendurá-la numa árvore, esfolá-la, prepará-la e cortá-la em pedaços e levá-la para casa numa cesta. E, o mesmo para uma tartaruga: eu poderia abri-la, para pegar os ovos e um pedaço ou dois da carne, o que fosse o suficiente para mim, levaria para casa numa cesta e deixaria o resto para trás. Além disso, grandes cestos profundos eram os recipientes dos meus cereais, que eu sempre debulhava e, assim que secavam e curavam, eu guardava nesses cestos enormes.

Comecei então a perceber que a minha pólvora diminuía consideravelmente. Essa era uma necessidade que para mim seria impossível suprir. Comecei a considerar seriamente o que deveria fazer quando não tivesse mais pólvora, quer dizer, como eu deveria matar uma cabra. Eu tinha, como foi observado no terceiro ano da minha estadia aqui, capturado uma cabrita, que criei mansa, na esperança de capturar um cabrito macho, mas não deu certo de jeito nenhum, até que a minha cabritinha virou um cabra velha. Como jamais tive no meu coração a intenção de matá-la, por fim, ela morreu meramente de velhice.

Mas, estando agora no décimo primeiro ano da minha residência e, como eu disse, com a minha munição acabando, eu me pus a estudar alguma arte para emboscar e laçar as cabras, para ver se eu não poderia pegar algumas delas vivas, e particularmente eu queria uma cabra adulta com filhotes.

Para este propósito, fiz armadilhas para agarrá-las. Acredito que mais de uma vez as cabras caíram nelas, mas o meu equipamento não era bom, porque eu não tinha fio de arame e eu sempre as encontrava quebradas e com as iscas devoradas.

Por fim, resolvi tentar um alçapão. Então, cavei vários poços grandes na terra, em lugares onde eu tinha observado que as cabras costumavam se alimentar. Sobre os poços, coloquei obstáculos de minha própria criação também, com um grande peso sobre eles e várias vezes coloquei espigas secas de cevada e arroz, sem a armadilha. Eu podia facilmente perceber que as cabras entravam e comiam os cereais, porque via as marcas de suas patas. Finalmente, coloquei três armadilhas numa noite. Na manhã seguinte, encontrei todas ainda em pé, mas com as iscas comidas, desaparecidas. Isso foi muito desanimador. Porém, alterei as minhas armadilhas e, para não importunar com detalhes, indo uma manhã ver as minhas armadilhas, encontrei numa delas um grande bode velho e em outra, três filhotes, um macho e duas fêmeas.

Quanto ao bode velho, eu não sabia o que fazer, porque ele era tão feroz que eu não me atrevia a entrar no poço dele, quer dizer, para pegá-lo vivo, que era o que eu queria. Eu poderia tê-lo matado, mas esse não era o meu objetivo, nem responderia à minha finalidade. Então, eu até ajudei-o a sair. Ele fugiu como se estivesse apavorado. Só que, então, não fiz o que aprendi depois: que a fome é capaz de amansar um leão. Se o deixasse ficar três ou quatro dias sem comida e depois levasse um pouco de água para beber e em seguida algum cereal, ele teria ficado tão manso como um cabrito, porque as cabras são criaturas tratáveis, poderosas e sagazes, quando bem manejadas.

No entanto, dessa vez, deixei-o ir, não sabendo fazer nada melhor naquele momento. Então, fui até os três cabritos, peguei-os um a um e os amarrei juntos, com cordas e, com alguma dificuldade, levei todos para casa.

Demorou um bom tempo antes deles se alimentarem. Mas, ao jogar--lhes um pouco de cereal doce, isso os tentou e eles começaram a ficar mansos. Então, descobri que se eu quisesse me abastecer de carne de cabra, quando não tivesse mais pólvora ou chumbo, criar e até amansar algumas seria o meu único caminho e que, talvez, eu pudesse mantê--los em minha casa como um rebanho de ovelhas.

Mas, então, me ocorreu que eu devia manter as que eram mansas separadas das selvagens, ou então todas sempre se tornariam selvagens quando crescessem. E a única maneira de fazer isso seria ter algum pedaço de terra fechado, bem cercado, tanto com cerca viva como com paliçada, para mantê-las presas de forma eficaz, de modo que aquelas de dentro não pudessem sair e nem as de fora pudessem entrar.

Essa seria uma grande empreitada para um par de braços. Mas, como percebi que fazer isso era uma necessidade absoluta, o meu primeiro trabalho foi encontrar um pedaço de terra apropriado, onde provavelmente houvesse relva para elas comerem, água para beberem e cobertura de sombra para mantê-las abrigadas do sol.

As pessoas que entendem desses recintos vão achar que eu tive bem pouca astúcia quando escolhi um terreno aberto de pradaria, ou savana – como as pessoas chamam os campos desse tipo nas colônias ocidentais –, como o lugar mais apropriado para todas elas, com dois ou três pequenos filetes de água fresca nele e uma extremidade bem arborizada. Digo que vão rir da minha previsão quando eu lhes disser que comecei por cercar esse pedaço de chão de tal maneira que a minha sebe ou paliçada teria no mínimo duas milhas, aproximadamente. No entanto, a loucura não estava na grandeza do círculo, porque, se fossem dez milhas, eu haveria de ter tempo suficiente para fazê-lo, mas no fato de eu não ter considerado que as minhas cabras ficariam tão selvagens num círculo desse tamanho como se estivessem soltas por toda a ilha e que eu teria tanto espaço para persegui-las que jamais conseguiria pegá-las.

A minha cerca já estava iniciada e já avançava, creio eu, umas cinquenta jardas quando esse pensamento me ocorreu. Então parei imediatamente e, por causa desse começo, decidi fechar o terreno com apenas umas cento e cinquenta jardas de comprimento por cem jardas de largura, de modo que teria espaço suficiente para manter tantas cabras quanto quisesse ter durante um tempo razoável. E, então, conforme o meu rebanho aumentasse, eu poderia adicionar mais terreno ao meu recinto.

Isso era agir com alguma prudência e, assim, fui trabalhar com coragem. Demorei uns três meses cercando esse primeiro pedaço. E, assim que o terminei, amarrei os três cabritos na melhor parte e acostumei-os a se alimentarem o mais perto possível de mim, para que se familiarizassem comigo. Muitas vezes, levei a eles algumas espigas de cevada ou alguns punhados de arroz e alimentei-os na minha mão, de modo que, depois que o meu recinto estivesse terminado e eu os deixasse soltos, eles me seguiriam para cima e para baixo, balindo atrás de mim, atrás de um punhado de cereal.

Isso respondia ao meu objetivo. E, assim, quase um ano e meio depois eu tinha um rebanho de uma dúzia de cabras, inclusive filhotes em dois anos mais, tinha quarenta e três, além de várias outras que peguei e matei para comer. Depois disso, cerquei cinco terrenos para alimentá-las, com pequenos currais para guiá-las e pegá-las como me aprouvesse, com porteiras de um pedaço de terra para o outro.

Mas isso não foi tudo, pois então eu não só tinha carne de cabra para me alimentar quando quisesse, mas leite também – uma coisa que, de fato, no começo não me importava muito quando entrava nos meus pensamentos – o que foi uma surpresa realmente agradável, pois foi assim que eu arrumei a minha leiteria e às vezes eu tirava um ou dois galões de leite por dia. E, como a natureza, que dá suprimentos para cada criatura, dita também naturalmente como fazer uso disso, então eu, que nunca tinha ordenhado uma vaca, muito menos uma cabra, nem tinha visto manteiga ou queijo serem feitos a não ser quando menino, bem prontamente e com facilidade, depois de muitas tentativas e erros, afinal fiz tanto manteiga quanto queijo para mim. Também consegui sal – ainda que o tenha encontrado parcialmente feito com as minhas mãos, por causa do calor do sol em cima das rochas do mar – e nunca mais fiquei sem essas coisas depois.

Quão misericordiosamente pode o nosso Criador cuidar de suas criaturas, mesmo em condições tais que elas pareceriam estar afundadas na destruição! Como Ele pode adoçar as adversidades mais amargas e nos dar motivo para louvá-lo pelas masmorras e prisões! Que mesa estava ali preparada para mim no deserto, onde a princípio eu não via perspectiva que não fosse perecer de fome!

XI ENCONTRO DE UMA PEGADA HUMANA NA AREIA

Um estoico haveria de sorrir se me visse sentado para jantar com a minha pequena família. Lá reinava a minha majestade. Eu era o príncipe soberano e senhor de toda a ilha e tinha a vida de todos os meus súditos sob o meu comando absoluto. Eu poderia enforcar, arrastar, dar e tirar liberdade e não ter rebeldes entre os meus súditos.

Então, para parecer um rei, eu também jantava sozinho, assistido pelos meus servos! Poll, como se fosse o meu favorito, era o único autorizado a falar comigo. O meu cachorro, que agora estava muito velho e caduco e não tendo encontrado nenhuma criatura de sua espécie para reproduzir e multiplicar seu tipo, sentava-se sempre à minha direita. E os dois gatos, um de cada lado da mesa, esperavam de vez em quando um naco da minha mão, como marca de especial favorecimento.

Mas esses não eram os dois gatos que eu havia trazido para terra a princípio, pois ambos morreram e foram enterrados perto da minha habitação por minhas próprias mãos. Porém, um deles se multiplicou por não sei com qual tipo de criatura e esses eram dois que eu preservei mansos, enquanto que os restantes cresceram selvagens na floresta e tornaram-se realmente problemáticos para mim, em suma, porque muitas vezes entravam em minha casa e ainda me saqueavam. Até que, por fim, fui obrigado a atirar em muitos, matando quase todos eles. Só assim eles me deixaram viver com esses dois assistentes. E dessa maneira abundante eu vivia, a princípio não desejando outra coisa que não fosse alguma companhia e, algum tempo depois, reclamando que havia tido demais.

Eu andava um pouco impaciente, como observei, para usar o meu barco, embora muito relutante em correr mais riscos. Porém, às vezes imaginava maneiras criativas de levá-lo pela ilha e outras vezes ficava suficientemente satisfeito sem ele. Mas senti uma estranha inquietação em minha mente para ir até a ponta da ilha, onde, como eu disse, no meu último passeio subi a colina para ver como era a praia e como a correnteza seguia, para poder ver o que teria que fazer. Essa disposição aumentava em mim todos os dias, e enfim decidi viajar por terra, seguindo a margem da costa. Foi o que fiz. Mas se alguém na Inglaterra conhecesse um homem como eu, deveria se assustar ou soltar uma grande gargalhada. Eu frequentemente parava para olhar para mim mesmo e não podia deixar de rir com a noção de me ver viajando em Yorkshire com aqueles equipamentos e vestido daquela maneira. Sinta-se, por favor, à vontade para fazer um esboço da minha figura, pelo que vem a seguir.

Eu tinha um grande gorro sem forma, feito de couro de cabra, com uma aba pendurada para trás, tanto para afastar o sol de mim como para impedir a chuva de escorrer no meu pescoço, nada sendo mais prejudicial nesses climas do que a chuva em cima da pele e embaixo da roupa.

Eu usava uma jaqueta curta de pele de cabra, cujo comprimento descia até metade da coxa, e calções que iam até o joelho. Os calções foram feitos do couro de um velho bode, cujo pelo era tão comprido que pendia em ambos os lados, como pantalonas, até chegar à canela. Meias e sapatos eu não tinha nenhum, mas fiz um par de alguma coisa para mim, que eu mal sabia como chamar, como se fossem sandálias, amarradas de ambos os lados para cobrir as pernas, mas da forma mais grosseira, assim como o resto das minhas roupas.

Eu levava um cinturão largo de couro de cabra curtido, ligado por meio de duas correias, em vez de fivelas. E, em uma espécie de bainha de cada lado, em vez de espada e punhal, pendiam um serrote e um machado, cada um de um lado. Eu tinha outro cinturão bem largo, preso da mesma maneira, atravessado no ombro. E, por fim, debaixo do braço esquerdo pendiam duas bolsas, ambas também feitas de couro de cabra, numa das quais eu levava a minha pólvora e, na outra, o meu chumbo. Nas costas, eu carregava meu cesto e, no ombro, a minha arma. E, sobre a cabeça, um grande guarda-chuva desajeitado, feio, de couro de cabra, mas que, afinal, era a coisa mais necessária que eu levava comigo junto com a minha arma. Quanto ao meu rosto, a cor realmente não era tão mulata quanto se poderia esperar de um homem nada cuidadoso, que vivia entre nove e dez graus do equinócio. A minha barba eu já havia suportado crescer até que ficasse com cerca de um quarto de uma jarda de comprimento, mas como eu tinha tesouras e lâminas em quantidade suficiente, cortava bem curta, exceto a parte que crescia no lábio superior, que eu mantinha aparada como um grande par de bigodes de maometano, como eu tinha visto em alguns turcos em Sallee, pois os mouros não usavam tão grandes, mas os turcos sim. Esses bigodes, ou *mostachos*, não vou dizer que fossem suficientemente longos para pendurar o meu chapéu neles, mas eram de um comprimento e de uma forma suficientemente monstruosas, de modo que na Inglaterra teriam passado por assustadores.

Mas tudo isso é conversa, porque, quanto à minha aparência, eu tinha tão pouca gente para reparar em mim que isso não era de maneira alguma importante. Então, não falo mais nada sobre isso. Com esse tipo de aparência eu saí em minha nova jornada. Fiquei fora cinco ou seis dias. Viajei primeiro ao longo da encosta do mar, diretamente para o lugar onde inicialmente eu trouxe o meu barco para ancorar e subir nas rochas. Então, não tendo barco para cuidar, segui por terra pelo caminho mais curto à mesma colina onde estive antes. Quando olhei para a frente, para a ponta de pedras que se estendia ali e que eu tinha sido obrigado a contornar com o meu barco, como foi dito acima, fiquei surpreso ao ver o mar totalmente suave e tranquilo, sem ondas, sem movimento, sem correnteza, como em qualquer outro lugar.

Senti uma estranha dificuldade para entender isso e decidi passar algum tempo em observação, para ver se alguma posição da maré ocasionava isso. Logo estava convencido que sim, quero dizer, como a maré vazante vinha do oeste e se juntava à correnteza das águas de algum grande rio na costa, devia ocasionar essa correnteza e que, quando o vento soprava com mais violência do oeste ou do norte, essa correnteza chegava mais perto ou mais longe da costa. Assim, esperando ali até o entardecer, voltei a vigiar a rocha novamente. Então, com o surgimento da maré vazante, vi claramente a correnteza de novo como antes, só que foi mais distante, a quase meia légua da costa, enquanto que no meu caso se aproximou da costa, arrastando a mim e à minha canoa junto com ela, o que em outro momento não teria acontecido.

Essa observação me convenceu de que eu não tinha nada a fazer além de acompanhar o fluxo e o refluxo da maré e que eu poderia muito facilmente levar o meu barco pela ilha novamente. Mas, quando comecei a pensar em colocar isso em prática, senti tamanho terror em meu espírito com a lembrança do perigo que tinha passado que não podia pensar nisso novamente com alguma tranquilidade. Porém, ao contrário, tomei outra decisão, que era mais segura, embora fosse mais trabalhosa, que seria construir, ou melhor, fazer para mim outra piroga ou canoa e, assim, eu teria uma para um lado da ilha e outra para o outro lado.

Então, é possível perceber que eu possuía duas "fazendas" – acho que posso chamá-las assim – na ilha. Em primeiro lugar, a minha pequena fortificação ou a minha tenda, cercada pelo muro e no sopé da rocha, com a caverna nos fundos, que a essa altura eu tinha ampliado em vários cômodos ou cavernas, uma dentro da outra. Uma dessas, que era a maior e mais seca, tinha uma porta no muro ou fortificação – isto é, adiante de onde o meu muro se juntava com a rocha – estava completamente cheia com os grandes potes de barro de que dei conta e com catorze ou quinze grandes cestos, que comportavam cinco ou seis alqueires cada, onde eu guardava as minhas provisões, especialmente os meus cereais, alguns em espigas, separadas da palha, e outros debulhados à mão.

Quanto ao meu muro, era feito, como disse, com longas estacas ou mourões, de mudas de árvores, que logo se desenvolveram como arbustos e nessa época já estavam tão grandes e se espalharam tanto que não havia a menor aparência, para a visão de qualquer pessoa, de alguma habitação por trás delas.

Perto dessa minha morada, mas um pouco mais para dentro da terra firme e num terreno mais baixo, ficavam os meus dois terreiros de cereais, que eu mantinha devidamente cultivados e semeados e que me rendiam suas colheitas na estação certa. E, sempre que eu precisasse de mais cereais, eu reservava mais terrenos contíguos preparados.

Além disso, eu tinha a minha sede de campo, também com uma plantação razoável. Porque, primeiro, eu fiz o meu pequeno caramanchão, como eu o chamava, que conservava com cuidado, isto é, eu mantinha a cobertura que o rodeava constantemente ajustada à sua altura normal, com a escada sempre no interior. Eu deixava sempre podadas as árvores, que no início eram apenas estacas, ou mudas, mas agora estavam crescidas, firmes e altas, para que pudessem se desenvolver e se espalhar fortes e copadas, tornando a sombra mais agradável, o que era efetivamente a minha intenção. No meio disso, eu tinha a minha tenda sempre em pé, feita de um pedaço de vela esticada sobre toras montadas para esse propósito e que nunca precisaram de qualquer reparo ou renovação. E, embaixo disso, eu tinha feito para mim um estofado ou sofá com as peles das criaturas que eu matava e com outras coisas macias, com um cobertor colocado por cima de tudo, que pertencera às nossas cabines, que eu salvara, e um grande casaco pesado para me proteger. E, assim, sempre que tinha oportunidade de me ausentar da sede principal, eu ficava na minha casa de campo.

Adjacente a ela, eu tinha recintos para o meu gado, isto é, as minhas cabras, e que me custaram uma quantidade inconcebível de sofrimentos para cercar e proteger esse terreno. Fiquei tão ansioso para ver tudo isso pronto e mantido inteiro, para que as cabras não danificassem, que jamais parei o meu infinito trabalho, enquanto não deixei o lado de fora da cerca tão cheio de pequenas estacas, ou mudas, tão próximas umas das outras, que era mais uma paliçada do que uma sebe, onde quase não havia espaço para colocar a mão entre elas. Depois, quando essas mudas brotaram, como aconteceu com todas na estação chuvosa seguinte, o cercado ficou forte como um muro e de fato mais forte do que qualquer muro.

Para mim, esse era o testemunho de que eu não ficava ocioso e que não poupava esforços para fazer o que fosse necessário ao meu sustento confortável, pois eu considerava que manter uma raça de criaturas mansas assim ao alcance da mão seria um depósito vivo de carne, leite, manteiga e queijo para mim, pelo tempo que eu vivesse no lugar, mesmo se fosse por quarenta anos. E mantê-las ao meu alcance dependia inteiramente da perfeição dos meus cercados, em tal grau que eu pudesse ter certeza de mantê-las juntas. O que, por esse método, de fato, eu assegurei tão efetivamente que, quando essas pequenas mudas começaram a brotar, eu as plantara tão densas que fui forçado a arrancar algumas delas de novo.

Nesse local também eu tinha as minhas uvas crescendo, das quais eu dependia principalmente para o meu estoque de passas do inverno e que eu nunca deixei de preservar com todo cuidado, como a melhor e mais agradável delicadeza de toda a minha dieta. Pois, de fato, elas não eram apenas agradáveis, mas medicinais, saudáveis, nutritivas e refrescantes até o último grau.

Como isso também ficava a meia distância entre a minha outra habitação e o lugar onde eu tinha deixado o meu barco, eu geralmente parava e descansava ali, a caminho de lá. Eu costumava visitar o barco frequentemente e mantinha todas as coisas dele ou que lhe pertencessem em muito boa ordem. Às vezes eu saía para me distrair, mas não fazia mais viagens perigosas, dificilmente avançando além de um ou dois arremessos de pedra da margem, porque eu ficava muito apreensivo de ser arrastado novamente pelas correntezas ou pelos ventos, ou de qualquer outro acidente. Mas agora eu chego a uma nova cena da minha vida.

Acontece que uma vez, ao meio-dia, indo em direção ao meu barco, fiquei extremamente surpreso com a pegada do pé descalço de um homem na praia, que estava muito nítida para ser vista na areia. Parei como alguém fulminado por um raio, ou como se tivesse visto uma assombração. Escutei, olhei ao redor, mas não pude ouvir e nem ver nada. Subi num monte para olhar mais longe. Subi a costa e desci a margem, mas estava tudo igual. Não consegui ver nenhuma outra pegada além daquela. Voltei de novo para ver se havia mais e observar se não seria fantasia minha. Mas não havia espaço para isso, pois lá estava exatamente a impressão de um pé, os dedos e cada parte de um pé. Como chegou ali eu não sabia, nem poderia ao menos imaginar. Mas, depois de inúmeros pensamentos agitados, como um homem perfeitamente confuso e fora de si, fui para casa na minha fortificação, não sentindo, como dizemos, o chão. Mas continuei, aterrorizado até o último grau, olhando para trás a cada dois ou três passos, confundindo cada arbusto e cada árvore e imaginando cada toco a distância como um ser humano. Não é possível descrever de quantas formas diferentes a minha imaginação apavorada representava as coisas para mim, quantas ideias bizarras eram encontradas a cada momento na minha fantasia e quantos absurdos estranhos e inexplicáveis assaltaram os meus pensamentos no caminho.

Quando cheguei ao meu castelo – pois acho que passei a chamá--lo assim depois disso –, eu me refugiei dentro como se estivesse sendo perseguido. Se eu cheguei pegando a escada, como primeiro inventei, ou se entrei pelo buraco na rocha, que eu chamava de porta, não me lembro. Nem me lembro da manhã seguinte, pois nunca uma lebre assustada fugiu para sua toca, ou raposa se escondeu na floresta, com mais terror na mente do que eu para esse abrigo.

Não dormi nada naquela noite. Quanto mais eu me distanciava do motivo do meu susto, maiores eram as minhas apreensões, o que é algo contrário à natureza dessas coisas e, em particular, à prática usual de todas as criaturas com medo. Mas eu estava tão envergonhado com as minhas próprias ideias terríveis da coisa, que não formulei nada além de imaginações sombrias para mim mesmo, apesar de agora estar bem longe. Às vezes eu imaginava que devia ser o diabo e a razão juntou-se a mim em tal suposição. Pois, como poderia alguma outra coisa em forma humana entrar no local? Onde estava o navio que a trouxe? Onde estavam as marcas de outro passo? Como seria possível um homem ir até lá? Então, por que pensar que Satanás deveria tomar a forma humana sobre essa pessoa nesse lugar, onde talvez não houvesse, de modo algum, ocasião para isso, só para deixar a impressão de seu pé para trás e isso mesmo também sem propósito, pois ele não poderia ter certeza se eu haveria de vê-la? Isso seria uma diversão ao contrário! Considerei que o diabo poderia descobrir muitas outras maneiras de me aterrorizar, que não essa de uma única pegada de um pé. Pois, como eu vivia bastante no outro lado da ilha, ele jamais teria sido tão tolo a ponto de deixar uma marca num lugar onde havia dez mil chances em uma de eu jamais vê-la e ainda mais na areia também, quando a primeira onda do mar, sobre um vento forte, a teria desfigurado inteiramente. Tudo isso parecia inconsistente com a coisa em si e com todas as noções que geralmente sustentam a sutileza do diabo.

A quantidade de coisas assim ajudava na argumentação de todas essas apreensões serem o diabo. E eu concluí, então, que deviam ser algumas criaturas ainda mais perigosas, a saber, deviam ser alguns selvagens do continente oposto à minha ilha, que tinham vagado pelo mar em suas canoas e que, impulsionados pelas correntezas ou por ventos contrários, tinham chegado ali, onde estiveram em terra, mas foram embora novamente para o mar, talvez tão relutantes por terem que ficar nessa ilha desolada, como eu teria ficado se ele tivessem permanecido ali.

Enquanto essas reflexões rolavam na minha mente, fiquei muito agradecido em meus pensamentos pelo fato muito feliz de eu não estar ali nesse momento ou porque eles não viram o meu barco, pelo qual concluiriam que alguns habitantes estiveram no local e talvez tivessem me procurado mais. Então, pensamentos terríveis atormentaram a minha imaginação sobre eles terem descoberto o meu barco e que havia mais pessoas ali. E que, se assim fosse, eu certamente deveria vê-los voltar em grande número para me devorar, pois mesmo se acontecesse de eles não terem me encontrado, ainda assim encontrariam o meu recinto, destruiriam todo o meu cereal e levariam embora todo o meu rebanho de cabras mansas e eu morreria meramente de inanição.

Assim, o medo baniu toda a minha esperança religiosa. Toda a confiança anterior em Deus, que era fundada sobre aquela experiência maravilhosa que eu tive de sua bondade, então desapareceu, como se aquele que me alimentou por milagre até agora não pudesse preservar por seu poder a provisão que fez para mim, por sua graça. Eu me recriminei pela minha preguiça, pois não semeava nenhuma quantidade de cereal a mais por ano do que aquela apenas necessária para me servir até a próxima estação, como se nenhum acidente pudesse ocorrer para me impedir de desfrutar da colheita que estava em cima do chão. Então, achei essa repreensão tão justa que decidi no futuro ter cereais de antemão para dois ou três anos, de modo que, o que quer que viesse a acontecer, eu talvez não perecesse por falta de pão.

Que estranha e bizarra obra da Providência é a vida do homem! E de quantas fontes secretas as diversas afeições se precipitam como diferentes circunstâncias presentes! Hoje amamos o que amanhã odiamos; hoje buscamos o que amanhã evitamos; hoje desejamos o que amanhã temeremos, ou melhor, que temeremos apenas diante do receio disso. Isso estava exemplificado em mim nesse momento, da maneira mais animada que se possa imaginar em mim, cuja única aflição era que eu parecia ter sido banido da sociedade humana, porque eu estava sozinho, circunscrito pelo oceano sem limites, cortado da humanidade e condenado ao que chamo de vida silenciosa; porque eu era como alguém a quem os céus não achavam digno de ser contado entre os vivos ou para aparecer entre o resto de suas criaturas; porque ter visto outro da minha espécie me pareceu como ter ressuscitado da morte para a vida e a maior bênção que os próprios céus, ao lado da suprema bênção da salvação, poderia dar. Então, quero dizer que eu tremia apenas diante do receio de ver um homem e que estava pronto para me afundar no chão, apenas diante da sombra ou do aparecimento silencioso de um homem que havia colocado o pé na ilha.

Tal é o estado fortuito da vida humana que me proporcionou muitas especulações curiosas depois, quando eu me recuperei um pouco da minha primeira surpresa. Eu considerava que essa era uma etapa da vida que a infinitamente sábia e boa Providência de Deus havia determinado para mim, porque eu não podia prever quais finalidades da sabedoria divina poderiam existir em tudo isso. Então, eu não tinha que discutir a sua soberania, porque, como eu era sua criatura, ele tinha o direito inquestionável, pela criação, de governar e dispor de mim absolutamente como achasse adequado, e porque, como eu era uma criatura que o ofendeu, ele tinha, da mesma forma, o direito judicial de me condenar àquela punição que considerasse apropriada. E que era minha parte me submeter a suportar a sua indignação, porque eu havia pecado contra ele.

Eu então refleti que Deus, que não era apenas justo, mas onipotente, tendo considerado apropriado assim me punir e me afligir, então ele seria capaz de me livrar. E que, caso ele não achasse adequado fazê--lo, era meu dever inquestionável me resignar absoluta e inteiramente à sua vontade. Por outro lado, era meu dever também esperar nele, orar a ele e silenciosamente esperar os ditames e as direções de sua Providência diária.

Esses pensamentos me ocuparam por muitas horas, muitos dias, ou melhor, eu posso dizer até semanas e meses. E não posso omitir um efeito particular das minhas cogitações nessa ocasião. Certa manhã, cedo, deitado na minha cama e cheio de pensamentos sobre o perigo que corria a partir do aparecimento de selvagens, eu me achava muito desconcertado. Então, essas palavras da Escritura vieram em meus pensamentos: "Invoca-me no dia da angústia eu te livrarei e tu me glorificarás".

Assim, levantei-me alegremente da minha cama, com o meu coração não apenas confortado, mas guiado e encorajado a orar fervorosamente a Deus por livramento. Quando terminei a oração, peguei a minha Bíblia, que abri para ler. As primeiras palavras que se apresentaram a mim foram: "Espera pelo Senhor, tem bom ânimo e fortifique-se o teu coração espera, pois, pelo Senhor". É impossível expressar o conforto que isso me deu. Em resposta, eu agradecidamente fechei o livro e não fiquei mais triste, pelo menos nessa ocasião.

No meio de tantas cogitações, apreensões e reflexões, um dia entrou em meus pensamentos que tudo isso poderia ser uma simples quimera da minha mente e que aquela pegada poderia ser a impressão do meu próprio pé quando cheguei à costa em meu barco. Isso me animou um pouco também e comecei a me convencer de que tudo era ilusão, que não era nada mais que a minha própria pegada. Por que eu não poderia ter vindo do barco por esse caminho, assim como fui para o barco por esse caminho? Mais uma vez, considerei também que eu não poderia de modo algum dizer, com certeza, por onde ou não deixei de andar. E que, afinal, fosse apenas a impressão do meu próprio pé, comigo desempenhando o papel daqueles tolos que tentam fazer histórias de espectros e aparições e depois ficam mais assustados com elas do que qualquer um.

Então, comecei a criar coragem para espiar novamente para fora, porque não saí do meu castelo por três dias e três noites, de modo que comecei a passar fome por falta de provisões, pois eu tinha pouco ou quase nada dentro de casa, a não ser alguns bolos de cevada e água. Então, eu sabia que as minhas cabras queriam ser ordenhadas também, o que geralmente era a minha diversão à tarde e as pobres criaturas sofriam muitas dores e se sentiam muito incomodadas por falta disso. E, de fato, isso quase estragou a saúde e quase secou o leite de algumas delas.

Fortalecido, portanto, com a crença de que aquilo não era nada, a não ser a impressão de um dos meus próprios pés e que eu poderia verdadeiramente dizer que tinha me assustado com a minha própria sombra, comecei novamente a sair. Fui para a casa de campo ordenhar o meu rebanho. Mas imagine-se com que medo avancei, quantas vezes olhei para trás, como estive pronto de vez em quando a largar da minha cesta e correr para salvar a minha vida! Tudo isso teria feito qualquer um pensar que eu estava assombrado pela má consciência ou que ultimamente andava terrivelmente assustado e assim, de fato, eu estava.

No entanto, depois de sair assim uns dois ou três dias e não tendo avistado nada, comecei a ficar um pouco mais ousado e a achar que realmente não havia nada além da minha própria imaginação. Mas eu não me convenceria completamente disso antes de voltar à costa de novo, para ver e medir por mim mesmo a pegada desse pé e descobrir se havia alguma similitude ou adequação, para que assim eu pudesse ter certeza de que era o meu próprio pé. No entanto, quando cheguei ao local, primeiro ficou evidente para mim que, quando atraquei o meu barco, eu não poderia ter andado em nenhum lugar por ali na costa. E, em segundo lugar, quando medi a marca com o meu próprio pé, não achei o meu pé tão grande. Ambas essas coisas encheram a minha cabeça com novas imaginações e novamente a embaçaram ao mais alto grau, de modo que eu tremi tanto de frio como de febre. Fui para casa novamente, cheio da crença de que algum homem ou alguns homens tinham estado em terra naquele local ou, em suma, que a ilha era habitada e que eu poderia ser surpreendido antes que percebesse; mas qual direção seguir para minha segurança eu não sabia.

Oh! Mas que resoluções ridículas os homens tomam quando possuídos de medo! Eles são privados do uso daqueles meios que a razão lhes oferece para seu alívio. A primeira coisa que propus a mim mesmo foi derrubar as minhas cercas e devolver todo o meu gado domesticado à vida selvagem na floresta, para que o inimigo não o encontrasse e, em seguida, passasse a frequentar a ilha, na perspectiva de conseguir esse ou semelhante botim. Depois, eu simplesmente destruiria os meus dois campos de cereais, para que esses grãos não fossem encontrados e, assim, o inimigo não fosse instado a frequentar a ilha em seguida, haveria de demolir o meu caramanchão e a tenda, para que não fossem vistos vestígios de habitação que o alertassem a procurar mais longe, a fim de descobrir pessoas habitantes do lugar.

Esses foram os assuntos das cogitações da primeira noite depois que eu voltei para casa, enquanto as apreensões que tanto haviam agoniado a minha cabeça ainda estavam frescas em mim e a minha mente completamente embaçada. Porque o medo do perigo é dez mil vezes mais aterrorizante que o próprio perigo quando aparente aos olhos. Achamos que o fardo da ansiedade é maior do que o mal sobre o qual estamos ansiosos. E, o pior de tudo, eu não tive nessa perturbação aquele alívio que esperava ter partir da resignação que costumava praticar. Pensei que eu parecia como Saul, que se queixava não só porque os filisteus estavam sobre ele, mas porque Deus o havia abandonado. Então, eu não empregava as devidas maneiras de compor a minha mente, rogando a Deus em minha aflição e descansando em sua providência, como antes, pela minha defesa e livramento. Porque, se o fizesse, teria, pelo menos, sido mais alegremente sustentado nessa nova surpresa e talvez passado por ela com mais determinação.

Essa confusão de pensamentos me manteve acordado a noite toda. Então, pela manhã eu adormeci. E, tendo ficado, pela distração da minha mente, como de fato estava, cansado e com o meu espírito exausto, dormi muito profundamente. Acordei muito mais bem-disposto do que já tinha acontecido antes. Então, comecei a pensar calmamente e, após um debate comigo mesmo, concluí que essa ilha – tão extremamente agradável, frutífera e não muito distante do continente, como eu tinha visto – não era tão completamente abandonada quanto eu imaginei. Porque, embora não houvessem habitantes declarados vivendo no local, às vezes chegavam barcos a esse lugar a partir da costa, que poderiam vir ou por meio de um plano, ou talvez por nenhum, a não ser quando fossem conduzidos por ventos contrários.

Porque, então, eu vivia ali quinze anos, sem ter ainda encontrado a menor sombra ou figura de qualquer pessoa e que, se a qualquer momento alguém acabasse sendo levado para lá, era provável que fosse embora de novo assim que pudesse, considerando que nunca ninguém teria achado adequado permanecer ali em qualquer ocasião.

Por isso, o maior perigo que eu poderia imaginar seria, a partir de algum desembarque casual por acidente, de pessoas desgarradas do continente, que, como era provável, se fossem levadas para lá, estariam ali contra suas vontades e, então, não haveriam de querer ficar ali, mas iriam embora novamente, com toda pressa possível, dificilmente ficando mais do que uma noite na praia, para que não perdessem a ajuda das marés e a luz do dia. Assim, portanto, eu não tinha nada a fazer senão preparar um abrigo seguro, para o caso de eu avistar qualquer selvagem desembarcando no local.

Assim, comecei a me arrepender por ter cavado a minha caverna tão grande a ponto de ter colocado uma porta de novo, porta essa, como eu dizia, que saía além de onde a minha fortificação se juntava à rocha. Após ter considerado isso com maturidade, portanto, decidi erguer uma segunda fortificação, à maneira de um semicírculo, a uma certa distância do meu muro, exatamente onde eu havia plantado a fila dupla de árvores cerca de doze anos antes, das quais já fiz menção. Essas árvores foram plantadas tão juntas umas das outras que precisavam apenas de umas poucas estacas a serem colocadas entre elas, para que ficassem ainda mais espessas e fortes, e o meu muro estaria terminado em breve.

Então, eu tinha um muro duplo, sendo que o meu muro externo estava coberto de pedaços de madeira, cabos velhos e tudo que eu consegui pensar, para reforçá-lo, tendo nele sete pequenos buracos, tão grandes quanto eu pudesse colocar o meu braço para fora. Na parte interna, engrossei o meu muro para cerca de dez pés de espessura, continuamente retirando terra da minha caverna e colocando-a na base do muro e andando sobre ela. Pelos sete buracos, onde eu planejava plantar os mosquetes, pois notei que tinha conseguido trazer sete deles do navio, então eu os plantei como meus canhões, encaixando-os em molduras, que os seguravam como uma guarnição, para que eu pudesse disparar todas as sete armas no tempo de dois minutos. Esse muro demorou muitos exaustivos meses para ser terminado, mas jamais me senti seguro enquanto não ficou pronto.

Quando isso foi feito, enchi todo o terreno que não fazia parte do muro, por uma grande extensão em todos os sentidos, com mudas ou varas da madeira de vime, que achei tão adequadas para brotarem como para ficarem em pé como estacas. Acredito que coloquei umas vinte mil, deixando um belo espaço entre elas e o meu muro, para que eu pudesse avistar qualquer inimigo e para que ele não pudesse ter nenhum abrigo nas árvores jovens, se tentasse se aproximar do meu muro externo.

Assim, em dois anos eu tinha uma mata espessa e, em cinco ou seis anos, um bosque na frente da minha habitação, que cresceu tão monstruosamente denso e forte que era, de fato, perfeitamente intransitável. E nenhum homem, do tipo que fosse, poderia imaginar que havia algo além disso, muito menos uma habitação. Quanto ao modo como me propus entrar e sair – pois não deixei abertura –, foi pela colocação de duas escadas, uma subia até a parte mais baixa da rocha, onde havia espaço para a outra escada ser colocada acima. Então, quando as duas escadas eram retiradas, nenhum homem vivo poderia vir até mim sem fazer mal a si mesmo. E, se descesse, ainda estaria do lado de fora do meu muro externo.

Assim, tomei todas as medidas que a prudência humana poderia sugerir para a minha própria preservação. E será visto que elas não foram tomadas completamente sem justa razão, embora eu não previsse naquela época nada mais do que o mero medo sugerido a mim.

XII O ABRIGO NA CAVERNA

Enquanto isso, eu não estava totalmente descuidado dos meus outros assuntos, porque eu tinha uma grande preocupação com o meu pequeno rebanho de cabras. Elas eram não só um suprimento pronto, em todas as ocasiões, como começaram a ser suficientes para mim, sem o gasto de pólvora e chumbo, mas também sem o cansaço de caçá-las selvagens. E eu estava relutante em perder as vantagens de tê-las e de precisar cuidar delas de novo.

Para este propósito, depois de uma longa análise, eu poderia pensar em apenas duas maneiras de preservá-las. Uma seria encontrar outro lugar conveniente para cavar uma caverna subterrânea e conduzi-las para lá toda noite. E a outra seria cercar dois ou três pequenos pedaços de terra, remotos um do outro, escondidos do melhor jeito possível, onde eu poderia manter cerca de meia dúzia de cabras jovens em cada lugar; de modo que, se algum desastre acontecesse com o rebanho em geral, eu poderia ser capaz de criá-las novamente com poucos problemas e em pouco tempo. E este, apesar de exigir uma boa quantidade de tempo e trabalho, eu achava o plano mais racional.

Assim, levei algum tempo para descobrir as partes mais retiradas da ilha e escolhi um local que era tão privado quanto meu coração poderia desejar. Era um pedaço de terra um pouco úmido no meio de bosques densos e profundos, onde, como já observei, quase me perdi certa vez, esforçando-me por voltar desse caminho a partir da parte oriental da ilha. Ali eu encontrei uma clareira, com quase três acres, tão cercada de bosques que era quase um recinto fechado natural; assim, pelo menos, eu não teria tanto trabalho para prepará-lo, como nos outros terrenos em que eu tinha trabalhado tão duro.

Imediatamente fui trabalhar nesse pedaço de terra. Em menos de um mês eu o tinha cercado tão bem que o meu rebanho, ou gado, como for preferível chamá-lo, que já não era mais selvagem como no início, podia ali permanecer, suficientemente bem protegido. Assim, sem mais atraso, eu removi dez cabras e dois bodes jovens para esse terreno e, quando eles lá estavam, continuei a aperfeiçoar a cerca até que ficasse tão segura quanto a outra; porém, como eu a fiz mais à vontade, ela me tomou muito mais tempo.

Todo esse trabalho estava sendo feito puramente à custa das minhas apreensões por conta de ter visto a impressão do pé de um homem; porque, até então, eu nunca tinha visto nenhuma criatura humana chegar perto da ilha. Assim, eu vivi dois anos sob esse mal-estar que, de fato, tornou a minha vida muito menos confortável do que antes, como pode ser bem imaginado por qualquer um que saiba o que é viver na armadilha constante do medo do homem. E isso, devo observar também com tristeza, porque essa decomposição da minha mente teve grande impacto igualmente sobre a parte religiosa dos meus pensamentos, pois o pavor e o terror de cair em mãos de selvagens e canibais jaziam sobre o meu espírito, tanto que raramente me encontrei na disposição devida à dedicação ao meu criador, pelo menos, não com a calma pacífica e a resignação de alma que eu costumava ter. Eu orava a Deus sob grande aflição e pressão mental, cercado pelo perigo e na expectativa de cada noite ser assassinado e devorado antes do amanhecer. Devo testemunhar, pela minha experiência, que um temperamento de paz, gratidão, amor e carinho é muito mais propriamente adequado à oração do que o terror e o desconforto. E que, sob o medo da perda iminente, um homem não é mais apto para o desempenho reconfortante do dever de orar a Deus do que ele o é pelo arrependimento, quando enfermo no leito; porque essas disposições afetam tanto a mente como as outras afetam o corpo. A disposição do espírito deve necessariamente ser uma deficiência tão grande quanto a do corpo e muito maior, pois orar a Deus é propriamente um ato da mente, não do corpo.

Mas, continuando, depois que eu assim consegui proteger uma parte da minha pequena provisão viva, percorri a ilha inteira, à procura de outro lugar oculto para fazer um novo depósito parecido. Assim, quando vagava o mais para a ponta oeste da ilha do que já tinha feito, e olhando para o mar, pensei ter visto um barco no mar, a grande distância. Eu havia encontrado uma ou duas lunetas num dos baús dos marinheiros, que salvei do nosso navio, mas não a levava comigo, e aquilo estava tão remoto que eu não sabia o que fazer, embora olhasse até que os meus olhos não fossem mais capazes de segurar o olhar por mais tempo. Se era um barco ou não, eu não sei; mas, quando desci da colina, não pude ver mais nada, então desisti. Só que decidi nunca mais sair sem levar uma luneta na minha bolsa.

Quando desci a colina, até o final da ilha, onde, de fato, nunca tinha estado antes, eu estava convencido de que avistar a pegada de um homem não era uma coisa tão estranha na ilha como eu imaginava. E que, se não fosse pela Providência especial de eu ter sido lançado no lado da ilha onde os selvagens nunca chegavam, eu deveria facilmente saber que nada era mais frequente, para as canoas do continente, quando acontecia de estarem um pouco longe demais no mar, do que atingirem esse lado da ilha para aportarem. E, da mesma forma, que, como muitas vezes eles se encontravam e lutavam em suas canoas, os vencedores, tendo feito alguns prisioneiros, os levavam para essa costa, onde, de acordo com seus terríveis costumes, sendo todos canibais, eles os matavam e os comiam, como será dito adiante.

Quando desci a colina até a praia, como disse acima, sendo essa a ponta sudoeste da ilha, fiquei completamente confuso e espantado.

Para mim, não é possível expressar o horror da minha mente ao ver a costa cheia de crânios, mãos, pés e outros ossos de corpos humanos. Em particular, observei um local onde haviam sido feitos uma fogueira e um círculo cavado na terra, como um fosso, onde eu supus que os miseráveis selvagens sentavam-se para realizarem seus banquetes desumanos com os corpos de seus semelhantes.

Fiquei tão surpreso com a visão dessas coisas que não cogitei de nenhuma noção de perigo para mim por um longo tempo. Todas as minhas apreensões foram enterradas nos pensamentos de tal poço de brutalidade infernal, desumana e do horror da degeneração da natureza humana, da qual, embora eu já tivesse ouvido falar muitas vezes, jamais tivera uma visão tão próxima antes. Em resumo, desviei o meu rosto do hediondo espetáculo. O meu estômago adoeceu e eu estava quase a ponto de desmaiar quando meu organismo descarregou o distúrbio do estômago. Vomitei com violência incomum e fiquei um pouco aliviado, mas não suportava permanecer naquele lugar nem por mais um momento. Então, subi a colina novamente com toda a rapidez possível e andei em direção à minha própria habitação.

Quando me afastei um pouco dessa parte da ilha, fiquei parado por algum tempo, muito espantado. Então, eu me recuperei, olhando para cima com o máximo respeito da minha alma e, com uma enxurrada de lágrimas nos olhos, dando graças a Deus por ele ter lançado o meu primeiro destino em uma parte do mundo onde eu era distinto de criaturas terríveis como essas e porque, embora eu estimasse a minha condição atual como muito miserável, ele também havia me dado tantos confortos que eu devia, ainda assim, mais lhe render graças por isso do que me queixar. E isso, acima de tudo, porque, mesmo nessa condição miserável, fui consolado com o conhecimento dele mesmo e pela esperança de sua bênção, que era uma felicidade mais do que suficiente para equivaler toda a miséria que eu tinha sofrido ou poderia sofrer.

Nesse quadro de agradecimento, voltei para o meu castelo e então comecei a ficar muito mais tranquilo, do que nunca antes, quanto à segurança das minhas circunstâncias, pois observei que esses infelizes nunca procuravam essa ilha em busca do que eles pudessem conseguir, ou talvez não buscavam, não queriam ou não esperavam nada dali, apesar de terem, muitas vezes, sem dúvida, subido até a parte arborizada e coberta, sem nada encontrarem para o seu propósito. Eu sabia que estava ali havia quase dezoito anos e nunca tinha visto o menor passo de qualquer criatura humana por lá antes e que eu poderia ficar mais dezoito anos totalmente escondido como estava então, se eu não me revelasse para eles, que não tive de maneira alguma ocasião de fazer, sendo o meu único negócio manter-me totalmente escondido onde estava, a menos que eu encontrasse um tipo melhor de criaturas do que canibais para me deixar conhecer.

No entanto, eu desenvolvi tamanha aversão aos miseráveis selvagens de que falei e ao miserável e desumano costume de devorarem e comerem uns aos outros que continuei triste e pensativo, permanecendo dentro do meu próprio círculo por quase dois anos depois disso. Quando falo do meu próprio círculo, significa dentro das minhas três plantações, a saber: o meu castelo, a minha casa de campo – que eu chamava de meu caramanchão – e o meu recinto na floresta, que eu também não reservava para qualquer outro uso senão como cercado para as minhas cabras, pois a aversão que a natureza me deu àqueles infelizes infernais era tal que eu sentia tanto medo de vê-los como de ver o próprio diabo. Eu também não fiz questão nenhuma de ir cuidar do meu barco durante todo esse tempo, mas comecei a pensar em fazer outro, pois eu não conseguia pensar em realizar mais tentativas de levar o outro barco para a ilha, para não encontrar alguma dessas criaturas no mar. Nesse caso, se acontecesse de eu cair nas mãos deles, eu sabia qual seria o meu destino.

O tempo, porém, e a satisfação que eu sentia de não estar em perigo de ser descoberto por essas pessoas começaram a desgastar o meu desconforto sobre elas e voltei a viver da mesma maneira conformada que antes, apenas com a diferença de que usava de mais cautela e mantinha os meus olhos mais atentos sobre mim do que antes, para que eu não fosse visto por nenhum selvagem. Particularmente, eu andava mais cauteloso ao disparar a minha arma, para que nenhum deles, estando na ilha, escutasse isso. Havia sido, portanto, uma Providência muito boa para mim eu ter me abastecido de uma raça de cabras mansas, pois eu não tinha necessidade de caçar mais nos bosques, nem de atirar nelas. Se eu quisesse pegar alguma depois disso, seria por meio de ciladas e armadilhas, como havia feito antes. De modo que, por dois anos depois disso, acredito que nunca disparei a minha arma uma só vez, embora nunca tenha saído sem ela. Além disso, como eu tinha salvado três pistolas do navio, sempre as levava comigo, ou pelo menos duas delas, colocando-as no meu cinto de couro de cabra. Além disso, também poli e lustrei um grande cutelo que tirei do navio e fiz um cinturão para pendurá-lo. De modo que, então, eu era o sujeito mais formidável de se ver quando saía, se for acrescentada à minha descrição anterior a particularidade das duas pistolas e da espada larga pendurada ao meu lado, em um cinto, mas sem bainha.

Com as coisas acontecendo assim, como eu disse, havia algum tempo, eu parecia, exceto por essas precauções, estar reduzido ao meu antigo modo calmo e sereno de viver. Todas essas coisas tendiam a me mostrar, mais e mais, até onde a minha condição estava distante de ser miserável, comparada a algumas outras ou, mais que isso, comparada a muitas outras particularidades da vida que, se agradasse a Deus, poderiam ter sido o meu destino. Isso me fez refletir sobre quão poucos queixumes a humanidade teria, em qualquer condição de vida, se as pessoas,a fim de serem gratas, preferissem comparar mais as suas condições com aquelas que eram piores do que estarem sempre comparando-as com aquelas que são melhores, para justificarem seus murmúrios e suas reclamações.

Como na minha condição atual não existiam realmente muitas coisas que eu quisesse, então de fato eu pensei que as loucuras em que eu tinha estado com relação a esses malditos selvagens e a preocupação que eu tinha pela minha própria preservação tinham aparado as arestas da minha inteligência, para as minhas próprias conveniências. Eu tinha abandonado um bom plano, para o qual uma vez havia inclinado os meus pensamentos, que seria tentar ver se eu não poderia transformar uma parte da minha cevada em malte, para, então, tentar ver se preparava um pouco de cerveja para mim. Esse era realmente um pensamento caprichoso, e muitas vezes eu me repreendi pela simplicidade do mesmo, pois eu via ali a falta de várias coisas necessárias para fazer a cerveja, que para mim seriam impossíveis de obter, como, em primeiro lugar, barris para preservá-la. Isso era uma coisa que eu, como já observei, jamais conseguiria construir, embora tivesse passado não só muitos dias, mas semanas, ou melhor, até meses tentando, mas tudo em vão. Em segundo lugar, eu não tinha lúpulo para lhe dar sabor, nem levedura para fermentar, nem destilador de cobre ou chaleira para fervê-la. Mas, não obstante todas essas coisas, eu realmente acredito que, se não fossem as loucuras e os terrores que eu estava tendo sobre a intervenção dos selvagens, eu teria insistido nisso e talvez até chegasse a bom termo também, porque eu raramente abandonava qualquer coisa sem realizá-la, uma vez que eu pusesse isso na minha cabeça.

Mas a minha invenção agora seguia de outra maneira, pois noite e dia eu não conseguia pensar em nada, a não ser em como eu poderia destruir alguns desses monstros em seus festins cruéis e sangrentos, e, se possível, salvar as vítimas que eles levavam até lá para destruir. Seria necessário um volume maior do que todo esse relato atual, destinado a registrar todos os artifícios que incubei, ou melhor, que choquei em meus pensamentos, para a destruição dessas criaturas, ou, pelo menos, para assustá-las, de modo a impedir a sua vinda outras vezes. Mas tudo isso era abortivo, pois nada seria possível de fazer efeito, a menos que eu estivesse lá para fazer isso sozinho. E o que poderia um homem fazer entre eles, quando talvez houvesse vinte ou trinta deles junto com seus dardos, ou seus arcos e flechas, com os quais eles poderiam atirar tão acertadamente num alvo quanto eu poderia com a minha arma?

Eu às vezes imaginava cavar um buraco embaixo do lugar onde eles faziam a fogueira, para colocar cinco ou seis libras de pólvora, de modo que, quando eles fizessem o fogo, consequentemente incendiariam e explodiriam tudo o que estava por perto dali. Mas, em primeiro lugar, eu não estava disposto a desperdiçar tanta pólvora com eles, pois o meu estoque então era da quantidade de um barril e, também, eu não podia ter certeza de que a explosão ocorreria a tempo de surpreendê-los. Além disso, na melhor das hipóteses, ela faria pouco mais do que apenas explodir a fogueira perto de seus ouvidos e assustá-los, mas não o suficiente para fazê-los abandonar o lugar. Assim, deixei isso de lado. Depois, propus que eu me colocasse numa emboscada em algum lugar conveniente, com as minhas três armas, todas duplamente carregadas e, no meio da cerimônia sangrenta deles, atiraria neles quando pudesse ter certeza de matar ou ferir talvez dois ou três em cada tiro e, em seguida, cairia em cima deles com as minhas três pistolas e a minha espada, então, eu não tinha nenhuma dúvida, a não ser que eles fossem vinte, que eu mataria todos eles. Essa fantasia agradou os meus pensamentos por algumas semanas e eu estava tão certo disso que muitas vezes sonhava com a cena, às vezes inclusive no exato momento em que atirava neles no meu sono.

Em minha imaginação eu fui tão longe com isso que empreguei vários dias para descobrir lugares adequados para me colocar em emboscada, como eu disse, esperando por eles. E eu fui com frequência ao próprio local, que então se tornou mais familiar para mim. Mas, enquanto a minha mente estava assim cheia de pensamentos de vingança e de cruelmente passar vinte ou trinta deles na espada, como poderia chamá-la, o horror que senti no local e os vestígios dos bárbaros miseráveis devorando-se uns aos outros abateram a minha truculência.

Bem, por fim encontrei um local ao lado da colina, onde fiquei satisfeito porque poderia esperar em segurança até que avistasse algum barco deles chegando. Poderia, então, mesmo antes que eles estivessem prontos para descer em terra, passar despercebido em alguns arbustos de uma moita, entre os quais havia uma cavidade bastante grande para eu me esconder completamente. Eu poderia, então, me sentar e observar todos as façanhas sangrentas deles e mirar plenamente em suas cabeças, para quando estivessem tão próximos que seria quase impossível de perder meu tiro ou de não deixar de ferir três ou quatro deles no primeiro tiro.

Nesse local, decidi realizar o meu plano, de acordo com o qual preparei dois mosquetes e a minha arma de caça normal. Os dois mosquetes eu carreguei com um par de cartuchos cada e quatro ou cinco balas menores, do tamanho de balas de pistola. A arma de caça eu carreguei com quase um punhado de chumbo grosso, do maior tamanho. Também carreguei as minhas pistolas com cerca de quatro balas cada. E, nessa postura, bem como com munição para uma segunda e uma terceira cargas, eu me preparei para a minha expedição.

Depois que eu assim defini o esquema do meu plano e que na minha imaginação coloquei-o em prática, eu continuamente fazia o meu giro de todas as manhãs ao topo da colina, que ficava, do meu castelo, como eu chamava, distante cerca de três milhas ou mais, para ver se observaria algum barco no mar aproximando-se da ilha ou rumando em direção a ela. Mas comecei a me cansar desse duro dever, depois de ter, por dois ou três meses, mantido constantemente a minha vigilância. Eu, porém, voltava sempre sem nenhuma descoberta. Durante todo esse tempo, não houve o menor aparecimento de nada, não só na costa ou perto da costa, mas em todo o oceano, tanto quanto os meus olhos ou as minhas lunetas poderiam alcançar em todos os sentidos.

Enquanto mantive o meu giro diário de vigilância na colina, também mantive o vigor do meu plano, e o meu espírito parecia estar sempre em forma adequada para efetuar uma execução tão ultrajante quanto o assassinato de vinte ou trinta selvagens nus, por um delito que eu não tinha de modo algum feito entrar em qualquer discussão em meus pensamentos, à medida que as minhas paixões foram, em primeiro lugar, incendiadas pelo horror que concebi contra o antinatural costume do povo daquela região, que, ao que parece, tinha sido submetido pela Providência, em sua sábia disposição do mundo, a não ter outra guia que não suas próprias paixões abomináveis e viciadas, sendo, consequentemente – e talvez tenha sido assim por algumas eras –, levados a fazerem essas coisas horríveis e a receberem esses costumes terríveis, por nada mais senão por essa natureza totalmente abandonada dos céus e que agiam assim por alguma degeneração infernal que os levava a fazerem isso. Mas então, como eu dizia, quando comecei a ficar cansado da excursão infrutífera que fazia, em vão, havia tanto tempo e tão longe todas as manhãs, a minha opinião sobre a ação começou a mudar. Comecei, com pensamentos mais frios e calmos, a considerar naquilo em que iria me envolver. Que autoridade ou chamado eu tinha para pretender ser juiz e carrasco desses homens, julgando-os como criminosos, a quem os céus haviam considerado aptos para que, há tantas eras, sofressem impunes e continuassem a sofrer para sempre, como se fossem carrascos dos seus juízes uns sobre os outros? Quão longe essas pessoas estavam de serem infratores contra mim! E que direito eu teria de me envolver na querela de sangue que eles lançavam promiscuamente uns sobre os outros? Eu debati isso comigo mesmo muitas vezes, assim: "Como eu sei o que o próprio Deus julga neste caso particular? É certo que essas pessoas não cometem isso como crime. Não é algo reprovável e nem repreensível à luz de suas próprias consciências. Eles não entendem isso como uma transgressão e nem cometem essas coisas em desafio à justiça divina, como nós fazemos em quase todos os pecados que cometemos. Eles não acham que seja um crime maior matar um prisioneiro capturado na guerra do que o que fazemos ao matar um boi e nem comer carne humana do que comer carne de carneiro".

Quando pensei nisso um pouco, seguiu-se necessariamente que eu estava certamente incorrendo em erro. Porque aquelas pessoas não eram mais assassinas, no sentido pelo qual antes eu as tinha condenado em meus pensamentos, do que aqueles cristãos que muitas vezes matavam os prisioneiros capturados em batalha; ou que mais frequentemente, em muitas ocasiões, passavam exércitos inteiros de homens pela espada, sem trégua, embora eles jogassem abaixo as armas e se rendessem.

Em seguida, ocorreu a mim que, embora o costume de eles se tratarem uns aos outros desse modo fosse tão brutal e desumano, ainda assim na realidade nada disso era comigo. Eles não me causaram nenhum dano. Se atentassem contra mim, ou se eu achasse necessário, para a minha preservação imediata, atacá-los, talvez pudesse dizer algo a respeito. Mas eu ainda estava fora do alcance do poder deles e eles realmente não tinham conhecimento de mim e, consequentemente, nenhum plano para mim. Portanto, não poderia ser justo, para mim, atacá-los. Seria o mesmo que justificar a conduta dos espanhóis em todas as barbaridades praticadas por eles na América, onde destruíram milhões dessas pessoas; porque, embora elas fossem idólatras e bárbaras e tivesse vários ritos sangrentos e bárbaros em seus costumes, como sacrificar corpos aos seus ídolos, ainda assim eram pessoas tão inocentes quanto os espanhóis. Porque, atualmente, o extermínio nessa região é falado com a mais extrema repugnância e aversão até mesmo pelos próprios espanhóis e por todas as outras nações cristãs da Europa, como uma mera carnificina, uma crueldade sangrenta e não natural, injustificável tanto para Deus como para os homens e que, por isso, a própria palavra "espanhol" é considerada assustadora e terrível para todos os povos da humanidade ou para os cristãos compassivos, como se o reino de Espanha fosse particularmente eminente para a produção de uma raça de homens sem princípios de ternura ou sem o sentimento interior comum de piedade para com os miseráveis, que é considerado a marca de uma alma de índole generosa.

Essas considerações realmente me obrigaram a fazer uma pausa e me levaram a uma espécie de ponto final. Pouco a pouco comecei a desistir do meu plano, concluindo que tinha tomado medidas erradas na minha resolução de atacar os selvagens, pois não era da minha conta eu me intrometer com eles, a menos que me atacassem primeiro. Era da minha conta, sim e se possível, prevenir isso, pois, se eu fosse descoberto e atacado por eles, saberia o meu dever.

Por outro lado, eu argumentei comigo mesmo que de fato esse não era um caminho para o meu livramento, mas inteiramente para me arruinar e me destruir. Porque, a menos que eu tivesse certeza de que mataria a todos, não só os que estivessem em terra naquele momento, mas os que viriam para terra depois, se apenas um deles escapasse para dizer às pessoas desse país o que aconteceu, eles viriam de novo aos milhares para vingar a morte de seus companheiros, e eu apenas traria sobre mim uma destruição certeira, que, no momento, não me afetava de maneira alguma.

Enfim, concluí que não devia, nem por princípio, nem por política, de uma forma ou de outra, me intrometer nesse caso e que o meu interesse seria eu me esconder deles por todos os meios possíveis e não deixar o menor sinal para que alguém adivinhasse que havia criaturas vivas na ilha –, quero dizer, de forma humana.

A religião se uniu à prudência e então me convenci, de várias maneiras, que eu estava perfeitamente fora do meu dever quando armei os meus esquemas de sangue para a destruição de criaturas inocentes – quero dizer, inocentes para mim. Quanto aos crimes, eles se tornavam culpados uns em relação aos outros e eu não tinha nada a ver com isso. Eram crimes daquela nacionalidade e eu deveria deixá-los à justiça de Deus, que é o governador das nações e que sabe como, por punições nacionais, fazer a justa retribuição por delitos nacionais e que sabe como trazer juízos públicos sobre aqueles que ofendem de maneira pública, pelos caminhos que a Ele melhor agradam.

Isso parecia tão claro para mim agora que nada poderia me dar satisfação maior do que eu não ter passado pela experiência de fazer uma coisa que agora eu via muita razão para acreditar que não teria sido um pecado menor do que aquele de assassinato intencional, se tivesse cometido isso. E eu fiz o mais humilde agradecimento de joelhos a Deus, porque Ele tinha me livrado da culpa de derramar sangue. Implorei a Ele para me conceder a proteção de sua providência, para que eu não caísse nas mãos dos bárbaros ou para que eu não pudesse colocar as minhas mãos sobre eles, a menos que eu tivesse um chamado mais claro dos céus para fazê-lo, em defesa da minha própria vida.

Continuei nessa disposição por quase um ano depois disso. E, então, eu estava tão distante de desejar uma ocasião para cair sobre esses infelizes que em todo esse tempo nenhuma vez subi a colina para ver se havia algum deles à vista, nem para saber se algum deles tinha estado em terra lá ou não, para não ser tentado a renovar qualquer um dos meus artifícios contra eles, nem ser provocado por qualquer vantagem que pudesse se apresentar de atacá-los. Só fiz o seguinte: fui e removi o meu barco, que tinha ficado do outro lado da ilha, e o levei por todo o lado leste, onde corri para uma pequena enseada, que encontrei sob algumas pedras altas e onde eu sabia, por causa das correntezas, que os selvagens jamais iriam, pelo menos não com seus barcos, por motivo algum.

Junto com o meu barco, levei todas as coisas que havia deixado lá, pertencentes a ele, embora não necessárias para ir mais longe, a saber, o mastro e a vela que eu tinha feito e uma coisa semelhante a uma âncora, mas que, na verdade, não poderia ser chamada nem de âncora nem de pequena âncora, porém, foi o melhor que pude fazer desse tipo. Tudo isso eu removi, para que não ficasse a menor sombra de nenhuma descoberta, nenhum sinal de barco ou de habitação humana na ilha.

Além disso, eu me mantive, como disse, mais recolhido do que nunca. Raramente saía do meu casebre, exceto para realizar a minha tarefa permanente de ordenhar o leite das minhas cabras e manejar o meu pequeno rebanho no bosque, que, como ficava bem na outra parte da ilha, estava fora de perigo. O certo é que essas pessoas selvagens, que às vezes assombravam essa ilha, nunca atracavam com nenhum pensamento de encontrar algo lá e, consequentemente, nunca se afastavam da costa. Não duvido que eles pudessem ter descido várias vezes em terra depois que as minhas apreensões a respeito deles me tornaram tão cauteloso quanto antes. De fato, olhei para trás com algum horror sobre os pensamentos de qual teria sido a minha condição se eu tivesse partido para eles e se tivesse sido descoberto antes disso, quando, nu e desarmado, exceto com uma arma, assim mesmo muitas vezes carregada apenas com chumbo miúdo, eu andei por todos os lugares, espiando e espreitando a ilha, para ver o que podia conseguir. Que surpresa eu não teria se, quando descobri a pegada de um homem, tivesse, em vez disso, visto quinze ou vinte selvagens e os encontrasse me perseguindo, sem nenhuma possibilidade de escapar, pela rapidez da corrida deles!

Esses pensamentos às vezes afundavam a minha alma e angustiavam tanto a minha mente que eu não podia recuperá-la logo, para pensar no que deveria ter feito e como não só deveria ter sido incapaz de resistir a eles, como não deveria ter tido presença de espírito suficiente para fazer o que poderia ter feito. E, muito menos, o que então, depois de tanta consideração e preparação, eu poderia ser capaz de fazer. De fato, depois de pensar seriamente nessas coisas, eu ficava muito melancólico, às vezes por muito tempo. Mas, no final, eu resolvia tudo isso em gratidão a essa Providência que havia me livrado de tantos perigos invisíveis e me preservado de danos que eu não poderia de modo algum ter sido o agente capaz de me livrar por conta própria, porque eu não tinha a menor noção de coisa nenhuma que dependesse disso, nem a menor suposição de sua possibilidade.

Isso renovou uma contemplação que muitas vezes entrou nos meus pensamentos em tempos passados, quando primeiro comecei a ver as disposições misericordiosas dos céus, nos perigos que corremos nessa vida, de quão maravilhosamente somos livrados, sem sequer sabermos disso, como quando estamos num dilema – como se diz –, numa dúvida ou hesitação, seja para ir por esse ou por aquele caminho, e uma brisa secreta nos direciona o caminho a ser seguido, quando pretendíamos ir por outro, ou melhor, quando o bom senso, a nossa própria inclinação e talvez até o nosso dever nos chamavam para irmos para outro lado, embora uma estranha impressão na mente, a qual não sabemos de onde surge, nem de qual poder, venha nos indicar para irmos por esse caminho. E depois, se tivéssemos seguido por esse caminho, que deveríamos ter seguido e que até mesmo pela nossa imaginação, que deveríamos ter seguido, vai parecer que estaríamos arruinados e perdidos. Sobre essas e muitas outras reflexões, eu depois fiz uma certa regra para mim, que sempre que eu encontrava essas brisas secretas, ou pressões da mente, para fazer ou não fazer alguma coisa que se apresentasse, ou que fosse por esse ou aquele caminho, nunca deixei de obedecer ao ditame secreto, embora não conhecesse outra razão para isso do que tal pressão ou tal insinuação em minha mente. Eu poderia dar muitos exemplos do sucesso dessa conduta no curso da minha vida, mas muito mais especialmente na última parte da minha habitação nessa ilha infeliz, além das muitas ocasiões em que é muito provável que eu pudesse ter notado, se eu tivesse visto com os mesmos olhos, como via então. Mas nunca é tarde demais para ser sábio, e eu não posso deixar de aconselhar todos os homens de respeito, cujas vidas são assistidas com tais incidentes extraordinários como os meus, ou mesmo não tão extraordinários, a não desprezarem essas intimações secretas da Providência. Deixem-nas vir daquela inteligência invisível que vierem, a qual não devo discutir e da qual talvez não possa dar conta. Mas certamente elas são uma prova da conversa dos espíritos e de uma comunicação secreta entre aqueles encarnados e aqueles desencarnados e uma prova tal que nunca pode ser contestada e da qual eu devo ter a ocasião de dar alguns exemplos notáveis no restante da minha residência solitária nesse lugar sombrio.

Acredito que o leitor desse testamento não vá achar estranho se eu confessar que essas ansiedades, esses perigos constantes em que vivi e a preocupação que estava então sobre mim, puseram fim a toda invenção e a todos os artifícios que eu tinha previsto para minhas futuras acomodações e conveniências. Então, eu tinha que cuidar com minhas mãos mais da minha segurança do que da minha comida. Assim, eu não me importava mais com martelar um prego ou cortar um pedaço de madeira, por medo de ser ouvido o barulho que pudesse fazer. E, muito menos, de disparar uma arma, pela mesma razão. Eu ficava, acima de tudo, intoleravelmente desconfortável em fazer qualquer fogueira, para que a fumaça, que é visível a grande distância durante o dia, não devesse me trair. Por esse motivo, cancelei a parte das minhas tarefas que exigiam fogo, como a queima de panelas, cachimbos etc., na minha nova morada no bosque, a qual, depois de algum tempo, descobri, para minha indizível consolação, que era apenas uma caverna natural na terra, que seguia por um vasto caminho e onde, eu diria, nenhum selvagem, se ele estivesse na entrada dela, seria tão valente a ponto de se aventurar ali. E nem, de fato, qualquer outro homem, a não ser alguém que, como eu, não quisesse nada mais senão um retiro seguro.

A boca dessa cavidade ficava no fundo de uma grande rocha, onde, por mero acidente – eu diria, pois não vi razão abundante para atribuir todas essas coisas então à Providência –, eu estava cortando um pouco de galhos espessos de árvores para fazer carvão. Mas, antes de prosseguir, devo observar a razão de fazer esse carvão, a seguir.

Eu estava com medo de fazer fumaça perto da minha habitação, como disse. Mas não podia viver sem assar o meu pão, cozinhar a minha carne etc. Então, planejei queimar um pouco de lenha ali, como eu tinha visto fazer na Inglaterra, embaixo de terra, até tornar-se carvão seco. Em seguida, apagando as brasas, eu preservava o carvão para levar para casa e executava os outros serviços para os quais o fogo foi necessário, sem perigo de soltar fumaça.

Mas, a propósito, enquanto eu cortava um pouco de lenha ali, percebi que, por trás de um galho bem grosso de uma capoeira baixa, havia uma espécie de cavidade. Fiquei curioso para olhar lá dentro. Ao entrar com dificuldade por essa embocadura, achei o local bastante grande, isto é, suficiente para eu ficar de pé na vertical e talvez outra pessoa comigo. Mas devo confessar que saí com mais pressa do que entrei, quando, olhando melhor o lugar, que estava perfeitamente escuro, vi dois grandes olhos brilhantes de alguma criatura. Se eram de demônio ou homem eu não sabia, mas brilhavam como duas estrelas sob a luz fraca da entrada da caverna que incidia diretamente, fazendo o reflexo.

No entanto, depois de uma pausa eu me recuperei e comecei a me chamar mil vezes de idiota e a dizer para mim mesmo que se tivesse medo de ver o diabo não estaria apto a viver vinte anos sozinho numa ilha e que eu deveria pensar que não havia nessa caverna nada que fosse mais assustador do que eu. Com isso, recobrando a minha coragem, peguei um grande tição e arremeti novamente, com o galho em chamas na minha mão. Não dei três passos antes de ficar com quase tanto medo quanto antes, pois ouvi um suspiro muito alto, como o de um homem se queixando de dores, seguido por um ruído entrecortado, como de palavras mal pronunciadas e depois novamente um suspiro profundo. Recuei e fiquei de fato tão surpreso que passei a suar frio. Se estivesse com o chapéu na cabeça, não digo que o meu cabelo não poderia tê-lo levantado. Mas, reunindo os meus pensamentos o melhor que pude e me encorajando um pouco ao considerar que o poder e a presença de Deus estão em todos os lugares e que Ele era capaz de me proteger, dei um passo à frente de novo e pela luz do tição, segurando-o um pouco acima da minha cabeça, eu vi, deitado no chão, um monstruoso e assustador bode velho, simplesmente preparando seu testamento, como costumamos dizer e estrebuchando pela vida e, morrendo, de fato, de mera velhice.

Mexi um pouco com ele, para ver se conseguia tirá-lo. Ele tentou se levantar, mas não conseguiu. Pensei comigo mesmo que seria melhor ele permanecer ali, pois da mesma forma que ele me assustou, certamente também assustaria qualquer selvagem, se algum deles fosse tão valente a ponto de entrar lá enquanto houvesse alguma vida nele.

Recuperado, então, da minha surpresa, comecei a olhar ao meu redor e achei que caverna era muito pequena – isto é, poderia ter cerca de doze pés de comprimento, mas sem nenhuma forma definida, não era redonda nem quadrada, pois nenhuma mão humana havia sido utilizada em fazê-la, mas apenas a da mera natureza. Observei também que havia um lugar na lateral mais distante que seguia mais adiante, mas era tão baixo que me obrigou a rastejar de mãos e joelhos para entrar, para onde eu não sabia. Então, não tendo vela, desisti naquele momento, mas decidi voltar no dia seguinte provido de velas e uma caixa de isqueiro, que eu fiz com o gatilho de um mosquete e uma substância inflamável.

Assim, no dia seguinte voltei provido de seis grandes velas da minha própria fabricação – pois então eu fazia velas muito boas de sebo de cabra, mas era difícil achar o pavio de vela e eu às vezes usava trapos ou fio de corda, às vezes a casca seca de alguma erva daninha como a urtiga – e, ao entrar nesse local baixo, fui obrigado a rastejar nos quatro membros, como disse, por quase dez jardas, o que, a propósito, eu achava uma tarefa bastante ousada, considerando que não sabia até onde aquilo poderia ir, nem o que havia além disso. Quando atravessei a parte estreita, encontrei o teto subindo mais alto, acredito que perto de vinte pés. Mas nunca nenhuma visão tão gloriosa tinha sido vista na ilha, eu diria, como foi olhar em volta nas laterais e no teto dessa abóbada ou caverna, a parede refletia cem mil luzes para mim, a partir das minhas duas velas. O que havia na rocha – se eram diamantes ou quaisquer outras pedras preciosas, ou ouro, o que eu supunha mais provável que fosse – eu não sabia.

Embora totalmente escuro, o local onde eu estava era a cavidade, ou gruta, mais deliciosa desse tipo que se possa imaginar. O chão era seco e nivelado e tinha uma espécie de cascalho miúdo solto sobre ele, de modo que não havia criatura nauseante ou venenosa para ser vista. Não havia umidade ou molhado nas laterais ou no teto. A única dificuldade nela era a entrada, o que, entretanto, como era um lugar de segurança e o abrigo que eu queria, achei que era uma conveniência. De modo que eu realmente me alegrei com essa descoberta e decidi, sem qualquer atraso, levar para esse lugar algumas coisas que me deixavam mais ansioso. Particularmente, resolvi levar para lá o meu depósito de pólvora e todas as minhas armas extras – a saber, duas peças de caça, porque eu tinha três ao todo e três mosquetes, pois deles eu tinha oito ao todo – e, então, continuei com apenas cinco no meu castelo, que ficaram montadas prontas como peças de canhão, na minha cerca mais externa, mas que também estavam prontas para serem levadas em qualquer expedição.

Nessa ocasião de remover a minha munição, aconteceu de eu abrir o barril de pólvora que tirei molhado do mar e achei que a água tinha penetrado cerca de três ou quatro polegadas na pólvora por todos os lados, que ao secar se solidificou, preservando o interior como uma ostra na concha, de modo que eu tinha quase sessenta libras de uma pólvora muito boa no centro do barril. Essa foi uma descoberta muito agradável para mim naquele momento. Então, levei tudo para lá, exceto duas ou três libras de pólvora que mantive comigo no castelo, com medo de uma surpresa de qualquer tipo. Também carreguei para lá todo o chumbo que tinha deixado para fazer balas.

Eu me imaginava então como um daqueles antigos gigantes, que dizem que viviam em cavernas e buracos nas rochas, onde ninguém poderia chegar até eles. Porque eu me persuadi, enquanto estava ali, de que, se quinhentos selvagens fossem me caçar, eles jamais conseguiriam me encontrar ou, se o fizessem, não se arriscariam a me atacar ali.

O velho bode que encontrei expirando morreu na boca da caverna no dia seguinte depois de eu ter feito essa descoberta. Achei muito mais fácil cavar um grande buraco, para jogá-lo dentro e cobri-lo com terra, do que arrastá-lo para fora. Então, eu o enterrei ali mesmo, para prevenir a agressão ao meu nariz.

XIII A DESTRUIÇÃO DE UM NAVIO ESPANHOL

Era o vigésimo terceiro ano da minha residência na ilha e eu estava tão naturalizado com o lugar e a maneira de viver que, se pudesse desfrutar da certeza de que nenhum selvagem chegaria lá para me perturbar, eu poderia ficar contente e capitularia quanto a permanecer o resto do meu tempo ali, inclusive o último momento, até me deitar para morrer, como o bode velho na caverna. Eu também tinha arranjado algumas pequenas diversões e distrações, que me faziam passar o tempo muito mais agradavelmente do que antes – primeiro, eu havia ensinado o meu Poll, como observei, a falar –, e ele fazia isso com tanta familiaridade e falava de modo tão articulado e simples que era muito agradável para mim. Ele viveu comigo no mínimo vinte e seis anos. Não sei quanto tempo mais ele poderia ter vivido, embora eu soubesse que no Brasil as pessoas têm a noção de que eles vivem cem anos. O meu cachorro foi um companheiro agradável e amoroso para mim por não menos do que dezesseis anos da minha vida e depois morreu meramente de velhice. Quanto aos meus gatos, eles se multiplicaram tanto, como observei, que fui obrigado a atirar em vários deles, a princípio para impedi-los de devorar tudo o que eu tinha. Mas, no fim, quando os dois mais velhos que eu trouxe comigo morreram e depois de caçá-los e deixá-los sem comida por algum tempo, todos fugiram para a floresta e se tornaram selvagens, exceto dois ou três meus favoritos, que mantive mansos. Eles faziam parte da minha família, mas, quando procriavam, eu tomava o cuidado de afogar todos os seus filhotes. Além disso, eu mantinha sempre dois ou três cabritos comigo, aos quais ensinava a comerem na minha mão, e ainda dois papagaios, que falavam muito bem e me chamavam de "Robin Crusoé", mas nenhum como o primeiro, porque, de fato, não me dei ao mesmo trabalho com nenhum deles como tinha feito com Poll. Eu também tinha várias aves marinhas domesticadas, cujo nome não conhecia, que peguei na praia e cortei as asas. As pequenas mudas que eu havia plantado diante do muro do meu castelo tinham então se tornado um belo bosque, onde essas aves viviam e procriavam, entre as árvores baixas, o que era muito agradável para mim. De modo que, como eu disse acima, eu ficaria muito contente com a vida que levava se pudesse ser protegido do pavor dos selvagens.

Mas estava determinado que seria de outra maneira. E talvez não seja impróprio, para todas as pessoas que se encontrarem com a minha história, fazer uma justa observação sobre isso, a saber, com que frequência, ao longo de nossas vidas, o próprio mal que procuramos evitar e que, no qual, quando caímos, é o mais terrível para nós, muitas vezes é o próprio meio ou a porta da nossa libertação, somente pela qual nós podemos ser resgatados da aflição em que caímos. Eu poderia dar muitos exemplos disso no curso da minha vida inexplicável. Mas nada foi mais particularmente notável do que as circunstâncias dos meus últimos anos de residência solitária nessa ilha.

Era, então, o mês de dezembro do meu vigésimo terceiro ano, como eu disse. E, sendo o solstício do sul – pois eu não poderia chamá-lo de solstício de inverno –, era o momento particular da minha colheita e exigia que eu fosse muitas vezes aos campos. Foi quando, saindo muito cedo de manhã, mesmo antes de surgir a luz do dia, fiquei surpreso ao ver uma luz de alguma fogueira na praia, a uma distância de cerca de duas milhas, em direção a essa parte da ilha onde antes eu tinha observado alguns selvagens, e não do outro lado. Mas, para minha grande aflição, era do meu lado da ilha.

Fiquei, de fato, terrivelmente assustado com a visão. Parei no meu bosque, não ousando sair, para não ser surpreendido. E, mesmo ali, eu já não sentia mais paz interior, tantas apreensões eu tinha de que se esses selvagens, ao vagarem pela ilha, encontrassem os meus cereais em pé ou cortados, ou qualquer um dos meus trabalhos ou melhorias, concluiriam imediatamente que pessoas habitavam o lugar e então jamais descansariam antes de me encontrarem. Nessa angústia extrema, voltei diretamente para o meu castelo, puxei a escada atrás de mim, deixando todas as coisas parecerem tão selvagens e naturais quanto eu poderia.

Então, eu me preparei lá dentro, colocando-me em postura de defesa. Carreguei todos os canhões – como eu chamava os mosquetes montados na nova fortificação – e todas as pistolas, decidido a me defender até o último suspiro, sem me esquecer de buscar muito a proteção divina, orando fervorosamente a Deus para me livrar das mãos dos bárbaros. Continuei nessa postura por duas horas e comecei a ficar impaciente quanto à percepção externa, pois não havia como enviar espiões.

Depois de aguardar um pouco e de meditar sobre o que deveria fazer nesse caso, eu não estava suportando permanecer mais tempo sem saber o que estava acontecendo. Então, colocando a minha escada para o lado da colina, onde havia um lugar plano, como mencionei e, em seguida, puxando a escada atrás de mim, voltei a subir e alcancei o topo da colina. Puxando a minha luneta, que tinha levado de propósito, eu me deitei de barriga no chão e comecei a observar o lugar. Imediatamente descobri pelo menos nove selvagens nus sentados em volta de uma pequena fogueira que eles fizeram, não para se aquecerem, pois não necessitavam disso, já que o tempo estava extremamente quente, mas, como eu supunha, para o preparo de alguma cruel dieta da carne humana que haviam trazido com eles, se viva ou morta eu não saberia dizer.

Eles tinham duas canoas, que haviam sido arrastadas para a praia. Como, então, a maré estava baixa, eles pareciam esperar o retorno do mar para irem embora novamente. Não é fácil imaginar a perturbação em que essa visão me colocou, especialmente vendo-os vir ao meu lado da ilha e tão perto de mim. Mas, quando considerei que a vinda deles sempre acontecia na correnteza de vazante, comecei a acalmar a minha mente, estando convencido de que poderia sair com toda a segurança nas horas de enchente da maré, se eles não estivessem em terra antes. E, após essa observação, passei a sair para fazer o meu trabalho de colheita com mais calma.

Como eu esperava, foi assim que aconteceu. Tão logo a maré vazou para oeste, todos eles embarcaram e remaram ou manejaram a pagaia, como dizemos. Eu deveria ter observado que, por uma hora ou mais antes de saírem, eles ficaram dançando. Eu podia facilmente discernir suas posturas e gestos com a minha luneta. Consegui perceber, pela minha observação muito apurada, que todos estavam completamente nus, sem nada que os cobrisse, mas não pude distinguir se eram homens ou mulheres.

Assim que os vi embarcados e partindo, saí com duas armas nos ombros, duas pistolas no cinto e o meu enorme sabre sem bainha de lado, na cintura. Com a maior rapidez possível, fui para a colina onde havia descoberto a primeira chegada deles. Tão logo alcancei o local, o que não foi em menos de duas horas – pois eu não podia andar depressa, tão carregado de armas como estava –, percebi que naquele lugar tinham estado mais três canoas dos selvagens. E, olhando ao longe, vi que estavam todos juntos no mar, indo para o continente.

Foi uma visão terrível para mim, especialmente quando desci para a praia e vi as marcas de horror do trabalho sombrio que ele tinham deixado para trás, a saber, o sangue, os ossos e pedaços de carne, de corpos humanos comidos e devorados por aqueles miseráveis com alegria e júbilo. Fiquei tão indignado com a visão que então voltei a premeditar a destruição dos próximos que visse por lá, não importando quem eles eram, nem quantos fossem.

Pareceu-me evidente que as visitas que eles assim faziam nessa ilha não eram muito frequentes, pois demorou mais de quinze meses antes que um deles voltasse à costa de novo, ou melhor dizendo, eu nem os vi, nem encontrei quaisquer passos ou sinais deles durante todo esse tempo. Portanto, nas estações chuvosas eles, com certeza, não se aventuravam, pelo menos não até então. E, enquanto isso, eu vivia desconfortavelmente, por causa das constantes apreensões da vinda deles sobre mim, de surpresa. De onde observo, que a expectativa do mal é mais amarga do que o sofrimento, especialmente quando não há espaço para a pessoa se livrar dessa expectativa ou dessas apreensões.

Durante todo esse tempo eu andava com um humor assassino. Passava a maior parte das minhas horas, que deveriam ter sido mais bem empregadas, imaginando como encurralá-los e atacá-los na próxima vez que os visse, especialmente se estivessem divididos como antes, em dois grupos. Nem considerei isso se matasse uma parte deles, supondo que dez ou doze, eu ainda no dia seguinte, ou na semana, ou no mês, teria que matar outros e depois mais outros e assim *ad infinitum*, até que, por fim, eu não me tornasse menos assassino do que eles eram enquanto comedores de gente e talvez até muito mais.

Eu passava os meus dias, então, em grande perplexidade e ansiedade na mente, esperando um dia ou outro cair nas mãos dessas criaturas impiedosas. E, se em algum momento eu me aventurasse fora, não seria sem olhar ao meu redor com o maior cuidado e cautela imagináveis. Assim, percebi, para meu grande conforto, como eu havia sido feliz em criar um rebanho ou gado de cabras mansas, porque não poderia, por nada nesse mundo, disparar uma arma, especialmente perto desse lado da ilha, onde eles geralmente apareciam, para não alarmar os selvagens. Porque, mesmo se fugissem de mim dessa vez eles, com certeza, voltariam em poucos dias, talvez com duzentas ou trezentas canoas e, nesse caso, eu sabia o que esperar.

No entanto, passou mais um ano e três meses antes que eu visse de novo algum dos selvagens, então, eu os encontrei novamente, como relatarei a seguir. É verdade que eles poderiam ter estado por ali uma ou duas vezes; mas, ou não fizeram estadia ou, pelo menos, eu não os vi. Porém, no mês de maio, pelo meu melhor cálculo e no meu vigésimo quinto ano na ilha, tive um estranho encontro com eles, como será visto em seu lugar.

A perturbação da minha alma durante esse intervalo de quinze ou dezesseis meses foi muito grande. Eu dormia inquieto, tinha sempre pesadelos e muitas vezes despertava do meu sono durante a noite. Durante o dia, grandes problemas sobrecarregavam a minha mente e, à noite, sonhava muitas vezes que matava os selvagens e com as razões pelas quais eu poderia justificar ter feito isso. Mas deixemos tudo isso de lado por enquanto. Foi em meados de maio, no décimo sexto dia, eu acho, tanto quanto o meu pobre calendário de madeira poderia contar, pois eu ainda marcava tudo na tora; repito, foi no décimo sexto dia que uma grande tempestade de vento soprou durante todo o dia, com uma grande quantidade de raios e trovões, seguido de uma noite muito ruim. Não lembro qual era a ocasião particular para isso, mas eu estava lendo a Bíblia e ocupado com pensamentos muito sérios sobre a minha presente condição quando fui surpreendido com o barulho de um canhão, pelo que pensei, disparado no mar.

Essa foi, certamente, uma surpresa de um tipo muito diferente de qualquer outra que eu tinha encontrado antes, pois as noções que ela colocava em meus pensamentos eram completamente de outra natureza. Saí na maior disparada. Num instante, coloquei a minha escada no meio do rochedo, puxei-a depois de mim e subi pela segunda vez. Cheguei ao topo da colina no momento em que o clarão de um disparo me alertava para escutar o segundo tiro do canhão, que, por conseguinte, ouvi cerca de meio minuto depois. E, assim, pelo som, eu soube que vinha daquela parte do mar para onde a correnteza havia arrastado o meu barco. Imediatamente, considerei que deveria ser algum navio em perigo e que ele tinha algum camarada, ou a companhia de outro navio e que havia disparado esses canhões em sinal de perigo e para obter socorro. Nesse momento, tive presença de espírito para pensar que, embora não pudesse ajudá-los, talvez eles pudessem me ajudar. Então, juntei toda a lenha seca que poderia ter à mão, para fazer uma bela e boa fogueira, que acendi no morro. A lenha estava seca e ardeu livremente. Embora o vento soprasse com muita força, ainda assim queimava bastante; então, eu estava certo de que, se existisse algo parecido com um navio, eles haveriam de avistá-la.

E sem dúvida isso aconteceu, pois assim que a minha fogueira acendeu, ouvi outro canhão e depois disso vários outros, todos do mesmo quadrante. Mantive a fogueira acesa a noite toda, até o raiar do dia.

Assim, quando o dia abriu e o ar clareou, avistei algo a uma grande distância no mar, em pleno leste da ilha. Se era uma vela ou um casco, eu não conseguia distinguir, pois eu não estava com a minha luneta e a distância era tão grande e o tempo também ainda estava um pouco nebuloso, pelo menos, em alto-mar.

Olhei frequentemente para lá aquele dia todo e logo percebi que não se mexia. Então, concluí que era um navio ancorado. Estando ansioso, com certeza, para ter razão, saí com a arma na mão e corri para o lado sul da ilha, até as rochas aonde anteriormente eu tinha sido levado pela correnteza. Ao subir nessas rochas e com o tempo a essa altura estando perfeitamente claro, eu pude ver claramente, para minha grande tristeza, o naufrágio de um navio, lançado à noite sobre aqueles rochedos escondidos que encontrei quando estava no meu barco. Esses rochedos, quando enfrentavam a violência do fluxo, formavam uma espécie de contrafluxo, ou redemoinho, e foram o motivo da minha salvação da condição mais desesperada e desesperadora, que jamais passei em toda a minha vida.

Assim, o que é a segurança de um homem é a destruição de outro homem. Porque parecia que aqueles homens, quem quer que fossem, desconheciam isso. Como as rochas ficavam totalmente embaixo da água, eles haviam sido arremessados sobre elas durante a noite, pelo vento forte que soprou a leste e nordeste. Se tivessem visto a ilha, como devo necessariamente supor que não viram, eles teriam se esforçado, acredito, para se salvarem em terra, com a ajuda de um bote. Mas os disparos de canhão, pedindo socorro, especialmente quando eles viram, como imagino, a minha fogueira, encheram-me com muitos pensamentos. Primeiro, imaginei que, ao verem a minha luz, eles poderiam se colocar no bote, para tentarem o esforço de chegar à costa; mas, como o mar estava muito bravo, eles poderiam ter sido lançados fora. Outras vezes, imaginei que eles poderiam ter perdido o bote antes de embarcarem, como seria o caso de muitas maneiras, em particular pela quebra do mar no navio, o que muitas vezes obrigava os homens a afastarem o bote ou fazê-lo em pedaços, às vezes jogando-o ao mar com as próprias mãos. Ainda imaginei que eles teriam a companhia de outro navio ou outros navios, que os recolheram e os levaram, após os sinais de aflição que fizeram. Também imaginei que todos foram levados embora para o mar no bote, sendo apressados pela correnteza, como tinha acontecido comigo anteriormente, e foram parar no grande oceano, onde há nada além de miséria e perecimento, e que, talvez, nesse caso, eles estivessem pensando que morreriam de fome e estariam na situação de se devorarem uns aos outros.

Como todas essas coisas eram apenas conjecturas, na melhor das hipóteses, então, na condição em que estava, eu não poderia fazer mais do que olhar para a desgraça dos infelizes e sentir pena eles. Isso teve um efeito bom para o meu lado, porque me dava cada vez mais motivos para render graças a Deus que, com tanta felicidade e tão confortavelmente, havia me acudido em minha desolada condição, pois duas tripulações de navios haviam sido perdidas nessa parte do mundo, sem que nenhuma vida tivesse sido poupada, senão a minha. Aprendi, então, novamente a observar que é muito raro a Providência de Deus nos lançar numa condição tão baixa, ou numa miséria tão grande, sem que possamos encontrar alguma coisa para sermos gratos e sem podermos ver outros em piores circunstâncias do que a nossa.

Era certamente esse o caso daqueles homens, dos quais eu não via espaço para supor que alguém pudesse ter sido salvo. Nada poderia tornar isso racional, a não ser desejar ou esperar que todos não tivessem perecido lá, exceto pela possibilidade única de serem tomados por outro navio que os acompanhava. Mas isso era apenas uma mera possibilidade, pois não avistei o menor sinal ou aparência de tal coisa.

Não posso explicar, por nenhuma energia possível de palavras, o desejo ardente e a estranha saudade que senti em minha alma com essa visão, às vezes manifestando-se assim: "Ah! Se apenas uma ou duas, ou melhor, se apenas uma alma tivesse sido salva desse navio, se pudesse ter escapado para mim, para que eu tivesse um companheiro, uma criatura semelhante como companhia, para falar e conversar comigo!". Em todo o tempo da minha vida solitária, jamais tive um desejo tão sincero, tão forte de viver em sociedade com pessoas, nem nunca lamentei tão profundamente a falta dela.

Existem nas afeições algumas fontes secretas, que quando são alimentadas por algum objeto visível, ou quando estão num objeto

– mesmo invisível, mas que ainda assim se apresenta à mente pelo poder da imaginação –, esse movimento impulsiona a alma, por sua impetuosidade, a tais violentos e ansiosos abraços do objeto, que a ausência dele se torna insuportável.

Tão sinceros eram esses desejos de que apenas um homem tivesse sido salvo que acredito ter repetido as palavras: "Ah! Se apenas um tivesse sido salvo!" mil vezes. Os meus anseios ficaram tão comovidos com isso que, quando eu falava essas palavras, as minhas mãos se juntavam e os meus dedos pressionavam as palmas das mãos, de tal modo que, se eu tivesse alguma coisa macia na mão, eu a teria esmagado involuntariamente. Os meus dentes estalavam na boca e se apertavam com tanta força uns contra os outros que durante algum tempo não consegui separá-los.

Deixo para os naturalistas explicarem a razão e a maneira dessas coisas. Tudo o que eu posso fazer é descrever o fato, que até me surpreendeu quando o encontrei, embora não soubesse de onde procedia. Isso, sem dúvida, era efeito dos desejos ardentes e das ideias fortes que se formaram na minha mente, ao perceber o conforto que a conversa de algum dos meus semelhantes cristãos seria para mim.

Mas não era para ser assim, pois ou o destino deles, ou o meu, ou ambos, o proibiram. Até o último ano da minha estadia nessa ilha, eu jamais soube se alguém desse navio foi salvo ou não. Eu tive apenas a aflição, alguns dias depois, de ver o cadáver de um menino afogado, que foi parar em terra na ponta da ilha, logo após o naufrágio. Ele só vestia o uniforme de marinheiro, a saber, calção de linho até os joelhos e uma camisa azul de linho. Mas nada que me ajudasse a adivinhar qual seria sua nação. Ele não tinha nada nos bolsos, apenas duas moedas de oito *reales* e um cachimbo de tabaco, que para mim tinha dez vezes mais valor do que o dinheiro.

Tudo estava calmo, então, e eu tive a ótima ideia de me aventurar com o meu barco ao naufrágio, não duvidando que pudesse encontrar a bordo algo de útil para mim. Mas isso não me pressionava tanto quanto a possibilidade de que ainda pudesse haver alguma criatura viva a bordo, cuja vida eu poderia não apenas salvar, mas, salvando essa vida, poderia confortar a minha até o mais alto grau. Esse pensamento se apegou tanto ao meu coração que eu não conseguiria ficar quieto, noite ou dia, enquanto não me aventurasse no barco até a bordo do naufrágio. Entreguei o resto à Providência de Deus, com a impressão muito forte na minha mente, à qual não pude resistir, de que isso deveria vir de alguma direção invisível e que eu ficaria em dívida comigo mesmo se não fosse.

Sob o poder dessa impressão, voltei ao meu castelo, preparei tudo para a viagem, separei uma quantidade de pão, um jarro grande de água fresca, uma bússola para navegar, uma garrafa de rum – pois ainda tinha uma grande sobra – e um cesto de passas. Assim, carregado com tudo o que era necessário, desci para o meu barco, tirei a água dele, coloquei-o flutuando, arranjei toda a minha carga nele e então voltei para casa para buscar mais coisas. A segunda carga foi um grande saco de arroz, o guarda-chuva para colocar sombra sobre a minha cabeça, outro grande jarro de água fresca e cerca de duas dúzias de pequenos pães, ou bolos de cevada – mais do que antes – com uma garrafa de leite de cabra e um queijo. Levei tudo isso, com muito trabalho e suor, para o barco. E, orando a Deus para me guiar na viagem, eu zarpei, remando a canoa ao longo da costa, até finalmente chegar à ponta mais distante da ilha no lado nordeste. Estava pronto para me lançar no oceano, para me aventurar ou não. Olhei, à distância, para as correntezas rápidas que corriam constantemente em ambos os lados da ilha e que eram muito terríveis para mim, a partir da lembrança do perigo que eu tinha passado antes. Mas o meu coração começou a falhar comigo, pois previ que, se fosse levado a uma desses correntezas, seria transportado a uma grande saída para o mar, talvez fora de alcance ou visão da ilha novamente. Então, como o meu barco era pequeno, se algum vento mais forte soprasse, eu estaria inevitavelmente perdido.

Esses pensamentos me oprimiram tanto a mente que comecei a desistir da minha empreitada. Reboquei o meu barco para um pequeno riacho na costa, desci e me sentei num monte de terra, muito ansioso e pensativo, hesitando entre o medo e o desejo, de fazer a viagem. Enquanto pensava, percebi que a maré estava mudando e que a montante se aproximava, o que tornava a minha partida impraticável por algumas horas. Com isso, nesse momento me ocorreu que eu deveria subir no mais alto pedaço de terra que pudesse encontrar, para observar, se possível, como os movimentos das marés ou correntezas se comportavam quando a montante subia. Assim, eu poderia julgar, caso fosse levado na ida, se não poderia esperar ser conduzido pelas correntezas da mesma maneira de volta e com a mesma rapidez. Tão logo esse pensamento surgiu na minha cabeça, encontrei uma pequena colina que dominava suficientemente o mar nos dois sentidos, de onde eu teria uma clara visão das correntezas ou movimentos da maré e de que maneira haveria de me guiar no retorno. Dali, constatei que, da mesma maneira como a vazante saía de perto da ponta sul da ilha, a montante entrava pela costa do lado norte. Então, eu não precisaria fazer mais nada senão manter o lado norte da ilha em meu retorno, para ficar suficientemente bem.

Encorajado por esta observação, resolvi partir na manhã seguinte com a primeira maré, depois de repousar à noite na canoa, sob o grande casaco pesado de que falei. Saí primeiramente um pouco para o mar, ao norte, até que comecei a sentir o benefício da correnteza, que se estendia para leste e que me carregava em grande velocidade. Mas não me apressei tanto na correnteza do lado sul como havia feito antes, para que pudesse manter comigo controle total do barco. Como eu tinha uma forte orientação com os remos, fui direto e a grande velocidade para o naufrágio. E em menos de duas horas estava lá.

Era uma visão triste de se ver. O navio, que por sua construção era espanhol, estava preso, encravado entre duas pedras. Toda a popa e o tombadilho foram despedaçados pelo mar; e como o castelo de proa, que estava preso nas pedras, havia se chocado com grande violência, o mastro principal e o mastro de mezena foram reduzidos ao convés, isto é, foram cortados rente. Mas o gurupés era sólido e a cabeceira e a popa pareciam firmes. Quando cheguei perto da embarcação, um cachorro apareceu sobre ela e, ao me ver chegar, latiu e ganiu. Assim que o chamei, ele pulou no mar para vir até a mim. Eu o coloquei no barco, mas percebi que estava quase morto de fome e de sede. Dei a ele um pedaço de pão, que ele devorou como um lobo voraz que havia jejuado uma quinzena na neve. Então, dei à pobre criatura um pouco de água fresca, a qual, se eu deixasse, teria bebido até explodir.

Depois disso, fui a bordo. Mas a primeira visão que tive foi a de dois homens afogados no refeitório ou no castelo de proa do navio, abraçados um no outro. Concluí, como é de fato provável, que, quando o navio se chocou, estando numa tempestade, o mar quebrou tão alto e tão continuamente sobre a embarcação que os homens não foram capazes de aguentar e acabaram sendo sufocados com a constante entrada da água, exatamente como se estivessem embaixo d'água. Além do cachorro, não havia mais nada com vida no navio, nem quaisquer bens que eu pudesse ver que não estivessem estragados pela água. Havia alguns barris de bebidas, se de vinho ou conhaque eu não sabia, que estavam mais embaixo, no porão, que, com a água sendo expelida, eu podia ver. Mas eram grandes demais para eu agarrá-los. Vi vários baús que acredito teriam pertencido aos marinheiros, e eu coloquei dois deles no barco, sem examinar o que havia dentro.

Se a popa do navio estivesse preservada e a parte dianteira quebrada, estou convencido de que a minha viagem teria compensado, pois, pelo que encontrei naqueles dois baús, havia razão para supor que esse barco tivesse uma grande riqueza a bordo. E, se eu pudesse imaginar o curso que seguia, deveria ter vindo de Buenos Aires, ou do Rio de la Plata, na parte sul da América, além do Brasil, rumo a Havana, no Golfo do México, e de lá talvez para a Espanha. A embarcação, sem dúvida, transportava um grande tesouro, mas sem utilidade, naquele momento, para ninguém. O que aconteceu com o resto da tripulação, isso então eu não sabia.

Encontrei, além desses baús, um pequeno barril, de uns vinte galões, cheio de bebida, que coloquei no bote com muita dificuldade. Numa cabine, achei vários mosquetes e um grande chifre de pólvora, com cerca de quatro libras de pólvora. Quanto aos mosquetes, eu não tinha necessidade deles, então deixei-os lá, mas levei o chifre de pólvora. Peguei uma pá e pinças de lareira, que eu queria muito, e também duas pequenas chaleiras de latão, uma panela de cobre para fazer chocolate e uma grelha. Com essa carga e o cachorro, parti, pois a maré começava a voltar para a ilha. Na mesma tarde, cerca de uma hora noite adentro, cheguei em terra novamente, cansado e fatigado até o último grau.

Repousei no barco naquela noite e pela manhã decidi abrigar as coisas que tinha trazido na minha nova caverna, e não levá-las para o castelo. Depois de me refrescar, coloquei toda a carga na praia e comecei a examinar os detalhes. O barril de bebida achei que era uma espécie de rum, mas não como o que tínhamos no Brasil, em suma, nada bom. Mas, quando abri os baús, encontrei várias coisas de grande utilidade para mim. Por exemplo, achei uma caixa de garrafas finas, de um tipo extraordinário, cheia de águas medicinais finas, muito boas; as garrafas continham cerca de três quartilhos cada e eram enfeitadas com prata. Encontrei dois potes de confeitos, ou doces, muito bons, tão bem tampados até no topo, que a água salgada não os tinha prejudicado e mais dois outros que a água estragou. Achei algumas camisas muito boas, que foram muito bem-vindas para mim, e cerca de uma dúzia e meia de lenços de linho branco e gravatas coloridas. Os lenços também foram muito bem-vindos, porque eram extremamente refrescantes para limpar o rosto nos dias quentes. Além disso, quando cheguei no fundo do baú, encontrei três grandes sacos de moedas de oito *reales*, que somaram cerca de mil e cem moedas ao todo. E, num deles, embrulhados em papel, seis dobrões de ouro e algumas barras pequenas ou cunhas de ouro. Suponho que tudo poderia pesar quase uma libra.

O outro baú tinha algumas roupas, mas de pouco valor. Porém, dadas as circunstâncias, devia ter pertencido ao mestre artilheiro, embora não contivesse pólvora, exceto duas libras de polverino em três pequenos frascos, suponho que para carregar armas de caça ocasionalmente. No geral, fiquei com bem poucas coisas dessa viagem que fossem de alguma utilidade para mim. Porque, quanto ao dinheiro, eu não tinha o que fazer com isso; para mim, era como lama embaixo dos meus pés e eu daria tudo em troca três ou quatro pares de sapatos e meias inglesas, que eram coisas que eu queria muito, pois não usava nada disso em meus pés havia muitos anos. Eu tinha, então, na verdade, dois pares de sapatos, que tirei do pés dos dois homens afogados que vi no naufrágio, além de mais dois pares que encontrei num dos baús e que foram muito bem-vindos para mim. Mas eles não valiam tanto como os nossos sapatos ingleses, fosse pela facilidade ou pelo serviço, sendo mais o que chamamos de sandálias. Encontrei no baú desse marinheiro cerca de cinquenta moedas de oito, em *reales*, mas nenhum ouro. Suponho que pertencesse a um homem mais pobre do que o dono do outro baú, que parecia ter pertencido a algum oficial.

Bem! Eu, no entanto, levei esse dinheiro para a minha caverna e guardei--o, como havia feito com o que tinha trazido da nossa própria embarcação. Mas, como eu disse, foi uma pena que a outra parte desse navio não tivesse vindo para o meu lado, porque eu ficaria satisfeito se pudesse ter carregado a minha canoa várias vezes, até com dinheiro. Pois eu pensei que, se algum dia fugisse para a Inglaterra, o dinheiro poderia ficar guardado ali em segurança suficiente até que eu voltasse para buscá-lo.

XIV UM SONHO REALIZADO

Depois de colocar todas as coisas na praia e guardá-las, voltei para o bote e remei ao longo da costa para o antigo porto, onde o deixei. Fiz o melhor caminho para voltar à minha antiga moradia, onde encontrei tudo calmo e seguro. Comecei então a me refazer, vivendo da maneira antiga e cuidando dos assuntos da minha família. Por algum tempo, vivi bastante tranquilo, só que mais vigilante do que costumava ser. Ficava alerta com mais frequência e não saía muito. Se a qualquer momento eu quisesse me sentir mais em liberdade, era sempre indo para a parte leste da ilha, onde eu ficava muito à vontade, pois os selvagens nunca foram até lá e onde eu podia ir sem tantas precauções e sem a carga de armas e munições que sempre carregava comigo se fosse para o outro lado.

Vivi nessa condição mais uns dois anos. Mas a minha cabeça infeliz, que sempre me avisava que existia tornando o meu corpo miserável, esteve durante esses dois anos preenchida com projetos e desejos como, se possível, ir embora dessa ilha. Às vezes, eu fazia outras viagens ao naufrágio, embora a minha razão me dissesse que lá não havia nada que valesse a pena a minha visita. Outras vezes, eu perambulava por um ou outro caminho. Na verdade, acredito que, se tivesse o barco que eu fugi de Sallee, eu teria me aventurado no mar, para ir a qualquer lugar, para ir não sei aonde.

Eu tenho sido, em todas as minhas circunstâncias, um lembrete para aqueles que são tocados pela praga geral da humanidade, de onde flui, pelo que sei, metade de suas misérias, quero dizer, por não estarem satisfeitos com a posição onde Deus e a natureza os colocaram. Pois, sem olhar para trás a minha condição primitiva e o excelente aconselhamento de meu pai e a minha oposição, que era, como posso assim chamá-la, o meu pecado original, os meus erros subsequentes do mesmo tipo não foram os meios da minha vinda a essa condição miserável? Porque, se a Providência, que com tanta felicidade me colocou no Brasil como um plantador, tivesse me abençoado com desejos confinados, eu poderia ter ficado contente por continuar gradualmente, e a essa altura – quero dizer, pelo tempo da minha estadia na ilha – poderia ser um dos plantadores mais importantes do Brasil, pois estou convencido de que, pelas melhorias que fiz naquele pequeno tempo em que vivi lá e o aumento que provavelmente faria se tivesse ficado, eu poderia ter uma riqueza de cem mil *moidores*. E não teria feito esse negócio de deixar uma fortuna estabelecida, uma plantação bem abastecida, melhorando e aumentando, em troca da sobrecarga de buscar negros na Guiné, quando o tempo e a paciência teriam aumentado tanto o meu capital em casa, que eu poderia tê-los comprado em minha própria porta daqueles cujo negócio era buscá-los. E, embora talvez os escravos tivessem me custado um pouco mais, a diferença desse preço não seria de modo algum digna de ser economizada com um risco tão grande.

Mas, como esse geralmente é o destino das cabeças jovens, então a reflexão sobre essa loucura é muito comumente o exercício de mais anos ou do preço pago pela experiência que o tempo traz. Era o que acontecia comigo então, embora, ainda assim, tão profundamente o erro estivesse enraizado no meu temperamento que eu não conseguia me satisfazer na minha posição, pois estava continuamente me debruçando sobre os meios e a possibilidade de fugir desse lugar. E, para que eu possa, com maior prazer para o leitor, prosseguir com a parte restante da minha história, talvez não seja impróprio dar alguma conta das minhas primeiras concepções sobre o assunto desse esquema tolo para a minha fuga e como e sobre qual fundamento eu agiria.

Então, eu estava recolhido em meu castelo, depois da minha última viagem ao naufrágio, com a minha fragata guardada e segura embaixo d'água, como de costume, e a minha condição restaurada ao que era. Eu tinha então, de fato, mais riquezas do que antes, mas não estava de modo algum mais rico, porque eu não tinha mais uso para isso do que os índios do Peru tiveram antes de os espanhóis chegarem lá.

Numa noite da estação chuvosa de março, no vigésimo quarto ano desde a primeira vez que coloquei o pé nessa ilha de solidão, eu estava deitado na minha cama ou rede, acordado, muito bem de saúde. Não sentia nenhuma dor e nem indisposição ou desconforto do corpo, nem desconforto da mente mais que o comum, mas de modo algum fechava os olhos, isto é, nem para cochilar. Não, nem uma piscadela a noite toda, por causa do que vem a seguir.

É tão impossível quanto desnecessário desfiar a multidão incontável de pensamentos que girou através dessa grande via do cérebro, que é a memória, durante o tempo dessa noite. Recapitulei toda a história da minha vida em miniatura, ou em abreviação, se posso assim chamá--la, até a minha chegada nessa ilha e também dessa parte da minha vida, desde então. Nas minhas reflexões sobre o estado do meu caso desde que cheguei em terra, nessa ilha, eu comparava a feliz posição dos meus negócios nos primeiros anos da minha habitação aqui com a vida de ansiedade, medo e cuidado em que vivia desde que avistei a impressão de uma pegada na areia. Não que eu não imaginasse que os selvagens nunca tivessem frequentado a ilha, nem que várias centenas deles jamais tivessem estado às vezes em terra lá. Mas, enquanto não tomei conhecimento disso, fui incapaz de ter qualquer apreensão a respeito. A minha satisfação era perfeita, embora o perigo fosse o mesmo, e eu estava tão feliz em não saber do perigo como se nunca tivesse sido realmente exposto a ele. Isso ofereceu aos meus pensamentos muitas reflexões bastante proveitosas, em particular essa: quão infinitamente boa é a Providência, ao estabelecer, em seu governo da humanidade, limites assim tão estreitos à luz e ao conhecimento das coisas. E, embora o homem ande em meio a tantos milhares de perigos, cuja visão, se revelada a ele, distrairia sua mente e afundaria seus espíritos, ainda assim, ele é mantido calmo e sereno, por ter os eventos das coisas escondidos de seus olhos e por não saber nada dos perigos que o rodeiam.

Depois que esses pensamentos me ocuparam por algum tempo, cheguei a refletir a sério sobre o perigo real que eu corri por tantos anos nessa mesma ilha, onde eu andava na maior segurança e com toda a tranquilidade possível, ainda que talvez não tivesse existido nada além da beira de uma colina, uma grande árvore, ou a aproximação casual da noite, entre mim e o pior tipo de extermínio, a saber, o de cair em mãos de canibais e selvagens, que se apoderariam de mim com a mesma visão que eu teria de uma cabra ou tartaruga e sem pensarem que me matar e me devorar seria um crime maior do que o meu de comer um pombo ou um maçarico. Eu injustamente me caluniaria se dissesse que não estava sinceramente grato ao meu grande preservador, pela singular proteção à qual eu reconhecia, com grande humanidade, que eram devidos todos esses livramentos desconhecidos e sem os quais eu deveria inevitavelmente ter caído em mãos impiedosas.

Quando esses pensamentos se foram, a minha cabeça retomou por algum tempo a consideração sobre a natureza dessas criaturas miseráveis, quero dizer, os selvagens, e sobre como acontecia que, nesse mundo, o sábio governador de todas as coisas tivesse abandonado algumas de suas criaturas a tamanha desumanidade – ou melhor, a algo muito abaixo da própria brutalidade – a ponto de devorarem seus próprios semelhantes. Mas, como isso – na época – só terminava em algumas especulações infrutíferas, ocorreu-me de perguntar: em que parte do mundo esses desgraçados viviam? E quão longe ficava a costa de onde eles vinham? Por que eles se aventuravam tão longe de casa? Que tipo de barcos tinham? E por que eu não poderia me preparar e arranjar os meus negócios para que pudesse ser capaz de ir até lá, como eles vinham a mim?

Nunca me preocupei muito em considerar o que faria mesmo quando estivesse lá, o que seria de mim se eu caísse nas mãos desses selvagens ou como haveria de escapar deles se atentassem contra mim. Não, e também não me preocupei sobre como seria possível chegar à costa e não ser atacado por uns ou outros deles, sem qualquer possibilidade de me livrar. E, se eu não caísse nas mãos deles, o que faria para ter provisão ou para onde dobraria o meu rumo. Nenhum desses pensamentos, repito, surgiram tanto no meu caminho. Pois a minha mente estava totalmente inclinada a respeito da noção da minha passagem para o continente em meu barco. Eu via a minha condição atual como a mais miserável que poderia possivelmente existir e que eu não seria capaz de encontrar nada que pudesse ser chamada de pior, a não ser a morte. Se eu chegasse à costa do continente, talvez pudesse encontrar alívio ou talvez pudesse seguir em frente, como na costa africana, até chegar a alguma região habitada, onde poderia encontrar algum alívio. E, por fim, talvez pudesse encontrar algum navio cristão que me resgatasse. Se o pior acontecesse, eu poderia morrer, o que poria fim a todas essas misérias de uma só vez. Por favor, notem que tudo isso era fruto de uma mente perturbada, de um temperamento impaciente, que se fez desesperado, por assim dizer, pela longa continuação de seus problemas e pelas decepções que tinha encontrado no naufrágio em que estava a bordo e onde estive tão perto de obter aquilo que eu tão sinceramente ansiava – alguém para falar – e de aprender dessa pessoa algum conhecimento do lugar onde estava e dos meios prováveis de meu livramento. Eu estava totalmente agitado por esses pensamentos. Toda a calma do meu espírito, na minha resignação à Providência e na entrega da questão às disposições dos céus, parecia estar suspensa. Era como se eu não tivesse nenhum poder para desviar os meus pensamentos de qualquer coisa que não fosse o projeto da viagem ao continente, que vinha sobre mim com tanta força e tal impetuosidade de desejo, que era impossível de resistir.

Depois de isso ter agitado os meus pensamentos por duas horas ou mais, com tal violência que colocou meu próprio sangue em efervescência e o meu pulso bateu como se eu estivesse com febre, apenas com o fervor extraordinário da minha mente sobre isso, a natureza – como se eu tivesse ficado cansado e exausto com os muitos pensamentos a respeito – me jogou em sono profundo. Alguém poderia pensar que eu teria sonhado com essas coisas mas, não, nem com nada relacionado a isso. Eu, no entanto, sonhei que, quando saía de manhã, como de costume do castelo, vi na costa duas canoas e onze selvagens chegando em terra, trazendo consigo outro selvagem a quem matariam para poderem comê-lo. Então, de repente, o selvagem que eles estavam para matar escapou e correu para salvar a vida. Em meu sono, achei que ele saiu correndo em direção ao meu pequeno bosque espesso antes da fortificação, para se esconder. E que, quando o vi sozinho, percebendo que os outros não o procuravam naquele local, eu me mostrei a ele. Sorri para ele, o que o encorajou a se ajoelhar diante de mim, parecendo orar para que eu o ajudasse. Com isso, mostrei-lhe a minha escada e fiz com que ele subisse. Levei-o para a minha caverna e ele se tornou meu servo. E que, assim que consegui esse homem, eu disse a mim mesmo: "Agora eu certamente me arrisco a ir ao continente, pois esse companheiro vai me servir como piloto, vai me dizer o que fazer e para onde ir em busca de provisões; para onde não ir, com medo de ser devorado e em quais lugares me aventurar e o que evitar". Acordei com esse pensamento e estava sob tais impressões inexprimíveis de alegria, com a perspectiva da minha fuga no sonho, que as decepções que senti ao voltar a mim mesmo e de achar que não era mais do que um sonho foram igualmente extravagantes no outro sentido e me jogaram em um desânimo de espírito muito grande.

Com isso, no entanto, cheguei a essa conclusão: de que a única maneira de fazer uma tentativa de fuga seria me esforçar para tomar posse de um selvagem, que, se possível, deveria ser um prisioneiro, condenado a ser comido e levado à ilha para ser morto. Mas esses pensamentos ainda esbarravam em uma dificuldade: de que seria impossível fazer isso sem atacar uma caravana inteira deles, matando a todos. E isso não seria apenas uma tentativa muito desesperada, que poderia abortar, pois, por outro lado, eu tinha muitos escrúpulos da legalidade disso, para comigo mesmo. O meu coração tremia com os pensamentos de derramar tanto sangue, embora fosse para a minha libertação. Não preciso repetir os argumentos que me ocorreram contra isso, sendo eles os já mencionados. Mas, embora eu tivesse outras razões para oferecer agora, a saber, que aqueles homens eram inimigos da minha vida e me devorariam se pudessem, que era autopreservação no mais alto grau, para me livrar dessa morte em vida, que eu estava agindo em minha própria defesa, como se eles estivessem realmente me assaltando e coisas do tipo. Eu digo que esses eram argumentos a favor da ação. Mas o pensamento de derramar sangue humano pela minha libertação era muito terrível para mim, e eu não conseguia de modo algum me reconciliar comigo mesmo por um bom tempo.

No entanto, finalmente, depois de muitas disputas secretas dentro de mim e depois de grandes perplexidades sobre isso – porque todos esses argumentos, de um jeito ou de outro, lutaram em minha cabeça por um longo tempo –, o ansioso desejo de libertação prevaleceu sobre o resto e eu decidi que, se possível, colocaria um desses selvagens em minhas mãos, custasse o que custasse. A minha próxima atitude foi imaginar como fazer isso, o que, de fato, seria muito difícil de resolver. Mas, como não havia nenhum meio provável para escolher isso, então decidi colocar-me de vigia, para vê-los quando chegassem à costa e deixar o resto para a eventualidade, tomando as medidas quando a oportunidade se apresentasse, deixando acontecer o que tivesse que acontecer.

Com essas resoluções em meus pensamentos, passei a me colocar à espreita sempre que possível e com tanta frequência que ficava muito cansado, porque levei mais de um ano e meio esperando. E porque, em grande parte desse tempo, saía para o extremo oeste e para o canto sudoeste da ilha quase todos os dias, procurando canoas, mas nenhuma apareceu. Isso era muito desanimador e começou a me incomodar muito, embora eu não possa dizer que nesse caso – como tinha acontecido algum tempo antes – tivesse desgastado o meu desejo de executar o plano. Mas, quanto mais tempo parecia demorar, mais ansioso eu ficava. Em suma, eu já não estava sendo tão cuidadoso como no início para evitar a visão desses selvagens e evitar ser visto por eles, de tanto que então estava ansioso para atacá-los.

Além disso, eu me imaginava capaz de administrar não um, mas, dois ou três selvagens, se os tivesse, para torná-los inteiramente meus escravos, para fazerem o que quer que eu lhes ordenasse e para impedir que fossem capazes de me fazerem mal a qualquer instante. Foi um grande momento eu ter me agradado com essa ideia. Mas, ainda assim, nada aconteceu. Todas as minhas fantasias e os meus esquemas deram em nada, pois nenhum selvagem chegou perto de mim por muito tempo.

Cerca de um ano e meio depois de ter concebido essas noções – e que após longa meditação eu tinha, por assim dizer, concluído que todas elas dariam em nada, por falta de ocasião de colocá-las em execução –, fiquei surpreso certa manhã ao ver nada menos do que cinco canoas, todas juntas em terra, do meu lado da ilha. Os selvagens a quem elas pertenciam haviam desembarcado e estavam todos fora do alcance da minha vista. O número de canoas quebrava todas as minhas medições, pois ao ver tantas e lembrando que sempre vinham quatro ou seis deles, às vezes mais, num barco, eu não sabia dizer o que pensava sobre isso, nem quais medidas tomaria para atacar vinte ou trinta homens sozinho. Então, fiquei imóvel no meu castelo, perplexo e desconfortável. No entanto, eu me coloquei na mesma posição para rechaçar um ataque como tinha me preparado anteriormente. Estava pronto para a ação se qualquer coisa se apresentasse. Depois de esperar um bom tempo e de ter escutado se eles faziam algum barulho, por fim, estando muito impaciente, coloquei as minhas armas ao pé da escada e subi até o topo da colina, pelos meus dois andares, como de costume. Fiquei em pé, mas de modo que a minha cabeça não aparecesse acima da colina, para que eles não pudessem me perceber de nenhuma maneira. Ali, observei, com a ajuda da minha luneta, que eles não eram menos de trinta em número, que tinham uma fogueira acesa e que preparavam a refeição. Como ou o que eles cozinhariam eu não sabia. Mas todos dançavam, com não sei quantos gestos estranhos e caretas medonhas, de seu próprio jeito, em volta do fogo.

Enquanto olhava para eles, percebi, com a minha luneta, dois miseráveis desgraçados, que foram arrastados dos barcos, onde, ao que parece, haviam sido deixados em reserva e estavam assim sendo levados para o abate. Percebi que um deles imediatamente caiu, após ser derrubado, suponho, por um porrete ou uma espada de madeira, conforme o costume deles. Dois ou três outros passaram a trabalhar imediatamente, decepando-o para a culinária, enquanto que a outra vítima foi deixada sozinha, até que chegasse sua vez. Nesse exato momento, esse pobre coitado, vendo-se um pouco solto e à vontade e com a natureza inspirando-lhe esperanças de vida, fugiu deles e correu com incrível rapidez ao longo das areias, diretamente na minha direção, ou melhor, para aquela parte da costa onde ficava a minha habitação.

Fiquei terrivelmente assustado, devo reconhecer, quando percebi que ele corria pelo meu caminho e especialmente quando, como havia imaginado, eu o vi perseguido por toda a tropa. Então, passei a acreditar que parte do meu sonho estivesse começando a acontecer e que ele certamente se abrigaria no meu bosque. Mas eu não poderia depender, de modo algum, do meu sonho para o desfecho disso, a saber, que os outros selvagens não o perseguiriam e não o encontrariam lá. Assim, mantive a minha posição e o meu espírito começou a se recuperar quando descobri que não estavam mais do que três homens a segui-lo. Fiquei ainda mais encorajado quando descobri que ele os ultrapassava excessivamente na corrida e ganhava terreno sobre eles, de modo que, se pudesse resistir por meia hora, eu entrevia facilmente que ele se afastaria bastante de todos.

Entre eles e meu castelo, havia o riacho, como mencionei com frequência na primeira parte da minha história, onde desembarquei as minhas cargas do navio. E, assim, eu vi claramente que ele deveria necessariamente nadar, ou o pobre coitado seria apanhado ali. Mas quando o selvagem que escapou veio para cá, ele não fez nada disso. Embora a maré subisse, ele apenas mergulhou, nadou cerca de trinta braçadas, aproximadamente, saiu na outra margem e correu com excessiva força e rapidez. Quando os três perseguidores chegaram ao riacho, descobri que dois deles sabiam nadar, mas o terceiro não, pois ficou em pé do outro lado, olhando para os outros, mas sem ir mais longe. Logo depois, ele recuou tranquilamente, o que, pelo que aconteceu, foi mesmo muito bom para ele.

Observei que os dois que nadavam eram mais do que duas vezes mais fortes nadando no riacho do que o companheiro que fugia deles. Então, ocorreu calorosamente aos meus pensamentos e, de fato, de maneira irresistível, que essa era a hora de conseguir um servo para mim, talvez até um companheiro ou assistente, e que eu havia sido chamado pela Providência para salvar a vida dessa pobre criatura.

Imediatamente, desci as escadas com toda presteza possível, peguei as minhas duas armas, pois ambas estavam no pé das escadas, como mencionei, levantei-as de novo com a mesma pressa para o topo da colina e atravessei para o mar. Pegando um atalho bem curto para descer a colina, coloquei-me no caminho entre os perseguidores e o perseguido, apelando em voz alta para que ele fugisse. Este, olhando de volta, a princípio ficou, talvez, tão amedrontado comigo quanto com eles, mas acenei para ele voltar. Nesse meio tempo, avancei lentamente para os dois que o seguiam. Depois, correndo com tudo para cima do primeiro, derrubei-o com uma coronhada da minha arma. Relutei em abrir fogo, porque não queria que os outros ouvissem o tiro, embora, àquela distância, não fosse fácil ouvi-lo e também estando a fumaça fora do alcance da vista, eles não saberiam de onde isso teria partido. Tendo abatido esse comparsa, o outro perseguidor parou, como se estivesse assustado. Avancei em direção a ele, mas, quando cheguei mais perto, percebi realmente que ele tinha arco e flecha e estava se preparando para atirar em mim. Então, fui obrigado a atirar nele de imediato, o que fiz, matando-o no primeiro tiro. O pobre selvagem que fugia parou, embora tivesse visto ambos os inimigos caídos e mortos, como ele imaginou, ainda assim estava tão assustado com o fogo e o barulho da minha arma que ficou parado, sem ir para a frente nem para trás, apesar de parecer ainda muito mais inclinado a fugir do que a se aproximar. Eu o chamei novamente, fazendo sinais para que viesse para a frente, o que ele entendeu facilmente. Ele andou um pouco, então parou de novo; depois, um pouco mais, e parou de novo. Assim, pude perceber que ele estava tremendo, como se tivesse sido feito prisioneiro e como se estivesse prestes a ser morto, como seus dois inimigos. Acenei para ele outra vez, para que viesse a mim, dando-lhe todos os sinais de encorajamento que pude imaginar. Ele foi se aproximando cada vez mais, ajoelhando-se a cada dez ou doze passos, em sinal de reconhecimento por salvar-lhe a vida. Sorri, olhando agradavelmente para ele, e acenei para ele vir ainda mais perto. Por fim, ele chegou perto de mim; então, ajoelhou-se mais uma vez e beijou o chão. Deitou a cabeça no chão, segurou o meu pé e o colocou sobre a sua cabeça. Isso, ao que parece, era um sinal de juramento de que ele seria meu escravo para sempre. Levantei-o e o afaguei, encorajando-o tanto quanto pude. Mas havia muito trabalho para fazer ainda, pois percebi que o selvagem que eu tinha derrubado não estava morto, mas atordoado com o golpe, e começou a voltar a si. Então, apontei para ele e mostrei ao meu selvagem que ele não estava morto. Com isso, ele falou algumas palavras para mim e, embora eu não pudesse entendê-las, ainda assim achei agradáveis de ouvir, já que eram os primeiros sons de uma voz humana que eu escutava, com exceção da minha, em mais de vinte e cinco anos. Mas não havia tempo para reflexões desse tipo. Então, o selvagem derrubado recuperou-se a ponto de sentar-se no chão. Percebi que o meu selvagem começou a sentir medo. Mas, quando vi isso, apontei a minha outra arma para o homem, como se fosse atirar nele. O meu selvagem, pois era assim que eu o chamava então, fez um movimento para eu lhe emprestar a minha espada, que pendia nua no cinto ao meu lado, o que eu fiz. Ele imediatamente pegou-a, correu para seu inimigo e num único golpe decepou-lhe a cabeça com tanta habilidade que nenhum carrasco na Alemanha poderia ter feito isso melhor ou mais rápido, o que eu achei muito estranho para quem, como eu tinha razões para acreditar, nunca tinha visto uma espada antes em sua vida, exceto suas próprias espadas de madeira. No entanto, parece que, como fiquei sabendo depois, eles fazem suas espadas de madeira afiada, bem pesadas; mas a madeira é tão dura que eles até cortavam cabeças e braços com elas, e isso de um só golpe também. Depois de ter feito isso, ele veio sorrindo para mim em sinal de triunfo e me trouxe a espada de novo e, com uma abundância de gestos que eu não entendia, abaixou-se, colocando a cabeça do selvagem que havia matado bem diante de mim.

Mas o que mais o intrigava era saber como eu matei o outro índio de tão longe. Então, apontando para ele, fez sinais para que eu o deixasse ir até lá. Autorizei-o a ir, da melhor maneira que pude. Quando chegou a ele, ficou muito espantado; olhou, virou-o primeiro de um lado, depois do outro, e examinou o ferimento. A bala, pelo visto, havia acertado no peito, onde fez um buraco, mas sem grande quantidade de sangue, pois havia sangrado interiormente, porque o indígena estava completamente morto. Então, ele pegou o arco e as flechas e voltou. Eu me virei para ir embora, acenando para que ele me seguisse, fazendo sinais avisando-lhe que outros índios mais poderiam vir atrás desses.

Com isso, ele fez sinais para mim de que deveria enterrá-los na areia, para que não pudessem ser vistos pelos outros se eles viessem. Então, fiz sinais novamente para que ele fizesse isso. Ele passou ao trabalho e num instante cavou com as mãos um buraco na areia, suficientemente grande para enterrar o primeiro, e então arrastou-o para dentro e o cobriu; em seguida, fez o mesmo com o outro também. Acredito que ele enterrou os dois em um quarto de hora. Então, chamando-o para irmos embora, eu o levei não para o castelo, mas para a caverna, na parte mais distante da ilha. Assim, não deixei acontecer a parte do meu sonho em que ele buscaria abrigo no meu bosque.

Na caverna, dei a ele pão e um monte de passas para comer e um gole de água, pois achei que ele estava realmente em grande necessidade, por causa da correria. Depois de ele se refrescar, fiz sinais para que ele se deitasse para dormir, mostrando-lhe um local onde havia colocado uma grande quantidade de palha de arroz e um cobertor por cima, que às vezes eu costumava usar como leito. Então, a pobre criatura deitou-se para dormir.

Ele era um rapaz esbelto e bonito, perfeitamente bem constituído, com membros fortes, não muito grandes, alto e bem-apessoado, com cerca de vinte e seis anos de idade, pelo que imaginei. Tinha uma boa aparência, e não um aspecto feroz e ranzinza, aparentando ter um traço muito viril no rosto. Mas, ainda assim, ele também tinha toda a doçura e a suavidade de um europeu em seu semblante, especialmente quando sorria. Seu cabelo era comprido e preto, não enrolado como lã; a testa era bem alta e grande, e ele tinha grande vivacidade e nitidez cintilante nos olhos. A cor de sua pele não era negra, mas bastante castanha, nem um pouco feia, amarelada e morena, como os brasileiros, os nativos da Virgínia e outros indígenas da América, mas de um tipo brilhante de uma cor untuosa, que possuía em si algo muito agradável, embora não muito fácil de descrever. Seu rosto era redondo e gordo, com o nariz pequeno, não liso, como o dos negros e a boca muito bonita, com lábios e dentes finos, bem definidos e brancos como o marfim. Depois de cochilar, em vez de dormir, por cerca de meia hora, ele acordou novamente e saiu da caverna para me encontrar, pois eu estava ordenhando as cabras que mantinha no cercado próximo. Ao me ver, ele foi correndo para mim, atirando-se novamente no chão, com todos os sinais possíveis de uma humilde disposição de agradecimento, fazendo uma série de muitos gestos antiquados para demonstrar isso. Por fim, ele deitou a cabeça direto no chão, perto do meu pé, e colocou o meu outro pé em cima de sua cabeça, como havia feito antes. Em seguida, fez para mim todos os gestos de sujeição, servidão e submissão imagináveis, para me deixar saber que me serviria por tanto tempo enquanto vivesse. Entendi muitas dessas coisas e fiz com que tomasse conhecimento de que eu estava muito satisfeito com ele. Em pouco tempo comecei a falar com ele e a ensiná-lo a falar comigo. Primeiro, deixei que soubesse que seu nome seria Sexta-feira, que foi o dia da semana em que lhe salvei a vida. Eu o chamei assim para lembrar a data. Também ensinei-o a dizer Mestre e fiz com que ele compreendesse que esse seria o meu nome. Depois, ensinei-o ainda a dizer "sim" e "não" e a saber o significado dessas palavras. Dei a ele um pouco de leite num pote de barro e deixei que me visse beber e mergulhar o meu pão no leite diante dele, e também dei a ele um bolo para que fizesse o mesmo, com o que ele obedeceu rapidamente, fazendo sinais de que aquilo era muito bom.

Permaneci com ele ali a noite inteira. Mas, assim que o dia chegou, acenei para ele vir comigo e deixei-o saber que lhe daria algumas roupas, com o que ele me pareceu muito feliz, porque estava completamente nu. Quando passamos pelo lugar onde havia enterrado os dois homens, ele apontou exatamente para o local e me mostrou as marcas que tinha feito para encontrá-los novamente, fazendo sinais para mim de que devíamos cavar de novo e comê-los. Com isso eu fiquei muito bravo e expressei a minha aversão a isso, fazendo como se fosse vomitar só de ter esses pensamentos. Acenei com a mão para irmos embora, o que ele fez imediatamente, com grande submissão. Então, levei-o até o topo da colina, para ver se os inimigos tinham partido. Puxando a minha luneta, olhei e vi claramente o lugar onde estiveram, mas nenhuma presença deles, nem de suas canoas. De modo que ficou claro que eles se foram, deixando seus dois camaradas para trás, sem realizarem nenhuma busca por eles.

Mas eu não fiquei satisfeito com essa descoberta. Então, tendo mais coragem e, consequentemente, mais curiosidade, levei o meu companheiro Sexta-feira comigo, colocando-lhe a espada na mão e o arco e flechas às costas, pois achava que ele poderia usar isso muito habilmente. Fiz com que ele levasse uma arma para mim e eu duas comigo. Marchamos para o lugar onde essas criaturas tinham permanecido, porque então eu me preocupava em obter mais informações sobre eles. Quando cheguei ao local, o meu sangue correu gelado nas veias e o meu coração afundou dentro de mim, com o horror do espetáculo. Na verdade, era uma visão terrível, pelo menos para mim, embora Sexta-feira não sentisse nada disso. O lugar estava coberto de ossos humanos, o chão tingido de sangue e grandes pedaços de carne deixados aqui e acolá, meio comidos, mutilados e chamuscados. Em suma, todos os sinais do festim triunfal que eles andaram fazendo ali, depois de uma vitória sobre seus inimigos. Vi três crânios, cinco mãos, os ossos de três ou quatro pernas e pés e de outras partes dos corpos em abundância. Sexta-feira, por seus sinais, me fez entender que eles trouxeram mais quatro prisioneiros para festejar; que três deles foram comidos; que ele, apontando para si mesmo, seria o quarto; que houve uma grande batalha entre eles e o rei vizinho, de cujos súditos, parece, ele tinha sido um, e que eles tinham feito um grande número de prisioneiros, todos os quais foram transportados para vários lugares por aqueles que os tinham tomado na luta, a fim de se deleitarem deles, como foi feito ali por aqueles miseráveis, com os cativos que haviam trazido ali.

Ordenei a Sexta-feira que reunisse todos os crânios, os ossos, a carne e tudo o que restou, ajuntando-os como um monte, fazendo uma grande fogueira em cima, para queimar e reduzir tudo aquilo a cinzas. Percebi que Sexta-feira ainda estava com o estômago ansioso por um pouco da carne, pois continuava sendo canibal por natureza. Mas demonstrei tamanha aversão a esses pensamentos e à menor manifestação disso que ele não ousou insistir, porque o fiz entender, por alguns gestos significativos, que o mataria se ele tentasse isso.

Quando ele terminou sua tarefa, voltamos para o nosso castelo. E ali passei a trabalhar para o meu servo Sexta-feira. Antes de tudo, dei a ele ceroulas de linho, que achei no baú do pobre artilheiro que mencionei, encontrado no naufrágio e que, com uma pequena alteração, se ajustou muito bem. Depois, fiz para ele uma jaqueta de couro de cabra, tão boa quanto a minha habilidade permitia – porque então havia me tornado um alfaiate razoavelmente bom –, e dei a ele um boné que fiz de pele de lebre, muito conveniente e suficientemente elegante. E, assim, ele estava, por enquanto, razoavelmente bem-arrumado e ficou muitíssimo satisfeito em se ver quase tão bem vestido quanto seu mestre. É verdade que no início ele se mostrava desajeitado nessas roupas, porque usar ceroulas era muito estranho para ele; além disso, as mangas da jaqueta ou colete incomodavam nos ombros e no interior dos braços; então, alarguei um pouco onde ele reclamava que estava machucando e finalmente se acostumou muito bem a usar as roupas.

No dia seguinte, depois que cheguei ao meu casebre com ele, comecei a considerar onde deveria alojá-lo, de modo que pudesse ficar bom para ele e ainda ser perfeitamente conveniente para mim. Assim, fiz uma pequena tenda para ele no lugar vago entre as minhas duas fortificações, no interior da última e fora da primeira. Como ali existia uma passagem ou entrada para a minha caverna, fiz um batente formal emoldurado, onde montei uma porta de tábuas, um pouco para dentro da entrada. Como a porta abria para o lado interno, à noite eu a barrava, levando para dentro também as minhas escadas, de modo que Sexta-feira não poderia vir a mim no interior mais recôndito do meu muro, sem fazer tanto barulho para ultrapassá-lo que acabaria por me despertar. Porque, então, o meu primeiro muro tinha sobre ele um telhado completo de longas varas, cobrindo toda a minha tenda, apoiadas na lateral da colina e que foram novamente cruzadas com varas menores, em vez de ripas e em seguida, cobertas em grande espessura com palha de arroz, que era forte como junco. E no buraco ou lugar deixado para entrar ou sair pela escada eu coloquei uma espécie de alçapão que, se fosse forçada do lado de fora, não se abrira de modo algum, mas cairia fazendo um grande barulho; quanto às armas, eu as levava todas para o meu lado, todas as noites.

Mas eu não precisava de nenhuma dessas precauções. Porque jamais um homem teve um servo tão fiel, amoroso e sincero como Sexta-feira era para mim, sem paixões, mau humor ou desejos, perfeitamente agradecido e engajado. Suas próprias afeições estavam ligadas a mim, como as de um filho ao pai. E eu diria que ele sacrificaria sua vida para salvar a minha em qualquer ocasião que fosse – os muitos testemunhos que ele me deu disso excluíam qualquer dúvida –, e ele logo me convenceu de que eu não precisava usar de precauções para a minha segurança, por sua causa.

Isso frequentemente me dava a ocasião de observar, e com admiração, que, embora tenha agradado a Deus em sua providência e no governo das obras de suas mãos, tirar de tão grande parcela do mundo de suas criaturas os melhores usos para os quais as suas faculdades e os poderes de suas almas são adaptados e que ainda que Ele lhes tenha concedido os mesmos poderes, a mesma razão, as mesmas afeições, os mesmos sentimentos de bondade e obrigação, as mesmas paixões e ressentimentos de erros, o mesmo sentido de gratidão, sinceridade, fidelidade e todas as capacidades de fazer e receber o bem que Ele nos deu, de modo que quando Ele se agrada de oferecer-lhes ocasiões de exercê-las, elas estão prontas, ou melhor, estão mais prontas para aplicá-los aos usos corretos para os quais lhes foram concedidos tanto quanto a nós, isso, às vezes me deixava muito melancólico, ao refletir como, nas várias ocasiões apresentadas, fazemos um uso tão medíocre de todas essas coisas, apesar de termos esses poderes iluminados pela grande lamparina da instrução, o espírito de Deus e pelo conhecimento de sua palavra adicionado à nossa compreensão, e porque agradava a Deus esconder o mesmo conhecimento salvador de tantos milhões de almas, que, se eu pudesse julgar por esse pobre selvagem, fariam um uso muito melhor do que nós fazíamos.

A partir daí, eu às vezes era levado longe demais, a ponto de invadir a soberania da Providência, e, por assim dizer, acusar a justiça de uma disposição tão arbitrária das coisas, como esconder essa visão de alguns e revelá-la a outros e ainda esperar um dever semelhante de ambos. Mas logo calava e repreendia os meus pensamentos com a conclusão de que, primeiro, não sabíamos por qual luz e lei esses devem ser condenados, mas que Deus era necessariamente e pela natureza de seu ser, infinitamente santo e justo; então, isso não poderia acontecer a menos que se essas criaturas fossem todas sentenciadas pela ausência Dele, seria por causa de pecarem contra aquela luz que, como diz a Escritura, era lei para eles mesmos e por regras tais que suas consciências reconheceriam como sendo justas, embora o fundamento não tenha sido revelado a nós e, em segundo lugar, porque ainda somos todos nós como o barro nas mãos do oleiro e nenhum vaso poderia lhe dizer: "Por que me formaste assim?".

Mas, para voltar ao meu novo companheiro, eu estava feliz demais com ele. E ensinar-lhe tudo o que era adequado para torná-lo útil, prático e prestativo tornou-se o meu negócio, especialmente quanto a fazê-lo falar e a me compreender quando eu falava. Ele era o aluno mais apto que poderia existir e, particularmente, ficava tão feliz, tão constantemente diligente e tão satisfeito quando podia me entender ou se fazer entender, que para mim era muito agradável falar com ele. Então, a minha vida começou a se tornar tão boa que comecei a dizer para mim mesmo que se pudesse estar a salvo de mais selvagens, eu não me importaria se jamais me afastasse do lugar onde vivia.

XV A EDUCAÇÃO DE SEXTA-FEIRA

Depois de dois ou três dias de volta ao meu castelo, a fim de tirar Sexta-feira de sua horrenda maneira de se alimentar e do prazer do estômago de um canibal, achei que devia deixá-lo provar outra carne. Assim, levei-o comigo certa manhã para a floresta. Na verdade, fui com a intenção de matar um cabrito do meu próprio rebanho e levá-lo para prepará-lo em casa. Mas, no caminho, vi uma cabra deitada na sombra, com dois cabritos jovens sentados ao lado dela. Parei Sexta-feira dizendo: "Espere, fique parado", e fiz sinais para ele não se mexer. Imediatamente mirei a minha arma, atirei e matei um dos cabritos. O pobre coitado, que, de fato, tinha me visto matar o selvagem seu inimigo à distância, mas não sabia e nem poderia imaginar como se fazia isso, ficou sensivelmente surpreso; tremia, sacudia e parecia tão espantado que pensei que desmaiaria. Ele não viu o cabrito no qual atirei, nem percebeu que eu o tinha matado, mas rasgou a jaqueta para sentir se não estava ferido. E, como acredito atualmente, achou que eu estava decidido a matá-lo, pois ele veio e se ajoelhou diante de mim, abraçando meus joelhos e dizendo muitas coisas que eu não entendia, mas poderia facilmente perceber que o significado era rogar para eu não matá-lo.

Logo encontrei uma maneira de convencê-lo de que não faria mal a ele. Pegando-o pela mão, ri dele e apontei para o cabrito que tinha matado e acenei para ele correr e buscá-lo, o que ele fez. Enquanto ele pensava e olhava para compreender como a criatura foi morta, carreguei a minha arma novamente. Nesse momento, vi uma grande ave, como um falcão, pousada numa árvore ao alcance do tiro. Então, para deixar Sexta-feira entender um pouco o que eu faria, chamei-o de novo, apontei para a ave, que era, na verdade, um papagaio, embora eu achasse que fosse um falcão, repito, apontei para o papagaio, para a minha arma e para o chão embaixo do papagaio, para deixá-lo ver que iria fazê-lo cair. Fiz com que ele entendesse que atiraria e mataria aquele pássaro. Assim, disparei e mandei-o olhar. Ele imediatamente viu o papagaio cair e ficou muito assustado novamente, apesar de tudo o que eu lhe dissera. Achei que ele ficou ainda mais surpreso porque não me viu colocar nada na arma e pensou que haveria algum maravilhoso fundo de morte e destruição naquela coisa, capaz de matar homens, feras, pássaros ou qualquer coisa, perto ou longe. O espanto criado nele foi tal que ele não conseguiu se recuperar por longo tempo. Acredito que, se eu tivesse deixado, ele passaria a adorar a mim e à minha arma. Quanto à arma em si, ele não tocaria nela por vários dias depois disso. Mas, quando estava sozinho, falava e conversava com ela, como se a arma o entendesse, para, como eu soube depois, rogar a ela que eu não o matasse.

Bem, depois que o espanto dele passou um pouco, indiquei que corresse para pegar o pássaro que eu tinha abatido. Foi o que ele fez, mas demorou algum tempo, pois o papagaio, que não estava completamente morto, tinha se afastado a uma boa distância do lugar onde caiu. No entanto, ele o encontrou, pegou e trouxe-o para mim. Eu, como tinha percebido a ignorância dele sobre a arma antes, aproveitei essa vantagem para carregá-la novamente, sem deixar que ele me visse fazer isso, para que pudesse estar pronto para qualquer outro alvo que se apresentasse. Mas nada mais ocorreu naquela hora. Então, levei o cabrito para casa e na mesma tarde esfolei-o e cortei-o do melhor jeito que pude e, tendo um pote adequado para esse propósito, fervi e cozinhei um pouco da carne, fazendo um bom caldo. Depois que comecei a comer, dei um pouco para o meu servo, que ficou muito feliz e gostou muito. Mas o mais estranho para ele foi me ver comer com sal. Ele fez um sinal para mim de que o sal não era bom para comer e colocou um pouco em sua própria boca, parecendo enjoado; em seguida, cuspiu, babou e lavou a boca com água fresca. Por outro lado, eu coloquei um pouco de carne sem sal na minha boca, fingi cuspir e engasgar por falta de sal, tanto quanto ele fez com o sal. Mas ele não se convenceu e nunca se importou de colocar sal na carne ou no caldo, pelo menos não por um bom tempo e, mesmo depois, apenas muito pouco.

Depois de assim alimentá-lo com carne cozida e caldo, decidi deleitá-lo no dia seguinte, assando um pedaço do cabrito. Fiz isso pendurando o animal com uma corda acima do fogo, como tinha visto muitas pessoas fazerem na Inglaterra, erguendo duas estacas, uma de cada lado da fogueira e outra cruzada no topo e amarrando a corda nessa vareta, deixando a carne virar continuamente. Sexta-feira ficou muito admirado e, quando experimentou a carne, demonstrou de tantas maneiras que queria me dizer o quanto gostou disso que eu não pude deixar de entendê-lo. E, por fim, ele me disse, do jeito que podia, que jamais comeria carne de homem outra vez, com o que eu fiquei muito feliz de ouvir.

No dia seguinte, coloquei-o para trabalhar batendo e peneirando um pouco de cereal da maneira como eu costumava fazer, como já mencionei. Logo ele aprendeu a fazer isso tão bem quanto eu, especialmente depois que percebeu que o sentido disso era para fazer pão. Depois, também deixei que ele me visse fazer e assar o meu pão. E, em pouco tempo, Sexta-feira se tornou capaz de fazer todo o trabalho para mim, tão bem quanto eu o fazia sozinho.

Comecei então a considerar que, tendo duas bocas para alimentar em vez de uma, eu deveria providenciar mais terreno para a minha colheita e plantar maior quantidade de cereais do que costumava fazer. Então, demarquei um pedaço de terra maior e comecei a cercá-lo da mesma maneira que antes, no que Sexta-feira trabalhou não só muito duro e de muito bom grado, mas muito alegremente. E eu disse a ele para o que seria, ou seja, que era para o cereal, para fazer mais pão, porque ele então estava comigo e que eu poderia ter o suficiente para ele e para mim também. Ele pareceu muito sensível nessa parte e me deixou saber que achava que eu tinha muito mais trabalho sobre mim por conta dele do que tinha para comigo e que ele trabalharia muito mais duro para mim se eu lhe dissesse o que fazer.

Esse foi o ano mais agradável de toda a vida que levei nesse lugar. Sexta-feira começou a falar muito bem e a entender os nomes de quase tudo o que eu tive a oportunidade de nomear e de todos os lugares que eu tive que enviá-lo. Ele falava muito comigo, de modo que, em suma, comecei então a ter novamente algum uso para a minha língua, o que, de fato, tive bem pouca ocasião de fazer antes. Além do prazer de conversar com ele, eu sentia uma satisfação singular pelo próprio sujeito. Sua honestidade simples, não fingida, sempre se mostrava a mim, cada dia mais e mais. Comecei realmente a amar a criatura e, do seu lado, acredito que ele me amava mais do que tinha sido possível para ele amar alguma coisa antes.

Certa vez, tive a ideia de tentar saber se ele teria alguma inclinação para voltar ao seu próprio país. E, tendo-lhe ensinado o inglês tão bem que ele poderia me responder a quase qualquer questão, perguntei se a nação a que ele pertencia nunca vencia uma batalha. Ao que ele sorriu e disse: "Sim, sim, nós sempre lutar melhor", isto é, ele quis dizer que eles eram sempre os melhores na luta. E, assim, começamos o seguinte diálogo:

Mestre: – Vocês sempre lutam melhor. Como, então, você foi feito prisioneiro, Sexta-feira?

Sexta-feira: – Meu nação bater muito, por tudo isso.

Mestre: – Bateu? Como assim? Se a sua nação bateu neles, como você foi levado?

Sexta-feira: – Eles muitos mais que meu nação, no lugar onde eu foi. Eles pegar um, dois, três e eu. Meu nação derrotar eles no lugar longe, onde eu não foi; ali meu nação pegar, dois, muitos mil.

Mestre: – Mas por que o seu lado não o recuperou das mãos dos seus inimigos, então?

Sexta-feira: – Eles pegar, um, dois, três e eu e mandar ir canoa. Meu nação não ter canoa nesse tempo.

Mestre: – Bem, Sexta-feira, e o que vocês da sua nação fazem com os homens que pegam? Levam embora e os comem, como esses fizeram?

Sexta-feira: – Sim, meu nação também comer homens, comer tudo.

Mestre: – Para onde eles os levam?

Sexta-feira: – Vai para outro lugar, onde eles pensar.

Mestre: – Eles vêm para cá?

Sexta-feira: – Sim, sim, eles ir para cá; ir outro lugar também.

Mestre: – Você já esteve aqui com eles?

Sexta-feira: – Sim, esteve aqui!

E apontou para o lado noroeste da ilha, que, ao que parece, era o lado deles.

Com isso, entendi que o meu servo Sexta-feira esteve antes entre os selvagens que costumavam vir em terra firme, na parte mais distante da ilha, nas mesmas ocasiões para devorar carne humana como aquela para a qual ele foi trazido. Algum tempo depois, quando tive coragem de levá-lo a esse lado, sendo o mesmo que mencionei anteriormente, ele realmente conhecia o lugar e me disse que veio uma vez, quando comeram vinte homens, duas mulheres e uma criança. Ele só sabia contar até vinte em inglês, mas enumerou a quantidade colocando tantas pedras numa fileira e me pediu que as contasse.

Relatei essa passagem porque introduz o seguinte: depois desse diálogo que tivemos, eu perguntei a ele qual a distância da nossa ilha até a costa e se canoas não eram perdidas muitas vezes. Ele me disse que não havia perigo, que nunca nenhuma canoa foi perdida, mas que, um pouco depois para fora no mar, havia correnteza e vento, sempre no mesmo sentido pela manhã e no outro à tarde.

Entendi que esse movimento conjunto não podia ser outra coisa senão a maré, saindo ou entrando. Mas depois compreendi que era ocasionado pela grande correnteza e o refluxo do poderoso rio Orinoco, em cuja foz ou golfo, como descobri posteriormente, ficava a nossa ilha. E que aquela terra, que avistei a oeste e noroeste, era a grande ilha de Trinidad, na ponta norte da foz do rio. Fiz mil perguntas a Sexta-feira sobre a região, os habitantes, o mar, a costa e as nações que existiam por perto. Ele me contou tudo o que sabia com a maior abertura imaginável. Perguntei a ele os nomes das várias nações de povos de seu tipo, mas ele não conseguiu dizer outro nome senão os "caribes". De onde entendi facilmente que esse lugar era o Caribe, que os nossos mapas localizam na parte da América que vai da boca do rio Orinoco à Guiana e avante até Santa Marta. Ele me contou que num grande caminho além da lua, quer dizer, além da posição da lua, que devia ser a oeste de seu país, moravam homens de barba branca, como eu, e apontou para os meus grandes bigodes que eu usava, como já mencionei, e que tinham matado "muito homem", na expressão dele. Por isso, entendi que ele se referia aos espanhóis, cujas crueldades na América haviam se espalhado por toda a região e eram lembradas por todas as nações, de pai para filho.

Perguntei se ele saberia me dizer como eu poderia, a partir dessa ilha, chegar a esses homens brancos. Ele me disse: "Sim, sim, você pode ir em duas canoas". Não consegui entender o que ele queria dizer, nem fazê-lo descrever para mim o que significava "duas canoas", até que, por fim, com grande dificuldade, descobri que ele queria dizer que eu deveria estar num barco grande, do tamanho de duas canoas.

Essa parte da conversa com Sexta-feira me agradou muito, pois a partir desse momento passei a alimentar algumas esperanças de que, um dia, quem sabe, talvez eu pudesse encontrar uma oportunidade para empreender a minha fuga desse lugar e que esse pobre selvagem poderia ser um meio para me ajudar a fazer isso.

Durante o longo tempo que Sexta-feira havia estado comigo e desde que ele começou a falar e a me entender, eu não via a hora de estabelecer alguma fundamentação de conhecimento religioso em sua mente. Particularmente, uma vez perguntei quem o fez. A criatura não me entendeu, pensando que eu tinha perguntado quem era seu pai; então, fui por outro lado e perguntei quem fez o mar, o chão em que andamos, as colinas e os bosques. Ele me disse que tinha sido um velho Benamuckee, que vivia adiante de tudo e que ele não saberia descrever nada dessa grande pessoa, a não ser que era muito velho, "muito mais velho", disse, "do que o mar ou a terra, do que a lua ou as estrelas". Perguntei a ele se, já que essa pessoa idosa tinha feito todas as coisas, então por que todas as coisas não o adoravam? Ele ficou muito sério e, com um olhar da mais perfeita inocência, disse que todas as coisas dizem "Oh!" para ele. Perguntei-lhe se as pessoas que morriam em seu país iam embora para algum lugar? Ele disse que sim, que todos eles iam para Benamuckee. Ainda perguntei se os que eles comiam também iam para lá e ele disse que sim.

A partir dessas coisas, comecei a instruí-lo no conhecimento do verdadeiro Deus, dizendo a ele que o grande criador de todas as coisas vivia lá em cima, apontando para os céus; que Ele governava o mundo pelo mesmo poder e Providência pelos quais Ele fez isso; que Ele era onipotente e poderia fazer tudo para nós, dar tudo para nós, tirar tudo de nós. E assim, aos poucos, abri seus olhos. Ele ouviu com muita atenção e recebeu com prazer a noção de Jesus Cristo sendo enviado para nos redimir e da maneira de fazermos nossas orações a Deus e de ele ser capaz de nos ouvir, mesmo nos céus. Um dia, ele me disse que se o nosso Deus poderia nos ouvir, além do sol, ele deveria ser um Deus maior do que o Benamuckee deles, que vivia um pouco longe demais e também que não podia ouvi-los antes que eles subissem às grandes montanhas onde ele habitava, para falarem com ele. Perguntei-lhe se alguma vez ele tinha ido até lá para falar com ele. Ele respondeu que não, que eles nunca iam até lá enquanto eram homens jovens e que ninguém ia para lá, senão os velhos, a quem chamavam de "Oowokakee", isto é, como eu o fiz explicar para mim, seus religiosos ou clérigos, e que eles iam dizendo "Oh!" – que ele falou que era como diziam as orações – e que depois voltavam dizendo-lhes o que Benamuckee disse. Com isso, observei que havia sacerdócio até entre os mais cegos pagãos ignorantes no mundo. E que a política de tornar a religião um segredo, a fim de preservar a veneração do povo ao clero, não era só para ser encontrada nos romanos, mas, talvez, entre todas as religiões no mundo, mesmo entre os selvagens mais brutos e bárbaros.

Então, eu me esforcei para esclarecer essa fraude ao meu servo Sexta-feira, dizendo-lhe que a pretensão daqueles homens velhos subirem às montanhas para dizerem "Oh!" para o deus Benamuckee deles era uma trapaça; que as palavras que eles diziam ter trazido de lá eram muito mais do que ele podeira dizer; que, se eles recebessem algumas respostas ou falassem com qualquer um deles, é porque deveriam estar com algum espírito maligno. Então, entrei numa longa conversa com ele sobre o diabo, sua origem e rebelião contra Deus; de sua inimizade para com o homem e a razão desse ódio; de sua inclinação para ser adorado nas partes escuras do mundo em vez de Deus e como Deus; dos muitos estratagemas que ele usava para iludir a humanidade à ruína e, por fim, de como ele tinha acesso secreto às nossas paixões e às nossas afeições, para adaptar suas armadilhas às nossas inclinações, de modo até a nos tornarmos nossos próprios tentadores, para corrermos para a nossa destruição por nossa própria escolha.

Achei que não seria tão fácil imprimir noções certas sobre o diabo na mente dele como tinha sido sobre o ser de Deus. A natureza ajudava em toda a minha argumentação para evidenciar até mesmo a necessidade de uma grande primeira causa, de um poder governante dominador, de uma Providência secreta dirigente, da equidade e justiça de prestar homenagem àquele que nos fez, e assim por diante. Mas nada desse tipo aparecia na noção de um espírito maligno, em sua origem, em seu ser, em sua natureza e, acima de tudo, em sua inclinação para fazer o mal e nos atrair para também fazê-lo. Assim, certa vez a pobre criatura me intrigou de tal maneira, com uma questão meramente natural e inocente, que eu quase não soube o que responder. Eu falava muito com ele do poder de Deus, de sua onipotência e sua aversão ao pecado; de ele ser um fogo que consome os trabalhadores da iniquidade e de como, porque nos fez a todos, Ele poderia nos destruir e a todo o mundo num momento, e ele me escutava com grande seriedade o tempo todo.

Depois disso, continuei dizendo a ele como o diabo era inimigo de Deus nos corações dos homens, usando de toda sua malícia e habilidade para derrotar os bons desígnios da Providência, para arruinar o reino de Cristo no mundo e coisas semelhantes.

– Bem! – disse Sexta-feira. – Você diz que Deus ser muito forte, muito grande; mas não ser muito forte, nem muito poderoso como o diabo?

– Sim, sim, Sexta-feira – respondi. – Deus é mais forte que o diabo. Deus está acima do diabo e, portanto, oramos a Deus para esmagar

Satanás debaixo de nossos pés e para nos capacitar a resistir às suas tentações e apagar seus dardos inflamados.

– Mas, se Deus ser muito mais forte, muito mais poderoso que diabo mau, porque Deus não mata diabo, então ele não faz mais mal? – ele retrucou.

Fiquei estranhamente surpreso com essa questão. Embora eu fosse agora um homem velho, na verdade em matéria de teologia não passava de um jovem doutor, sem as qualificações de um casuísta ou de um resolvedor de dificuldades. E, no começo, sem saber o que responderia, fingi não tê-lo ouvido e perguntei o que ele havia dito. Mas ele precisava muito de uma resposta séria para esquecer a pergunta, tanto que repetiu as mesmas palavras desconexas acima. Nessa hora, eu me recuperei um pouco.

– No final, Deus vai puni-lo severamente. Ele está reservado para o juízo e deve ser lançado no abismo, para morar no fogo eterno.

Mas isso não satisfez Sexta-feira, que voltou-se para de mim, repetindo as minhas palavras.

– Reservado, no final! Não entende, mas por que não matar diabo agora, não matar muito bem?

– Por que você também não me pergunta por que Deus não mata você ou eu, quando fazemos coisas más aqui e que ofendem a Ele? Somos preservados para nos arrependermos e sermos perdoados – eu disse.

Ele meditou algum tempo sobre isso.

– Bem, bem! – ele disse, muito afetuosamente. – Muito bem! Então você, eu, diabo, todos malvados, todos preservar, arrepender, Deus perdoa todos.

Nesse momento, fiquei novamente desconcertado por causa dele até o último grau. Esse foi para mim um testemunho de que, embora as simples noções da natureza guiem as criaturas razoáveis ao conhecimento de Deus e da adoração ou homenagem devida ao ser supremo, de Deus como consequência da nossa natureza, nada porém senão a revelação divina pode formar o conhecimento de Jesus Cristo e de uma redenção adquirida por nós, de um mediador da nova aliança e de um intercessor no escabelo do trono de Deus. Quero dizer, nada senão uma revelação dos céus pode formar essas noções na alma e que, portanto, o evangelho de nosso senhor e salvador Jesus Cristo – ou seja, a Palavra de Deus – e o Espírito de Deus, prometido para ser o guia e santificador de seu povo, são os instrutores absolutamente necessários das almas dos homens no conhecimento salvífico de Deus e dos meios de salvação.

Então, interrompi essa conversa entre mim e o meu servo, levantando-me apressadamente, como se houvesse algum motivo repentino para sair. Aproveitei para enviá-lo a fazer algo bem longe e orei sinceramente a Deus para que me permitisse instruir esse pobre selvagem de forma salutar, auxiliando, por seu Espírito, o coração da pobre criatura ignorante a receber a luz do conhecimento de Deus em Cristo, reconciliando-o consigo mesmo e orientando-me a falar com ele da Palavra de Deus, para que sua consciência pudesse ser convencida, seus olhos se abrissem e sua alma se salvasse. Quando ele veio novamente a mim, entrei num longo diálogo com ele sobre o assunto da redenção do homem pelo salvador do mundo e sobre a doutrina do evangelho pregado a partir dos céus, a saber, de arrependimento em relação a Deus e fé em nosso abençoado senhor Jesus. Eu então expliquei a ele, da melhor maneira possível, por que o nosso abençoado redentor não tomou sobre ele a natureza dos anjos, mas a semente de Abraão; e como, por essa razão, os anjos caídos não compartilham na redenção, pois Ele veio somente para as ovelhas perdidas da casa de Israel, e assim por diante.

Eu tinha, como Deus sabe, mais sinceridade do que conhecimento em todos os métodos que adotei para a instrução dessa pobre criatura. E, devo reconhecer, com o que acredito que todos os que agem sobre o mesmo princípio concordarão, que, ao impor coisas abertas a ele, eu realmente me informei e me instruí em muitas coisas que não sabia ou não tinha considerado antes, mas que ocorreram naturalmente à minha mente ao pesquisá-las, para a informação desse pobre selvagem. E senti mais afeição na minha consulta sobre essas coisas nessa ocasião do que nunca antes, de modo que, se esse pobre desgraçado selvagem ficou ou não melhor por minha causa, eu tinha ótimas razões para ser grato pelo fato de ele ter vindo a mim. A minha dor ficou mais leve e a minha habitação se tornou confortável além da medida. Quando refleti que, nessa vida solitária a que havia sido confinado, eu tinha não apenas movido a mim mesmo a olhar para os céus e a buscar a mão que me levara ali, mas também havia me tornado um instrumento, sob a Providência, para salvar a vida e, pelo que eu sabia, a alma de um pobre selvagem e trazê-lo para o verdadeiro conhecimento da religião e da doutrina cristã, para que ele pudesse conhecer a Cristo Jesus, para saber quem é a vida eterna. Quando refleti, repito, sobre todas essas coisas, uma alegria secreta invadiu cada parte da minha alma e eu frequentemente me regozijava por ter sido levado a esse lugar, que tantas vezes considerei como a mais terrível de todas as aflições que poderiam ter me acontecido.

Continuei nesse quadro agradecido durante o resto do meu tempo e as horas de conversas empregadas entre mim e Sexta-feira fizeram com que fôssemos perfeita e completamente felizes durante os três anos em que vivemos lá juntos, se é que alguma coisa parecida com uma felicidade completa pode ser formada num estado sublunar. O selvagem era agora um bom cristão, muito melhor do que eu; embora eu tenha motivos para esperar e bendizer a Deus por isso, nós éramos igualmente penitentes e penitentes reconfortados, restaurados. Tínhamos ali a Palavra de Deus para ler e o seu Espírito para nos instruir, não muito distante do que teríamos se estivéssemos na Inglaterra.

Eu sempre me aplicava, ao ler a Escritura, para que ele soubesse, da melhor maneira possível, o significado daquilo que eu lia. E ele, novamente, por suas sérias investigações e questionamentos, me fazia, como disse, um estudioso muito melhor no conhecimento das Escrituras do que deveria ter sido por minha própria mera leitura privada. Outra coisa que eu não pude deixar de observar aqui também, a partir da experiência nessa retirada parte da minha vida, é reconhecer quão infinita e inexprimível bênção é o conhecimento de Deus e da doutrina da salvação por Cristo Jesus tão claramente estabelecido na Palavra de Deus, tão fácil de ser recebido e entendido que a leitura nua da Escritura me fez capaz de entender o suficiente do meu dever de me levar diretamente ao grande trabalho de sincero arrependimento pelos meus pecados e a posse de um Salvador para vida e salvação, para uma reforma declarada na prática e obediência a todos os mandamentos de Deus, e isso sem qualquer professor ou instrutor, quero dizer, humano. Então, essa mesma simples instrução serviu suficientemente para iluminar esse pobre selvagem e levá-lo a se tornar um cristão tão bom como conheci poucos iguais a ele em minha vida.

Quanto a todas as disputas, querelas, contendas e controvérsias que aconteciam no mundo sobre religião, seja por sutilezas em doutrinas ou esquemas de governo da Igreja, eram todas perfeitamente inúteis para nós, aliás, e até onde ainda posso perceber, como assim o são para o resto do mundo. Tínhamos o guia certo para os céus, a saber, a palavra de Deus; e tivemos, louvado seja Deus, confortáveis visões do Espírito de Deus nos ensinando e instruindo por sua palavra, levando-nos a toda a verdade e tornando-nos ao mesmo tempo dispostos e obedientes à instrução da sua palavra. E não vejo o menor uso que o maior conhecimento dos pontos controversos da religião, que causaram tanta confusão no mundo, poderia ter servido para nós, se pudéssemos obtê-lo. Mas devo continuar com a parte histórica das coisas e seguir cada uma em sua ordem.

Depois que Sexta-feira e eu nos tornamos mais intimamente familiarizados e que ele podia entender quase tudo o que eu lhe dizia e com ele falando comigo bem e fluentemente, embora em inglês incorreto, eu o coloquei a par da minha própria história ou, pelo menos, de muito do que se relacionava com a minha vinda a esse lugar: como eu tinha vivido ali e por quanto tempo. Deixei-o entrar no mistério – pois era assim para ele – da pólvora e das balas e o ensinei a atirar. Dei a ele uma faca e ele ficou maravilhosamente encantado. E fiz um cinturão pra ele com uma bainha pendurada, como na Inglaterra usamos para sabres curtos e, na bainha, em vez do sabre, dei-lhe uma machadinha, que não era só tão boa como arma em alguns casos, mas muito mais útil em outras ocasiões.

Descrevi para ele a região da Europa, particularmente a Inglaterra, de onde eu vim e, como vivíamos, como adorávamos a Deus, como nos comportávamos uns com os outros e como negociamos em navios com todas as partes do mundo. Dei a ele um relato do naufrágio em que eu estava a bordo e mostrei-lhe, o mais perto que pude, o lugar onde ocorreu; mas há muito os restos tinham se despedaçado e o naufrágio havia desaparecido completamente.

Mostrei-lhe as ruínas da nossa chalupa, que perdemos quando escapamos e que então não consegui mover com toda a minha força, mas que agora estava quase toda caindo em pedaços. Ao ver esse barco, Sexta-feira ficou parado, refletindo por um bom tempo, sem dizer nada. Eu perguntei-lhe o que o intrigava.

– Eu ver barco assim igual ir para lugar no meu nação – ele disse, afinal.

Por um bom tempo, não o compreendi. Mas, finalmente, quando o indaguei melhor sobre isso, entendi por ele que um barco parecido foi parar na costa do lugar onde ele morava, isto é, como ele explicou, foi levado para lá pela severidade do clima. Na verdade, imaginei que algum navio europeu deveria ter sido arremessado contra aquela costa e que a chalupa podia ter se soltado e se dirigido para terra. Mas estava distraído demais para imaginar homens escapando de um naufrágio lá e muito menos de onde poderiam ter vindo. Por isso, só pedi a descrição do barco.

Sexta-feira descreveu a embarcação suficientemente bem para mim, mas se fez melhor entender quando disse:

– Nós salvar homem branco de se afogar – ele acrescentou, com alguma emoção.

Então perguntei-lhe se havia algum homem branco, como ele os chamava, no barco.

– Sim, barco cheio de brancos homens.

Perguntei-lhe quantos e ele contou dezessete em seus dedos. Perguntei então o que aconteceu a eles.

– Eles viver, morar no meu nação – ele me contou.

Isso colocou novos pensamentos na minha cabeça. Imaginei que esses poderiam ser homens pertencentes ao navio que foi arremessado além da visão da "minha ilha", como eu então a chamava, e que, depois que o navio bateu nos rochedos e eles o viram inevitavelmente perdido, salvaram-se numa de suas chalupas e desembarcaram nessa costa deserta entre os selvagens.

Com isso, perguntei-lhe mais enfaticamente o que houve com eles. Ele me assegurou que eles ainda moravam lá, onde estavam havia cerca de quatro anos, que os selvagens os deixavam sozinhos e davam-lhes comida para viver. Perguntei-lhe por que não os mataram e nem os comeram.

– Não, eles fazer irmão com eles – ele disse.

Pelo que entendi, houve uma trégua.

– Eles não comem homem senão quando fazer a luta de guerra – então, acrescentou.

Ele queria dizer que eles nunca comem nenhum homem, a não ser quando lutam com eles e os capturam na batalha.

Depois de um tempo considerável que isso aconteceu e quando estávamos no topo da colina, no lado leste da ilha, de onde – como falei – eu tinha num dia claro avistado a terra firme ou o continente da América, que Sexta-feira, com o tempo muito sereno, olhou muito sério para o continente e, com uma espécie de surpresa, deu um salto e caiu numa dança, chamando-me porque eu estava a alguma distância dele. Perguntei a ele qual era o assunto.

– Oh! Alegria! Oh! Feliz! Lá ver meu país, lá meu nação! – ele exclamava.

Observei que uma extraordinária sensação de prazer apareceu em seu rosto. Os olhos dele brilharam e seu semblante revelou uma estranha ansiedade, como se ele tivesse em mente estar em seu próprio país novamente. Essa observação despertou muitos pensamentos em mim, que a princípio não me deixaram tão tranquilo sobre o meu novo servo Sexta-feira como antes. E eu não tive dúvidas de que, se Sexta-feira pudesse voltar à sua própria nação novamente, ele não só esqueceria toda religião, mas toda obrigação para comigo e seria suficientemente adiantado para dar aos seus compatriotas um relato de mim e retornar, talvez com uma centena ou duas deles, para fazerem um festim comigo, porque ele poderia estar tão feliz como costumava ficar com seus inimigos quando eles eram capturados em guerra.

Mas eu estava muito enganado quanto à pobre e honesta criatura, pelo que me lamentei muito depois. Porém, conforme o meu ciúme aumentou e tomou conta de mim por algumas semanas, eu fiquei um pouco mais circunspecto, não tão familiar e gentil com ele como antes, no que certamente também estava errado, pois a honesta e grata criatura não havia pensado em nada que não fosse consistente com os melhores princípios, tanto como um cristão religioso quanto como um amigo grato, como se verificou depois para minha plena satisfação.

Enquanto a minha ciumeira durou, podem ter certeza de que eu o bombardeava todos os dias para ver se ele revelaria alguns dos novos pensamentos que suspeitava que ele teria. Mas eu achava tudo o que ele dizia tão honesto e tão inocente que não encontrei nada para alimentar as minhas suspeitas. E, apesar de toda a minha inquietação, ele finalmente me fez inteiramente seu de novo. Em nenhum momento ele percebeu minimamente que eu estava desconfortável e, portanto, eu não podia desconfiar de hipocrisia da parte dele.

Certo dia, subindo essa mesma colina, mas com o tempo estando nublado no mar e, assim, sem que pudéssemos ver o continente, eu o chamei.

– Sexta-feira, você não deseja ver a si mesmo em seu próprio país, em sua própria nação? – perguntei.

– Sim! – ele respondeu. – Eu ficar muito feliz de estar no meu própria nação.

– O que faria lá? – indaguei. – Você se tornaria selvagem novamente, comeria carne de homem novamente e seria um selvagem como era antes?

Ele pareceu cheio de preocupações e respondeu, balançando a cabeça.

– Não, não, Sexta-feira dizer para eles viver bem. Dizer para orar Deus, dizer para comer pão de cereal, carne de gado, leite. Não comer homem de novo.

– Então, eles vão matar você – eu disse a ele.

Ele pareceu sério com isso e então respondeu.

– Não, não, eles não me matar, eles quer amor aprender.

Com isso ele quis dizer que eles estariam dispostos a aprender. E, acrescentou que aprenderam muito dos homens barbudos que vieram no barco. Então, perguntei se voltaria para eles. Ele sorriu e me disse que não podia nadar até lá agora. Eu lhe disse que faria uma canoa para ele. Ele retrucou que iria se eu fosse com ele.

– Eu vou! – exclamei. – Mas eles vão me comer se eu for lá.

– Não, não! – ele respondeu. – Eu fazer que ninguém comer você. Fazer eles amar muito você.

Ele quis dizer que diria a eles que eu tinha matado inimigos e salvado sua vida e, assim, iria fazê-los me amarem. Depois me disse, da melhor maneira que pôde, que eles foram gentis com dezessete homens brancos, ou homens de barba, como ele os chamava, que chegaram à costa em perigo.

A partir desse momento, confesso que tive vontade de me aventurar e ver se poderia me juntar a esses homens barbudos, que, sem dúvida, seriam espanhóis e portugueses. Se eu pudesse conseguir algum método de escapar dali, eu não duvidava que estar no continente, junto com uma boa companhia, seria melhor do que eu permanecer numa ilha a quarenta milhas da costa, sozinho e sem ajuda. Então, depois de alguns dias, chamei Sexta-feira para trabalhar novamente por meio de conversa, dizendo-lhe que lhe daria um barco para ele voltar à sua própria nação. Como consequência, eu o levei para a minha fragata, que estava do outro lado da ilha, e, tendo retirado a água – porque eu sempre a deixava afundada na água –, eu a puxei e mostrei a ele e ambos entramos na embarcação.

Descobri que ele era um sujeito muito destro nas manobras e que pilotaria o barco quase com tanta agilidade e rapidez quanto eu. Assim, quando navegávamos, eu disse a ele: "Bem, agora, Sexta-feira, vamos para a sua nação?". Ele pareceu muito surpreso comigo, ao que parece porque achava que o barco era pequeno demais para irmos tão longe. Então, eu lhe disse que tinha um maior. Assim, no dia seguinte fomos para o lugar onde estava o primeiro barco que eu tinha feito, mas que eu não consegui colocar na água. Ele disse que era suficientemente grande. Mas, como eu não tinha tomado nenhum cuidado com aquilo, vinte e dois ou vinte e três anos depois o sol o tinha rachado e secado e o bote estava, em certa medida, apodrecido. Sexta-feira me disse que tal barco serviria muito bem e que levaria "muito bastante alimento, bebida, pão". Porque esse era seu jeito de falar.

XVI RESGATE DE PRISIONEIROS DOS CANIBAIS

De um modo geral, nesse momento eu estava tão decidido no meu plano de ir com ele ao continente que lhe disse que faríamos outro barco tão grande assim, para que ele pudesse voltar para casa. Ele respondeu não com palavras, mas parecendo muito sério e triste. Perguntei qual era o problema dele.

– Por que você bravo com Sexta-feira? O que eu fazer? – ele me respondeu.

Perguntei-lhe o que ele queria dizer com isso, porque eu não estava bravo com ele.

– Não zangado! – ele disse, repetindo essas palavras várias vezes. – Por que mandar Sexta-feira para casa, longe para meu nação?

– Por que, Sexta-feira, você não disse que desejava voltar para lá? – retruquei.

– Sim, sim! – ele disse. – Desejar nós dois. Não desejar Sexta-feira lá, sem mestre lá.

Em uma palavra, ele não pensava em ir até lá sem mim.

– Eu vou, Sexta-feira? – afirmei. – O que devo fazer lá?

Com isso, ele se virou rapidamente para mim.

– Você fazer muito bem, muito – ele prosseguiu. – Você ensinar homens selvagens ser homem bom, sóbrio, domado. Você dizer para eles conhecer Deus, orar Deus e viver vida nova.

– Ah, Sexta-feira! – respondi. – Você não sabe o que está dizendo. Sou apenas um homem ignorante.

– Sim, sim! Você me fazer bem, você ser bom para eles – ele disse.

– Não, não, Sexta-feira – eu disse. – Você deve ir sem mim. Deixe-me viver aqui comigo mesmo, como antes.

Ele pareceu confuso novamente com essa palavra. Correu para pegar um dos machados que costumava usar e trouxe apressadamente para mim.

– O que eu faço com isso? – eu disse a ele.

– Você pegar, você matar Sexta-feira – ele retrucou.

– Por que devo matar você? – repeti.

– Por que você mandar Sexta-feira? Pegar, matar Sexta-feira, não enviar Sexta-feira longe – ele respondeu imediatamente.

Ele falou isso com tanta sinceridade que eu vi lágrimas em seus olhos. Em suma, descobri claramente o maior afeto nele e uma firme afeição dele para comigo. Assim, eu lhe disse então e frequentemente depois que jamais o mandaria para longe de mim se ele estivesse disposto a ficar comigo.

Em suma, do mesmo modo como em todas as conversas ele demonstrava um apreço decidido para comigo e que nada poderia separá-lo de mim, então descobri que todo o fundamento do desejo de ele ir para seu próprio país estava colocado sobre a ardente afeição a seu povo e em suas esperanças de que eu fizesse o bem, algo de que, como eu não tinha noção de como fazer nem para mim mesmo, então eu não sentia o menor pensamento, intenção ou desejo de fazer. Mas, ainda assim, encontrava uma forte inclinação para tentar a minha fuga, fundada na suposição recolhida do discurso de que existiam dezessete homens barbudos lá. Portanto, sem mais demora, fui trabalhar com Sexta-feira para encontrar uma grande árvore apropriada para derrubar e fazer uma grande piroga, ou canoa, para empreendermos a viagem. Havia árvores suficientes na ilha para construir uma pequena frota, não de pirogas ou canoas, mas inclusive de boas e grandes embarcações. Mas a principal coisa que busquei foi ficar o mais perto possível da água, para poder lançá-la quando pronta, evitando o erro cometido da primeira vez.

Por fim, Sexta-feira escolheu uma árvore, porque percebi que ele conhecia muito melhor do que eu qual espécie de madeira seria mais adequada para o serviço. Ainda hoje, eu não saberia dizer o nome da madeira da árvore que cortamos, exceto que era muito parecida com a árvore que chamamos de fustete, ou entre essa e a madeira da Nicarágua, pois era da mesma cor e cheiro. Sexta-feira queria queimar a parte oca ou cavidade dessa árvore, para transformá-la num barco, mas mostrei-lhe como cortá-la com ferramentas. Depois de mostrar-lhe como deveria usá-las, ele agiu com muita competência. Terminamos após quase um mês de trabalho duro e o barco ficou muito bonito, especialmente quando, com nossos machados, que mostrei a ele como lidar, cortamos e modelamos o exterior na verdadeira forma de um barco. Depois disso, porém, custou-nos quase quinze dias para levá-lo, polegada a polegada, em cima de grandes roletes de madeira até a água. Mas, assim que chegou lá, teria carregado vinte homens com grande facilidade.

Uma vez na água, embora fosse bem grande, surpreendi-me de ver com que destreza e quão rapidamente o meu servo Sexta-feira poderia manejar, virar e remar a embarcação. Então eu perguntei, se pudéssemos, se ele se aventuraria nela.

– Sim! – ele respondeu. – Nós aventurar muito bem nela, apesar de grande sopro de vento.

Eu, no entanto, tinha um projeto que ele desconhecia, que era fazer um mastro e uma vela, além de guarnecer a canoa com âncora e cabo. Quanto ao mastro, seria bastante fácil de conseguir. Assim, escolhi uma árvore jovem de cedro, que encontrei perto do local e que existia em grande abundância na ilha. Coloquei Sexta-feira para trabalhar, cortando-a, e dei-lhe instruções sobre como moldar e aparelhar o mastro. Mas, quanto à vela, esse era uma tarefa particular minha. Lembrei que eu tinha muitas velas antigas, ou melhor, pedaços de velas antigas; mas, como então estavam comigo havia vinte e seis anos e não tomei nenhum cuidado para preservá-las, jamais imaginando que teria esse tipo de uso para elas, não duvidei de que todas estariam podres. E, de fato, a maioria delas estava assim. No entanto, encontrei duas peças que pareciam muito boas e com essas passei a trabalhar e, depois de muito penar costurando de maneira desajeitada e entediante – podem ter certeza –, por falta de agulhas, eu finalmente consegui fazer uma coisa feia de três pontas ou, como chamamos na Inglaterra, uma vela ombro de carneiro, para ir com uma verga embaixo e com um pequeno pico curto no topo, como geralmente as chalupas dos nossos navios velejam e que eu sabia como manejar, porque esse conjunto era como o que eu tive no barco em que eu fiz a minha fuga dos berberes, como foi relatado na primeira parte da minha história.

Passei quase dois meses realizando essa última tarefa, a saber, o aparelhamento e a montagem dos meus mastros e das velas. Para terminar esse arranjo, montei um pequeno estai e uma vela de vante, ou traquete, para ajudar se tivéssemos que nos voltar para barlavento e, o melhor de tudo, fixei um leme na popa, para poder pilotar o barco. Embora eu fosse apenas um carpinteiro naval desajeitado, como conhecia a utilidade e mesmo a necessidade dessas coisas, eu me apliquei com tanto afinco nisso que finalmente consegui fazer dar certo. Mas, considerando as muitas tentativas maçantes que fiz e que deram errado, acho que essa tarefa custou-me quase tanto trabalho quanto fazer o barco.

Depois de tudo isso, eu tive que ensinar ao meu servo Sexta-feira tudo o que se referia à navegação do meu barco. Embora ele soubesse muito bem remar numa canoa, ele não sabia nada do que se referia ao manejo da vela e do leme. Ele ficou maravilhado quando me viu manobrar o barco de ida e volta ao mar com o leme e como a vela cambiava e enfunava desse ou daquele jeito conforme o curso em que navegávamos mudava. Eu dizia que, quando viu isso, ele ficou como que espantado e assombrado. No entanto, com um pouco de treino, fiz todas essas coisas se tornarem familiares para ele, que se transformou num marinheiro experiente, exceto quanto ao uso da bússola, que eu não consegui fazê-lo entender quase nada. Por outro lado, como havia bem pouco tempo nublado e raramente ou nunca algum nevoeiro naquelas paragens, havia menos ocasiões para o uso da bússola, considerando que as estrelas sempre podiam ser vistas à noite e a costa durante o dia, exceto nas estações chuvosas, quando, então, ninguém se arriscava a ir longe, nem por terra, nem no mar. Eu estava então entrando no vigésimo sétimo ano do meu cativeiro nesse lugar, embora os três últimos anos que tive com essa criatura comigo devessem ser deixados de fora da conta, pois nesse período a minha habitação foi de um tipo bem diferente do que no resto do tempo. Mantive o aniversário de meu desembarque aqui com a mesma gratidão a Deus por suas misericórdias como sempre. E, se eu tivesse reconhecimento de tal causa no começo, eu teria muito mais agora, dando muitos mais testemunhos adicionais do cuidado da Providência sobre mim e as grandes esperanças que tive de ser eficaz e rapidamente livrado. Porque eu tinha uma impressão invencível em meus pensamentos de que o meu livramento estava à mão e que eu não ficaria mais um ano nesse lugar. Prossegui, no entanto, cavando, plantando, cercando e mantendo a minha criação, como de costume. Eu juntava e curava as minhas uvas e fazia cada coisa necessária como antes.

No entanto, a estação chuvosa estava chegando e era quando eu ficava mais dentro de casa do que em outros momentos. Então, guardamos o nosso novo navio tão seguro quanto possível, levando-o ao riacho, onde, como eu disse no começo, desembarquei com as minhas jangadas do navio. Nós o transportamos acima da costa com a maré alta; então, fiz o meu servo Sexta-feira cavar um pequeno cais, suficientemente grande apenas para guardar o barco e para conter água o bastante para que flutuasse. Depois, na maré baixa, fizemos uma forte barragem no final, para manter a água fora. Assim, o nosso barco ficou em seco e ao abrigo do retorno da maré. Para protegê-lo da chuva, fizemos uma camada de árvores tão espessa que o barco ficou tão bem coberto de palha como uma casa. E, assim, esperamos os meses de novembro e dezembro, durante os quais eu projetava fazer a minha aventura.

Quando a época escolhida começou a chegar e como o pensamento do meu plano voltou com o tempo bom, passei a me preparar diariamente para a viagem. A primeira coisa que fiz foi reservar uma certa quantidade de provisões, que seriam necessárias para a nossa partida. Eu pretendia, no tempo de uma semana ou uma quinzena, abrir a doca e lançar o nosso barco. Certa manhã, eu estava ocupado com algo desse tipo quando chamei Sexta-feira e pedi para ele ir à beira-mar ver se encontrava uma tartaruga marinha, algo que geralmente tínhamos uma vez por semana, por causa dos ovos e também da carne. Sexta-feira não tinha ido muito longe quando voltou correndo e saltou sobre a minha cerca ou muro externo, como alguém que não sentia o chão ou os degraus onde colocava o pé. E, antes que eu tivesse tempo de falar, gritou para mim.

– Mestre! Oh! Mestre! Oh! Triste! Oh! Ruim!

– O que aconteceu, Sexta-feira? – perguntei.

– Além dali – ele disse. – Um, dois, três canoas, um, dois, três!

Por essa maneira de falar, concluí que eram seis. Mas, depois de insistir, descobri que eram apenas três.

– Bem, Sexta-feira, não tenha medo – afirmei.

Então, procurei tranquilizá-lo o máximo que pude. Mas notei que o pobre rapaz estava terrivelmente assustado, fora de si. Não passava nada pela cabeça dele que não fosse que "eles" tinham vindo buscá-lo, que o cortariam em pedaços e o comeriam, O pobre coitado tremia tanto que eu mal sabia o que fazer com ele. Consolei-o do melhor jeito que pude e disse-lhe que eu corria tanto perigo quanto ele e que eles me comeriam tão bem como ele.

– Mas, Sexta-feira, devemos resolver lutar contra eles – eu disse. – Consegue lutar, Sexta-feira?

– Eu atirar! – ele disse. – Mas lá tem grande número.

– Isso pouco importa – eu disse novamente. – As nossas armas vão assustá-los tanto que nem vamos precisar matá-los.

Então, perguntei-lhe se, caso eu decidisse defendê-lo, ele me defenderia e se ficaria ao meu lado e faria o que eu lhe pedisse.

– Eu morrer quando você mandar morrer, mestre – ele afirmou.

Então, fui buscar um bom gole de rum e dei a ele, porque eu tinha cuidado tão bem do meu rum que ainda havia sobrado bastante. Quando bebemos, fiz com que ele pegasse as duas armas de caça, que sempre levávamos conosco, e as carregamos com um punhado de chumbo grosso, do maior tamanho, tão grandes quanto pequenas balas de pistola. Então, peguei quatro mosquetes e carreguei-os com um par de cartuchos e cinco balas menores cada. As minhas duas pistolas carreguei-as com um par de balas cada. Pendurei a minha grande espada, como de costume, desembainhada ao meu lado, e dei a machadinha a Sexta-feira.

Quando estava assim preparado, peguei a minha luneta e fui até a lateral da colina, para ver o que poderia descobrir. Rapidamente verifiquei que eram vinte e um selvagens, três prisioneiros e três canoas, e que o negócio todo parecia ser um banquete triunfal sobre aqueles três corpos humanos – uma festa, de fato, bárbara –, mas nada que, como eu tinha observado, não fosse habitual entre eles.

Observei também que eles não tinham desembarcado como haviam feito quando Sexta-feira fugiu, mas estavam mais perto do meu riacho, onde a costa era baixa e onde um bosque espesso chegava quase no mar. Isso e mais o repúdio à missão desumana desses infelizes me encheram de tanta indignação que desci novamente até onde Sexta-feira estava e lhe disse que eu estava decidido a ir até lá para matar todos eles. Perguntei se ele ficaria ao meu lado. Sexta-feira já havia se recuperado do susto, e como seus espíritos ficaram um pouco exaltados com o gole de bebida que lhe dei, ele se mostrava muito alegre e me disse que, como antes, morreria quando eu morresse.

Nesse ataque de fúria, reparti as armas que tinha carregado, como antes, entre nós. Dei uma pistola para Sexta-feira enfiar na cintura e três armas para levar no ombro. Peguei uma pistola e as outras três armas e, nessa postura, saímos. Levei uma pequena garrafa de rum no bolso e dei uma bolsa grande com mais pólvora e balas a Sexta-feira. Quanto às ordens, eu o orientei para ficar perto de mim, sem se mexer, atirar ou fazer nada até que eu o mandasse agir e, enquanto isso, ele não devia falar uma palavra. Nessa condição, fiz um desvio de quase uma milha à minha direita, tanto para passar pelo riacho como para entrar no bosque, de modo que eles ficassem ao alcance do meu tiro e antes que eu pudesse ser descoberto por eles, o que, pela minha luneta, eu tinha visto que era fácil de fazer.

Durante essa marcha, os meus pensamentos anteriores despertaram e eu comecei a vacilar na minha resolução. Não quero dizer que estivesse com algum receio do número deles, pois, como eles eram uns infelizes, nus e desarmados, é certo que eu era superior a eles, embora estivesse sozinho. Mas ocorreu aos meus pensamentos, qual motivo, qual ocasião e, ainda muito menos, qual necessidade eu teria de ir até lá, para mergulhar as minhas mãos em sangue, atacando pessoas que não tinham feito ou que não pretendiam me fazer mal algum. Porque, quanto a mim, eles eram inocentes, cujos costumes bárbaros eram seu próprio desastre, sendo eles uma prova, de fato, da vontade de Deus de abandoná-los, junto com as outras nações daquela parte do mundo, em tal estupidez e em cursos tão desumanos. Mas Ele também não havia me chamado para arcar sobre mim ser o juiz das ações deles e muito menos de ser o carrasco de sua justiça. Porque, sempre que achasse apropriado, Ele tomaria a causa deles em suas próprias mãos e por meio de uma vingança nacional haveria de puni-los por seu crime nacional. Mas isso não era de modo algum da minha conta. É verdade que Sexta-feira poderia justificar isso, porque ele era um inimigo declarado deles e em estado de guerra com essas pessoas muito particularmente. Para ele, seria legítimo atacá-los. Mas eu não poderia dizer o mesmo com respeito à minha pessoa. Essas coisas causaram tão calorosamente uma impressão nos meus pensamentos durante todo o caminho que percorri que decidi só me colocar perto deles, para observar sua festa bárbara, e que então eu agiria como Deus me dirigisse. Mas, a menos que algo se oferecesse como um apelo a mais para mim do que eu já sabia, eu não me intrometeria com eles.

Com essa resolução, entrei no bosque e com toda a cautela e o silêncio possíveis – e Sexta-feira nos meus calcanhares – marchei até chegar à orla do bosque na parte que ficava ao lado dos selvagens, só restando uma ponta do bosque entre mim e eles. Ali, chamei Sexta-feira discretamente, mostrando-lhe uma grande árvore que ficava bem no canto do bosque. Mandei-o ir até a árvore, para me dizer se ele podia ver claramente de lá o que eles faziam. Ele fez isso e voltou imediatamente para me dizer que eles podiam ser claramente vistos dali, que estavam todos na fogueira, comendo a carne de um prisioneiro e que outro estava deitado na areia perto deles, o qual, pelo que ele me disse, eles matariam logo em seguida. Isso me incendiou a alma. Ele me disse que não era alguém da nação deles, mas um dos homens barbudos que ele me contou que havia chegado de barco no país deles. Eu me enchi de horror com a simples menção de um homem branco de barba. Então, indo para a árvore, vi claramente, pela minha luneta, um homem branco, que jazia na praia à beira-mar com as mãos e os pés amarrados com cipó, ou algo parecido com junco, que era europeu e vestia roupas.

Havia outra árvore e um pequeno matagal adiante dela, cerca de cinquenta jardas mais perto deles do que o lugar onde eu estava. Vi que, dando uma pequena volta, eu poderia chegar lá sem ser descoberto e que então eu estaria a apenas meio tiro deles. Assim, contive a minha paixão, embora estivesse de fato enfurecido no mais alto grau. E, contornando cerca de vinte passos, segui por atrás de alguns arbustos, que cobriam todo o caminho, até que cheguei à outra árvore. Em seguida, cheguei a um pequeno terreno ascendente, que me dava uma visão completa deles, à distância de cerca de oitenta jardas.

Então, não havia nenhum momento a perder, pois dezenove daqueles miseráveis estavam sentados no chão, todos inteiramente à vontade, e tinham acabado de enviar outros dois para abater o pobre cristão e levá-lo, talvez membro a membro, para a fogueira deles. E eles estavam se abaixando para desamarrar o cipó dos pés dele. Então, eu me virei para Sexta-feira.

– Agora, Sexta-feira, faça o que eu disser – ordenei.

Sexta-feira afirmou que faria.

– Vamos, Sexta-feira, faça exatamente o que eu fizer, não esqueça de nada – eu disse.

Assim, coloquei um mosquete e a peça de caça no chão. Sexta-feira me imitou. Então, com o outro mosquete, eu mirei nos selvagens, mandando que ele fizesse o mesmo. Perguntei se ele estava pronto.

– Sim – ele respondeu.

– Muito bem, atire neles! – ordenei.

E, no mesmo momento, eu também atirei.

Sexta-feira acertou o alvo muito melhor do que eu. Do lado que atirou, matou dois e feriu mais três; eu, do meu lado, matei um e feri dois. Eles ficaram, podem ter certeza, terrivelmente consternados. E os que não se feriram saíram correndo, sem saber de imediato para onde fugir ou que caminho tomar, pois não sabiam de onde vinha a destruição deles. Sexta-feira mantinha os olhos tão perto de mim, como eu mandei, que observava tudo o que eu fazia. Assim que o primeiro tiro foi disparado, coloquei a arma no chão e peguei o arcabuz de caça. Sexta-feira fez o mesmo. Armei o gatilho e mirei. Ele fez o mesmo novamente.

– Está pronto, Sexta-feira? – perguntei.

– Sim! – ele respondeu.

– Então, fogo! – ordenei. – Em nome de Deus!

E, assim, atiramos novamente naqueles infelizes assustados. Como as nossas armas estavam carregadas com o que chamo de chumbo grosso, ou pequenas balas de pistola, apenas dois tombaram. Mas muitos ficaram feridos porque todos saíram gritando como uns loucos, ensanguentados, muitos deles gravemente feridos, entre os quais mais três tombaram logo depois, embora ainda não completamente mortos.

– Agora, Sexta-feira, siga-me! – eu disse, deitando as armas descarregadas e pegando o mosquete que estava preparado, o que ele fez com grande coragem.

Com isso, corri para fora do bosque e me mostrei. Sexta-feira seguia no meu encalço. Assim que percebi que fui visto, gritei o mais alto que pude e pedi para Sexta-feira também fazer o mesmo. Saí correndo do jeito mais rápido possível, o que, a propósito, não foi tão rápido, carregado de armas como estava. Fui diretamente para a pobre vítima, que era, como disse, um homem que estava deitado na areia ou na praia, entre o lugar onde eles estiveram sentados e o mar. Os dois açougueiros que iam trabalhar nele o abandonaram, surpresos com a nossa primeira carga, e fugiram terrivelmente assustados para a beira-mar. Pularam numa canoa, junto com mais três que fizeram o mesmo caminho. Virei para Sexta-feira e pedi que ele desse um passo à frente e atirasse neles. Ele me atendeu prontamente, correndo cerca de quarenta jardas, para chegar mais perto deles; então, atirou neles. Achei que ele tinha matado todos, porque os vi caindo no barco, mas vi dois deles se levantarem de novo rapidamente. Ele, todavia, havia matado dois e ferido um terceiro, que ficou deitado no fundo do barco como se estivesse morto.

Enquanto o meu servo Sexta-feira disparava contra eles, puxei a minha faca e cortei os cipós que prendiam a pobre vítima. Soltando as mãos e os pés do sujeito, levantei-o e perguntei em língua portuguesa quem ele era. Ele me respondeu Christianus, em latim, mas estava tão fraco e exaurido que quase não conseguia ficar em pé, nem falar. Tirei a garrafa de rum do bolso e lhe ofereci, fazendo sinais para que bebesse, o que ele fez; depois, dei-lhe um pedaço de pão, que ele comeu. Então, perguntei sua nacionalidade, ao que ele respondeu *espagniole*. Tendo se recuperado um pouco, avisou-me por todos os sinais possíveis o quanto estava em dívida por sua libertação.

– *Seignior* – disse eu, no melhor espanhol ao meu alcance –, conversamos depois. Agora, vamos lutar. Se lhe restou alguma força, pegue essa pistola e a espada e vá à forra.

Ele pegou as armas muito agradecido e, assim que as teve nas mãos, foi como se elas lhe tivessem dado um novo vigor. Ele arremeteu com fúria sobre os assassinos e cortou dois deles em pedaços num instante. Porque, na verdade, como tudo era uma enorme surpresa para eles, então as pobres criaturas ficaram tão assustadas com o barulho de nossas armas que tombaram de mero espanto e medo e não tinham mais forças para tentar empreender a própria fuga do que a carne deles tinha de resistir aos nossos tiros. Esse foi o caso dos cinco que Sexta-feira atirou no barco; porque, se três deles tombaram com os ferimentos que receberam, os outros dois tombaram de susto.

Continuei com a arma na mão ainda sem disparar, disposto a manter a minha carga pronta, porque havia dado a pistola e a espada ao espanhol. Então, chamei Sexta-feira e pedi-lhe para correr até a árvore de onde atiramos da primeira vez, para buscar as armas descarregadas que lá estavam, o que ele fez com grande rapidez. Assim, dei-lhe o mosquete e me sentei para recarregar as outras armas e pedi que voltassem quando fosse preciso. Enquanto carregava essas armas, aconteceu um feroz embate entre o espanhol e um dos selvagens, que o atacou com uma grande espada de madeira, a mesma arma que deveria ter matado o europeu, se eu não tivesse impedido. O espanhol, que era tão corajoso e bravo quanto se poderia imaginar, embora enfraquecido, lutava com esse índio havia um bom tempo e o havia ferido com dois profundos cortes na cabeça. Mas o selvagem, que era robusto e corpulento, agarrou-o e jogou-o no chão, quase desmaiado, tentando arrancar a minha espada da mão dele. Foi quando o espanhol, embora subjugado, sabiamente soltou a espada, puxou a pistola da cintura, atirou no corpo do selvagem e o matou no local, antes que eu, que corria para ajudá-lo, pudesse me aproximar.

Estando à vontade, então, Sexta-feira perseguiu os infelizes fugitivos, sem outra arma na mão a não ser o machado. E, assim, ele despachou aqueles três que, como eu disse, primeiro tinham se ferido e em seguida tombaram e todos os outros que conseguiu encontrar pela frente. O espanhol foi pegar uma arma comigo. Dei-lhe uma das peças de caça, com as quais ele perseguiu dois selvagens, ferindo-os; mas, como não foi capaz de correr, ambos escaparam dele na floresta, onde Sexta-feira os perseguiu, matando um deles. O outro era muito ágil e, embora estivesse ferido, ainda mergulhou no mar e nadou com todas as suas forças até os dois que estavam na canoa. Esses três na canoa, com um ferido, que não soubemos se morreram ou não, foram os únicos que escaparam de nossas mãos, dos vinte e um. A conta do total é a seguinte:

Três mortos, no primeiro ataque da árvore;
Dois mortos, no ataque seguinte;
Dois mortos, no barco por Sexta-feira;
Dois mortos por Sexta-feira, dos que primeiro se feriram;
Um morto por Sexta-feira na floresta;
Três mortos pelo espanhol;
Quatro mortos, depois de serem encontrados feridos aqui e ali, ou que foram mortos por Sexta-feira na perseguição a eles;
Quatro que escaparam no barco, dos quais um ferido, talvez morto;
Vinte e um, ao todo.

Os que estavam na canoa trabalharam duro para ficarem fora da mira da arma. Embora Sexta-feira tivesse feito dois ou três disparos contra eles, não achei que acertou ninguém. Sexta-feira insistiu para pegarmos uma das canoas deles para persegui-los. Eu, de fato, estava muito preocupado com a fuga deles, pois, se levassem a menor notícia para casa e para seu povo, talvez voltassem com duzentas ou trezentas canoas e seríamos devorados por mera multidão. Então, consenti em persegui-los pelo mar. Corri para uma canoa, entrei e mandei Sexta-feira me seguir. Mas, quando subi na canoa, fiquei surpreso ao encontrar outra pobre criatura ali, com as mãos e os pés atados, como o espanhol, pronta para o abate. Quase morto de medo, o sujeito, não sabendo qual era o assunto, porque não tinha sido capaz de olhar por cima da lateral do barco, estava amarrado com tanta força entre o pescoço e os calcanhares, e há tanto tempo, que realmente lhe restava pouca vida.

Imediatamente cortei-lhe os cipós ou juncos retorcidos com que estava preso e queria ajudá-lo a se levantar, mas, ele não aguentava ficar de pé, nem falar. Apenas gemeu dolorosamente, acreditando, ainda, ao que parecia, que estava apenas sendo solto para ser morto.

Quando Sexta-feira se aproximou, pedi que falasse com ele, para dizer-lhe de sua libertação. Puxei a minha garrafa, fiz com que ele desse ao pobre coitado um gole de rum, o que, junto com a notícia da soltura, reanimou-o. Ele sentou-se no barco, mas, quando Sexta-feira chegou para escutá-lo falar e olhou em seu rosto, teria levado qualquer um às lágrimas, pela maneira como beijou-o, abraçou-o, chorou, riu, gritou, pulou, dançou, cantou. Então, chorou de novo, esfregou as mãos, bateu no próprio rosto e na cabeça. Depois, cantou e pulou novamente, como um maluco. Demorou um bom tempo antes que eu conseguisse fazê-lo falar comigo, para me dizer o que estava acontecendo. Mas, assim que se controlou um pouco, ele me disse que era seu pai.

Ainda não é fácil para mim expressar o quanto fiquei comovido ao presenciar como esse êxtase de afeto filial atuava nesse pobre selvagem com a visão de seu pai sendo assim libertado da morte. E nem de fato posso descrever metade das extravagâncias de seu afeto depois disso. Porque ele entrava e saía do barco inúmeras vezes. Quando entrava, sentava-se ao lado dele, abria o peito e segurava a cabeça do pai por quase meia hora junto de seu coração, para reanimá-lo. Então, levantava os braços e os tornozelos dele, entorpecidos e rígidos pelas amarras, para aquecê-los e esfregá-los com as mãos. Eu, entendendo a situação, dei-lhe um pouco de rum da minha garrafa para a fricção, o que lhe fez um grande bem.

Essa ação pôs fim à nossa busca pela canoa com os outros selvagens, que estavam então quase fora da vista. Mas isso foi bom para nós, porque explodiu um vento forte cerca de duas horas depois, antes que eles percorressem um quarto de seu caminho, e que continuou a soprar com muita força a noite toda, vindo de noroeste, contra eles, de modo que eu não poderia supor que o barco deles pudesse resistir, a menos que eles já tivessem alcançado sua própria costa.

Mas, voltando a Sexta-feira, ele estava tão ocupado com o pai que não tive coragem para tirá-lo de lá por algum tempo. Mas, assim que achei que ele poderia deixá-lo um pouco, chamei-o e ele veio pulando e rindo, satisfeito ao máximo. Perguntei se havia dado algum alimento a seu pai. Ele balançou a cabeça e disse: "Nenhum, eu cachorro feio, comer tudo sozinho". Então dei-lhe um bolo de pão, de uma pequena bolsa que carregava de propósito; também dei a ele um gole de bebida para si mesmo, mas ele não quis prová-la e levou para seu pai. Eu tinha no meu bolso dois ou três cachos de passas, então dei-lhe um punhado delas para que levasse ao pai. Assim que deu essas passas a seu pai, eu o vi saindo do barco, fugindo como se estivesse enfeitiçado, pois era o sujeito mais rápido na corrida que já vi, repito. Ele correu em tal ritmo que ficou fora da vista, por assim dizer, em um instante. E, embora eu o tivesse chamado e gritado também, foi tudo em vão. Mas um quarto de hora depois eu o vi voltando, embora não tão rápido quanto na ida. Quando chegou mais perto, achei seu ritmo mais lento, porque ele trazia algo na mão.

Quando ele chegou perto de mim, descobri que tinha ido até em casa em busca de um jarro ou pote de barro, para levar um pouco de água fresca ao pai, e que, além disso, trouxe mais dois pães ou bolos. O pão ele me deu, mas a água levou para seu pai. Porém, como eu também estava com muita sede, tomei um pouco dela. A água reviveu o pai muito mais do que todo o rum ou a bebida que eu lhe dera, porque ele estava desmaiando de sede.

Depois que seu pai bebeu, chamei Sexta-feira para saber se havia sobrado alguma água. Ele disse que sim e eu pedi para que ele desse ao pobre espanhol, que estava tão carente dela quanto seu pai. Também enviei um bolo que Sexta-feira trouxe para o espanhol, que estava realmente muito fraco, repousando num lugar verde sob a sombra de uma árvore, pois suas pernas e mãos estavam muito duras e muita inchadas por causa do rude cipó com que ele tinha sido amarrado. Percebi isso quando Sexta-feira chegou perto dele com a água. Ele se sentou e bebeu, pegou o pão e começou a comer. Fui até ele e dei-lhe um punhado de passas. Ele olhou diretamente para mim com todos os sinais de gratidão e agradecimento que poderiam aparecer no semblante de alguém. Mas estava tão fraco, apesar de ter se desdobrado tanto na luta, que não aguentava ficar de pé. Tentou fazer isso duas ou três vezes, mas realmente não conseguia, pois seus tornozelos estavam inchados e doloridos demais para isso. Então, roguei para que ele ficasse quieto e mandei Sexta-feira esfregar seus tornozelos, banhando-os com rum, como fizera com seu pai.

Observei que a pobre criatura caridosa, a cada dois minutos, ou talvez menos, o tempo todo que esteve ali, virava a cabeça para ver se seu pai estava no mesmo lugar e na mesma posição em que o deixou sentado. Por fim, percebendo que não o via, ele se levantou e, sem dizer uma palavra, voou com tanta rapidez que quase não era possível perceber seus pés tocarem no chão enquanto ele corria. Mas, quando chegou, descobriu que seu pai apenas se deitou para aliviar os membros. Sexta-feira voltou imediatamente para onde eu estava. Então, falei com o espanhol para deixar Sexta-feira ajudá-lo a se levantar, se aguentasse, para levá-lo ao barco e transportá-lo até a nossa morada, onde eu cuidaria dele. Mas Sexta-feira, um camarada forte e vigoroso, pegou o espanhol nas costas e carregou-o até o barco, colocando-o suavemente sobre a lateral ou amurada da canoa, com os pés para dentro. Depois levantou-o mais um pouco e o colocou perto de seu pai. Então, saiu de novo, lançou o barco e remou ao longo da costa mais rápido do que eu andava, embora o vento também estivesse soprando forte. Assim, ele levou os dois em segurança ao nosso riacho. Deixando-os no barco, ele voltou correndo para buscar a outra canoa. Ao passar por mim, falei com ele, perguntando-lhe aonde ele ia. Ele me respondeu: "Vai buscar mais barco". Logo, ele se foi, voando como o vento; com certeza, nunca homem ou cavalo correu tanto. Ele retornou com a outra canoa, chegando ao riacho quase junto comigo, que fui por terra.

Então, ele me passou para a outra margem e foi ajudar os nossos novos hóspedes a saírem do barco, o que conseguiu. Mas nenhum deles era capaz de andar, de modo que o pobre Sexta-feira não sabia o que fazer. Para remediar isso, passei a trabalhar meus pensamentos. Chamei Sexta-feira para pedir a eles que sentassem na borda, enquanto ele me acompanhava. Logo fiz uma espécie de maca para colocá-los. Sexta--feira e eu pusemos os dois em cima e os transportamos. Mas, quando chegamos ao lado de fora do muro, ou fortificação, estávamos numa situação pior do que antes, pois era impossível passá-los por cima, e eu estava decidido a não quebrá-lo. Então, comecei a trabalhar novamente. Em cerca de duas horas, Sexta-feira e eu fizemos uma tenda muito bonita, coberta com lonas velhas, com galhos de árvores por cima, erguida no espaço diante da nossa cerca externa e entre ela e o bosque de árvores jovens que eu havia plantado. Ali fizemos duas camas com as coisas que eu tinha, a saber, de boa palha de arroz, forrada com cobertores, um para deitar e outro para cobrir, em cada cama.

A minha ilha agora estava povoada e eu me achava muito rico em súditos. Uma reflexão feliz, que eu fazia frequentemente, era que eu parecia um rei. Primeiro de tudo, todo o país era minha propriedade, então eu tinha o direito inquestionável de domínio da região. Em segundo lugar, o meu povo estava perfeitamente submisso – eu era senhor e legislador absoluto –, todos deviam suas vidas a mim e estavam prontos para dar a vida por mim, se houvesse ocasião para isso. Notável, também, é que eu tinha apenas três súditos e eles eram de três religiões diferentes – o meu servo Sexta-feira era protestante, o pai dele era pagão e canibal e o espanhol era papista, ou católico –, contudo, eu permitia liberdade de consciência em todos os meus domínios, mas isso, de propósito.

Assim que consegui colocar os meus dois prisioneiros fracos e resgatados em segurança, dando-lhes abrigo e um lugar para descansarem, comecei a pensar no preparo de alguma alimentação para eles. A primeira coisa que fiz foi pedir para Sexta-feira buscar uma cabra de um ano, entre um cabrito e uma cabra, do meu rebanho particular, para ser morta. Depois, cortei o quarto traseiro em pequenos pedaços e coloquei Sexta-feira para trabalhar no guisado e no cozimento. Garanto que ele fez um prato muito bom, de carne e caldo, tendo colocado um pouco de cevada e arroz no caldo. Como a cozinha era ao ar livre, porque eu não acendia fogo no interior do meu muro, então levei tudo para dentro da nova tenda, onde colocamos a mesa ali para eles. Sentei-me e também comi o meu próprio jantar com eles, elogiando-os e encorajando-os na medida do possível. Sexta-feira foi o meu intérprete, especialmente para o pai dele e, de fato, para o espanhol também, pois ele falava muito bem a língua dos selvagens.

Depois que jantamos, ou melhor, depois que ceamos, pedi a Sexta-feira para pegar uma das canoas e que fosse buscar os nossos mosquetes e as outras armas de fogo, que, por falta de tempo, havíamos deixado no local da batalha. No dia seguinte, pedi para ele enterrar os cadáveres dos selvagens, abandonados ao sol e que logo federiam pela decomposição. Também ordenei que ele enterrasse os restos horrendos do festim bárbaro, algo que eu não podia imaginar fazer. Não, eu não suportaria vê-los assim. Tudo isso ele executou pontualmente e apagou os próprios vestígios dos selvagens por lá, de modo que, quando voltei, eu mal podia saber onde estava, a não ser pelo canto do bosque que apontava para o local.

Comecei então a ter uma pequena conversa com os meus dois novos súditos. Primeiro, coloquei Sexta-feira para perguntar ao pai o que ele pensava da fuga dos selvagens naquela canoa e se poderíamos esperar o retorno deles, com um poderio muito grande para resistirmos. A primeira opinião dele era que os selvagens no barco jamais poderiam ter sobrevivido à tempestade que desabou na noite em que foram embora, pois eles deveriam necessariamente ter se afogado, ou teriam ido para o sul, para aquelas outras costas onde certamente seriam devorados ou se afogariam, caso naufragassem. Mas o que fariam se chegassem seguros em terra ele disse que não sabia; porém, sua opinião era que eles estavam tão terrivelmente assustados com o modo de serem atacados, com o barulho e o fogo, que acreditava que eles diriam às pessoas que todos foram mortos por trovões e relâmpagos, e não pela mão de nenhum homem. E que os dois que apareceram, a saber, Sexta-feira e eu, seriam dois espíritos celestes, ou fúrias, que desceram para destruí-los, e não homens com armas. Isso, pelo que disse, ele sabia porque ouviu-os gritando assim, na linguagem deles, uns para os outros. Pois, para eles, era impossível conceber que um homem pudesse disparar fogo, falar como trovão e matar a distância, sem levantar a mão, como havia acontecido. Esse velho selvagem estava certo, porque, como tomei conhecimento posteriormente, por outras mãos, os selvagens nunca mais tentaram ir para a ilha depois disso. Eles ficaram tão aterrorizados com os relatos feitos por aqueles quatro homens – pois parece que escaparam do mar – que acreditavam que quem fosse para aquela ilha enfeitiçada seria destruído com o fogo dos deuses.

Mas isso eu não sabia então. E, portanto, fiquei sob apreensões contínuas por um bom tempo, mantendo sempre sob minha guarda a mim e todo o meu exército. Porque, como agora nós éramos quatro, eu teria me aventurado contra uma centena deles, justamente em campo aberto, a qualquer momento.

XVII A VISITA DOS AMOTINADOS

Em pouco tempo, porém, como nenhuma canoa mais apareceu, o medo da vinda deles se desgastou e comecei a retomar em consideração os meus pensamentos anteriores de uma viagem ao continente, estando igualmente assegurado pelo pai de Sexta-feira de que eu poderia depender da boa consideração de sua nação, por conta dele, se eu fosse.

Mas os meus pensamentos ficaram um pouco suspensos quando tive uma séria conversa com o espanhol e quando entendi que lá existiam mais dezesseis de seus compatriotas e portugueses, que haviam naufragado e se refugiaram nesse lado da ilha, onde viviam em paz, de fato, com os selvagens, mas que sentiam muita falta de coisas necessárias até para viver. Perguntei a ele todos os detalhes da viagem e descobri que eles eram de um navio espanhol que seguia do rio de la Plata para Havana, onde deveriam deixar o carregamento, que era principalmente de couro cru e prata e de onde na volta embarcariam mercadorias europeias que pudessem encontrar lá e que eles levavam cinco marinheiros portugueses a bordo, salvos de outro naufrágio, durante o qual cinco de seus próprios homens se afogaram e que estes escaparam através de perigos e riscos infinitos e chegaram, quase morrendo de fome, na costa dos canibais, onde esperavam serem devorados a cada momento.

Ele me contou que eles possuíam armas, mas que elas eram perfeitamente inúteis, porque não tinham nem pólvora e nem balas, já que a inundação do mar havia estragado toda a pólvora deles, menos um pouco, que eles usaram no primeiro desembarque para se abastecerem com algum alimento.

Perguntei o que ele achava que aconteceria com eles e se tinham formado algum projeto de fuga. Ele respondeu que havia muita conversa sobre o assunto, mas que não tinham nem embarcação, nem ferramentas para construir uma, nem provisões de qualquer tipo e que, então, essas conversas sempre terminavam em lágrimas e desespero.

Perguntei como ele achava que eles receberiam uma proposta minha, que poderia tender para uma fuga, e se, caso todos estivessem ali na ilha, isso não poderia ser feito. Falei a ele com liberdade que eu temia principalmente a traição e o mau aproveitamento da minha vida se me colocasse nas mãos deles, porque a gratidão não era uma virtude inerente à natureza do homem e nem sempre os homens enquadram suas relações pelas obrigações que recebem tanto quanto pelas vantagens que esperam. Disse-lhe que seria muito duro se eu fosse o instrumento da libertação deles e depois me tornasse prisioneiro na Nova Espanha, onde qualquer inglês tinha certeza de ser sacrificado, se a necessidade ou algum acidente o levasse para lá. E que eu preferia até ser entregue aos selvagens para ser devorado vivo do que cair nas garras impiedosas dos sacerdotes e ser levado à Inquisição. Acrescentei isso, caso contrário, estava convencido de que, se estivessem todos ali, poderíamos, com tantas mãos, construir uma embarcação suficientemente grande para nos levar para longe, tanto para o Brasil, ao sul, quanto para as ilhas ou costa espanhola, ao norte. Mas que, se em retribuição, quando eu pusesse armas em suas mãos, eles me levassem à força entre seu próprio povo, eu poderia ser mal correspondido pela minha bondade para com eles, tornando o meu caso pior do que antes.

Ele respondeu, com muita candura e ingenuidade, que a condição daquela gente era tão miserável e que eles estavam tão cientes disso que acreditava que todos abominariam o pensamento de usarem indelicadamente qualquer homem que contribuísse para libertá-los e que, se eu quisesse, iria até eles com o velho, conversaria com eles sobre isso e retornaria trazendo-me a resposta. Além disso, exigiria o juramento solene como condição de que todos estariam absolutamente sob a minha direção, como seu comandante e capitão, e que eles deveriam jurar sobre os santos sacramentos e o Evangelho como sendo verdade para mim, de irem para esse país cristão, como eu deveria concordar e para nenhum outro, sendo eles dirigidos total e absolutamente por minhas ordens até que fossem desembarcados em segurança nesse país como eu pretendia e que traria um contrato deles, sob suas mãos, para esse fim.

Então ele me disse que primeiro juraria que ele mesmo jamais se separaria de mim enquanto vivesse, a menos que eu lhe desse ordem contrária, e que ficaria do meu lado até sua última gota de seu sangue, caso acontecesse a menor quebra de fé entre seus compatriotas.

Ele me disse que eram todos homens honestos, muito civilizados, que estavam sob o maior sofrimento imaginável, sem armas, nem roupas, nem qualquer comida, mas à mercê e discrição dos selvagens, sempre com todas as esperanças de retornarem ao seu próprio país. Por isso, ele estava seguro de que, se eu me comprometesse a socorrê-los, eles viveriam e morreriam por mim.

Com essas garantias, resolvi me arriscar a ajudá-los, se possível, e a enviar o velho selvagem junto com esse espanhol, para tratarem com eles. Mas, quando tínhamos todas as coisas prontas para a partida, o próprio espanhol levantou uma objeção, que tinha tanta prudência de um lado e muita sinceridade, de outro, que eu não pude deixar de ficar muito satisfeito com isso. Então, por seu conselho, decidi adiar a libertação de seus camaradas por, pelo menos, meio ano.

O caso era assim: ele já estava conosco havia cerca de um mês, tempo durante o qual deixei-o ver de que maneira eu havia provido, com a ajuda da Providência, o meu sustento. Ele, evidentemente, viu o estoque de cereal e arroz que eu tinha guardado, o qual, embora fosse mais do que suficiente para mim, ainda assim não era suficiente, sem uma boa administração, para a minha família, que agora havia aumentado para quatro pessoas. Mas seria muito menos suficiente se os compatriotas dele, que eram dezesseis, ainda vivos como contou, viessem. E menos ainda seria suficiente para abastecer o nosso navio, se construíssemos um, para a viagem a qualquer uma das colônias cristãs da América. Então, ele me disse que achava mais aconselhável deixá-lo, junto com os outros dois, cavar e cultivar um pouco mais de terra, para a semeadura de toda semente que eu pudesse separar, pois deveríamos esperar outra colheita, com o fim de obtermos um suprimento de cereais para seus compatriotas quando viessem, porque a necessidade poderia ser uma tentação para a discórdia, a ponto de não se considerarem libertos, mas caídos de uma dificuldade para outra.

– Como você sabe – ele disse –, embora os filhos de Israel se alegrassem a princípio por terem sido libertos de Egito, ainda assim se rebelaram até mesmo contra o próprio Deus, que os libertou, quando passaram a querer pão no deserto.

Essa cautela era tão agradável e esses conselhos tão bons que eu não podia senão ficar muito satisfeito com a proposta dele, assim como fiquei satisfeito com sua fidelidade. Então, passamos a cavar, todos os quatro, da melhor maneira que as ferramentas de madeira que possuíamos nos permitiam e, em cerca de um mês, ao final do qual era tempo de semear, tínhamos tanta terra arada e preparada que semeamos vinte e dois alqueires de cevada e dezesseis jarras de arroz, que eram, em suma, todas as sementes que tínhamos de sobra. Na verdade, não ficamos com quantidade suficiente para a nossa própria comida, pelos seis meses que tivemos que esperar a nossa colheita, isto é, considerando a partir da vez em que colocamos nossas sementes de lado para semear, pois não se devia supor que ficariam mais de seis meses no solo daquela região.

Tendo agora companhia e nosso número sendo suficiente para nos tirar o medo dos selvagens, caso viessem, a menos que o número deles fosse muito grande, nós andávamos livremente por toda a ilha, sempre que a ocasião se apresentasse. E, como tínhamos nossa fuga ou libertação em nossos pensamentos, era impossível, pelo menos para mim, deixar de ter os meios de fazer isso de fora das minhas reflexões. Para esse propósito, marquei várias árvores que achei adequadas para o nosso trabalho e coloquei Sexta-feira e seu pai para cortá-las e encarreguei o espanhol, a quem manifestei meus pensamentos sobre esse assunto, de supervisionar e direcionar o trabalho deles. Mostrei-lhes com que sofrimentos incansáveis eu cortava uma grande árvore em tábuas simples e mandei que fizessem o mesmo, até que eles conseguissem cerca de uma dúzia de tábuas grandes, de bom carvalho, de quase dois pés de largura, por trinta e cinco pés de comprimento e de duas a quatro polegadas de espessura. Qualquer um pode imaginar o prodigioso trabalho exigido.

Ao mesmo tempo, planejei aumentar o meu pequeno rebanho de cabras tanto quanto possível. Para esse propósito, fiz Sexta-feira e o espanhol saírem um dia e eu fui com Sexta-feira no dia seguinte – pois tínhamos os nossos turnos –, e por esse meio caçamos cerca de vinte cabritos para se reproduzirem com o resto, porque, sempre que matávamos uma cabra, pegávamos os cabritos e os adicionávamos ao nosso rebanho. Mas, acima de tudo, a estação para curar as uvas estava chegando e eu dispunha de uma quantidade tão prodigiosa delas para serem penduradas ao sol que, acreditem, se estivéssemos em Alicante, onde as uvas passas de sol são curadas, poderíamos ter enchido sessenta ou oitenta barris. Essas uvas, junto com o nosso pão, formavam uma grande parte da nossa comida e eram muito saborosas também, posso lhes garantir, além de serem extremamente nutritivas.

Então, chegou a colheita e a safra era de bom tamanho. Não foi o aumento mais abundante que eu já vi na ilha, mas era o suficiente para responder à nossa finalidade, porque dos nossos vinte e dois alqueires de cevada conseguimos e batemos – ou debulhamos – mais de duzentos e vinte alqueires e o arroz na mesma proporção, quantidade suficiente para o nosso sustento até a próxima colheita, mesmo que todos os dezesseis espanhóis estivessem em terra comigo; ou, se nos aprontássemos para uma viagem, teríamos o nosso navio abundantemente abastecido para nos levar a qualquer parte do mundo, quero dizer, a qualquer parte da América.

Quando abrigamos e protegemos o nosso depósito de cereais, passamos a trabalhar fazendo mais cestaria, a saber, fizemos grandes cestas, onde guardávamos isso. O espanhol foi muito útil e hábil nessa parte e muitas vezes reclamou que eu não fazia coisas para defesa, com esse tipo de trabalho. Mas não vi necessidade disso.

Então, tendo um suprimento completo de comida para todos os convidados que esperava, mandei o espanhol sair para o continente, para ver o que poderia fazer com aqueles que havia deixado para trás por lá. Dei-lhe uma ordem formal por escrito para não trazer nenhum homem que não jurasse antes, em sua presença e do velho selvagem, que não iria de forma alguma ferir, lutar ou atacar a pessoa que encontraria na ilha, que havia sido tão gentil a ponto de tê-los mandado ali para libertar aquela gente, mas que ficaria ao lado dele para defendê-lo contra qualquer tentativa nesse sentido e que, onde quer que fosse, estaria inteiramente submetido ao seu comando. Isso deveria ser colocado por escrito e assinado de próprio punho. Como eles fariam isso, sabendo que não tinham nem pena e nem tinta, foi uma questão que nunca perguntei.

Com essas instruções, o espanhol e o velho selvagem, pai de Sexta-feira, partiram numa das canoas em que provavelmente vieram, ou melhor, em que foram levados à ilha, quando chegaram como prisioneiros para serem devorados pelos selvagens.

Dei um mosquete de pederneira a cada um, com cerca de oito cargas de pólvora e balas, ordenando que ambos fizessem muito bom uso disso, não usando essas armas a não ser em ocasiões urgentes.

Então, essas foram tarefas agradáveis de fazer, pois eram as primeiras medidas tomadas por mim tendo em vista a minha libertação, depois de vinte e sete anos e alguns dias. Dei-lhes provisões de pão e de uvas secas, suficientes para eles próprios durante muitos dias e suficiente para todos os espanhóis, pelo tempo de cerca de oito dias. Desejando-lhes uma boa viagem, eu os vi partir, combinando com eles sobre um sinal que eles deveriam mostrar no retorno, pelo qual eu os reconheceria novamente à distância quando voltassem, antes que chegassem à costa.

Eles foram embora com um vento a favor, no dia em que a lua estava cheia, no mês de outubro, pelas minhas contas. Mas, quanto à contagem exata dos dias, depois de eu tê-la perdido uma vez, jamais consegui recuperá-la novamente e nem havia mantido o número de anos tão pontualmente a ponto de ter certeza se isso estava correto, embora, como ficou provado, quando examinei a minha contagem posteriormente, tenha se confirmado que eu havia mantido um acerto verdadeiro no cálculo dos anos.

Mas, menos de oito dias depois em que eu esperava por eles, foi quando um estranho e imprevisto acidente ocorreu, parecido com o qual talvez não se tenha ouvido falar na história. Eu estava dormindo no casebre certa manhã quando o meu servo Sexta-feira veio correndo e me chamou em voz alta: "Mestre, mestre, eles chegar, eles chegar!".

Pulei da cama e, independentemente do perigo, segui, assim que pude vestir as minhas roupas, através do meu pequeno bosque, que, a propósito, a essa altura estava crescido quase como uma verdadeira floresta, repito, independentemente do perigo, fui sem as minhas armas, o que não era meu costume fazer. Mas fiquei surpreso quando, virando os olhos para o mar, vi um bote a cerca de uma légua e meia distância, virado para a costa, com uma vela de ombro de carneiro, como se costuma chamar, e o vento soprando muito forte para trazê-lo. Também observei, de fato, que ele não vinha daquele lado em que a margem ficava, mas do extremo sul, no fim da ilha. Com disso, chamei Sexta-feira e pedi que ele se aproximasse, pois aquelas não eram as pessoas que esperávamos e porque ainda não sabíamos se eram amigos ou inimigos.

Imediatamente, fui buscar a minha luneta para observar o que deveria fazer. Depois de puxar a escada, subi ao topo da colina, como costumava fazer quando estava apreensivo por qualquer coisa e para ter a minha visão mais clara sem ser descoberto.

Eu mal havia colocado o pé no morro quando o meu olhar descobriu claramente um navio ancorado, a cerca de duas léguas e meia de distância de mim, a sul e sudeste, mas não mais de uma légua e meia da costa. Pela minha observação, parecia claramente um navio inglês, e o bote, uma chalupa inglesa.

Não posso expressar a confusão em que fiquei, apesar da alegria de ver um navio e ainda mais um navio que eu tinha razão para acreditar que seria tripulado por meus próprios compatriotas e, consequentemente, por amigos. Era algo que eu não poderia descrever. Mas, mesmo assim, mantive dúvidas secretas pairando sobre mim – que eu não saberia dizer de onde vieram –, que me diziam para continuar em guarda. Para começar, ocorreu-me de considerar sobre qual negócio um navio inglês poderia ter naquela parte do mundo, já que não era o caminho onde os ingleses teriam nenhum tráfego. Eu também sabia que não aconteceram tempestades para levá-los lá em perigo e que, se fossem realmente ingleses, era mais provável que estivesse ali sem um bom motivo e que, portanto, seria melhor eu continuar como estava do que cair em mãos de ladrões e assassinos.

Que nenhum homem possa desprezar as dicas secretas e os avisos de perigo que às vezes lhe são dadas quando ele pode pensar que não há possibilidade de isso ser real. Que tais sugestões e avisos nos sejam dados, acredito que poucas pessoas que fazem qualquer observação dessas coisas possam negar. E que isso nos seja revelado de um mundo invisível e de uma conversa de espíritos, não podemos duvidar. Assim, se a tendência deles parece ser de nos alertar sobre o perigo, por que não devemos supor que venham de algum agente amigável – seja supremo ou inferior e subordinado não é o problema – e que não seriam dados para o nosso bem?

A presente questão confirmou abundantemente para mim a justiça desse raciocínio. Porque, se eu não tivesse sido cauteloso por causa dessa admoestação secreta, vinda de onde quer que tenha vindo, eu teria ficado, inevitavelmente, numa condição muito pior do que antes, como será visto a seguir.

Eu não havia me mantido por muito tempo nessa posição até que vi o bote se aproximar da costa, como se eles procurassem um riacho conveniente para entrada e desembarque. No entanto, como não se aproximaram o suficiente, não viram a pequena enseada onde antes eu acostava as minhas jangadas. Mas acompanhei o barco deles chegar na praia, a cerca de meia milha de mim, o que foi muito bom para mim, caso contrário, eles teriam descido quase na minha porta, por assim dizer, e logo me derrotariam fora do castelo, talvez saqueando tudo o que eu tinha.

Quando desceram em terra, fiquei totalmente satisfeito por serem ingleses, pelo menos a maioria deles. Um ou dois achei que eram holandeses, mas não tinha como comprovar. Ao todo, eram onze homens, entre os quais observei que três estavam desarmados e, como imaginei, amarrados. Quando os primeiros quatro ou cinco saltaram em terra, retiraram esses três fora do bote como prisioneiros. Um deles, pelo que pude perceber, fazia os gestos mais apaixonados de apelo, aflição e desespero, quase mesmo como um tipo de extravagância. Os outros dois, pelo que percebi, levantavam mãos às vezes e pareciam preocupados, mas não no mesmo grau do primeiro.

Eu estava perfeitamente confuso com a visão e não sabia qual significado aquilo deveria ter. Sexta-feira me chamou em inglês, tão bem como poderia.

– Oh, mestre! Você ver homens inglês comer prisioneiro, igual como homem selvagens.

– Quer dizer, Sexta-feira – eu disse –, que você acha que eles vão comê-los?

– Sim! – respondeu Sexta-feira. – Vão comê-los.

– Não, isso não! – retruquei. – Mas, Sexta-feira, temo que eles os matem, na verdade. Mas pode ter certeza não os comerão.

Durante todo esse tempo, eu realmente não podia imaginar o que era. Mas permaneci tremendo de horror com a visão, esperando a cada momento que os três prisioneiros fossem mortos. Uma vez, até vi um dos vilões levantar o braço com um grande cutelo – como os marinheiros chamam, ou espada – para atacar um dos pobres coitados. Eu esperava vê-lo tombar a cada momento. Então, todo o sangue do meu corpo parecia gelar nas minhas veias.

Eu desejava do fundo do coração que o espanhol e o selvagem que tinha ido com ele estivessem comigo nessa hora ou que, de algum jeito, eu pudesse chegar sem ser descoberto ao alcance de um tiro deles, para poder resgatar os três homens, pois não vi armas de fogo entre eles. Mas me ocorreu outra maneira.

Depois de observar o ultrajante tratamento dado aos três homens pelos insolentes marinheiros, observei seus companheiros se espalharem pela ilha, como se quisessem conhecer a região. Percebi que os outros três homens também tinham liberdade de ir aonde quisessem. Mas os três sentaram-se no chão, muito pensativos, e pareciam em desespero.

Isso me fez lembrar da primeira vez que cheguei à praia e quando comecei a olhar à minha volta, como eu me considerava perdido, quão descontroladamente olhava ao redor, que terríveis apreensões eu tinha e como me alojei na árvore a noite toda, com medo de ser devorado por animais selvagens.

Da mesma forma como naquela noite eu nada sabia da ajuda que estava para receber, pela condução providencial do navio mais próximo à terra pela tempestade e a maré, pelo qual desde então eu tinha sido tão bem nutrido e sustentado, então esses três pobres homens desolados não sabiam nada de quão certa era a libertação e o suprimento deles e o quão perto estavam – e como efetiva e realmente estavam – numa condição de segurança, ao mesmo tempo que se achavam perdidos e num caso desesperado.

Assim, tão pouco vemos diante de nós no mundo e tanta razão temos para depender alegremente do grande criador do mundo que Ele não deixa suas criaturas tão absolutamente destituídas, de modo que, nas piores circunstâncias, elas sempre têm algo para agradecer e às vezes estão mais próximas do livramento do que imaginam, ou melhor, são levadas ao seu livramento por meios pelos quais lhes pareciam que seriam levadas à destruição.

Foi justamente na maré alta que essas pessoas haviam descido em terra. E, enquanto em parte negociavam com os prisioneiros que trouxeram e em parte vagavam para ver em que tipo de lugar estavam, eles se distraíram tanto que a maré vazou e a água recuou consideravelmente para longe, deixando o bote encalhado.

Eles haviam deixado dois homens no barco, que, como eu descobri depois, tinham bebido um bocado de conhaque a mais e adormeceram. No entanto, um deles despertou um pouco antes do que o outro e, percebendo que o barco encalhara rápido demais para movê-lo sozinho, apelou aos outros que perambulavam pelas redondezas. Com isso, todos eles logo foram para o barco, mas, apesar de usarem toda a força para lançá-lo, o bote era pesado demais e a costa daquele lado era de uma areia macia e úmida, quase uma areia movediça.

Nessa condição, como verdadeiros marinheiros, que talvez formem a menor parcela de toda a humanidade dada à precaução, eles desistiram, se afastaram e foram passear pela região novamente. Então, escutei um deles dizer em voz alta para outro, chamando-o para longe do barco: "Ei, Jack, deixe quieto, ele vai flutuar na próxima maré!", com o que confirmei plenamente a minha importante averiguação de que eles seriam meus compatriotas.

Durante todo esse tempo, eu me mantive muito próximo, nem uma vez ousando sair do meu castelo mais longe do que o local de observação, perto do topo da colina. Fiquei muito contente por pensar que estava bem fortificado. Eu sabia que não levaria menos de dez horas antes que o barco pudesse flutuar novamente. Nessa altura, já estaria escuro e eu poderia ter mais liberdade para ver os movimentos deles e ouvir a conversa deles, se acontecesse.

Enquanto isso, eu me preparei para a batalha como antes, embora com mais cautela, sabendo que lidaria com outro tipo de inimigo, diferente do anterior. Mandei também Sexta-feira, a quem eu havia tornado um excelente atirador, carregar suas armas. Peguei duas peças de caça e dei três mosquetes a ele. A minha figura era, de fato, muito feroz. Eu vestia o meu formidável casaco de pele de cabra, com o grande gorro que mencionei, uma espada nua ao meu lado, duas pistolas no cinturão e uma arma em cada ombro.

O meu plano, como disse acima, era não fazer nenhuma tentativa antes de escurecer. Mas, por volta das duas horas, com o calor do dia, descobri que todos foram embora para se deitarem e cochilar na floresta, pelo que imaginei. Os três pobres homens desafortunados, ansiosos demais pela situação para dormir, sentaram-se, no entanto, sob o abrigo de uma grande árvore, a cerca de um quarto de milha de mim, e, como eu pensava, fora da visão de qualquer um dos outros.

Com isso, decidi me revelar a eles para saber algo sobre sua condição. Imediatamente marchei, como disse acima, com o meu servo Sexta-feira a uma boa distância atrás de mim, tão formidável com sua arma quanto eu, mas sem aparentar uma figura tão fantasmagórica como a minha.

Cheguei o mais perto possível, antes que algum deles me visse.

– Quem são, vocês, senhores? – perguntei em voz alta a eles, em espanhol.

Eles se levantaram com o barulho, mas ficaram ainda dez vezes mais confusos quando me viram, pela figura grotesca que eu era. Não me deram resposta alguma, mas achei que se preparavam para fugir de mim.

– Senhores, não se surpreendam comigo. Talvez vocês possam ter um amigo próximo, embora não esperassem por isso – então, falei em inglês com eles.

– Ele deve ter sido enviado diretamente dos céus – um deles respondeu com toda a seriedade a meu respeito, ao mesmo tempo em que tirava o chapéu para mim –, pois a nossa condição não depende de ajuda do homem.

– Todo socorro vem dos céus, senhor! – retruquei. – Mas vocês poderiam aceitar um estranho no caminho para ajudá-los? Pois parecem estar em muito grande sofrimento. Vi quando desembarcaram e quando pareciam suplicar aos brutos que vieram com vocês. Vi um deles levantando a espada para matá-los!

O pobre homem, tremendo e com lágrimas escorrendo pelo rosto, prosseguiu, atônito.

– Estou falando com Deus ou com um homem? Será na verdade um homem ou um anjo?

– Não tenha medo, senhor – pedi. – Se Deus tivesse enviado um anjo para aliviá-los, ele estaria mais bem vestido e armado de maneira diferente da que vocês me veem. Por favor, deixem de lado seus medos. Sou um homem, inglês, e estou disposto a ajudá-los. Como podem ver, tenho apenas um servo. Nós temos armas e munições. Digam livremente, podemos servir vocês? Qual é o caso?

– O nosso caso, senhor – ele disse –, é muito longo para contarmos enquanto os nossos assassinos estão assim perto de nós. Mas, em suma, eu era o comandante daquele navio e meus homens se amotinaram contra mim. Foi muito difícil convencê-los a não me matarem. Por fim, eles me colocaram em terra nesse local desolado, com esses dois homens comigo, um dos quais é o meu imediato e o outro é passageiro. Aqui esperávamos perecer, acreditando que o lugar fosse desabitado, e ainda não sabemos o que pensar sobre isso.

– Onde estão esses brutos, seus inimigos? – perguntei. – Sabem onde eles foram?

– Estão repousando ali, senhor – ele disse, apontando para um emaranhado de árvores. – O meu coração treme por medo de nos verem e de ouvirem você falar. Se isso acontecer, eles certamente nos matarão, a todos nós.

– Eles têm armas de fogo? – perguntei.

Ele respondeu que eles tinham apenas duas peças, uma das quais deixaram no barco.

– Bem, então – prossegui –, deixem o resto comigo. Vejo que estão todos adormecidos. Seria fácil matar a todos eles. Mas não devemos preferir tê-los como prisioneiros?

Ele me disse que entre eles havia dois vilões sem esperança, aos quais seria pouco seguro mostrar misericórdia, mas que, se eles fossem dominados, acreditava que os demais voltariam aos seus deveres. Perguntei quais seriam esses. Ele me disse que não podia distingui-los a essa distância, mas que obedeceria às minhas ordens em qualquer coisa que eu mandasse.

– Bem – eu disse –, vamos ficar fora da visão e da audição deles, para que não despertem, e então decidimos melhor o que fazer.

Assim, de bom grado eles foram comigo, até que o bosque nos encobriu.

– Olhe, senhor – eu disse –, se eu me aventurar em sua libertação, está disposto a acertar duas condições comigo?

Ele se antecipou às minhas propostas me dizendo que tanto ele quanto o navio, se recuperados, deveriam ser totalmente dirigidos e comandados por mim, em tudo. E, se o navio não fosse recuperado, ele viveria e morreria comigo em qualquer parte do mundo a que eu o enviasse. Os outros dois homens disseram o mesmo.

– Bem – eu disse –, as minhas condições são apenas duas: primeiro, que, enquanto ficarem nessa ilha comigo, não pretenderão exercer nenhuma autoridade aqui e se eu colocar armas em suas mãos, vocês irão, em todas as ocasiões, entregá-las a mim e não causarão prejuízo nem à minha pessoa e nem à minha ilha, mas serão governados pelas minhas ordens e, em segundo lugar, se o navio for ou puder ser recuperado, vocês levarão a mim e o meu servo para a Inglaterra sem o pagamento de passagem.

Ele me deu todas as garantias que a imaginação ou a fé do homem poderiam conceber de que cumpriria com essas exigências muito razoáveis e que, além disso, devia a sua vida a mim e reconheceria isso em todas as ocasiões enquanto vivesse.

– Bem, então – eu disse –, aqui estão três mosquetes para vocês, com pólvora e balas. Diga-me, pois, o que acha adequado ser feito.

Ele demonstrou todos os testemunhos de gratidão de que era capaz, mas se ofereceu para ser inteiramente guiado por mim. Eu lhe disse que achava muito difícil nos aventurarmos em qualquer coisa e que o melhor método que eu conseguia pensar era disparar sobre eles de uma vez só enquanto eles estivessem ainda deitados e que, se algum deles não fosse morto na primeira descarga e se oferecesse para se render, nós poderíamos salvá-lo. Assim, entregávamos inteiramente à providência de Deus a direção dos tiros.

Ele me disse, com muita moderação, que relutaria em matá-los, se fosse possível evitar, mas que esses dois eram vilões incorrigíveis e foram os autores de todo o motim no navio. Se eles escapassem, então estaríamos arruinados, pois eles iriam a bordo e trariam toda a tripulação do navio e nos destruiriam a todos.

– Bem, sendo assim – eu disse –, a necessidade legitima o meu conselho, pois é a única maneira de salvarmos as nossas vidas.

Porém, vendo-o ainda cauteloso pelo derramamento de sangue, eu lhe disse que eles deveriam ir por conta própria e que resolvessem como achassem conveniente.

No meio dessa conversa, ouvimos alguns deles acordarem e logo depois vimos dois em pé. Perguntei se algum deles era um dos chefes do motim? Ele disse que não.

– Pois bem, então – eu disse –, pode deixá-los escapar, porque a Providência parece tê-los despertado com o propósito de salvá-los. Agora – completei –, se o resto escapar, a culpa é sua.

Animado com isso, ele levou na mão o mosquete que eu tinha lhe dado e uma pistola no cinto. Partiu com seus dois camaradas, cada um com uma arma nas mãos. Os dois homens que estavam com ele e que iam na frente fizeram algum barulho, pelo qual um dos marinheiros que estava acordado se virou. Ao vê-los chegando, gritou para os outros, mas era tarde demais, pois, no momento em que gritou, eles dispararam – isto é, os dois homens –, porque o capitão sabiamente reservou sua própria arma. Eles haviam apontado tão bem para os homens que conheciam que um deles foi morto no local e o outro ficou gravemente ferido. Mas, não estando morto, tentou se levantar, clamando desesperadamente por socorro ao outro. O capitão, porém, foi até ele e disse-lhe que era tarde demais para pedir ajuda e que ele deveria pedir a Deus que o perdoasse pela sua vilania. Com essas palavras, derrubou-o com a coronha de seu mosquete, de modo que esse nunca mais falou. Sobraram ainda mais três dessa companhia, um deles levemente ferido. A essa altura, eu estava chegando. Quando eles perceberam o perigo e que seria em vão resistir, imploraram por misericórdia. O capitão lhes disse que pouparia suas vidas se eles lhe dessem garantias de aversão à traição de que eram culpados e se jurassem ser fiéis a ele na recuperação do navio, ele depois os levaria de volta para a Jamaica, de onde eles vieram. Assim, estes lhe deram todos os protestos de sinceridade que poderiam ser desejados. O capitão estava disposto a acreditar neles e a poupar suas vidas, e eu não fui contra. Só determinei que ele fossem mantidos com as mãos e os pés amarrados enquanto estivessem na ilha.

Enquanto isso estava acontecendo, enviei Sexta-feira com o imediato do capitão ao bote com ordens para fixá-lo e trazer os remos e as velas, o que eles fizeram. Enquanto isso, os três homens dispersos, que estavam – felizmente para eles – separados do resto, voltaram quando ouviram as armas disparadas. Ao verem o capitão, que estava diante de seu prisioneiro, agora como conquistador, também se renderam e foram amarrados. E, assim, a nossa vitória foi completa.

Agora só restava ao capitão e a mim nos inquirirmos sobre as circunstâncias um do outro. Comecei primeiro e contei-lhe toda a minha história, que ele ouviu com muita atenção e inclusive com espanto, particularmente pela maneira maravilhosa de eu estar sendo provido de suprimentos e munições. E, de fato, como a minha história é toda uma coleção de maravilhas, ela o afetou profundamente. Mas quando refletiu sobre isso e como eu parecia ter sido preservado ali, de propósito para salvar sua vida, as lágrimas escorreram pelo seu rosto e ele não conseguiu falar mais nada.

Depois que essa comunicação chegou ao fim, levei-o com seus dois homens aos meus aposentos, conduzindo-os exatamente por onde saí, a saber, pelo topo da casa, onde eles se refrescaram com as provisões que eu tinha. Depois, mostrei-lhes todos os artefatos que fabriquei durante o meu longo e demorado tempo de habitação nesse lugar.

Tudo o que eu mostrava a eles, tudo o que eu dizia a eles, era perfeitamente incrível. Mas, acima de tudo, o capitão admirou a minha fortificação e como eu havia escondido perfeitamente o meu abrigo com um bosque de árvores, que então estavam plantadas havia quase vinte anos. Como as árvores cresciam muito mais rápido do que na Inglaterra, quase se tornaram uma pequena floresta, tão espessa que era intransponível em qualquer parte, a não ser naquele lado onde eu tinha reservado a minha pequena passagem sinuosa para esse fim. Contei a ele que esse era o meu castelo e a minha residência, mas que, como a maioria dos príncipes, eu tinha uma casa de campo, para onde eu poderia me retirar ocasionalmente e que eu lhe mostraria também outra hora. Porém, naquele momento, o nosso assunto era considerar os meios de recuperar o navio. Ele concordou comigo quanto a isso, mas me disse que estava perfeitamente perdido sobre quais medidas tomar, pois ainda restavam vinte e seis homens a bordo, que, tendo entrado em uma conspiração amaldiçoada, pela qual todos tinham perdido a vida para a lei, estariam assim endurecidos pelo desespero e resistiriam, sabendo que, se fossem subjugados, seriam levados à forca tão logo chegassem à Inglaterra ou a qualquer uma das colônias inglesas e que, portanto, não haveria como atacá-los com um número tão pequeno como nós éramos.

Refleti por algum tempo sobre o que ele disse. Achei que era uma conclusão muito racional e que, portanto, alguma coisa deveria ser resolvida rapidamente, tanto para atrair os homens a bordo para alguma armadilha e pela surpresa como para evitar que eles viessem sobre nós e nos destruíssem. Depois disso, me ocorreu que, em pouco tempo, a tripulação do navio, imaginando o que seria de seus companheiros e do barco, certamente viria em terra na outra chalupa para procurá-los e que, então, se talvez viessem armados, seriam fortes demais para nós. Isso ele admitiu que era racional.

Isto posto, eu disse a ele que a primeira coisa que deveríamos fazer era anular o barco que estava na praia, para que eles não pudessem levá-lo. Deveríamos retirar tudo dele, para deixá-lo tão desaparelhado que não estaria apto a navegar. Assim, fomos a bordo, pegamos as armas deixadas a bordo e o que mais encontramos ali, a saber, uma garrafa de conhaque e outra de rum, alguns bolos e biscoitos, um chifre de pólvora e um grande pedaço de açúcar num pedaço de lona – a quantidade de açúcar era de cinco ou seis libras –, e tudo isso foi muito bem-vindo para mim, especialmente o conhaque e o açúcar, dos quais eu não saboreava nem um pouco havia muitos anos.

Depois de carregarmos todas essas coisas para a praia – os remos, os mastros, as velas e o leme do barco haviam levado embora antes –, abrimos um grande buraco na popa, para que, se eles tivessem vindo com força suficiente para nos dominar, ainda assim não conseguiriam voltar com o barco.

Na verdade, em meus pensamentos eu não achava muito possível que fôssemos capazes de recuperar o navio. Mas a minha opinião era que, se eles fossem embora sem a chalupa, eu não duvidava muito que poderia recuperá-la novamente para nos levar às ilhas de Sotavento e, no caminho, recolher os nossos amigos espanhóis, pois ainda os tinha em meus pensamentos.

XVIII O NAVIO RECUPERADO

Enquanto estávamos assim, preparando os nossos planos e tínhamos primeiro, pela força bruta, arrastado o barco para a praia, tão alto que não flutuaria na marca d'água da maré alta e, além disso, feito um buraco no fundo do casco grande demais para ser reparado rapidamente e estando sentados refletindo sobre o que deveríamos fazer, ouvimos o navio disparar um tiro de canhão e fazer um aceno com sua bandeira como sinal para o bote voltar a bordo. Mas, como a chalupa não se movia, eles dispararam várias vezes e fizeram outros sinais para o bote.

Por fim, quando todos os seus sinais e disparos se mostraram infrutíferos e eles perceberam que o barco não mexia, vimos – com a ajuda da minha luneta – que eles lançaram outro barco e remavam em direção à costa. Ao se aproximarem, descobrimos que havia, pelo menos, dez homens nesse bote e que eles portavam armas de fogo.

Quando a chalupa chegou a cerca de duas léguas da costa, tivemos um panorama completo de como eles vinham e uma visão clara até mesmo de seus rostos, porque, com a maré tendo-os colocado um pouco a leste do outro barco, eles remavam ao longo da costa, para chegarem ao mesmo lugar onde o primeiro havia atracado e onde encalhou.

Desse jeito, repito, tínhamos uma visão completa deles. O capitão conhecia as pessoas e o caráter de todos os homens no barco, dos quais, ele disse, três eram camaradas muito honestos, que, ele tinha certeza, foram levados a essa conspiração pelos demais, estando sobre-carregados e assustados.

Mas que, quanto ao contramestre, que ao que parece era o oficial chefe deles e todos os outros, eles eram tão ultrajantes como qualquer tripulante do navio e estavam, sem dúvida, desesperados nessa nova empreitada. O capitão se mostrava terrivelmente apreensivo de que eles fossem muito poderosos para nós.

Eu sorri para ele e disse-lhe que homens em nossas condições estavam além do alcance da manifestação do medo. E que, vendo que quase toda condição poderia ser melhor do que aquela em que supostamente deveríamos estar, então deveríamos esperar que a consequência, quer fosse morte ou vida, certamente haveria de ser um livramento. Perguntei o que ele achava das circunstâncias da minha vida e se não valeria a pena me aventurar por uma libertação.

– Onde está, senhor – acrescentei –, a sua crença de eu ter sido preservado aqui de propósito para lhe salvar a vida, que tanto o animava agora pouco? Da minha parte – prossegui –, parece haver apenas uma coisa errada em toda a perspectiva disso.

– E o que é? – ele indagou.

– É que – respondi –, como você diz, existem três ou quatro companheiros honestos entre eles, que devem ser poupados. Se todos fossem da parte perversa da tripulação, eu deveria pensar que a providência de Deus os havia escolhido para que fossem entregues em suas mãos. A depender disso, todo homem que vier em terra é nosso e morrerá ou viverá conforme se comportar conosco.

Enquanto eu falava com a voz firme e o semblante alegre, achei que ele muito se encorajou, e por isso nos entregamos vigorosamente às nossas tarefas. Tivemos, desde a primeira aparição do barco vindo do navio, que considerar a separação de nossos prisioneiros. E nós, de fato, os protegemos efetivamente.

Dois deles, dos quais o capitão, não estavam tão seguros quanto deveriam estar e, então, enviei-os com Sexta-feira e mais um dos três homens libertos para a minha caverna, onde estariam suficientemente afastados e fora do perigo de serem ouvidos ou descobertos ou de encontrarem o caminho para fora da floresta, caso pudessem se soltar. Lá, eles os deixaram amarrados, mas com provisões, e lhes prometeram a liberdade – se permanecessem em silêncio – em um dia ou dois, mas que, se tentassem fugir, seriam mortos sem piedade. Eles prometeram sinceramente que suportariam o confinamento com paciência e ficaram muito agradecidos por terem sido tão bem tratados a ponto de receberem provisões e luz, pois Sexta-feira lhes deu velas – das que nós mesmos fizemos – para seu conforto. Eles não sabiam, mas achavam que ele estava de sentinela sobre eles na entrada.

Os outros prisioneiros tiveram melhor utilidade. Dois deles também foram mantidos amarrados de fato, porque o capitão não podia confiar neles, mas os outros dois foram colocados ao meu serviço, sob recomendação do capitão, após terem solenemente se comprometido a viverem e morrerem conosco. Assim, com eles e os três homens honestos, nós éramos sete homens bem armados, e eu não tinha nenhuma dúvida de que seria capaz de lidar bem com os dez que estavam chegando, considerando que o capitão havia dito que existiam três ou quatro homens honestos entre eles também.

Assim que chegaram ao lugar onde o outro barco deles estava, arrastaram o bote para a praia e desceram todos em terra, puxando o barco atrás deles, pelo que fiquei contente de ver, pois temia que preferissem deixar o barco ancorado a alguma distância da costa, com gente para protegê-lo e, então, não conseguiríamos tomar posse desse barco.

Estando em terra, a primeira coisa que eles fizeram foi correr direto para o outro barco. Era fácil ver que ficaram imensamente surpresos ao encontrá-lo despojado, como foi dito acima, de tudo o que havia nele e com um grande buraco no casco.

Depois de terem meditado um pouco a respeito disso, gritaram duas ou três vezes com todas as forças, tentando ver se conseguiam se fazer ouvir por seus companheiros. Mas, como tudo foi em vão, eles se juntaram num círculo fechado e dispararam uma salva de seus mosquetes que, de fato, ouvimos e cujos ecos repercutiram na floresta. No entanto, isso foi tudo, porque tínhamos certeza de que os outros que estavam na caverna não conseguiriam ouvi-los e os que estavam sob nossa guarda, embora tivessem escutado suficientemente bem, não ousariam responder a eles.

Eles ficaram tão atônitos diante dessa novidade que, como nos disseram depois, decidiram voltar a bordo do navio, para avisar que os homens haviam sido assassinados e a chalupa estava avariada. Então, imediatamente lançaram o bote de novo, com todos a bordo.

O capitão ficou terrivelmente surpreso e até mesmo confuso com isso, acreditando que eles voltariam a bordo do navio e que zarpariam, dando seus camaradas por perdidos. Então, ele assim perderia o navio, o qual tínhamos esperanças de poder recuperar. Mas logo ficou tão amedrontado quanto os outros.

Eles não tinham partido havia muito tempo no bote quando percebemos que voltavam para terra, mas com uma nova atitude em sua conduta – ao que parece, adotada em conjunto –, pela qual deixariam três homens no barco e o resto desceria em terra e sairia pela região em busca de seus companheiros.

Isso foi um grande desapontamento para nós, pois não sabíamos o que fazer, já que a captura desses sete homens em terra não seria vantajosa para deixarmos o barco escapar, porque os que lá estavam voltariam para o navio e então os outros prevaleceriam e eles zarpariam. E, assim, a nossa recuperação do navio estaria perdida.

Isto posto, não havia outro remédio senão esperar para ver como a questão poderia se apresentar. Os sete homens desceram na costa e os três que permaneceram no barco o colocaram a uma boa distância da margem e deitaram âncora para esperá-los, de modo que seria impossível alcançá-los no bote.

Os que estavam em terra se mantiveram juntos, marchando em direção ao topo da pequena colina sob a qual ficava a minha habitação. Nós podíamos vê-los claramente, embora eles não pudessem nos perceber. Ficaríamos muito felizes se eles se aproximassem, para que pudéssemos atirar neles, ou se eles se afastassem, para que pudéssemos sair do esconderijo.

Mas, quando chegaram ao topo da colina, onde podiam ver um grande caminho para os vales e os bosques, na parte nordeste e no nível mais baixo da ilha, eles gritaram até que se arrependeram de tão cansados. E, não se importando, ao que parece, de se aventurarem longe da costa, nem de se afastarem uns dos outros, sentaram-se reunidos embaixo de uma árvore para deliberar. Se achassem adequado dormir ali, como os outros, eles teriam feito o trabalho para nós, mas estavam muito cheios de medos de perigo para se arriscarem a dormir, embora não pudessem dizer qual seria o perigo que deviam temer.

O capitão fez uma proposta muito justa para mim sobre essa deliberação deles, a saber, considerando que talvez eles disparassem outra vez todos juntos, tentando fazer com que seus companheiros os ouvissem, então nós deveríamos nos levantar somente no momento em que as armas deles estivessem descarregadas, pois assim certamente eles cederiam e seriam capturados por nós sem derramamento de sangue. Gostei dessa proposta, desde que fosse efetuada quando estivéssemos bastante perto para chegarmos a eles antes que pudessem recarregar suas armas.

Mas esse evento não ocorreu e ficamos ainda um bom tempo muito indecisos sobre o que fazer. Por fim, eu disse aos meus camaradas que, na minha opinião, nada aconteceria até a noite quando, então, se os inimigos não retornassem ao barco, talvez pudéssemos encontrar alguma maneira de passar por entre eles para a costa e usar de algum estratagema com os que estavam no barco, a fim de trazê-los em terra.

Esperamos um bom tempo, embora muito impacientes, pela movimentação deles e ficamos muito inquietos quando, depois de longas conversas, vimos todos partirem caminhando em direção ao mar. Parece que eles tinham tão terríveis apreensões do lugar que decidiram voltar a bordo do navio, dando seus companheiros por perdidos, para assim continuarem a viagem pretendida com o navio.

Tão logo percebi que eles seguiam em direção à costa, imaginei que seria verdade que eles haviam desistido da busca e estavam voltando. O capitão, assim que lhe contei meus pensamentos, estava a ponto de desmoronar de tantas preocupações quando imaginei um estratagema para trazê-los de volta, que atendia perfeitamente ao meu fim.

Mandei Sexta-feira e o imediato do capitão ao pequeno riacho a oeste, na direção do lugar onde os selvagens desceram em terra quando Sexta-feira foi resgatado. Assim que eles chegaram a um pequeno monte, a cerca de meia milha de distância, chamei-os o mais alto que pude e esperei para saber se os inimigos me ouviram. Então, assim que ouvissem os marinheiros responderem, eles deveriam chamá-los novamente. Mantendo-se fora de vista, eles dariam uma volta, sempre respondendo quando os outros chamassem, para atraí-los ao interior da ilha, entre as matas, se possível. Depois, retornariam até a mim da maneira como orientei.

Estavam acabando de embarcar quando Sexta-feira e o imediato gritaram. Eles logo os ouviram e, respondendo, correram ao longo da costa para oeste, em direção à voz que ouviram, quando foram parados pelo riacho, onde a água estava subindo. Como não conseguiam atravessar, pediram que o bote se aproximasse para transportá-los, como, de fato, eu esperava.

Assim que atravessaram, observei que o bote se adiantou no riacho para um porto – por assim dizer – em terra. Depois de amarrarem o bote no tronco de uma pequena árvore na margem, levaram junto com eles um dos três homens embarcados, restando apenas dois no barco.

Era isso que eu queria. Deixei imediatamente Sexta-feira e o imediato do capitão e levei os outros comigo. Cruzamos o riacho fora da vista dos adversários e surpreendemos os dois homens antes que eles se alarmassem, sendo que um estava deitado na praia, e o outro, no barco. O sujeito em terra estava meio dormindo, meio acordado e tentou se levantar. O capitão, que estava à frente, correu sobre ele e derrubou-o e, então, gritou para o que estava no barco se render, ou ele era um homem morto.

Seriam necessários bem poucos argumentos para persuadir um único homem a se render, vendo cinco outros contra ele e seu camarada derrubado. Além disso, ao que parece, esse sujeito era um dos três não muito entusiastas do motim como o resto da tripulação e, portanto, foi facilmente persuadido não só a se render, mas, depois, a se juntar muito sinceramente conosco.

Enquanto isso, Sexta-Feira e o imediato do capitão executavam sua tarefa de atrair os demais, gritando e respondendo, de uma colina a outra, de um bosque a outro, até que não apenas os cansaram totalmente, mas abandonaram-nos onde estavam, certos de que não poderiam voltar ao barco antes de escurecer. Na verdade, eles também estavam exaustos quando chegaram.

Então, não tínhamos mais nada a fazer senão espioná-los na escuridão, para cairmos em cima deles, com a certeza de capturá-los.

Foi só depois de várias horas após a volta de Sexta-feira que eles retornaram ao barco. Pudemos ouvir o primeiro deles, que estava na vanguarda dos demais, chamar os que vinham atrás para se aproximarem. Também ouvimos estes responderem, reclamando do cansaço e de quanto mancavam e que, por isso, não podiam andar mais depressa, o que era uma notícia muito boa para nós.

Por fim, eles chegaram ao barco, mas seria impossível expressar a confusão deles quando encontraram o bote no riacho, com a maré vazando e os dois homens ausentes. Podíamos ouvi-los chamando uns aos outros da maneira mais lamentável, dizendo uns aos outros que haviam entrado numa ilha enfeitiçada, onde ou existiam habitantes e todos deveriam ser assassinados, ou então haveria demônios e espíritos e todos deveriam ser capturados e devorados.

Eles gritaram de novo e chamaram muitas vezes pelos nomes de seus dois camaradas, mas sem resposta. Depois de algum tempo, pudemos vê-los, pela pouca luz que havia, correndo e contorcendo as mãos em desespero. Às vezes eles se sentavam no barco para se recuperar. Depois voltavam à terra e andavam de novo, fazendo a mesma coisa outra vez.

Os meus homens gostariam que eu lhes desse a chance de caírem sobre eles de repente na escuridão, mas eu estava disposto a tirar alguma vantagem deles, de modo a poupá-los e matar o menor número possível. Especialmente, eu não queria arriscar a morte de nenhum de nossos homens, sabendo que os outros estavam muito bem armados.

Decidi esperar, para ver se eles não se separavam. Assim, para me certificar disso, levei a minha emboscada para mais perto e ordenei que Sexta-feira e o capitão se aproximassem engatinhando para não serem descobertos, e chegarem o mais perto quanto possível, antes de atirarem.

Possivelmente eles não se demoraram muito nessa postura quando o contramestre, que era o principal líder do motim e agora se mostrava o mais abatido e desanimado de todos, foi andando na direção deles, com mais dois da tripulação. O capitão estava tão ávido para tê-lo em seu poder que quase não lhe sobrava paciência para deixá-lo chegar perto a ponto de ter certeza de golpeá-lo sem engano, porque até então só tinha escutado a voz dele. Então, quando eles chegaram mais perto, o capitão e Sexta-feira, saltando em seus pés, dispararam sobre eles.

O contramestre foi morto no local; o outro homem foi baleado no corpo e caiu por cima dele, embora não tenha morrido senão uma ou duas horas depois; o terceiro fugiu para salvar a vida.

Com o barulho dos disparos, avancei imediatamente com todo o meu exército, que agora possuía oito homens, a saber: eu mesmo, o generalíssimo; Sexta-feira, o meu tenente-general; o capitão e seus dois homens e os três prisioneiros de guerra, aos quais havíamos confiado armas.

Chegamos a eles, de fato, no escuro, para que não pudessem ver o nosso número. Fiz o homem que eles tinham deixado no barco – e que agora era um dos nossos – chamá-los pelo nome, tentando levá-los a uma conversa, para talvez negociar com eles os termos de rendição, o que de fato conseguimos fazer da maneira desejada porque – como era fácil de pensar –, pela condição em que então se encontravam, eles estavam muito dispostos a capitular.

– Tom Smith! Tom Smith! – ele gritou o mais alto possível para um deles.

Tom Smith respondeu imediatamente

– É você, Robinson? – porque parece que lhe conhecia a voz.

– Ai, ai! Pelo amor de Deus, Tom Smith, abaixe as armas e renda-se, ou todos vocês serão homens mortos nesse mesmo momento – o outro respondeu.

– Para quem devemos nos render? Onde eles estão? – Smith retrucou.

– Eles estão aqui – ele respondeu. – Aqui está o nosso capitão e mais cinquenta homens com ele. Estão caçando vocês há duas horas. O contramestre está morto, Will Fry está ferido e fui feito prisioneiro. Se vocês não se renderem, estará tudo perdido.

– Se nos derem guarida, então nós nos renderemos – disse Tom Smith.

– Vou perguntar, se vocês prometerem se render – disse Robinson e perguntou.

– Você, Smith, conhece a minha voz. Se depuser as armas imediatamente e se render, pouparemos a vida de todos, com exceção de Will Atkins – o próprio capitão respondeu.

Com isso, Atkins esbravejou.

– Pelo amor de Deus, capitão, me dê guarida. O que foi que eu fiz? Todos foram tão maus quanto eu!

O que, a propósito, não era verdade, pois parece que esse Will Atkins foi o primeiro a se rebelar contra o capitão no início do motim, tratando-o de forma bárbara ao amarrar suas mãos e cobrindo-o de insultos. O capitão, porém, disse-lhe para baixar as armas a critério, confiança e misericórdia do governador, pelo que ele se referia a mim, porque todos me chamavam de governador.

Em suma, todos depuseram as armas e imploraram por suas vidas. Eu enviei o homem que havia negociado com eles, com mais dois, para amarrar todos eles. Então, o meu grande exército de cinquenta homens que, com aqueles três, ao todos não passava de oito, surgiu e se apoderou deles e de seu barco. Só que eu me mantive, junto com mais um, fora de vista deles, por razões de estado.

O nosso próximo trabalho seria consertar o barco e fazer o plano de como tomar o navio. Quanto ao capitão, agora ele tinha tempo livre para negociar com eles sobre a vilania de suas práticas para com ele e a posterior iniquidade de seus desígnios e como certamente isso deveria levá-los à miséria e à desgraça e, no final, talvez à forca.

Todos pareciam muito penitentes e imploravam muito por suas vidas. Então, ele lhes disse que eles não eram seus prisioneiros, mas do comandante da ilha, porque eles achavam que haviam desembarcado

em terras de uma ilha árida e desabitada, mas agradou a Deus dirigi-
-los para uma ilha habitada cujo governador era inglês, que poderia
enforcar todos ali se quisesse, mas, como deu guarida a todos, supunha que enviaria todos à Inglaterra, para serem tratados como a justiça
requer, exceto Atkins, a quem o governador lhe ordenou aconselhá-lo a
se preparar para a morte, pois seria enforcado pela manhã.

Embora tudo isso não passasse de mera ficção dele próprio, ainda
assim alcançou o efeito desejado. Atkins se ajoelhou para implorar
ao capitão que intercedesse junto ao governador por sua vida. E os
demais imploraram a ele, por amor de Deus, que não fossem enviados
à Inglaterra.

Então me ocorreu que o tempo do nosso livramento havia chegado e
que seria muito fácil fazer esses companheiros ajudarem na retomada da
posse do navio. Assim, eu me afastei deles no escuro, para que não
pudessem ver que tipo de governador tinham, e chamei o capitão.
Quando o mandei vir, como se estivesse a uma boa distância, um dos
homens recebeu ordens de chamá-lo novamente, dizendo ao capitão
"o comandante está chamando", ao que o capitão respondeu "diga a
sua excelência que estou chegando". Isso os enganou com perfeição e
todos acreditaram que o comandante estava ali, bem perto, com seus
cinquenta homens.

Quando o capitão chegou, contei-lhe do meu projeto de tomada do
navio, que ele gostou muito e o achou muito bom. Assim, decidi colocar esse plano em execução na manhã seguinte.

Mas, para poder executá-lo com mais astúcia e garantir-lhe o sucesso, eu disse ao capitão que precisaríamos dividir os prisioneiros e que
ele deveria pegar Atkins e mais dois dos piores para levá-los amarrados
à caverna onde os outros estavam. Isto foi realizado por Sexta-feira e
os dois homens que chegaram em terra com o capitão.

Eles os levaram para a caverna como a uma prisão, pois era, de fato,
um lugar sombrio, especialmente para homens dessa condição.

Os outros, mandei-os para o meu caramanchão – como eu chamava
o local, do qual já dei uma descrição completa –, que, como era cercado
e eles estavam amarrados, era bastante seguro, considerando que eles
dependiam da maneira de se comportarem.

Para esses, enviei o capitão, de manhã. Ele deveria abrir negociação, em suma, para julgá-los e me dizer quem achava que era ou não
confiável para embarcar e surpreender o navio. Ele falou com eles da
injúria que lhe fizeram e da condição a que foram levados por isso.
Mas que o governador tinha dado guarida pela vida deles pela presente ação, embora, se eles fossem enviados para a Inglaterra, todos
seriam enforcados em correntes, com certeza. Porém, caso se juntas-
sem a uma tentativa de recuperar o navio, ele tinha o compromisso
do governador de que seriam perdoados.

Qualquer um pode imaginar quão prontamente tal proposta foi acei-
ta por homens naquela condição. Eles caíram de joelhos ao capitão e
prometeram, com as mais profundas imprecações, que lhe seriam fiéis
até a última gota de sangue, pois deviam suas vidas a ele e que o acom-
panhariam por todo o mundo, tendo-o como pai enquanto vivessem.

– Bem – disse o capitão –, vou contar ao governador o que vocês dizem, para ver o que posso fazer para torná-lo sensível a isso.

Então ele me levou um relato do temperamento que encontrou neles
e que ele realmente acreditava que eles seriam fiéis.

No entanto, para que pudéssemos ter mais segurança, eu lhe disse
que voltasse e escolhesse cinco deles, dizendo que – como eles podiam
ver – ele não precisava de homens, mas que escolhia esses cinco para
serem seus assistentes e que o governador guardaria os outros dois e
os três que estavam prisioneiros no castelo – a minha caverna – como
reféns da fidelidade desses cinco. E que, se eles se mostrassem infiéis
na execução, os cinco reféns deveriam ser pendurados vivos em correntes numa forca na praia.

Pareceu-lhes sério e convincente que o governador estivesse sendo
sincero. Assim, eles não teriam como deixar de aceitar. Por isso, então,
persuadir os outros cinco a cumprirem seu dever passou a ser um assunto tanto dos prisioneiros como do capitão.

Então, a nossa força estava organizada para a expedição: primeiro,
o capitão, seu imediato e o passageiro; segundo, os dois prisioneiros
do primeiro pelotão, aos quais, tendo seu caráter avaliado pelo capitão, dei-lhes liberdade e confiei-lhes armas; terceiro, os outros dois que
eu guardara até agora no meu caramanchão, presos, mas que haviam

sido libertados com o movimento do capitão; quarto, os cinco soltos no final. De modo que éramos doze ao todo, além de cinco mantidos prisioneiros na caverna como reféns.

Perguntei ao capitão se estava disposto a se arriscar com essas mãos na abordagem do navio. Quanto a mim e ao meu servo Sexta-feira, não achei conveniente nos afastarmos, deixando os sete homens para trás, pois era preciso fazer o trabalho de mantê-los separados e abastecidos com mantimentos.

Quanto aos cinco na caverna, resolvi mantê-los amarrados, mas Sexta-feira ia duas vezes por dia a eles, para supri-los das coisas necessárias. Fiz, ainda, com que os outros dois levassem provisões a uma certa distância, onde Sexta-feira as buscava.

Quando me mostrei aos dois reféns, estava com o capitão, que lhes disse que eu era a pessoa que o governador ordenara para cuidar deles, que o prazer do governador era que eles não fossem a outro lugar a não ser pela minha direção e que, se o fizessem, seriam levados para o castelo e colocados em ferros. De modo que, como nunca lhes foi permitido me verem como governador, eu agora aparecia como outra pessoa, que falava do governador, da guarnição, do castelo e assim por diante, em todas as ocasiões.

O capitão agora não teria outra dificuldade diante dele senão equipar as duas chalupas, consertar o rombo em uma delas e tripulá-las. Ele nomeou seu passageiro como capitão de uma delas, com quatro outros homens, enquanto que ele, seu imediato e mais cinco indivíduos foram para a outra. Eles planejaram muito bem suas ações, pois chegaram ao navio por volta da meia-noite. Assim que se aproximaram do navio ao alcance de um grito, Robinson chamou os tripulantes e lhes disse que trazia os homens e o barco, mas que havia demorado muito para encontrá-los e assim por diante, mantendo um bate-papo com eles até encostarem ao lado do navio, quando então o capitão e o imediato foram os primeiros a abordarem com as armas. Logo, derrubaram o segundo imediato e o carpinteiro com a coronha dos mosquetes, sendo muito fielmente apoiados por seus homens. Conseguiram dominar os demais que estavam no convés principal e nos cômodos e começaram a fechar as escotilhas, para impedir a subida dos que estavam embaixo, quando a outra chalupa e seus homens, abordando pelo tombadilho, dominaram o castelo de proa do navio e o alçapão que descia até a cozinha, fazendo prisioneiros três homens que encontraram ali.

Quando isso foi feito e com todos em segurança no convés, o capitão ordenou que o imediato, com três homens, invadisse a cabine, onde o novo capitão rebelde estava. Este, após dar alarme, levantou-se e juntou-se com dois homens e um menino, com armas de fogo nas mãos. Quando o imediato forçou a porta com um pé de cabra, o novo capitão e seus homens dispararam indiscriminadamente, ferindo o imediato com uma bala de mosquete – quebrando-lhe o braço – e mais dois homens, mas não mataram ninguém.

O imediato, pedindo ajuda, avançou, no entanto, para dentro da cabine, mesmo ferido como estava, e, com sua pistola, atirou na cabeça do novo capitão. A bala entrou pela boca e saiu atrás de uma orelha, de modo que ele nunca mais falou uma palavra. Com isso, os outros se renderam e o navio foi efetivamente retomado, sem a perda de mais vidas.

Assim que o navio foi dominado, o capitão ordenou que sete canhões fossem disparados, que era o sinal dele combinado comigo para me avisar do seu sucesso e com o qual, podem ter certeza, fiquei muito feliz de ouvir, estando sentado na praia até quase duas horas da manhã.

Tendo então escutado claramente o sinal, eu me deitei e, como foi um dia de grande cansaço para mim, dormi muito bem, até ser surpreendido pelo disparo de uma arma de fogo. Acordei de repente, ouvindo um homem me chamar pelo nome de: "Governador! Governador!". Imediatamente reconheci a voz do capitão e, quando subi ao topo da colina, lá estava ele. Apontando para o navio, ele me abraçou com entusiasmo.

– Meu caro amigo e libertador – ele disse –, lá está o seu navio. Porque ele é todo seu, assim como todos nós e tudo o que pertence a ele.

Lancei o meu olhar ao navio, ancorado a pouco mais de meia milha da costa, pois eles o aparelharam tão logo o dominaram. Como o tempo estava bom, levaram-no para lançar âncora justamente na foz do pequeno riacho e, estando a maré alta, o capitão foi numa barca até perto do lugar onde eu havia aportado com as minhas jangadas e desembarcou bem na minha porta.

De início, eu estava a ponto de desmaiar de susto, porque o meu livramento, de fato, estava visivelmente colocado em minhas mãos, com todas as comodidades e um grande navio pronto para me levar para onde eu quisesse ir. A princípio, durante algum tempo, não consegui pronunciar uma única palavra. Como ele me abraçou, eu me agarrei nele, ou teria caído no chão.

Ele percebeu a minha comoção e imediatamente tirou uma garrafa do bolso e me deu um gole de uma bebida medicinal, que havia trazido para mim. Depois que tomei, sentei-me no chão e, embora me recuperasse, ainda assim levei um bom tempo antes que pudesse trocar uma palavra com ele.

Enquanto isso, o pobre homem estava tão ansioso como eu, só que nem tão surpreso quanto eu. Ele me disse mil coisas boas e gentis, para me acalmar e me animar. O meu peito se inundou de alegria, deixando todos os meus sentimentos em confusão. Por fim, irrompi em lágrimas, mas, pouco depois, recuperei as palavras.

Então, foi a minha vez e eu o abracei como meu libertador e nos regozijamos juntos. Eu disse a ele que o via como um homem enviado pelos céus para me livrar e que toda essa história parecia como uma sequência de maravilhas, que tais acontecimentos eram testemunhos de que tínhamos a mão secreta da Providência governando o mundo e uma evidência de que o olho de um poder infinito podia buscar alguém no mais recôndito canto do mundo e enviar socorro aos miseráveis sempre que Ele quisesse.

Não esqueci de elevar o meu coração em gratidão aos céus. Mas qual coração poderia abster-se de bendizer aquele que não só de maneira miraculosa abastece no deserto e em tão desolada condição, mas de quem todo livramento deve ser sempre reconhecido proceder?

Quando havíamos conversado um pouco, o capitão me disse que me trouxera alguns pequenos refrigérios de que o navio dispunha e que os infelizes, embora dominando-o havia tanto tempo, não haviam saqueado. Depois disso, ele chamou o bote em voz alta e ordenou que seus homens trouxessem as coisas para o governador. De fato, era um presente como se eu fosse alguém que não deveria ser levado com eles, mas que ainda permaneceria na ilha, como se eles fossem embora sem mim.

Primeiro, ele me trouxe uma caixa de garrafas cheias de excelentes águas medicinais, seis garrafas grandes de vinho Madeira – as garrafas continham dois quartilhos cada –, duas libras de um excelente tabaco, doze boas peças de carne de porco do navio e seis pedaços de carne de porco, com um saco de ervilhas e cerca de cem medidas de peso de biscoitos. Ele também me trouxe uma caixa de açúcar, uma caixa de farinha, uma sacola cheia de limões, duas garrafas de suco de limão e muitas outras coisas. Mas, além disso, e o que foi mil vezes mais útil para mim, ele me trouxe seis camisas novas e limpas, seis gravatas muito boas, dois pares de luvas, um par de sapatos, um chapéu e um par de meias, além de um terno muito bom, dele próprio, usado, mas muito pouco. Em suma, ele me vestiu da cabeça aos pés.

Foi um presente muito gentil e agradável, como qualquer um pode imaginar, para alguém nas minhas circunstâncias. Mas nunca ninguém no mundo se sentiu tão incomodado, desajeitado e desconfortável como aconteceu comigo ao vestir roupas assim de novo.

Depois que essas cerimônias passaram e que todas essas coisas boas foram levadas ao meu pequeno cômodo, começamos a confabular sobre o que era para ser feito com os prisioneiros que tínhamos, pois valia a pena considerar se deveríamos ou não nos arriscarmos a levá-los conosco, especialmente dois deles, que ele sabia que eram incorrigíveis e refratários ao último grau. O capitão os conhecia porque eram tão trapaceiros que nada os constrangia. Então, se os levássemos embora, deveria ser em ferros, como malfeitores para serem entregues à justiça na primeira colônia inglesa a que ele pudesse comparecer. Assim, entendi que o próprio capitão estava muito preocupado com isso.

Portanto, respondi a ele que, se desejasse, eu me comprometeria a fazer com que os dois homens de que ele falava lhe pedissem por conta própria para serem deixados na ilha.

– Eu ficaria muito feliz com isso – o capitão disse –, do fundo do meu coração.

– Bem – prossegui –, vou mandá-los conversarem com você.

Por isso, mandei Sexta-feira e os dois reféns, que então haviam sido libertados, pois seus camaradas tinham cumprido o que prometeram, repito, mandei-os então irem à caverna para levarem os cinco homens, amarrados como estavam, ao caramanchão, mantendo-os lá até que eu chegasse.

Depois de algum tempo, fui para lá vestido com o meu novo traje. Então, voltei a ser chamado de governador. Estando todos reunidos e o capitão comigo, fiz com que os homens fossem trazidos diante de mim. Foi quando eu lhes disse que tinha um relato completo do comportamento vil deles para com o capitão, de como eles tinham fugido com o navio e como estavam se preparando para cometer mais assaltos. Mas, também, que a Providência os havia enredado em seus próprios caminhos e que eles haviam caído no buraco que haviam cavado para os outros.

Deixei-os saber que sob a minha direção o navio havia sido recuperado, que estava agora na enseada e que eles em breve tomariam conhecimento de que seu novo capitão havia recebido a recompensa merecida por sua vilania, pois eles o veriam pendurado na ponta de uma verga.

Pedi, quanto a eles, que me dissessem o que tinham a alegar para que eu não os executasse como piratas capturados em flagrante e, ainda, que não duvidassem de que, pelo meu mandato, eu tivesse autoridade para tanto.

Um deles respondeu em nome dos outros que eles não tinham nada a dizer senão que, quando foram levados, o capitão prometeu-lhes a vida e que eles imploravam humildemente a minha misericórdia. Respondi que não sabia qual misericórdia poderia lhes mostrar, porque, quanto a mim, havia decidido abandonar a ilha com todos os meus homens, tendo obtido passagem com o capitão para ir à Inglaterra. Quanto ao capitão, ele não poderia levá-los à Inglaterra a não ser como prisioneiros em ferros, para serem julgados por motim e por fugirem com o navio e que a consequência disso, que eles precisavam saber, seria a forca. De modo que eu não saberia dizer o que era melhor para eles, a menos que tivessem em mente seguirem seu destino na ilha. Se desejassem isso, eu tinha liberdade para relevar o caso, pois sentia alguma inclinação para lhes poupar a vida, se eles achassem que poderiam permanecer em terra.

Eles pareceram muito agradecidos com isso e disseram que preferiam se arriscar a ficarem ali, a serem levados para a Inglaterra, onde seriam enforcados. Então, dei a questão por encerrada.

No entanto, o capitão demonstrou ter alguma dificuldade com isso, como se não pudesse deixá-los ali. Assim, fingi-me um pouco zangado com o capitão, dizendo-lhe que eles eram meus prisioneiros, e não dele. E que, considerando ter-lhes oferecido tão grande favor, eu seria tão bom quanto a minha palavra, porque, se ele não achava adequado consentir com isso, eu os libertaria como os havia encontrado e que, se não gostasse disso, ele poderia capturá-los novamente se quisesse.

Diante disso, eles pareceram muito gratos a mim. Portanto, eu os colocaria em liberdade e pediria que se retirassem para os bosques, para o lugar de onde vieram, já que deixaria algumas armas de fogo, alguma munição e algumas instruções de como poderiam viver muito bem se as seguissem adequadamente.

Com isso, preparei-me para embarcar no navio. Mas, antes, disse ao capitão que ficaria naquela noite para arrumar as minhas coisas e que eu desejava que ele fosse a bordo enquanto isso, para deixar tudo em ordem no navio e que mandasse a chalupa em terra no dia seguinte para me buscar. Também lhe ordenei que, enquanto isso, colocasse o novo capitão, que havia sido morto, pendurado no ponta de uma verga, para que aqueles homens o vissem.

Quando o capitão se retirou, mandei chamar os homens ao meu cômodo e passei a conversar seriamente com eles sobre suas circunstâncias. Disse-lhes que tinham feito a escolha certa e que, se o capitão os tivesse levado, certamente seriam enforcados. Mostrei-lhes o novo capitão pendurado na ponta da verga do navio e disse-lhes que, caso contrário, não poderiam esperar nada menos do que isso.

Quando todos declararam a vontade de ficar, eu disse que contaria a história da minha vida ali e que os colocaria no caminho de tornar a vida deles mais fácil. Assim, relatei toda a história da minha vinda ao lugar. Mostrei-lhes as minhas fortificações, a maneira como conseguia o sustento, como plantava o cereal, curava as uvas e, em suma, tudo o que era necessário ao bem-estar deles. Contei também a história dos dezessete espanhóis esperados, para os quais deixei uma carta e fiz com que prometessem que os tratariam com simpatia.

Aqui pode ser notado que o capitão, que tinha tinta a bordo, ficou muito surpreso que eu nunca tivesse encontrado a maneira de fazer tinta de carvão e água ou de outra coisa qualquer, já que eu tinha resolvido problemas muito mais difíceis.

Deixei as minhas armas de fogo, a saber, cinco mosquetes, três armas de caça e três espadas, além de um barril e meio de pólvora que tinha sobrado, porque depois do primeiro ou do segundo ano eu havia usado pouco, sem desperdiçar nada. Dei-lhes uma descrição do modo como administrava as cabras e as instruções de como ordenhá-las e de fazer manteiga e queijo.

Em resumo, dei a eles parte da minha própria história e disse-lhes que insistiria com o capitão quanto a deixar outros dois barris de pólvora e algumas sementes de legumes, porque isso me deixaria muito feliz. Além disso, dei-lhes o saco de ervilhas que o capitão me ofereceu para comer e mandei que as semeassem e multiplicassem.

XIX RETORNO À INGLATERRA

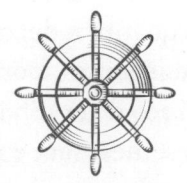

Tendo feito tudo isso, deixei-os no dia seguinte e fui para bordo do navio. Estávamos preparados para navegar imediatamente, mas não zarpamos nessa noite. Na manhã seguinte, dois dos cinco homens chegaram nadando à amurada do navio, fazendo a queixa mais lamentável dos outros três, implorando pelo amor de Deus para serem recebidos a bordo, ou seriam assassinados. Imploraram ao capitão que os deixasse subir, mesmo que devessem ser enforcados imediatamente.

Então, o capitão fingiu não ter poderes para fazer nada sem mim. Assim, depois de algumas dificuldades, e após as solenes promessas de que se emendariam, eles foram embarcados. Logo em seguida, porém, foram profundamente chicoteados e colocados em salmoura. Com isso, a partir daí eles se mostraram companheiros muito honestos e tranquilos.

Pouco tempo depois disso, com a maré subindo, o bote foi mandado em terra para levar as coisas prometidas aos homens, às quais o capitão, por minha intercessão, fez com que fossem acrescentados os baús e as roupas deles, que foram bem recebidos e os deixou muito gratos. Também os encorajei, dizendo-lhes que, se estivesse em meu poder enviar qualquer navio para buscá-los, não me esqueceria deles.

Quando me despedi dessa ilha, levei a bordo, como relíquias, o grande gorro de pele de cabra que fiz, o meu guarda-chuva e um dos meus papagaios. Além disso, não esqueci de pegar o dinheiro já mencionado, que tinha sido tão inútil para mim e estava totalmente oxidado ou manchado e que dificilmente poderia passar por prata, antes que fosse um pouco esfregado e manuseado, como também aconteceu com o dinheiro que encontrei no naufrágio do navio espanhol.

Foi assim que eu deixei a ilha, no dia 19 de dezembro do ano de 1686, como encontrei no calendário do navio, depois de vinte e oito anos, dois meses e dezenove dias, tendo sido livrado desse segundo cativeiro no mesmo dia do mês em que fiz a minha primeira fuga, no barco de pesca dos mouros de Sallee.

Depois de uma longa viagem no navio, cheguei à Inglaterra em 11 de junho de 1687, após trinta e cinco anos ausente.

Quando cheguei à Inglaterra, eu era um perfeito estranho para todo mundo. Era como se jamais tivesse conhecido alguém lá. A minha benfeitora e fiel intendente, a quem eu tinha deixado o meu dinheiro em confiança, ainda estava viva, mas teve grandes infortúnios no mundo, tornou-se viúva pela segunda vez e vivia muito modestamente. Eu a coloquei muito à vontade quanto ao que me devia, assegurando-lhe que eu não lhe criaria nenhum problema. Muito pelo contrário, em gratidão por seu antigo cuidado e fidelidade para comigo, eu a ajudaria com o que o meu pequeno capital pudesse lhe proporcionar, o que então na verdade não me permitia fazer grande coisa por ela. Mas garanti-lhe que jamais esqueceria sua antiga bondade para comigo. E eu não a esqueci quando tive o suficiente para ajudá-la, como será observado em seu devido lugar.

Em seguida, fui para Yorkshire, mas meu pai e minha mãe tinham morrido e toda a minha família estava extinta, exceto duas irmãs e dois filhos de um dos meus irmãos. Como fazia muito tempo que eu havia sido considerado como morto, não havia provisão feita para mim. De modo que, numa palavra, não encontrei nada para me aliviar ou ajudar e que o pouco dinheiro que eu tinha não faria muito por mim quanto a me estabelecer no mundo.

Mas recebi um reconhecimento de gratidão que, de fato, não esperava. E isso foi pelo dono do navio, o qual eu tinha tão felizmente libertado e, pelos mesmos meios, salvado o navio e a carga. Tendo prestado contas muito bem aos proprietários da maneira como tinha salvado a vida dos homens e o navio, eles me convidaram para encontrá-los, junto com alguns outros comerciantes interessados. Todos juntos me fizeram um elogio muito bonito sobre o assunto e me deram um presente de quase 200 libras esterlinas.

Assim, depois de fazer várias reflexões sobre as circunstâncias da minha vida e quão pouco isso haveria de me sedimentar no mundo, resolvi partir para Lisboa e ver se não poderia obter alguma informação do estado da minha plantação no Brasil e do que ocorreu com o meu parceiro, que, como eu tinha razão para supor, tinha passado havia alguns anos para o lado dos mortos.

Com essa visão, embarquei para Lisboa, onde cheguei em abril seguinte, com o meu servo Sexta-feira me acompanhando muito dedicadamente em todas essas perambulações, provando-se um servo muito fiel em todas as ocasiões.

Quando cheguei em Lisboa, descobri, por consultas e para minha satisfação particular, o meu velho amigo, o capitão do navio que primeiro me recolheu no mar na costa da África. Ele agora estava envelhecido e tinha deixado de ir ao mar, tendo colocado seu filho, que estava longe de ser jovem, em seu navio e que continuava no comércio do Brasil. O velho não me reconheceu e, na verdade eu mal o reconheci. Mas, quando lhe disse quem eu era, logo ele se lembrou de mim.

Depois de algumas expressões entusiasmadas da velha amizade entre nós, eu lhe perguntei, podem ter certeza, sobre a minha plantação e o meu parceiro. O velho me disse que não voltava ao Brasil havia cerca de nove anos, mas que podia me garantir que quando esteve lá o meu parceiro ainda estava vivo, mas que os administradores que uni a ele para cuidarem da minha parte haviam falecido. Ele, porém, acreditava que eu teria um relato muito bom da melhoria da plantação. Por isso, com base na crença geral de que eu havia me afogado no naufrágio, os meus curadores haviam dado conta do produto da minha parte da plantação ao procurador fiscal que havia destinado – caso eu nunca viesse a reivindicá-la –, um terço ao rei e dois terços ao mosteiro de Santo Agostinho, a serem gastos em benefício dos pobres e para a conversão dos índios à fé católica. Mas que, se eu aparecesse ou se alguém em meu nome reivindicasse a herança, ela seria restaurada. Só que não poderiam ser restauradas nem a melhoria e nem a produção anual, distribuídas para fins caritativos. Mas ele me assegurava que o administrador da renda, das terras, do rei e o *proviedore* – ou mordomo – do mosteiro tinham tomado muito cuidado com o incumbente, isto é, com o meu parceiro, que dava, a cada ano, um relato fidedigno da produção, do qual eles recebiam devidamente a minha metade.

Perguntei-lhe se ele sabia a que altura de melhoria a plantação se achava, se valeria a pena reivindicá-la ou, se fosse até lá, se eu não deveria encontrar alguma obstrução ao fato de querer o meu justo direito à metade.

Ele me disse que não saberia dizer exatamente em que grau a plantação havia sido melhorada, mas que sabia que o meu parceiro – ou *partner*, como o chamavam – estava ficando extremamente rico ao apreciar sua parte e que, na melhor de sua lembrança, ele ouvira dizer que o terço do rei da minha parte, que, aparentemente, era concedido a qualquer outro mosteiro ou casa religiosa, chegava a mais de duzentos *moidores* por ano. Quanto ao restabelecimento tranquilo da minha possessão, ele não tinha dúvidas de que o meu parceiro ainda estaria vivo para testemunhar o meu título e que o meu nome também estava inscrito no registro do país. Ele também me disse que os herdeiros dos meus dois curadores eram pessoas muito justas, honestas e muito ricas e que ele acreditava que eu não só teria ajuda deles para recuperar a minha posse, como encontraria uma quantia de dinheiro muito considerável em suas mãos por conta da minha parte, considerando a produção da fazenda enquanto seus pais foram os curadores, antes que ela fosse distribuída como acima, o que durou cerca de doze anos, pelo que ele se lembrava.

Mostrei-me um pouco preocupado e desconfortável com esse relato e perguntei ao velho capitão por que os curadores haviam assim disposto dos meus bens, quando ele sabia que eu havia feito o meu testamento instruindo o capitão português como meu herdeiro universal etc.

Ele me disse que isso era verdade, mas, como não havia prova de que eu estava morto, ele não poderia atuar como executor até que algum relato certo viesse da minha morte. E, além disso, ele não estava disposto a interferir com algo tão distante. Também era verdade que ele registrara o meu testamento e pleiteara sua reivindicação, de modo que, se tivesse qualquer relato de que eu estivesse morto ou vivo, agiria por procuração e tomaria posse do *ingenio* – ou engenho, que era como eles chamavam a fábrica de açúcar – e daria a seu filho, que agora estava no Brasil, ordens para fazer isso.

– Mas – disse o velho –, tenho uma notícia para lhe contar que talvez não seja tão agradável para você quanto as outras, isto é, acreditando que você estava perdido e com todo mundo acreditando também, o seu parceiro e os curadores se ofereceram para prestar contas a mim, em seu próprio nome, pelos primeiros seis ou oito anos de lucro, que eu recebi. Depois de grandes desembolsos para aumentar a plantação, construir o engenho e comprar escravos, isso não foi muito além do produzido. Entretanto, eu lhe prestarei – disse o velho – boas contas do que recebi no total e de como dispus disso.

Depois de mais alguns dias de conferências com esse velho amigo, ele me prestou conta dos rendimentos dos primeiros seis anos da minha plantação, assinada pelo meu parceiro e pelos comerciantes curadores, sendo sempre entregue em mercadorias, a saber, tabaco em rolo e açúcar em baús, além de rum, melaço etc., que são produtos decorrentes de uma fábrica de açúcar. Descobri por essa conta que, a cada ano, a renda aumentava consideravelmente. Mas, como foi dito, com o desembolso sendo grande, a soma a princípio era pequena. No entanto, o velho deixou-me ver que era devedor de quatrocentos e setenta *moidores* de ouro, além de sessenta baús de açúcar e quinze rolos duplos de tabaco, que se perderam em seu navio naufragado a caminho de Lisboa, cerca de onze anos depois de eu ter deixado o lugar.

Então, o bom homem começou a se queixar de seus infortúnios e de como havia sido obrigado a usar o meu dinheiro para recuperar suas perdas e comprar um novo navio.

– No entanto, meu velho amigo – ele me disse –, não lhe faltará suprimento em sua necessidade e, assim que o meu filho retornar, você deverá ser plenamente restituído.

Com isso, ele pegou uma velha bolsa e me deu cento e sessenta *moidores* em ouro. Em seguida, mostrando-me os documentos de seus direitos sobre o navio com o qual seu filho foi ao Brasil, de que ele era dono de uma quarta parte e o filho de outra, ele colocou ambos em minhas mãos como garantia do restante.

Fiquei muito comovido com a honestidade e bondade desse pobre homem, por ser capaz de suportar isso. E, lembrando-me do que ele havia feito por mim, como me resgatara no mar, com que generosidade me usara em todas as ocasiões e, particularmente, quão sincero amigo estava sendo então para mim, eu dificilmente poderia conter o choro pelo que havia me dito. Por isso, perguntei-lhe se as circunstâncias admitiam que ele dispensasse tanto dinheiro nessa ocasião e se isso não o atrapalharia. Ele me disse que não poderia negar que isso poderia lhe prejudicar um pouco, mas que era o meu dinheiro e que eu talvez precisasse disso mais do que ele.

Tudo o que o bom homem dizia estava cheio de afeição, e eu mal consegui conter as lágrimas enquanto ele falava. Mas, em resumo, peguei cem *moidores* e pedi pena e tinta para passar um recibo a eles. Depois, devolvi-lhe o restante e disse-lhe que, se alguma vez tivesse a posse da plantação, eu devolveria o restante também a ele – como, de fato, isso ocorreu depois – e que, quanto ao direito de venda da parte dele no navio de seu filho, eu não aceitaria de maneira alguma. Porém, se eu precisasse do dinheiro, eu o achava suficientemente honesto para me pagar, mas, se isso não acontecesse e eu viesse a receber o que ele me dava razões para esperar, eu jamais receberia mais um centavo dele.

Quando isso terminou, o velho me perguntou se ele poderia me apresentar um método para que eu reivindicasse a minha plantação. Respondi que pensava em fazer isso pessoalmente. Ele disse que eu poderia fazê-lo, se quisesse. Mas, caso contrário, havia meios suficientes para garantir o meu direito e imediatamente me apropriar dos lucros para meu uso. E que, como havia navios no rio de Lisboa prontos para a partida para o Brasil, ele me fez inscrever o meu nome num registro público com seu depoimento afirmando sob juramento que eu estava vivo e que era a mesma pessoa que assumira a terra para cultivar a dita plantação a princípio.

Sendo essa declaração regularmente atestada por um notário e com uma procuração juntada, ele me orientou a enviá-la, com uma carta de próprio punho, a um comerciante local de seu conhecimento. E, então, propôs que eu ficasse com ele até que uma resposta chegasse de retorno.

Nunca houve nada mais honroso do que o prosseguimento dessa procuração, porque em menos de sete meses recebi um grande pacote dos herdeiros sobreviventes dos meus curadores, os comerciantes, por cuja conta embarquei no mar, contendo as cartas e os documentos particulares descritos a seguir.

Primeiro, havia a conta-corrente da produção da minha fazenda ou plantação, a partir do ano em que seus pais se entenderam com o meu antigo capitão de Portugal, sendo por seis anos. O saldo do balanço parecia ser de um mil, cento e setenta e quatro *moidores* em meu favor.

Em segundo lugar, havia uma conta de mais quatro anos, enquanto eles mantiveram os bens em suas mãos, antes que o governo lhes reivindicasse a administração, como sendo os bens de uma pessoa não encontrada, que eles chamavam de morte civil. E o saldo disso, com o valor do plantio aumentando, chegava a dezenove mil, quatrocentos e quarenta e seis cruzados, ou três mil duzentos e quarenta e um *moidores* no total.

Em terceiro lugar, havia a conta do prior de Santo Agostinho, que havia recebido os lucros por mais de quatorze anos. Mas, não sendo capaz de explicar o que foi gasto pelo hospital, muito honestamente declarou que tinha oitocentos e setenta e dois *moidores* não distribuídos, que ele reconhecia serem da minha conta. Quanto à parte do rei, esta não me restituiu nada.

Havia uma carta do meu parceiro congratulando-me muito carinhosamente pelo fato de estar vivo, dando-me uma explicação sobre como a propriedade melhorou e o que produziu por ano, com as particularidades do número de parcelas ou acres que continha, como foram plantadas, quantos escravos havia nelas. E, fazendo vinte e duas vezes o sinal da cruz por bênçãos, dizia-me que havia rezado inúmeras Ave-Marias para agradecer à Virgem Santíssima pelo fato de eu estava vivo e me convidava muito entusiasticamente a voltar e tomar posse da minha propriedade, mas que eu lhe desse ordens a quem ele deveria entregar os meus bens, se eu não fosse até lá. E concluía com ternas e sinceras manifestações de amizade e de sua família e me enviava como presente sete peles de leopardo, que ele tinha, ao que parece, recebido da África, por algum outro navio que havia enviado para lá e que, pelo jeito, havia feito uma viagem melhor do que a minha. Ele também mandou cinco baús de excelentes guloseimas e cem moedas de ouro não cunhadas, não tão grandes como os *moidores*.

Por essa mesma frota, os meus dois comerciantes curadores me enviaram mil e duzentos baús de açúcar, oitocentos rolos de tabaco e o restante da conta inteira em ouro.

Na verdade, eu poderia então dizer muito bem que o último estado de Jó havia sido mais do que o primeiro. Seria impossível expressar as vibrações do meu próprio coração quando olhei essas cartas e especialmente quando descobri toda essa minha riqueza sobre mim. Pois, como os navios do Brasil chegavam em frotas, os mesmos navios que traziam as minhas cartas trouxeram as minhas mercadorias, e os bens estavam em segurança no rio antes que as cartas chegassem às minhas mãos. Em suma, empalideci e me senti enfermo. Assim, não fosse o velho me dar uma bebida medicinal, creio que a repentina surpresa de alegria haveria de se sobrepor à natureza e eu morreria imediatamente.

Apesar disso, continuei passando mal e demorei algumas horas até que um médico fosse chamado. Quando alguma coisa da verdadeira causa da minha doença foi conhecida, ele ordenou a minha sangria. Depois disso, senti alívio e fiquei bem, mas acredito sinceramente que, se não tivesse sido aliviado pela ventilação feita dessa maneira em meus espíritos, eu teria morrido.

Então, de repente eu era dono de mais de cinco mil libras esterlinas e tinha um patrimônio – como eu bem podia chamá-lo – no Brasil de mais de mil libras por ano, tão seguro quanto um latifúndio na Inglaterra e, em uma palavra, eu estava numa condição que quase não conseguia entender e nem sabia como me recompor para desfrutar disso.

A primeira coisa que fiz foi recompensar o meu benfeitor inicial, o meu bom e velho capitão, que havia sido caridoso comigo em minha aflição, gentil comigo no começo e honesto no final. Mostrei-lhe tudo o que enviaram para mim e disse-lhe que, ao lado da Providência dos céus, que dispõe de todas as coisas, isso era devido a ele. E que agora cabia a mim recompensá-lo, o que eu faria em cem vezes mais. Assim, primeiro devolvi-lhe os cem *moidores* que recebera dele, depois mandei chamar um notário e o usei para fazer um recibo geral ou quitação dos quatrocentos e setenta *moidores* que ele havia reconhecido que me devia, da maneira mais completa e mais firme possível. Em seguida, mandei que uma procuração fosse elaborada, capacitando-o a ser o receptor dos lucros anuais de minha plantação e nomeando o meu parceiro para prestar contas junto com ele e fazer os retornos para ele, em meu nome, pelas frotas normais. E, como cláusula final, fiz uma concessão de cem *moidores* por ano a ele durante sua vida, fora os bens e de cinquenta *moidores* por ano para seu filho, depois dele, enquanto vivesse. Assim, indenizei o meu velho servo.

Passei então a considerar qual o caminho a seguir e o que fazer com a propriedade que a Providência recolocou assim em minhas mãos. Na verdade, eu tinha mais preocupações agora do tive em meu silencioso estado de vida na ilha, onde eu não queria nada além do que tinha e não tinha nada além do que queria, e considerando que agora eu tinha um grande encargo sobre mim e que o meu negócio era saber como protegê-lo. Então, eu não tinha uma caverna para esconder o meu dinheiro, nem um lugar onde ele pudesse ficar sem fechadura ou chave até ficar mofado e manchado antes que alguém metesse a mão nele. Pelo contrário, eu não sabia onde abrigá-lo, nem a quem confiá-lo. O meu antigo patrono – o capitão – era, na verdade, um homem honesto, e esse era o único refúgio que eu tinha.

Em segundo lugar, o meu interesse pelo Brasil parecia me convocar para lá, mas agora eu não sabia como pensar em fazer isso enquanto não resolvesse os meus negócios e deixasse os meus bens em algumas mãos seguras atrás de mim. A princípio, pensei na minha amiga, a viúva, que eu sabia ser honesta e que seria totalmente fiel a mim. Mas ela estava em idade avançada, era pobre, e, pelo que eu sabia, devia estar endividada. De modo que, em suma, eu não tinha outra coisa a fazer senão voltar para a Inglaterra levando os meus bens comigo.

Demorei alguns meses, no entanto, para resolver isso. Assim, como eu havia recompensado plenamente o velho capitão – para sua satisfação –, que fora o meu antigo benfeitor, comecei a pensar na pobre viúva, cujo marido fora meu primeiro benfeitor e ela também, enquanto esteve ao alcance dela, foi minha fiel intendente e instrutora. Então, a primeira coisa que fiz foi pedir a um comerciante de Lisboa para escrever ao seu correspondente em Londres, não meramente para pagar uma conta, mas para encontrá-la e levar dinheiro a ela, em centenas de libras da minha parte, além de conversar com ela e confortá-la em sua pobreza, contando que ela deveria, se eu vivesse, ter um suprimento adicional. Ao mesmo tempo, mandei para as minhas duas irmãs no interior cem libras para cada uma, estando elas, então, embora não em dificuldades, mas não em muito boas circunstâncias, tendo uma se casado e enviuvado e a outra vivendo com um marido não tão gentil com ela como deveria ser.

Mas, entre todos os meus parentes e conhecidos, eu ainda não havia encontrado alguém a quem pudesse confiar o grosso do meu capital para poder ir para o Brasil, deixando as coisas para trás em segurança. E isso me deixava bastante perplexo.

Uma vez tive vontade de ir ao Brasil, para me estabelecer lá, pois – por assim dizer – eu estava naturalizado no lugar. Mas eu tinha alguns escrúpulos em minha mente sobre a religião, o que insensivelmente me atraiu de volta, do que oportunamente devo falar mais. No entanto, não era a religião que me impedia de ir para lá no presente e, como eu não tive nenhum escrúpulo em ser abertamente da religião do país durante todo o tempo em que estive lá entre eles, também não teria novamente. Só que agora, de vez em quando, tendo que pensar mais detidamente nisso – do que antes –, quando comecei a imaginar em viver e morrer entre eles, comecei a me arrepender de ter me professado como papista e achei que talvez não fosse a melhor religião para morrer.

Mas, como eu já disse, essa não era a principal coisa que me impedia de ir ao Brasil. Na verdade, eu não sabia com quem deixar os meus bens para trás. Por fim, decidi partir para a Inglaterra, onde, se chegasse, concluí que deveria conhecer alguém ou que encontraria algo que fosse fiel a mim. Consequentemente, eu me preparei para ir à Inglaterra com toda a minha riqueza.

De modo a preparar as coisas para a minha ida para casa, eu antes – com a frota do Brasil indo embora – decidi dar respostas adequadas ao relato justo e fiel das coisas que eu tinha tirado de lá. Em primeiro lugar, escrevi ao prior de Santo Agostinho uma carta cheia de agradecimentos por seus procedimentos justos e pela oferta dos oitocentos e setenta e dois *moidores* que ficaram indisponíveis, mas que eu desejava que pudessem ser dados quinhentos para o mosteiro e trezentos e setenta e dois para os pobres, como o prior devesse direcionar, desejando as orações do bom padre por mim e coisas do tipo.

Escrevi em seguida uma carta de agradecimento aos meus dois curadores, com todo o reconhecimento que tanta justiça e honestidade pediam. Quanto a oferecer-lhes algum presente, eles estavam muito acima de qualquer ocasião para isso.

Por fim, escrevi ao meu parceiro reconhecendo sua capacidade na melhoria da plantação e sua integridade no aumento do capital das obras. Dei-lhe instruções para seu futuro governo da minha parte, de acordo com os poderes que eu deixara ao meu velho patrono, a quem eu desejava que ele enviasse o que se tornasse devido a mim, até que ele ouvisse mais particularmente novidades de mim, assegurando-lhe que era minha intenção não apenas chegar até ele, mas me estabelecer ali no Brasil pelo resto da minha vida. Para isso, apresentava um belo presente de algumas sedas italianas para sua esposa e filhas – pois o filho do capitão me informou a respeito –, com duas peças de tecido fino inglês, o melhor que consegui em Lisboa, cinco peças de feltro preto e algumas rendas de Flandres de bom valor.

Então, tendo resolvido os meus negócios, pois vendi a minha carga e transformei todos os meus bens em boas letras de câmbio, a minha próxima dificuldade seria saber qual caminho seguir para a Inglaterra. Eu já estava bastante acostumado com o mar. Mas, mesmo assim, tive a estranha aversão de ir à Inglaterra pelo mar nessa época, ainda que eu não pudesse dar razão para isso. Mas essa dificuldade aumentou tanto para mim que, embora eu tivesse chegado a embarcar a minha bagagem de modo a ir embora, mudei o meu pensamento não uma, mas duas ou três vezes.

É verdade que eu tinha sido muito desafortunado no mar, e essa poderia ser uma das razões dessa dificuldade. Mas nunca deixem nenhum homem desprezar os fortes impulsos de seus próprios pensamentos em casos de tal momento, pois duas das naus que escolhi para entrar, quero dizer, mais particularmente destacadas do que quaisquer outras, tendo colocado as minhas coisas a bordo de uma delas e na outra tendo concordado com o capitão, eu digo que dois desses navios malograram, a saber, um foi levado pelos argelinos e o outro naufragou na partida, perto de Torbay, e todas as pessoas, exceto três, se afogaram. De modo que em qualquer um desses navios eu me tornaria infeliz. Mas em qual seria mais infeliz seria difícil dizer.

Tendo sido assediado assim em meus pensamentos, o meu velho piloto – a quem eu comunicava tudo – me pressionou seriamente para não ir pelo mar, mas por terra por Groyne – ou La Coruña – e atravessando o golfo de Biscaia para La Rochelle, de onde seria apenas uma viagem fácil e segura por terra até Paris e de lá para Calais e Dover. Ou, então, para subir até Madri e, de lá, percorrer todo o caminho por terra através da França.

Em suma, eu estava tão predisposto contra a minha ida pelo mar, exceto de Calais a Dover, que resolvi percorrer todo o caminho por terra, porque, como eu não tinha pressa e não me importava com a despesa, era de longe o mais agradável. E, para que ficasse melhor ainda, o meu velho capitão trouxe um cavalheiro inglês, filho de um comerciante em Lisboa, que estava disposto a viajar comigo. Depois disso, também acolhemos dois comerciantes ingleses e dois jovens cavalheiros portugueses, os últimos só até Paris, de modo que ao todos éramos seis de nós e cinco servos, pois os dois comerciantes e os dois portugueses contentavam-se com um servo – para cada dois deles – para levar a carga. Quanto a mim, consegui que um marinheiro inglês viajasse comigo como servo, além do meu servo Sexta-feira, que era estranho demais para ser capaz de suprir o lugar de servo na estrada.

Dessa maneira, partimos de Lisboa. A nossa companhia estava tão bem montada e armada que éramos uma pequena tropa, da qual eles tiveram a honra de me chamar de capitão, porque eu era o homem mais velho, tinha dois servos e, de fato, era a origem de toda a jornada.

Como não tenho incomodado com nenhum dos meus diários marítimos, então agora não vou incomodar com nenhum dos meus diários de terra. Mas não devo omitir algumas aventuras que nos aconteceram nessa jornada tediosa e difícil.

Quando chegamos em Madri, nós, sendo todos estrangeiros para a Espanha, estávamos querendo ficar algum tempo para ver a corte da Espanha e o que merecia ser observado. Assim, sendo a última parte do verão, nos apressamos e partimos de Madri em meados de outubro. Mas, quando chegamos na fronteira de Navarra, ficamos alarmados com várias cidades pelo caminho dando conta de que muita neve estava caindo no lado francês das montanhas e que vários viajantes foram obrigados a voltar para Pampeluna – ou Pamplona – depois de terem tentado correr um risco extremo.

Quando chegamos a Pampeluna, descobrimos que isso era verdade. Para mim, sempre acostumado a um clima quente e a países onde poderia vestir qualquer roupa, o frio era insuportável. De fato, não era mais doloroso do que surpreendente, pois dez dias antes saímos de Castela-a-Velha, onde o clima não era apenas quente, mas muito quente, para imediatamente sentirmos o vento muito intenso das montanhas dos Pireneus, severamente frio, quase intolerável, pondo em perigo de entorpecimento e fraqueza os dedos das mãos e dos pés.

O pobre Sexta-Feira ficou realmente assustado quando viu as montanhas cobertas de neve e sentiu o frio, que ele nunca tinha visto ou sentido antes em sua vida.

Para remediar o problema, quando chegamos a Pampeluna, continuava a nevar com tanta violência e por tanto tempo que o povo disse que o inverno chegara antes do tempo, e as estradas, antes difíceis, estavam agora intransitáveis, pois, em suma, a neve estava grossa demais em alguns lugares para viajarmos e não sermos congelados, como é o caso nos países do norte. Não havia como não correr o risco de sermos enterrados vivos a cada passo. Ficamos em Pampeluna pelo menos vinte dias quando – vendo o inverno chegando e nenhuma probabilidade de melhorar, pois seria o inverno mais severo de toda a Europa de que se tinha conhecido na memória do homem – eu propus que fôssemos embora para Fuenterrabía e que de lá pegássemos o transporte para Bordeaux, que era apenas uma viagem curta.

Mas, enquanto eu pensava nisso, vieram quatro franceses, que, tendo sido detidos no lado da França das passagens, assim como os espanhóis, descobriram um guia que, atravessando o país perto da cabeça de Languedoc, trouxe-os pelas montanhas, de tal forma que eles não estavam muito incomodados com a neve, porque onde encontraram neve em qualquer quantidade, eles disseram que estava congelada o suficiente para suportá-los com seus cavalos.

Enviamos esse guia, que nos disse que se comprometeria a nos levar do mesmo modo, sem o perigo da neve, desde que estivéssemos suficientemente armados para nos protegermos das feras. Porque, pelo que ele disse, nessas grandes neves era bem comum os lobos se mostrarem ao pé das montanhas, estando extremamente vorazes por falta de comida, com o chão coberto de neve. Dissemos a ele que estávamos suficientemente bem preparados para tais criaturas do jeito que viessem, se ele nos protegesse de um tipo de lobos de duas pernas, que nos disseram ser um perigo maior, especialmente no lado francês das montanhas.

Ele nos garantiu que não havia perigo desse tipo no caminho que pegaríamos. Por isso, concordamos prontamente em segui-lo, assim como doze outros cavalheiros com seus criados – alguns franceses, alguns espanhóis –, que, como eu disse, tentaram seguir, mas foram obrigados a voltar de novo.

Assim, partimos de Pampeluna com o nosso guia no dia 15 de novembro e, de fato, fiquei surpreso quando, em vez de seguir em frente, voltamos diretamente atrás, pela mesma estrada que viemos de Madri, cerca de vinte milhas. Foi quando, tendo passado por dois rios, chegamos à região plana, onde nos encontramos novamente num clima quente. O terreno era agradável e não se via neve. Mas, de repente, voltando para a esquerda, ele se aproximou das montanhas de outro jeito. Embora seja verdade que as colinas e os precipícios parecessem terríveis, mesmo assim ele deu tantas voltas e nos conduziu por tais caminhos sinuosos que passamos insensivelmente pela altura das montanhas sem sermos muito sobrecarregados com a neve. Ele nos mostrou as agradáveis províncias frutíferas de Languedoc e Gasconha, totalmente verdes e floridas, embora a grande distância e ainda difíceis de atravessar.

Ficamos um pouco inquietos, no entanto, quando descobrimos que havia nevado um dia inteiro e a noite toda, tão rapidamente que não poderíamos viajar. Mas ele nos pediu para sossegarmos, pois logo deveríamos superar tudo. Descobrimos, de fato, que começamos a descer todos os dias, seguindo mais ao norte do que antes. E assim, dependendo do nosso guia, continuamos.

Então, foi por volta de duas horas antes de anoitecer quando o nosso guia, estando um pouco adiantado de nós, mas não fora da nossa vista, expulsou três lobos monstruosos e depois deles um urso, de um caminho vazio adjacente a um bosque espesso. Dois dos lobos se atiraram sobre o guia e, se ele estivesse meia milha distante de nós, teria sido devorado antes que pudéssemos ajudá-lo. Um deles grudou no cavalo e o outro atacou o homem com tanta violência que ele não teve nem tempo e nem presença de espírito suficientes para sacar da pistola. Mas começou a gritar para nós com todas as suas forças. Como o meu servo Sexta-feira estava próximo a mim, eu disse-lhe para subir e ver qual era o problema. Assim que chegou e viu o homem, Sexta-feira gritou tão alto quanto o outro: "Oh, mestre! Oh, mestre!". Mas, como era um sujeito valente, cavalgou diretamente para o pobre homem e com sua pistola atirou na cabeça do lobo que o atacava.

Foi uma felicidade para o pobre homem ter sido o meu servo Sexta-feira a atirar, pois, estando acostumado a tais criaturas em seu país, ele não tinha medo delas. Por isso, aproximou-se do lobo e atirou nele, como descrito acima, enquanto que qualquer outro de nós teria disparado a maior distância e talvez ou tivesse perdido o lobo ou teria corrido o risco de acertar no homem.

Mas havia ali o suficiente para aterrorizar homens até mais ousados do que eu. De fato, toda a nossa companhia se alarmou quando, com o barulho da pistola de Sexta-feira, ouvimos de ambos os lados os mais lúgubres uivos de lobos. O ruído, redobrado pelo eco das montanhas, pareceu-nos como se houvesse um número prodigioso deles. E talvez não fossem tão poucos para que não tivéssemos motivo de apreensão.

No entanto, como Sexta-feira matou esse lobo, o outro que se agarrara ao cavalo o largou imediatamente e fugiu. Felizmente, como atacou na cabeça, seus dentes se cravaram nas correias do freio, de modo que o cavalo não se feriu muito. O homem, porém, ficou muito mais machucado, pois a criatura furiosa o mordeu duas vezes, uma no peito e a outra um pouco acima do joelho. Ele estava quase caindo de seu cavalo assustado quando Sexta-feira chegou e atirou no lobo. É fácil supor que, com o barulho da pistola de Sexta-feira, todos nós forçamos o ritmo e subimos tão rápido como o caminho, que era muito difícil, nos permitiria, para ver qual era o problema. Assim que saímos das árvores, que antes nos cegavam, vimos claramente o que havia acontecido e como Sexta-feira havia desvencilhado o pobre guia, apesar de não termos discernido que tipo de criatura ele havia abatido.

XX A LUTA ENTRE SEXTA-FEIRA E UM URSO

Mas jamais uma luta foi travada com tanta valentia e de maneira tão formidável como a que se seguiu entre Sexta-feira e o urso, que nos proporcionou – embora a princípio ficássemos surpresos e temerosos por ele – a maior diversão imaginável. Os ursos são criaturas pesadas e desajeitadas e não são ágeis como os lobos, que são rápidos e leves. Mas eles têm duas qualidades particulares, que geralmente são a regra de suas ações. Em primeiro lugar, com relação aos homens – que não são sua presa preferida, e eu digo isso porque normalmente eles não os atacam, exceto quando são atacados, ou a menos que estejam com muita fome, o que é provável que então fosse o caso, pois o chão estava coberto de neve – repito, com relação aos homens, se você não se intrometer com eles, eles não se intrometem com você. Então, se encontrar com um deles no bosque, tome cuidado, seja muito educado com ele, dê-lhe passagem, pois trata-se de um cavalheiro muito simpático, que não desviaria de seu caminho nem por um príncipe. Portanto, se você realmente sentir muito medo, a sua melhor opção é procurar outro caminho e continuar seguindo sempre em frente, porque, se você parar e ficar em pé olhando fixamente para ele, ele entenderá isso como afronta. E, se você jogar ou atirar qualquer coisa para ele, mesmo que seja apenas uma lasca de madeira do tamanho de um dedo, ele também entenderá isso como afronta e deixará de lado todas as suas demais atividades para persegui-lo até se vingar, tornando a satisfação disso como ponto de honra. Essa é a primeira qualidade dele. A outra é que, uma vez afrontado, ele jamais o esquecerá, perseguindo-o dia e noite, em bom ritmo, até alcançar você.

O meu servo Sexta-feira havia salvado o nosso guia e, quando nos aproximamos, ajudava-o a descer do cavalo, pois o homem estava ferido e assustado. Então, de repente, espiamos o urso sair da floresta. Ele era monstruoso, de longe o maior que já vi. Ficamos todos um pouco surpresos quando o vimos. Porém, quando Sexta-feira o avistou, foi fácil perceber a alegria e a coragem no semblante do camarada.

– Oh! Oh! Oh! – Sexta-feira repetiu três vezes, apontando para ele.

– Mestre, você me dar licença. Eu bater com a mão nele, eu fazer vocês rir bastante.

Fiquei surpreso ao ver o sujeito tão satisfeito.

– Seu louco – eu disse –, ele vai comer você.

– Comer eu! Comer eu! – Sexta-feira repetiu duas vezes, de novo.

– Eu comer ele, eu fazer vocês rir. Vocês todos ficar aqui. Eu mostrar boa risada.

Então, ele sentou-se, tirou as botas num instante e colocou um par de sapatilhas – como chamamos os sapatos baixos que eles usam – que tinha no bolso, deu seu cavalo ao meu outro servo e, com o arcabuz, correu rápido como o vento.

O urso perambulava tranquilamente, sem pensar em se meter com ninguém, até que Sexta chegou bem perto e chamou-o, como se o urso pudesse entendê-lo.

– Escutar! Escutar! – Sexta-feira disse. – Eu falar com você.

Nós o seguíamos à distância, pois estávamos no lado da Gasconha das montanhas, entrando numa imensa floresta, onde a região era simples e bem aberta, embora com muitas árvores espalhadas aqui e acolá.

Sexta-feira, que estava, como dizemos, nos calcanhares do urso, alcançou-o rapidamente. Pegou uma pedra grande e atirou nele, acertando-o bem na cabeça, mas sem causar mais danos do que se tivesse jogado contra um muro. Mas isso respondia ao objetivo de Sexta-feira, pois o tonto estava tão despido de medo que fez isso apenas para que o urso o seguisse e para nos mostrar algumas risadas, como ele dizia.

Assim que o urso sentiu o golpe e o viu, virou-se e foi atrás dele, dando largos passos assustadores, cambaleando num ritmo estranho, como um cavalo que teria se colocado num galope médio. Ao longe, Sexta-feira correu e seguiu seu caminho, como se viesse em nossa direção, em busca de ajuda. Então, todos resolvemos atirar de imediato no urso, para salvar o meu servo, embora eu estivesse com raiva dele por trazer o urso de volta para nós, quando este estava cuidando de seus próprios assuntos de outra maneira. Fiquei especialmente com raiva porque ele virou o urso para nós e depois fugiu.

– Seu cachorro! – esbravejei. – É isso que você chama de nos fazer rir? Venha e pegue o seu cavalo, assim vamos poder atirar nessa criatura.

– Não atirar, não atirar! Ficar parado e vocês ter muita risada – ele gritou quando me ouviu.

Como era ágil, ele corria dois passos contra um do urso. Assim, virou de repente do nosso lado e, vendo um grande carvalho adequado para seu propósito, ele nos chamou para segui-lo. Dobrando seu ritmo, subiu agilmente na árvore, deixando sua arma no chão, a cerca de cinco ou seis jardas da parte inferior da árvore.

O urso logo chegou à árvore e nós o seguíamos à distância. A primeira coisa que ele fez foi farejar a arma. Em seguida, deixou-a e subiu na árvore, como um gato, embora fosse monstruosamente pesado. Fiquei espantado com a loucura – como imaginava – do meu servo e juro pela minha vida que ainda não conseguia achar nada engraçado. Mas, quando o urso subiu na árvore, todos nós o cercamos.

Quando chegamos à árvore, vimos Sexta-feira escapar em direção a uma pequena extremidade de um grande galho. O urso estava no meio do caminho atrás dele e seguia para a parte do galho da árvore que era mais fraca.

– Ah! – ele disse para nós. – Agora vocês ver eu ensinar dança de urso.

Então, começou a pular e sacudir o galho. Com isso, o urso ficou balançando, mas parou e começou a olhar para trás, para ver se poderia voltar. Assim, de fato, nós rimos muito. Mas Sexta-feira não tinha terminado. Ao vê-lo parado, chamou-o novamente, como se acreditasse que o urso soubesse falar inglês.

– Como assim? Não ir mais longe? Eu pedir para você ir mais longe!

Então, saiu pulando e, sacudindo a árvore e o urso, como se entendesse o que ele dizia, avançou mais um pouco. Ele começou a pular de novo e o urso parou novamente.

Achamos que era uma boa hora para acertar na cabeça dele e pedimos para Sexta-feira ficar parado, pois deveríamos atirar no urso, mas ele gritou com energia.

– Oh! Favor! Oh! Favor! Não atirar, eu perto e atirar então – ele diria, várias vezes.

No entanto, para encurtar a história, Sexta-feira dançou tanto e o urso ficou tão atrapalhado que nós rimos bastante. Mas ninguém conseguia imaginar o que o camarada faria. Primeiro, achamos que ele pretendia desequilibrar o urso. Depois, descobrimos que o urso era muito esperto para isso também, pois não foi longe o suficiente para cair, mas ficou preso com suas grandes e largas patas e garras. De modo que não poderíamos imaginar qual seria o fim disso e nem qual seria a brincadeira final.

Mas Sexta-feira nos tirou da dúvida rapidamente quando viu o urso se agarrar rapidamente ao galho e que ele não estava persuadido a ir mais longe.

– Bem, bem – disse Sexta-feira –, você não ir mais longe, eu vai. Você não vem mim, eu vai para você.

Com isso, ele foi até a extremidade menor, que se curvou com seu peso, e ele suavemente desceu por ela, deslizando pelo galho até chegar suficientemente perto para pousar no chão. Então, ele correu para pegar sua arma e ficou parado.

– Bem, Sexta-feira – eu disse a ele –, o que vai fazer agora? Por que não atira nele?

– Não atirar – Sexta-feira disse – não ainda. Eu atirar agora, eu não matar, eu ficar, você dar mais risada.

E, de fato, assim ele o fez, pois, quando o urso viu o inimigo no chão, voltou ao galho onde estava. Mas fez isso muito cautelosamente, olhando para trás a cada passo, voltando para trás até chegar no corpo da árvore. Então, sempre de costas, ele desceu da árvore, agarrado no tronco e movendo uma pata de cada vez, lentamente. Nessa conjuntura, um pouco antes de ele conseguir colocar a pata no chão, Sexta-feira aproximou-se, colocou a arma em seu ouvido e atirou nele. Ele tombou morto como uma pedra.

Então, o tolo virou-se para ver se não rimos. Quando viu que estávamos com aparência de satisfeitos, ele começou a gargalhar.

– Então, assim matar urso no meu nação – Sexta-feira afirmou.

– É desse jeito que você os mata? – perguntei. – Mas você tem armas!

– Não! – ele disse. – Não ter arma, mas atirar muito flecha muito grande.

Essa foi uma boa diversão para nós, mas ainda estávamos num lugar selvagem e o nosso guia estava muito ferido e nós mal sabíamos o que fazer. O uivo dos lobos repercutia demais na minha cabeça e, de fato, exceto pelo barulho que ouvi uma vez na costa da África, da qual já disse alguma coisa, nunca ouvi nada que me enchesse de tanto horror.

Essas coisas e a aproximação da noite nos aconselhavam a partir. Caso contrário, como Sexta-feira desejaria ter feito, certamente teríamos tirado a pele dessa criatura monstruosa, que valia muito a pena salvar. Mas tínhamos quase três léguas a percorrer e o nosso guia nos apressou. Então desistimos disso e seguimos em frente na nossa jornada.

O chão ainda estava coberto de neve, embora não tão funda e perigosa como nas montanhas. As criaturas vorazes, como soubemos depois, desciam para a floresta e a planície, pressionadas pela fome, em busca de comida, e faziam muitos estragos nas aldeias, onde surpreendiam moradores do campo, matando muitas ovelhas, cavalos e algumas pessoas também.

Teríamos que passar por um lugar perigoso e o nosso guia nos disse que, se houvesse mais lobos na região, nós os encontraríamos lá, com certeza. Iríamos por uma planície pequena, cercada de bosques por todos os lados, num longo e estreito caminho, pelo qual deveríamos passar para atravessarmos a floresta, e então chegaríamos à aldeia que nos alojaria.

Faltava meia hora para o entardecer quando entramos no bosque. Pouco depois do pôr do sol, alcançamos a planície. A princípio não encontramos nada, exceto uma pequena clareira dentro da mata, não distante acima de dois estádios, onde vimos cinco grandes lobos atravessarem a estrada, a toda velocidade, um após o outro, como se estivessem em busca de alguma presa avistada. Eles não tomaram conhecimento de nós e sumiram da nossa visão em alguns instantes.

Com isso, o nosso guia, que, a propósito, era um sujeito medroso, pediu que ficássemos numa postura de alerta, pois ele acreditava que mais lobos viriam.

Mantivemos as nossas armas prontas e os nossos olhos ao redor. Mas não vimos mais lobos até chegarmos a essa floresta, que era de quase meia légua, onde entramos na planície. Assim que chegamos à planície, tivemos ocasião suficiente para olhar em volta de nós. E a primeira coisa que encontramos foi um cavalo morto, isto é, um pobre cavalo que os lobos mataram. Pelo menos uma dúzia deles estavam sobre ele, mas não posso dizer que o devoravam, já que apanhavam seus ossos, porque tinham comido toda a carne antes.

Não achamos adequado perturbar a festa deles, nem eles prestaram muita atenção em nós. Sexta-feira queria atirar neles, mas não admiti de maneira alguma, pois achei que acabaríamos com mais problemas em nossas mãos do que precisaríamos ter. Não havíamos percorrido a metade da planície quando começamos a ouvir os lobos uivarem na floresta à nossa esquerda de maneira espantosa. Logo depois, vimos uma centena deles vindo diretamente em nossa direção, todos juntos e a maioria em linha tão reta quanto um exército elaborado por oficiais experientes. Eu mal sabia de que maneira os receberia, a não ser formando uma linha única compacta. Foi o que fizemos em um instante. Mas, para que não houvesse intervalos entre os disparos, ordenei que só um de cada dois homens atiraria e que os outros que não tivessem atirado ficassem prontos para dar-lhes uma segunda salva imediatamente, caso eles continuassem avançando sobre nós. Em seguida, os que haviam atirado primeiro não deveriam perder tempo carregando seus fuzis novamente, mas precisariam estar prontos, cada um com uma pistola, pois estávamos todos armados com um fuzil e um par de pistolas para cada homem. Assim, por esse método seríamos capazes de disparar seis salvas, metade de nós de cada vez. No entanto, nesse momento, não tivemos necessidade disso, pois, ao dispararmos a primeira saraivada, o inimigo fez uma parada completa. Os animais ficaram tão apavoradas com o barulho como com o fogo. Quatro deles, atingidos na cabeça, tombaram. Vários outros ficaram feridos e se afastaram sangrando, como pudemos ver na neve. Percebi que pararam, mas não se retiraram imediatamente. Então, lembrando de que me disseram que as criaturas mais ferozes ficavam apavoradas com a voz humana, todo o pelotão passou a gritar o mais alto possível e, assim, verifiquei que essa noção não era totalmente equivocada, pois com a nossa gritaria eles começaram a se virar e a se retirar. Então, ordenei que uma segunda salva fosse disparada, o que os levou a se refugiarem a galope nos bosques.

Isso nos deu tempo para recarregarmos as nossas armas, o que fizemos caminhando, para que não pudéssemos perder tempo. Mas, assim que carregamos os nossos fuzis e nos colocamos em prontidão, ouvimos um ruído terrível no mesmo bosque à nossa esquerda, só que foi mais adiante, na mesma direção em que devíamos seguir.

A noite estava chegando e começou a escurecer, piorando as coisas para o nosso lado. Com o barulho aumentando, pudemos facilmente perceber que eram os uivos e os berros dessas criaturas infernais. De repente, vimos duas, ou melhor, três tropas de lobos, uma à nossa esquerda, uma atrás de nós e outra à nossa frente, de modo que parecíamos estar cercados por eles. No entanto, como não nos atacaram, mantivemos nosso caminho em frente, tão rápido quanto pudemos fazer nossos cavalos avançarem, o que, como o percurso era muito rude, seria apenas num bom trote. Dessa maneira, chegamos à vista da entrada de um bosque, por onde passávamos, no lado mais distante da planície. Ficamos muito surpresos quando nos aproximamos da passagem, pois vimos um número indefinido de lobos parados bem na entrada.

De repente, em outra abertura da floresta, escutamos o barulho de uma arma e, quando olhamos nessa direção, surgiu um cavalo, com sela e freio, fugindo rápido como o vento, com dezesseis ou dezessete lobos correndo atrás dele, esbaforidos. O cavalo levava vantagem sobre eles, mas, como supunhamos que ele não sustentaria esse ritmo, não duvidamos de que eles finalmente o alcançariam. E não há dúvida de que o fizeram.

Mas ali tivemos uma visão horrível. Ao cavalgarmos até a entrada de onde o cavalo saiu, encontramos as carcaças de outro cavalo e os esqueletos de dois homens devorados pelas criaturas vorazes. E, sem dúvida, um desses homens teria sido o mesmo que ouvimos disparar a arma, pois lá havia uma arma, disparada por ele. Quanto ao homem, sua cabeça e a parte superior de seu corpo foram devoradas.

Isso nos encheu de horror e não sabíamos que curso tomar. Mas as criaturas logo decidiram por nós, pois se reuniram à nossa volta, na esperança de obterem alguma presa. Eu realmente acredito que havia uns trezentos lobos. A nosso favor, aconteceu que, no momento em que entramos no bosque, mas um pouco distante dele, estavam algumas árvores de grande porte, que tinham sido cortadas no verão anterior, suponho para serem transportadas. Levei a minha pequena tropa por entre essas árvores e nos colocamos numa linha atrás da árvore mais comprida. Aconselhei todos a apearem e mantivemos aquela árvore diante de nós como trincheira. Então, formamos um triângulo, ou três frentes, reunindo os cavalos no centro.

Foi o que fizemos e fizemos benfeito, porque nunca houve um ataque mais feroz do que esse, dessas criaturas sobre nós nesse lugar. Os lobos se aproximaram rosnando – e subiram no tronco de madeira que, como eu disse, era a nossa trincheira – como se estivessem arremetendo contra uma presa. E essa fúria deles, parece, foi principalmente ocasionada pela visão dos cavalos atrás de nós. Ordenei aos nossos homens que disparassem como antes, de dois em um. Eles miraram tão firmemente que mataram vários lobos na primeira saraivada, mas era necessário manter os disparos continuamente, pois eles vinham como diabos, com os de trás empurrando os da frente.

Depois que disparamos uma segunda salva de nossos fuzis, achamos que eles pararam um pouco, e eu esperava que eles fossem embora. Mas foi apenas um momento, pois outros vieram para a frente de novo. Por isso, disparamos duas rajadas de nossas pistolas, e acredito que nessas quatro séries de tiros matamos dezessete ou dezoito deles e estropiamos o dobro. Mas eles voltaram.

Eu temia dar os nossos últimos tiros apressadamente. Então, chamei o meu servo, não o meu servo Sexta-feira, pois ele estava mais bem ocupado, porque com a maior destreza imaginável ele havia carregado o meu fuzil e o dele enquanto estávamos ocupados, mas – repito – chamei o outro servo e, dando-lhe um chifre de pólvora, mandei-o espalhar um rastilho por todo o tronco de madeira, conquanto que fosse bem largo. Ele fez isso e mal teve tempo para fugir, quando os lobos voltaram e alguns subiram no tronco. Foi quando eu disparei o gatilho de uma pistola descarregada, provocando uma faísca bem perto da pólvora, ateando-lhe fogo. Os lobos que estavam sobre a madeira se queimaram e seis ou sete deles caíram, ou melhor, pularam no meio de nós com força e medo do fogo. Mas nós os despachamos num instante e os demais ficaram tão amedrontados com o clarão, pois a noite – que então estava muito escura – se tornou tão terrível que eles recuaram um pouco.

Com isso, ordenei que as nossas últimas pistolas fossem disparadas numa única saraivada e depois soltamos um grito. Então, os lobos viraram, com o rabo entre as pernas, e partiram imediatamente por cima de uns vinte aleijados que encontramos se debatendo no chão e que atacamos para cortá-los com nossas espadas. Isso correspondeu à nossa expectativa, pois o choro e o uivo que eles fizeram foi muito bem compreendido por seus companheiros. De modo que todos fugiram e nos deixaram em paz.

Matamos, do começo ao fim, cerca de sessenta deles e, se por acaso fosse durante o dia, teríamos matado muitos mais. Com o campo de batalha estando assim limpo, avançamos de novo, pois ainda tínhamos uma légua pela frente. Ouvimos várias vezes as criaturas vorazes uivando e gritando nas florestas, enquanto prosseguíamos. Às vezes, imaginávamos que víamos algumas delas, mas, com a nevasca em nossos olhos, não tivemos certeza. Então, em mais ou menos uma hora chegamos à cidade onde nos alojaríamos e encontramos todos em terrível apreensão, porque, ao que parece, na noite anterior os lobos e alguns ursos invadiram a aldeia e os colocaram em tal terror que eles eram obrigados a vigiar noite e dia, mas especialmente à noite, para preservarem o gado e, de fato, também as pessoas.

Na manhã seguinte, o nosso guia estava tão doente e suas pernas incharam tanto com a inflamação de seus dois ferimentos que ele não poderia ir mais longe. Assim, fomos obrigados a encontrar um novo guia ali para irmos a Toulouse, onde encontramos um clima quente, numa região frutífera e agradável, sem neve, nem lobos, nem qualquer coisa semelhante a isso. Mas, quando contamos a nossa história em Toulouse, as pessoas nos disseram que isso não era nada além do que era bastante comum na grande floresta ao pé das montanhas, especialmente quando a neve jazia no chão. Mas fomos muito questionados sobre o tipo de guia que tínhamos seguido, que se arriscava a fazer isso numa época tão severa, e nos disseram que era surpreendente não termos sido todos devorados. Quando lhes contamos como nos posicionamos com os cavalos no centro, eles nos culparam muito e nos disseram que os lobos eram cinquenta contra um e que teríamos sido todos destruídos, pois era a visão dos cavalos que o tornava tão furiosos, porque eles os viam como suas presas. E que em outros momentos eles realmente sentem medo de armas, mas, estando excessivamente famintos e enfurecidos por causa disso, a ânsia de chegarem aos cavalos deixava-os insensíveis ao perigo e, se não tivéssemos conseguido dominá-los pela artilharia contínua e, finalmente, pelo estratagema do rastilho de pólvora, com grandes probabilidades teríamos sido rasgados em pedaços. Ao passo que, se nos contentássemos em ficar sentados a cavalo e se tivéssemos disparado como cavaleiros, eles não teriam tomado tanto os cavalos como presas, ao verem os homens montados sobre as costas deles. Por fim, também nos disseram que, se tivéssemos apeado e deixado os nossos cavalos, eles teriam ficado tão ansiosos para devorá-los que talvez pudéssemos escapar sãos e salvos, especialmente tendo armas de fogo em nossas mãos e sendo numerosos.

De minha parte, eu nunca fui tão sensível ao perigo em minha vida, pois, vendo acima de trezentos demônios que vinham rugindo boquiabertos para nos devorar e não tendo nada para nos abrigar ou recuar, eu me dei por perdido e, por assim dizer, acredito que nunca mais vou me interessar em cruzar as montanhas. Acho que eu preferiria andar mais de mil léguas na areia, mesmo se tivesse a certeza de me deparar com uma tempestade uma vez por semana.

Não tenho nada de incomum para dar conhecimento da minha passagem pela França, nada além do que outros viajantes já deram conta com muito mais detalhes do que eu. Viajei de Toulouse para Paris e, sem qualquer estadia considerável, fui para Calais e desembarquei a salvo em Dover no dia 14 de janeiro, depois de ter enfrentado uma estação fria, severa demais para se viajar.

Eu estava agora no centro das minhas viagens e em pouco tempo tive em segurança comigo todo o meu patrimônio novamente, com as letras de câmbio que levava tendo sido pagas correntemente.

A minha principal guia e conselheira particular era a minha boa e velha viúva, que, em gratidão pelo dinheiro que eu lhe enviara, não achava que houvesse esforços suficientes para dedicar a mim. Eu confiava nela tão inteiramente que estava perfeitamente à vontade quanto à segurança dos meus bens e, de fato, fiquei muito feliz desde o começo e agora até o fim, na integridade impecável dessa boa fidalga.

Então, tendo decidido me desfazer da minha plantação no Brasil, escrevi para o meu velho amigo em Lisboa, que, tendo-a oferecido aos dois comerciantes, herdeiros dos meus curadores, que moravam no Brasil, aceitaram o oferecimento e remeteram trinta e três mil peças de oito *reales* para um correspondente deles em Lisboa me pagar.

Em troca, assinei o instrumento de venda na forma que me mandaram de Lisboa e eu o enviei ao meu velho amigo, que me encaminhou as letras de câmbio de trinta e duas mil e oitocentas moedas de oito *reales* pela propriedade, reservando o pagamento de cem *moidores* por ano ao velho homem durante sua vida e cinquenta *moidores* depois para seu filho enquanto vivesse, como eu lhes tinha prometido e pelos quais a plantação respondia como arrendamento. E, assim, dei a vocês a primeira parte de uma vida de felicidade e aventuras – uma vida da obra de marchetaria da Providência – e de uma variedade que o mundo raramente poderá mostrar igual. Ela começou insensatamente, mas terminou mais afortunadamente do que eu poderia ter de quaisquer esperanças de alguma parte dela.

Alguém poderia pensar que, nesse estado de tão complexa boa fortuna, eu estava correndo mais riscos. E assim, na verdade, eu estaria, se outras circunstâncias tivessem concordado, porque eu estava habituado a uma vida errante, não tinha família, nem muitas relações. Nem mesmo, no entanto, sendo rico, travei novos conhecimentos. E, embora eu tivesse vendido a minha propriedade no Brasil, ainda assim não conseguia manter esse país fora de minha cabeça e tive a grande disposição de alçar voo novamente. Especialmente, não pude resistir à forte inclinação que eu tinha de ver a minha ilha e saber se os pobres espanhóis viviam lá e como os patifes que lá deixei os teriam tratado.

A minha verdadeira amiga, a viúva, dissuadiu-me disso e prevaleceu tanto sobre mim que durante quase sete anos me impediu de fugir para o exterior. Durante esse tempo, cuidei dos meus dois sobrinhos, filhos de um dos meus irmãos. O mais velho, tendo alguns bens, foi educado como um cavalheiro e fiz um acordo de lhe dar algum acréscimo ao seu patrimônio depois da minha morte. O outro, coloquei-o com o capitão de um navio. Então, depois de cinco anos, achando-o um jovem camarada sensato, corajoso e empreendedor, embarquei-o num bom navio e enviei-o ao mar. Depois, esse jovem me atraiu, velho como eu estava, para me aventurar mais vezes.

Nesse ínterim, em parte me acomodei por ali. Pois, em primeiro lugar, eu me casei, e isso não para minha desvantagem ou insatisfação. Tive três filhos, dois meninos e uma menina, mas a minha esposa morreu. Então, com o meu sobrinho vindo para casa em bom êxito de uma viagem à Espanha, a minha intenção de ir para o exterior e sua importunação prevaleceram e me comprometeram a embarcar no navio dele, como comerciante particular para as Índias Orientais. Isso foi no ano de 1694.

Nessa viagem, visitei a minha nova colônia na ilha, vi os meus sucessores com os espanhóis, tomei conhecimento da velha história de suas vidas e dos vilões ali. De como, a princípio, eles insultaram os pobres espanhóis, como depois concordaram, discordaram, se uniram, separaram, até que finalmente os espanhóis foram obrigados a usar de violência com eles. Como eles foram submetidos aos espanhóis, quão honestamente os espanhóis os usaram – uma história, se entrarem nela, tão cheia de variedade e de maravilhosos acidentes como a minha própria –, particularmente, também, quanto às suas batalhas com os caribenhos, várias vezes na ilha e quanto à melhoria que eles fizeram da própria ilha. Como cinco deles fizeram um atentado contra sua própria terra natal e trouxeram onze homens e cinco mulheres prisioneiros, pelos quais, na minha vinda, encontrei cerca de vinte crianças pequenas na ilha.

Fiquei lá cerca de vinte dias, deixei-lhes suprimentos de todas as coisas necessárias, particularmente armas, pólvora, balas, roupas, ferramentas e dois trabalhadores, que eu tinha levado da Inglaterra comigo, a saber, um carpinteiro e um ferreiro.

Além disso, compartilhei a ilha em partes com eles, reservando-me a propriedade do todo, mas dei-lhes as partes respectivamente conforme eles concordavam. E, tendo resolvido todas as coisas com eles e eles tendo se comprometido a não abandonarem o lugar, deixei-os lá.

De lá, toquei no Brasil, de onde mandei a eles uma embarcação que ali comprei, com mais gente para a ilha. Nela, além de outros suprimentos, mandei sete mulheres, sendo as que achei adequadas para o serviço, ou para esposas, para quem as quisesse. Quanto aos ingleses, prometi enviar-lhes algumas mulheres da Inglaterra, com uma boa carga de objetos necessários, se eles se aplicassem no plantio. Mas isso não pude fazer. Os camaradas se mostraram muito honestos e diligentes depois de terem sido dominados e terem suas propriedades separadas uns dos outros. Eu também lhes mandei do Brasil cinco vacas, três delas perto de parir bezerros, algumas ovelhas e alguns porcos, que quando voltei de novo estavam consideravelmente aumentados.

Mas todas essas coisas, com um relato de como trezentos selvagens caribenhos os invadiram e arruinaram suas plantações, de como eles lutaram com esse número total duas vezes e foram a princípio derrotados e um deles morto, até que, por fim, uma tempestade destruiu as canoas de seus inimigos, de como passaram fome e destruíram quase todos os outros e como renovaram e recuperaram a posse de sua plantação e ainda viviam na ilha, de todas essas coisas, repito, com alguns incidentes muito surpreendentes de algumas das minhas novas aventuras por mais dez anos, darei uma descrição mais detalhada na segunda parte da minha história.